最美的散文

最美的散文

典藏版

朱自清等◎著

峻桦◎编

中国华侨出版社
北京

图书在版编目（CIP）数据

最美的散文 / 朱自清等著；峻桦编. — 北京：中国华侨出版社，2013.1（2021.1重印）
ISBN 978-7-5113-3227-1

Ⅰ. ①最… Ⅱ. ①朱… ②峻… Ⅲ. ①散文集—世界 Ⅳ. ①I16

中国版本图书馆CIP数据核字（2013）第015692号

最美的散文

著　　者：	朱自清等
编　　者：	峻　桦
责任编辑：	付改兰
封面设计：	阳春白雪
文字编辑：	张　桦
美术编辑：	宇　枫
经　　销：	新华书店
开　　本：	720毫米×1020毫米　1/16　印张：24　字数：350千字
印　　刷：	北京德富泰印务有限公司
版　　次：	2013年5月第1版　2021年1月第4次印刷
书　　号：	ISBN 978-7-5113-3227-1
定　　价：	45.00元

中国华侨出版社　北京市朝阳区西坝河东里77号楼底商5号　邮编　100028
法律顾问：陈鹰律师事务所
发 行 部：（010）88866079　　传　真：（010）88877396
网　　址：www.oveaschin.com　　E-mail：oveaschin@sina.com

如发现印装质量问题，影响阅读，请与印刷厂联系调换。

前　言

　　散文是文学殿堂中一种影响广泛、备受广大读者青睐的文体。古今中外的文学大师们，以其洞幽入微的观察力、超凡尘世的秉性、细腻激扬的情愫，凭借生花的妙笔，写下了无数文采斐然、脍炙人口的散文名篇。这些经历了时间考验的散文佳作，不仅丰富了世界文学宝库，而且还感染和影响了成千上万的人们，叩击着一代又一代人的心灵，给人们以精神上的享受和艺术上的熏陶。

　　一个人在其一生中，阅读一些立意深远、具有丰富哲学思考的散文，不仅可以开阔视野，重新认识历史、社会、人生和自然，获得思想上的盎然新意，而且还可以学习中外散文名家高超而成熟的创作技巧。

　　然而人生匆匆，一个人要想在短暂的一生中，穷经皓首式地遍阅文学大师们的所有散文佳作，既不现实，也不经济。为了让广大读者在最短的时间内迅速、有效地了解中外散文的创作成就，获得最佳的阅读效果，编者从浩如烟海的散文卷帙中遴选出近百篇被公认为一流的上乘之作，辑录成书。本书选文多为名家名作，如培根、纪伯伦、朱自清、徐志摩、巴金等中外著名作家的经典文章，比较客观地反映了中外散文的发展脉络和杰出成就。正如"读一部好书，就是和许多高尚的人谈话"一样，读名家名作就是和大师的心灵在晤谈。这些作品或讴歌自然，或剖析社会，或赞颂真善美，或鞭挞假恶丑，其优美文辞的背后，总是蕴蓄着深刻的自然或社会哲理，在思想性和艺术性方面都有独到之处，有的字字珠玑，给人以语言之美；有的博大深沉，给人以思想之美；有的感人肺腑，给人以情感之美；有的立意隽永，给人以意境之美。值得一提的是，为了尊重作者原文和保持原文风貌，对于一些作者在上世纪二三十年代写成或翻译的作品，其中有个别用字和当今现代汉语语法不统一的现象，我们都没有做改动。情至深处无言辞，落于笔端即华章，这些作品不仅为读者提供了一个可供参照、学习、研究中外散文的范本，也能使读者领略文学艺术的神奇魅力。

在体例编排上，本书通过"入选理由""作者简介""作品赏析"等栏目多角度解析名作，引导读者准确、透彻地把握作品的思想内涵，从中汲取丰富的人生营养。"入选理由"点明每篇散文入选的理由，让读者在阅读前对作品有个初步的认识。"作者简介"以简练的文字对作者的生平、求学经历、文学成就和影响等作了扼要的介绍，使读者对作者有一个清晰概括的了解。"作品赏析"以凝练的文字，对原文的写作背景、语言特色、创作技巧、思想哲理等进行精当到位的解析，使读者从深层次上去咀嚼原文，以达到曲终韵留、余味缭绕之效。

我们诚挚地期望，通过本书，能够引领读者登堂入室，管中窥豹，领略中外散文的真貌，同时启迪心智，陶冶性情，进而提高个人的审美意识、文学素养、写作水平、鉴赏能力、人生品位，为自己的人生添上光彩亮丽的一笔。

目 录

上篇 中国最美的散文

少年中国说/梁启超 2
偶像破坏论/陈独秀 8
藤野先生/鲁迅 11
阿长与山海经/鲁迅 16
从百草园到三味书屋/鲁迅 22
乌篷船/周作人 26
生活之艺术/周作人 29
幽默的叫卖声/夏丏尊 32
与妻书/林觉民 35
今/李大钊 37
芭蕉花/郭沫若 42
落花生/许地山 46
没有秋虫的地方/叶圣陶 48
五月的北平/张恨水 50
北平的四季/郁达夫 54
白杨礼赞/茅盾 60
我所知道的康桥/徐志摩 63
青纱帐/王统照 72

怀李叔同先生/丰子恺	75
渐/丰子恺	82
异国秋思/庐隐	86
春/朱自清	89
匆匆/朱自清	91
背影/朱自清	93
永在的温情/郑振铎	96
我的母亲/老舍	102
大明湖之春/老舍	108
五四断想/闻一多	111
最后一次演讲/闻一多	113
桨声灯影里的秦淮河/俞平伯	116
墓畔哀歌/石评梅	122
街/沈从文	127
伤逝/台静农	131
雅舍/梁实秋	134
发疯/冯雪峰	137
崇高的母性/黎烈文	142
悼志摩/林徽因	148
怀念萧珊/巴金	156
海上日出/巴金	168
野店/臧克家	170
悼评梅先生/李健吾	174
传授给儿子/傅雷	180
我的吊唁和回忆/廖承志	183
赋得永久的悔/季羡林	189
鲁迅先生记/萧红	195

茶花赋/杨朔 ··· 197

葡萄月令/汪曾祺 ··· 200

思台北，念台北/余光中 ······································· 206

珍珠鸟/冯骥才 ··· 212

下篇　世界最美的散文

亚里士多德论同情/（古希腊）亚里士多德 ······················· 216

飨宴/（意大利）但丁 ··· 218

绘画论/（意大利）达·芬奇 ··································· 222

人生可笑又滑稽/（法国）蒙田 ································· 226

论高位/（英国）培根 ··· 230

论求知/（英国）培根 ··· 234

昂贵的哨子/（美国）富兰克林 ································· 236

生活在大自然的怀抱里/（法国）卢梭 ··························· 238

独立宣言/（美国）杰斐逊 ····································· 241

名誉/（德国）叔本华 ··· 246

论爱/（英国）雪莱 ··· 252

笔友/（法国）巴尔扎克 ······································· 255

悼念乔治·桑/（法国）雨果 ··································· 258

光荣的荆棘路/（丹麦）安徒生 ································· 261

遗嘱/（俄国）果戈理 ··· 266

在葛底斯堡的演说/（美国）林肯 ······························· 272

到尼亚加拉大瀑布/（英国）狄更斯 ····························· 274

秋天的日落/（美国）梭罗 ····································· 277

小鹌鹑/（俄国）屠格涅夫 ····································· 279

贝多芬百年祭/（英国）萧伯纳 …………………………………… 281
生活是美好的——对企图自杀者进一言/（俄国）契诃夫 ……… 286
美/（印度）泰戈尔 …………………………………………………… 288
海燕/（苏联）高尔基 ………………………………………………… 291
在八月/（苏联）蒲宁 ………………………………………………… 293
论老之将至/（英国）罗素 …………………………………………… 298
信仰自白/（德国）爱因斯坦 ………………………………………… 301
假如给我三天光明/（美国）海伦·凯勒 …………………………… 304
壳与核/（黎巴嫩）纪伯伦 …………………………………………… 313
鸟啼/（英国）劳伦斯 ………………………………………………… 317
走自己的路/（美国）卡耐基 ………………………………………… 322
我的伊豆/（日本）川端康成 ………………………………………… 327
母亲架设的桥/（日本）水上勉 ……………………………………… 330
父亲的形象/（日本）芥川比吕志 …………………………………… 333
奶奶/（美国）布莱德伯里 …………………………………………… 339
白草/（苏联）邦达列夫 ……………………………………………… 345
达摩克利斯剑的灾难/（哥伦比亚）马尔克斯 ……………………… 350
与海明威相见/（哥伦比亚）马尔克斯 ……………………………… 355
我有一个梦想/（美国）马丁·路德·金 …………………………… 360
贝加尔湖啊，贝加尔湖/（苏联）拉斯普京 ………………………… 366

上 篇

中国最美的散文

少年中国说 /梁启超

入选理由
梁启超"新文体"的典范
充沛酣畅的爱国情怀和强国期盼
观点鲜明，论述深刻

  日本人之称我中国也，一则曰老大帝国，再则曰老大帝国。是语也，盖袭译欧西人之言也。呜呼！我中国其果老大矣乎？梁启超曰：恶是何言，是何言，吾心目中有一少年中国在！

  欲言国之老少，请先言人之老少。老年人常思既往，少年人常思将来。惟思既往也，故生留恋心；惟思将来也，故生希望心。惟留恋也，故保守；惟希望也，故进取。惟保守也，故永旧；惟进取也，故日新。惟思既往也，事事皆其所已经者，故惟知照例；惟思将来也，事事皆其所未经者，故常敢破格。老年人常多忧虑，少年人常好行乐。惟多忧也，故灰心；惟行乐也，故盛气。惟灰心也，故怯懦；惟盛气也，故豪壮。惟怯懦也，故苟且；惟豪壮也，故冒险。惟苟且也，故能灭世界；惟冒险也，故能造世界。老年人常厌事，少年人常喜事。惟厌事也，故常觉一切事无可为者；惟好事也，故常觉一切事无不可为者。老年人如夕照，少年人如朝

作者简介

  梁启超（1873—1929），字卓如，号任公，又号饮冰室主人。广东新会人，光绪举人。1890年拜康有为为师。1896年在上海办《时务报》，提倡维新变法，宣传改良主义。还介绍了西方资产阶级哲学和政治学说，对当时思想界有重大影响。1898年戊戌变法失败后，因受清政府通缉逃亡日本。创办《清议报》，坚持改良主义。辛亥革命后回国，一度与袁世凯、段祺瑞合作共事。五四时期以学术研究为名，反对马克思主义在中国传播。1925年任清华大学研究院导师、京师图书馆馆长。晚年，致力于著书讲学，其著作编为《饮冰室全集》共148卷。

阳；老年人如瘠牛，少年人如乳虎；老年人如僧，少年人如侠；老年人如字典，少年人如戏文；老年人如鸦片烟，少年人如泼兰地酒；老年人如别行星之陨石，少年人如大洋海之珊瑚岛；老年人如埃及沙漠之金字塔，少年人如西伯利亚之铁路；老年人如秋后之柳，少年人如春前之草；老年人如死海之潴为泽，少年人如长江之初发源。此老年与少年性格不同之大略也。梁启超曰：人固有之，国亦宜然。

梁启超曰：伤哉老大也。浔阳江头琵琶妇，当明月绕船、枫叶瑟瑟、衾寒于铁、似梦非梦之时，追想洛阳尘中春花秋月之佳趣。西宫南内，白发宫娥，一灯如穗，三五对坐，谈开元、天宝间遗事，谱霓裳羽衣曲。青门种瓜人，左对孺人，顾弄孺子，忆侯门似海珠履杂遝之盛事。拿破仑之流于厄蔑，阿刺飞之幽于锡兰，与三两监守吏或过访之好事者，道当年短刀匹马，驰骋中原，席卷欧洲，血战海楼，一声叱咤，万国震恐之丰功伟烈，初而拍案，继而抚髀，终而揽镜。呜呼，面皴齿尽，白头盈把，颓然老矣！若是者，舍幽郁之外无心事，舍悲惨之外无天地，舍颓唐之外无日月，舍叹息之外无音声，舍待死之外无事业。美人豪杰且然，而况于寻常碌碌者耶！生平亲友，皆在墟墓，起居饮食，待命于人，今日且过，遑知他日；今年且过，遑恤明年。普天下灰心短气之事，未有甚于老大者。于此人也，而欲望以擎云之手段、回天之事功，挟山超海之意气，能乎不能？

呜呼，我中国其果老大矣乎？立乎今日，以指畴昔，唐虞三代，若何之郅治；秦皇汉武，若何之雄杰；汉唐来之文学，若何之隆盛；康乾间之武功，若何之赫！历史家所铺叙，词章家所讴歌，何一非我国民少年时代良辰美景、赏心乐事之陈迹哉！而今颓然老矣，昨日割五城，明日割十城；处处雀鼠尽，夜夜鸡犬惊；十八省之土地财产，已为人怀中之肉；四百兆之父兄子弟，已为人注籍之奴。岂所谓"老大嫁作商人妇"者耶？呜呼！凭君莫话当年事，憔悴韶光不忍看。楚囚相对，岌岌顾影；人命危浅，朝不虑夕。国为待死之国，一国之民为待死之民，万事付之奈何，一切凭人作弄，亦何足怪！

梁启超曰：我中国其果老大矣乎？是今日全地球之一大问题也。如其老大也，则是中国为过去之国，即地球上昔本有此国，而今渐渐灭，他日之命运殆将尽也。如其非老大也，则是中国为未来之国，即地球上昔未现此国，而今渐发达，他日之前程且方长也。欲断今日之中国为老大耶，为少年耶？则不可不先明"国"字之意义。夫国也者，何物也？有土地，有人民，以居于其土地之人民，而治其所居之土地之事，自制法律而自守之；有主权，有服从，人人皆主权者，人人皆服从者。夫如是，斯谓之完全成立之国。地球上之有完全成立之国也，自百年以来也。完全成立者，壮年之事也；未能完全成立而渐进于完全成立者，少年之事也。故吾得一言以断之曰：欧洲列邦在今日为壮年国，而我中国在今日为少年国。

夫古昔之中国者，虽有国之名，而未成国之形也，或为家族之国，或为酋长之国，或为诸侯封建之国，或为一王专制之国。虽种类不一，要之，其于国家之体质也，有其一部而缺其一部，正如婴儿自胚胎以迄成童，其身体之一二官支，先行长成，此外则全体虽粗具，然未能得其用也。故唐虞以前为胚胎时代，殷周之际为乳哺时代，由孔子而来至于今为童子时代，逐渐发达，而今乃始将入成童以上少年之界焉。其长成所以若是之迟者，则历代之民贼有窒其生机者也。譬犹童年多病，转类老态，或且疑其死期之将至焉，而不知皆由未完全、未成立也，非过去之谓，而未来之谓也。

且我中国畴昔，岂尝有国家哉？不过有朝廷耳。我黄帝子孙，聚族而居，立于此地球之上者既数千年，而问其国之为何名，则无有也。夫所谓唐、虞、夏、商、周、秦、汉、魏、晋、宋、齐、梁、陈、隋、唐、宋、元、明、清者，则皆朝名耳。朝也者，一家之私产也；国也者；人民之公产也。朝有朝之老少，国有国之老少，朝与国既异物，则不能以朝之老少而指为国之老少明矣。文、武、成、康，周朝之少年时代也。幽、厉、桓、赧，则其老年时代也；高、文、景、武，汉朝之少年时代也，元、平、桓、灵，则其老年时代也。自余历朝，莫不有之。凡此者，谓为一朝廷之老也则可，谓为一国之老也则不可。一朝廷之老且死，犹一人之老且死也，于吾所谓中国者何与焉？然则吾中国者，前此尚未出现于世界，而今乃始萌芽云尔。天地大矣，前途辽矣，美哉，我少年中国乎！

玛志尼者，意大利三杰之魁也，以国事被罪，逃窜异邦，乃创立一会，名曰"少年意大利"。举国志士，云涌雾集以应之，卒乃光复旧物，使意大利为欧洲之一雄邦。夫意大利者，欧洲第一之老大国也，自罗马亡后，土地隶于教皇，政权归于奥国，殆所谓老而濒于死者矣。而得一玛志尼，且能举全国而少年之，况我中国之实为少年时代者耶？堂堂四百余州之国土，凛凛四百余兆之国民，岂遂无一玛志尼其人者！

龚自珍氏之集有诗一章，题曰《能令公少年行》。吾尝爱读之，而有味乎其用意之所存。我国民而自谓其国之老大也，斯果老大矣；我国民而自知其国之少年也，斯乃少年矣。西谚有之曰：有三岁之翁，有百岁之童。然则国之老少，又无定形，而实随国民之心力以为消长者也。吾见乎玛志尼之能令国少年也。吾又见乎我国之官吏士民能令国老大也，吾为此惧。夫以如此壮丽浓郁、翩翩绝世之少年中国，而使欧西、日本人谓我为老大者何也？则以握国权者皆老朽之人也。非哦几十年八股，非写几十年白折，非当几十年差，非捱几十年俸，非递几十年手本，非唱几十年喏，非磕几十年头，非请几十年安，则必不能得一官、进一职。其内任卿贰以上、外任监司以上者，百人之中，其五官不备者，殆九十六七人也，非眼盲，则耳聋，非手颤，则足跛，否则半身不遂也。彼其一身饮食、步履、视听、言语，尚且不能自了，须三四人在左右扶之捉之，乃能度日，于此而乃欲责之以国事，是何异立无数木偶而使之治天下也。且彼辈者，自其少壮之时，既已不知亚细亚、欧罗巴为何处地方，汉祖、唐宗是哪朝皇帝，犹嫌其顽钝腐败之未臻其极，又必搓磨之、陶冶之，待其脑髓已涸，血管已塞，气息奄奄，与鬼为邻之时，然后将我二万里山河、四万万人命，一举而畀于其手，呜呼！老大帝国，诚哉其老大也！而彼辈者，积其数十年之八股、白折、当差、捱俸、手本、唱诺、磕头、请安，千辛万苦，千苦万辛，乃始得此红顶花翎之服色，中堂大人之名号，乃出其全副精神，竭其毕生力量，以保持之。如彼乞儿，拾金一锭，虽轰雷盘旋其顶上，而两手犹紧抱其荷包，他事非所顾也，非所知也，非所闻也。于此而告之以亡国也，瓜分也，彼乌从而听之？乌从而信之？即使果亡矣，果分矣，而吾今年既七十矣八十矣，但求其一两年内，洋人不来，强盗不起，我已快活过了一世矣。若不得已，则割三头两省之土地奉申贺敬，以换我几个衙门；卖三几百万之人民作仆为奴，以赎我一条老命，有何不可？有何难办？呜呼，今之所谓老后、老臣、老将、老吏者，其修身、齐家、治国、平天下之手段，皆具于是矣。西风一夜催人老，凋尽朱颜白尽头。使走无常当医生，携催命符以祝寿。嗟乎痛哉！以此为国，是安得不老且死，且吾恐其未及岁而殇也。

梁启超曰：造成今日之老大中国者，则中国老朽之冤业也；制出将来之少年中国者，则中国少年之责任也。彼老朽者何足道，彼与此世界作别之日不远矣，而我少年乃新来而与世界为缘。如僦屋者然，彼明日将迁居地方，而我今日始入此室处，将迁居者，不爱护其窗栊，不洁治其庭庑，俗人恒情，亦何足怪。若我少年者前程浩浩，后顾茫茫，中国而为牛、为马、为奴、为隶，则烹脔鞭棰之惨酷，惟我少年当之；中国如称霸宇内、主盟地球，则指挥顾盼之尊荣，惟我少年享之。于彼气息奄奄、与鬼为邻者何与焉？彼而漠然置之，犹可言也；我而漠然置之，不可言也。使举国之少年而果为少年也，则吾中国为未来之国，其进步未可量也；使举国之少年而亦为老大也，则吾中国为过去之国，其澌亡可翘足而待也。故今日之责任，不在他人，而全在我少年。少年智则国智，少年富则国富，少年强则国强，少年独立则国独立，少年自由则国自由，少年进步则国进步，少年胜于欧洲，则国胜于欧洲，少年雄于地球，则国雄于地球。红日初升，其道大光；河出伏流，一泻汪洋；潜龙腾渊，鳞爪飞扬；乳虎啸谷，百兽震惶；鹰隼试翼，风尘吸张；奇花初胎，矞矞皇皇；干将发硎，有作其芒；天戴其苍，地履其黄；纵有千古，横有八荒；前途似海，来日方长。美哉,我少年中国,与天不老!壮哉,我中国少年,与国无疆!

"三十功名尘与土,八千里路云和月。莫等闲白了少年头,空悲切!"此岳武穆《满江红》词句也,作者自六岁时即口受记忆,至今喜诵之不衰。自今以往,弃"哀时客"之名,更自名曰"少年中国之少年"。作者附识。

作品赏析

梁启超是中国近代史上的伟人,他是维新变法运动的领导人之一,曾为民族的振兴四处奔走。"百日维新"失败后,他流寓日本,继续从事宣传活动。在长期的宣传和著述中,梁启超形成了独具特色的文风,被人称为"笔端常带感情"。他的这种文风极具鼓动力,影响了无数心怀救国之志的热血青年。此文即其中的代表。

1900年的中国,正在遭受着列强铁蹄的践踏,民族危机日益加深。日本人称中国为"老大帝国",意谓老朽垂死之国,梁启超有感于此,提笔写就了这篇脍炙人口的政论文予以反驳。文章紧扣"少年中国"的主题展开论述,以对未来充满希望的乐观主义精神和诚挚热情的爱国主义精神运笔,深刻揭露了老朽当权者的昏庸误国,而寄希望于当时之少年,并给予了热情的鼓励。

文章语言平易晓畅,思路清晰,条分缕析,精辟有力。作品中词汇丰富,加之灵活运用了重叠、排比、递进的句式和一系列形象贴切的比喻,层层推进、逐次阐发,使文章感情饱满、格调昂扬。作者时而举例、时而引用,时而穿插新警动人的议论,旁征博引,挥洒自如,整篇文章气势充畅淋漓,大有一泻千里之感,极富鼓动性与感染力。

偶像破坏论 /陈独秀

| 入选理由 | 陈独秀的演讲散文精华
启蒙一个时代的革新思想
文章铿锵有力，情感激昂 |

"一声不作，二目无光，三餐不吃，四肢无力，五官不全，六亲无靠，七窍不通，八面威风，九（音同久）坐不动，十（音同实）是无用"：这几句形容偶像的话，何等有趣！

偶像何以应该破坏，这几句话可算说得淋漓尽致了。但是世界上受人尊重，其实是个无用的废物，又何只偶像一端？凡是无用而受人尊重的，都是废物，都算是偶像，都应该破坏！

世界上真实有用的东西，自然应该尊重，应该崇拜；倘若本来是件无用的东西，只因人人尊重他，崇拜他，才算得有用，这班骗人的偶像倘不破坏，岂不教人永远上当么？

泥塑木雕的偶像，本来是件无用的东西，只因有人尊重他，崇拜他，对他烧香磕头，说他灵验：于是乡愚无知的人，迷信这人造的偶像真有赏善罚恶之权，有时便不敢作恶，似乎这偶像却很有用。但是偶像这种用处，不过是迷信的人自己骗自己，非是偶像自身真有什么能力。这种偶像倘不破坏，人间永远只有自己骗自己的迷信，没有真实合理的信仰，岂不可怜！

天地间鬼神的存在，倘不能确实证明，一切宗教，都是一种骗人的偶像：阿弥陀佛是骗人的；耶和华上帝也是骗人的；玉皇大帝也是骗人的；一切宗教家所尊重的崇拜的神佛仙鬼，都是无用的骗人的偶像，都应该破坏！

古代蒙昧初开的民族，迷信君主是天的儿子，是神的替身，尊重他，崇拜他，以为他的本领与众不同，他才能居然统一国土。其实君主也是一种偶像，他本身并没有什么神圣出奇的作用；全靠众人迷信他，尊崇他，才能够号令全国，称做元首；一旦亡了国，像此时清朝皇帝溥仪，俄罗斯皇帝尼古拉斯二世，比寻常人还要可怜。这等亡国的君主，好像一座泥塑木雕的偶像抛在粪缸里，看他到底有什么神奇出众的地方呢！但是这等偶像，未经破坏以前，却很有些作怪；请看中外史书，这等偶像害人的事还算少么！事到如今，这等不但骗人而且害人的偶像，已被我们看穿，还不应该破坏么？

国家是个什么？照政治学家的解释，越解释越叫人糊涂。我老实说一句，国家也是一种偶像。一个国家，乃是一种或数种人民集合起来，占据一块土地，假定的名称；若除去人民，单剩一块土地，便不见国家在那里，便不知国家是什么。可见国家也不过是一种骗人的偶像，他本身亦无什么真实能力。现在的人所以要保存这种偶像的缘故，不过是借此对内拥护贵族财主的权利，对外侵害弱国小国的权利罢了。（若说到国家自卫主

作者简介

陈独秀（1879—1942），中国"五四"新文化运动领袖、中国共产党创始人和早期领导人之一。原名庆同，字仲甫，号实庵。1902年，从日本留学回国后，开始在故乡从事革命活动。"反袁"二次革命失败后，流亡日本。1915年，回到上海，创办著名刊物《青年》杂志（1916年改名《新青年》），大力提倡民主与科学。1917年初，担任北京大学文科学长。1918年和李大钊、胡适等创办《每周评论》，宣传马克思主义，成为"五四"新文化运动的重要组织者和领导者之一。

1920年，在上海发起成立马克思主义研究会，成立中国第一个共产主义小组，还联络全国各地的共产主义小组，筹建中国共产党。1921年7月，在中国共产党第一次全国代表大会上，陈独秀被选为中央局书记，成为中共中央主要领导人。后来相继担任中共要职。

1922年后，犯严重的右倾投降主义路线错误，1927年8月7日，中国共产党中央撤销其总书记职务。1929年11月，被开除中国共产党党籍。晚年流落于四川。1942年5月，病逝于江津。

义，乃不成问题。自卫主义，因侵害主义发生。若无侵害，自卫何为？侵略是因，自卫是果。）世界上有了什么国家，才有什么国际竞争；现在欧洲的战争，杀人如麻，就是这种偶像在那里作怪。我想各国的人民若是渐渐都明白世界大同的真理，和真正和平的幸福，这种偶像就自然毫无用处了。但是世界上多数的人，若不明白他是一种偶像，而且明白这种偶像的害处，那大同和平的光明，恐怕不会照到我们眼里来！

世界上男子所受的一切勋位荣典，和我们中国女子的节孝牌坊，也算是一种偶像；因为功业无论大小，都有一个相当的纪念在人人心目中；节孝必出于自身主观的自动的行为，方有价值；若出于客观的被动的虚荣心，便和崇拜偶像一样了。虚荣心伪道德的坏处，较之不道德尤甚；这种虚伪的偶像倘不破坏，却是真功业真道德的大障碍！

破坏！破坏偶像！破坏虚伪的偶像！吾人信仰，当以真实的合理的为标准；宗教上，政治上，道德上，自古相传的虚荣，欺人不合理的信仰，都算是偶像，都应该破坏！此等虚伪的偶像倘不破坏，宇宙间实在的真理和吾人心坎儿里彻底的信仰永远不能合一！

作品赏析

从1915年组办《新青年》甚至在更早的《爱国心与自觉心》，我们便见到了陈独秀这个革命者在中国舞台上的频繁活动。《偶像破坏论》展现了陈独秀昂扬的去除旧势力的迫切心态。他认为，从泥雕木塑的偶像，包括三大宗教：基督教、佛教、道教，到国家形式的偶像，再到世俗的勋位荣典，节孝牌坊虚名的偶像，都在打倒的行列。为中国社会的推进注入强劲的动力：破坏偶像，破坏虚伪的偶像。就像文章中说的："凡是无用而受人尊重的，都是废物，都算是偶像，都应该破坏！"

文章情感激昂，言语犀利，为我们展现了一个革命家破坏封建偶像的激昂形象，字字掷地有声，撼人心魄。又能让人在阅读中感受这一声声怒吼，涤荡掉生命本原的污浊。在这里，我们看到了陈独秀打倒腐朽思想的坚定信念和不屈斗志，看到在文学史思想史上铮铮的硬汉形象，就像海明威一样，敢于挑战，但胜于海明威的是，海明威挑战的只是自己，而陈独秀挑战的则是整个中国传统文化的积淀。

藤野先生 /鲁迅

入选理由
收入中学课本
结构紧凑，情感真挚，用语精练，遣词含蓄

东京也无非是这样。上野的樱花烂漫的时节，望去确也像绯红的轻云，但花下也缺不了成群结队的"清国留学生"的速成班，头顶上盘着大辫子，顶得学生制帽的顶上高高耸起，形成一座富士山。也有解散辫子，盘得平的，除下帽来，油光可鉴，宛如小姑娘的发髻一般，还要将脖子扭几扭。实在标致极了。

中国留学生会馆的门房里有几本书买，有时还值得去一转；倘在上午，里面的几间洋房里倒也还可以坐坐的。但到傍晚，有一间的地板便常不免要咚咚咚地响得震天，兼以满房烟尘斗乱；问问精通时事的人，答道："那是在学跳舞。"

到别的地方去看看，如何呢？

我就往仙台的医学专门学校去。从东京出发，不久便到一处驿站，写道：日暮里。不知怎的，我到现在还记得这名目。其次却只记得水户了，这是明的遗民朱舜水先生客死的地方。仙台是一个市镇，并不大；冬天冷得厉害；还没有中国的学生。

大概是物以希为贵罢。北京的白菜运往浙江，便用红头绳系住菜根，倒挂在水果店头，尊为"胶菜"；福建野生着的芦荟，一到北京就请进温室,且美其名曰"龙舌兰"。我到仙台也颇受了这样的优待,不但学校不收学费,几个职员还为我的食宿操心。我先是住在监狱旁边一个客店里的,初冬已经颇冷,蚊子却还多,后来用被盖了全身,用衣服包了头脸,只留两个鼻孔出气。在这呼吸不息的地方,蚊子竟无从插嘴,居然睡安稳了。饭食也不坏。但一位先生却以为这客店也包办囚人的饭食,我住在那里不相宜,几次三番,几次三番地说。我虽然觉得客店兼办囚人的饭食和我不相干,然而好意难却,也只得别寻相宜的住处了。于是搬到别一家,离监狱也很远,可惜每天总要喝难以下咽的芋梗汤。

从此就看见许多陌生的先生,听到许多新鲜的讲义。解剖学是两个教授分任的。最初是骨学。其时进来的是一个黑瘦的先生,八字须,戴着眼镜,挟着一叠大大小小的书。一将书放在讲台上,便用了缓慢而很有顿挫的声调,向学生介绍自己道:

"我就是叫作藤野严九郎的……"

后面有几个人笑起来了。他接着便讲述解剖学在日本发达的历史,那些大大小小的书,便是从最初到现今关于这一门学问的著作。起初有几本是线装的;还有翻刻中国译本的,他们的翻译和研究新的医学,并不比中国早。

作者简介

鲁迅(1881—1936),中国文学家、思想家和革命家。原名周树人,字豫才,浙江绍兴人。出身于破落封建家庭。青年时代受进化论、尼采超人哲学和托尔斯泰博爱思想的影响。1902年去日本留学,原在仙台医学院学医,后从事文艺工作,企图用以改变国民精神。1909年,回国任教。1918年5月,首次用"鲁迅"的笔名,发表中国现代文学史上第一篇白话小说《狂人日记》,奠定了新文学运动的基石。1919年,成为"五四"新文化运动的主将。1921年12月发表的中篇小说《阿Q正传》,是中国现代文学史上的不朽杰作。1930年起,先后参加中国自由运动大同盟、中国左翼作家联盟和中国民权保障同盟,反抗国民政府的独裁统治和政治迫害。1936年10月19日因肺结核病逝于上海,葬于虹桥万国公墓。

那坐在后面发笑的是上学年不及格的留级学生,在校已经一年,掌故颇为熟悉的了。他们便给新生讲演每个教授的历史。这藤野先生,据说是穿衣服太模糊了,有时竟会忘记带领结;冬天是一件旧外套,寒颤颤的,有一回上火车去,致使管车的疑心他是扒手,叫车里的客人大家小心些。

他们的话大概是真的,我就亲见他有一次上讲堂没有带领结。

过了一星期,大约是星期六,他使助手来叫我了。到得研究室,见他坐在人骨和许多单独的头骨中间,——他其时正在研究着头骨,后来有一篇论文在本校的杂志上发表出来。

"我的讲义,你能抄下来么?"他问。

"可以抄一点。"

"拿来我看!"

我交出所抄的讲义去,他收下了,第二三天便还我,并且说,此后每一星期要送给他看一回。我拿下来打开看时,很吃了一惊,同时也感到一种不安和感激。原来我的讲义已经从头到末,都用红笔添改过了,不但增加了许多脱漏的地方,连文法的错误,也都一一订正。这样一直继续到教完了他所担任的功课:骨学、血管学、神经学。

可惜我那时太不用功,有时也很任性。还记得有一回藤野先生将我叫到他的研究室里去,翻出我那讲义上的一个图来,是下臂的血管,指着,向我和蔼地说道:

"你看,你将这条血管移了一点位置了。——自然,这样一移,的确比较的好看些,然而解剖图不是美术,实物是那么样的,我们没法改换它。现在我给你改好了,以后你要全照着黑板上那样的画。"

但是我还不服气,口头答应着,心里却想道:

"图还是我画的不错;至于实在的情形,我心里自然记得的。"

学年试验完毕之后,我便到东京玩了一夏天,秋初再回学校,成绩早已发表了,同学一百余人之中,我在中间,不过是没有落第。这回藤野先生所担任的功课,是解剖实习和局部解剖学。

解剖实习了大概一星期，他又叫我去了，很高兴地，仍用了极有抑扬的声调对我说道：

"我因为听说中国人是很敬重鬼的，所以很担心，怕你不肯解剖尸体。现在总算放心了，没有这回事。"

但他也偶有使我很为难的时候。他听说中国的女人是裹脚的，但不知道详细，所以要问我怎么裹法，足骨变成怎样的畸形，还叹息道："总要看一看才知道。究竟是怎么一回事呢？"

有一天，本级的学生会干事到我寓里来了，要借我的讲义看。我检出来交给他们，却只翻检了一通，并没有带走。但他们一走，邮差就送到一封很厚的信，拆开看时，第一句是：

"你改悔罢！"

这是《新约》上的句子罢，但经托尔斯泰新近引用过的。其时正值日俄战争，托老先生便写了一封给俄国和日本的皇帝的信，开首便是这一句。日本报纸上很斥责他的不逊，爱国青年也愤然，然而暗地里却早受了他的影响了。其次的话，大意是说上年解剖学试验的题目，是藤野先生在讲义上做了记号，我预先知道的，所以能有这样的成绩。末尾是匿名。

我这才回忆到前几天的一件事。因为要开同级会，干事便在黑板上写广告，末一句是"请全数到会勿漏为要"，而且在"漏"字旁边加了一个圈。我当时虽然觉到圈得可笑，但是毫不介意，这回才悟出那字也在讥刺我了，犹言我得了教员漏泄出来的题目。

我便将这事告知了藤野先生；有几个和我熟识的同学也很不平，一同去诘责干事托辞检查的无礼，并且要求他们将检查的结果，发表出来。终于这流言消灭了，干事却又竭力运动，要收回那一封匿名信去。结末是我便将这托尔斯泰式的信退还了他们。

中国是弱国，所以中国人当然是低能儿，分数在六十分以上，便不是自己的能力了：也无怪他们疑惑。但我接着便有参观枪毙中国人的命运了。第二年添教霉菌学，细菌的形状是全用电影来显示的，一段落已完而还没有到下课的时候，便影几片时事的片子，自然都是日本战胜俄国的情形。但偏有中国人夹在里边：给俄国人做侦探，被日本军捕获，要枪毙了，围着看的也是一群中国人；在讲堂里的还有一个我。

"万岁！"他们都拍掌欢呼起来。

这种欢呼，是每看一片都有的，但在我，这一声却特别听得刺耳。此后回到中国来，我看见那些闲看枪毙犯人的人们，他们也何尝不酒醉似的喝彩，——呜呼，无法可想！但在那时那地，我的意见却变化了。

到第二学年的终结，我便去寻藤野先生，告诉他我将不学医学，并且离开这仙台。他的脸色仿佛有些悲哀，似乎想说话，但竟没有说。

"我想去学生物学，先生教给我的学问，也还有用的。"其实我并没有决意要学生物学，因为看得他有些凄然，便说了一个慰安他的谎话。

"为医学而教的解剖学之类，怕于生物学也没有什么大帮助。"他叹息说。

将走的前几天，他叫我到他家里去，交给我一张照相，后面写着两个字道："惜别"，还说希望将我的也送他。但我这时适值没有照相了；他便叮嘱我将来照了寄给他，并且时时通信告诉他此后的状况。

我离开仙台之后，就多年没有照过相，又因为状况也无聊，说起来无非使他失望，便连信也怕敢写了。经过的年月一多，话更无从说起，所以虽然有时想写信，却又难以下笔，这样的一直到现在，竟没有寄过一封信和一张照片。从他那一面看起来，是一去之后，杳无消息了。

但不知怎的，我总还时时记起他，在我所认为我师之中，他是最使我感激，给我鼓励的一个。有时我常常想：他的对于我的热心的希望，不倦的教诲，小而言之，是为中国，就是希望中国有新的医学；大而言之，是为学术，就是希望新的医学传到中国去。他的性格，在我的眼里和心里是伟大的，虽然他的姓名并不为许多人所知道。

他所改正的讲义，我曾经订成三厚本，收藏着的，将作为永久的纪念。不幸七年前迁居的时候，中途毁坏了一口书箱，失去半箱书，恰巧这讲义也遗失在内了。责成运送局去找寻，寂无回信。只有他的照相至今还挂在我北京寓居的东墙上，书桌对面。每当夜间疲倦，正想偷懒时，仰面在灯光中瞥见他黑瘦的面貌，似乎正要说出抑扬顿挫的话来，便使我忽又良心发现，而且增加勇气了，于是点上一支烟，再继续写些为"正人君子"之流所深恶痛疾的文字。

作品赏析

　　这篇散文是鲁迅先生回忆在日留学期间的生活片段，以诚挚的感情描写了对日本学者藤野先生的深切怀念，并叙述了自己对当时现实的观感。文章重点写藤野先生，首先是摹写他的外表，然后不惜笔墨挖掘他的精神气质，选择了五个例子，用白描手法予以描绘。整篇文章步步进展，层层开拓，犹如大潮顺势直下，极有声势。而作者的感情贯穿于三个层次之间，成为结构的纽带，这情就是对藤野先生的思念、对祖国的热爱、对黑暗现实的愤恨。这样就使这篇散文十分紧凑而又气韵萌生，相当感人。

　　《藤野先生》语言是出色的，作者用语精练、深刻，感情强烈。遣词造句生动得当，含蓄深邃。

阿长与山海经 /鲁迅

入选理由
鲁迅的散文代表作之一
收入中学课本
人物形象的传神刻画，感情真挚而深厚

　　长妈妈，已经说过，是一个一向带领着我的女工，说得阔气一点，就是我的保姆。我的母亲和许多别的人都这样称呼她，似乎略带些客气的意思。只有祖母叫她阿长。我平时叫她"阿妈"，连"长"字也不带；但到憎恶她的时候，——例如知道了谋死我那隐鼠的却是她的时候，就叫她阿长。

我们那里没有姓长的；她生得黄胖而矮，"长"也不是形容词。又不是她的名字，记得她自己说过，她的名字是叫做什么姑娘的。什么姑娘，我现在已经忘却了，总之不是长姑娘；也终于不知道她姓什么。记得她也曾告诉过我这名称的来历：先前的先前，我家有一个女工，身材生得很高大，这就是真阿长。后来她回去了，我那什么姑娘才来补她的缺，然而大家因为叫惯了，没有再改口，于是她从此也就成为长妈妈了。

虽然背地里说人长短不是好事情，但倘使要我说句真心话，我可只得说：我实在不大佩服她。最讨厌的是常喜欢切切察察，向人们低声絮说些什么事，还竖起第二个手指，在空中上下摇动，或者点着对手或自己的鼻尖。我的家里一有些小风波，不知怎的我总疑心和这"切切察察"有些关系。又不许我走动，拔一株草，翻一块石头，就说我顽皮，要告诉我的母亲去了。一到夏天，睡觉时她又伸开两脚两手，在床中间摆成一个"大"字，挤得我没有余地翻身，久睡在一角的席子上，又已经烤得那么热。推她呢，不动；叫她呢，也不闻。

"长妈妈生得那么胖，一定很怕热罢？晚上的睡相，怕不见得很好罢？……"

母亲听到我多回诉苦之后，曾经这样地问过她。我也知道这意思是要她多给我一些空席。她不开口。但到夜里，我热得醒来的时候，却仍然看见满床摆着一个"大"字，一条臂膊还搁在我的颈子上。我想，这实在是无法可想了。

但是她懂得许多规矩：这些规矩，也大概是我所不耐烦的。一年中最高兴的时节，自然要算除夕了。辞岁之后，从长辈得到压岁钱，红纸包着，放在枕边，只要过一宵，便可以随意使用。睡在枕上，看着红包，想到明天买来的小鼓，刀枪，泥人，糖菩萨……。然而她进来，又将一个福橘放在床头了。

"哥儿，你牢牢记住！"她极其郑重地说。"明天是正月初一，清早一睁开眼睛，第一句话就得对我说：'阿妈，恭喜恭喜！'记得么？你要记着，这是一年的运气的事情。不许说别的话！说过这后，还得吃一点福橘。"她又拿起那橘子来在我的眼前摇了两摇，"那么，一年到头，顺顺流流……"

梦里也记得元旦的，第二天醒得特别早，一醒，就要坐起来。她立刻伸出臂膊，一把将我按住。我惊异地看她时，只见她惶急地看着我。

她又有所要求似的，摇着我的肩。我忽而记得了——

"阿妈，恭喜……"

"恭喜恭喜！大家恭喜！真聪明！恭喜恭喜！"她于是喜欢似的，笑将起来，同时将一点冰冷的东西，塞在我的嘴里。我大吃一惊之后，也就忽而记得，这就是所谓福橘，元旦劈头的磨难，总算已经受完，可以下床玩耍去了。

她教给我的道理还很多。例如说人死了，不该说死掉，必须说"老掉了"；死了人，生了孩子的屋子里，不应该走进去；饭粒落在地上，必须拣起来，最好是吃下去；晒裤子用的竹竿底下，是万不可钻过去的……。此外，现在大抵忘却了，只有元旦的古怪仪式记得最清楚。总之，都是些烦琐之至，至今想起来还觉得非常麻烦的事情。

然而我有一时也对她发生空前的敬意。她常常对我讲"长毛"。她之所谓"长毛"者，不但洪秀全军，似乎连后来一切土匪强盗都在内，但除却革命党，因为那时还没有。她说的长毛非常可怕，他们的话就听不懂。她说先前长毛进城的时候，我家都逃到海边去了，只留一个门房和年老的煮饭老妈子看家。后来长毛果然进门来了，那老妈子便叫他们"大王"，——据说对长毛就应该这样叫，——诉说自己的饥饿。长毛笑道："那么，这东西就给你吃了罢！"将一个圆圆的东西掷了过来，还带着一条小辫子，正是那门房的头。煮饭老妈子从此就骇破了胆，后来一提起，还是立刻面色如土，自己轻轻地拍着胸脯道："阿呀，骇死我了，骇死我了……"

我那时似乎倒并不怕,因为我觉得这些事和我毫不相干的,我不是一个门房。但她大概也即觉到了,说道:"像你似的小孩子,长毛也要掳的,掳去做小长毛。还有好看的姑娘,也要掳。"

"那么,你是不要紧的。"我以为她一定最安全了,既不做门房,又不是小孩子,也生得不好看,况且颈子上还有许多灸疮疤。

"那里的话?!"她严肃地说。"我们就没有用么?我们也要被掳去。城外有兵来攻的时候,长毛就叫我们脱下裤子,一排一排地站在城墙上,外面的大炮就放不出来;再要放,就炸了!"

这实在是出于我意想之外的,不能不惊异。我一向只以为她满肚子是麻烦的礼节罢了,却不料她还有这样伟大的神力。从此对于她就有了特别的敬意,似乎实在深不可测;夜间的伸开手脚,占领全床,那当然是情有可原的了,倒应该我退让。

这种敬意,虽然也逐渐淡薄起来,但完全消失,大概是在知道她谋害了我的隐鼠之后。那时就极严重地诘问,而且当面叫她阿长。我想我又不真做小长毛,不去攻城,也不放炮,更不怕炮炸,我惧惮她什么呢!

但当我哀悼隐鼠,给它复仇的时候,一面又在渴慕着绘图的《山海经》了。这渴慕是从一个远房的叔祖惹起来的。他是一个胖胖的,和蔼的老人,爱种一点花木,如珠兰,茉莉之类,还有极其少见的,据说从北边带回去的马缨花。他的太太却正相反,什么也莫名其妙,曾将晒衣服的竹竿搁在珠兰的枝条上,枝折了,还要愤愤地咒骂道:"死尸!"这老人是个寂寞者,因为无人可谈,就很爱和孩子们往来,有时简直称我们为"小友"。在我们聚族而居的宅子里,只有他书多,而且特别。制艺和试贴诗,自然也是有的;但我却只在他的书斋里,看见过陆玑的《毛诗草木鸟兽虫鱼疏》,还有许多名目很生的书籍,我那时最爱看的是《花镜》,上面有许多图。他说给我听,曾经有过一部绘图的《山海经》,画着人面的兽,九头的蛇,三脚的鸟,生着翅膀的人,没有头而以两乳当做眼睛的怪物……可惜现在不知道放在那里了。

我很愿意看这样的图画，但不好意思力逼他去寻找，他是很疏懒的。问别人呢，谁也不肯真实地回答我。压岁钱还有几百文，买罢，又没有好机会。有书买的大街离我家远得很，我一年中只能在正月间去玩一趟，那时候，两家书店都紧紧地关着门。

玩的时候倒是没有什么的，但一坐下，我就记得绘图的《山海经》。

大概是太过于念念不忘了，连阿长也来问《山海经》是怎么一回事。这是我向来没有和她说过的，我知道她并非学者，说了也无益；但既然来问，也就都对她说了。

过了十多天，或者一个月罢，我还很记得，是她告假回家以后的四五天，她穿着新的蓝布衫回来了，一见面，就将一包书递给我，高兴地说道：

"哥儿，有画儿的'三哼经'，我给你买来了！"

我似乎遇着了一个霹雳，全体都震悚起来；赶紧去接过来，打开纸包，是四本小小的书，略略一翻，人面的兽，九头的蛇，……果然都在内。

这又使我发生新的敬意了，别人不肯做，或不能做的事，她却能够做成功。她确有伟大的神力。谋害隐鼠的怨恨，从此完全消灭了。

这四本书，乃是我最初得到，最为心爱的宝书。

书的模样到现在还在眼前。可是从还在眼前的模样来说，却是一部刻印都十分粗拙的本子。纸张很黄；图像也很坏，甚至于几乎全用直线凑合，连动物的眼睛也是长方形的。但那是我最为心爱的宝书，看起来，确是人面的兽；九头的蛇；一脚的牛；袋子似的帝江；没有头而"以乳为目，以脐为口"，还要"执干戚而舞"的刑天。

此后我就更其搜集绘图的书，于是有了石印的《尔雅音图》和《毛诗品物图考》，又有了《点石斋丛画》和《诗画舫》。《山海经》也另买了一部石印的，每卷都有图赞，绿色的画，字是红的，比那木刻的精致得多了。这一部直到前年还在，是缩印的郝懿行疏。木刻的却已经记不清是什么时候失掉了。

我的保姆,长妈妈即阿长,辞了这人世,大概也有了三十年了罢。我终于不知道她的姓名,她的经历;仅知道有过一个过继的儿子,她大约是青年守寡的孤孀。

仁厚黑暗的地母呵,愿在你怀里永安她的魂灵!

作品赏析

在这篇文章中,鲁迅怀着诚挚的感情,为人们塑造了一个纯朴善良的农妇形象,抒发了自己对她的怀念。文章中,作者对长妈妈不作外形描写,而是集中写她某些特点,从而凸现她的神态和精神。作者通过一些细枝末节的刻画,颇为集中地汇映出长妈妈的愚昧无知、落后陈腐但却善良的心灵。就在她那教给小主人的许多道理和不许这样或那样的管教中,都微妙地表露出她对"我"的钟爱,这在艺术手法上,有点类似以藏为露的含蓄。其实,在家里,只有她才真正关心"我"、了解"我",这一心意就在购买《山海经》的情节中猛然外露了。当我接到《山海经》时,竟"似乎遇着了一个霹雳,全体都震悚起来",所有"抱怨",从此完全消失,对她"发生新的敬意"。长妈妈的形象依附于这一动人事件,便陡然丰满了。作者高明地通过这一情节,引发读者达到"妙悟"境界,从此物、此事、此景中"悟"到此人、此心、此情,获得对这一形象本质的认识,这种刻意传神的手法是十分灵活的。

在这篇散文里,鲁迅还杰出地发挥对话艺术的作用,去刻写长妈妈。文章的叙事艺术是令人叹服的。作者把叙述和描写穿插组合,使文章气韵生动,形象鲜明活泼,更重要的是在整体艺术设计中,进行大段的描写,绘声绘色地勾勒出了一个农妇的精神世界。

◇最美的散文

从百草园到三味书屋 /鲁迅

入选理由
收入中学课本的经典范文
鲁迅先生的名作
谱写幼年往事的优美乐章

  我家的后面有一个很大的园，相传叫作百草园。现在是早已并屋子一起卖给朱文公的子孙了，连那最末次的相见也已经隔了七八年，其中似乎确凿只有一些野草；但那时却是我的乐园。

  不必说碧绿的菜畦，光滑的石井栏，高大的皂荚树，紫红的桑椹；也不必说鸣蝉在树叶里长吟，肥胖的黄蜂伏在菜花上，轻捷的叫天子（云雀）忽然从草间直窜向云霄里去了。单是周围的短短的泥墙根一带，就有无限趣味。油蛉在这里低唱，蟋蟀们在这里弹琴。翻开断砖来，有时会遇见蜈蚣；还有斑蝥，倘若用手指按住它的脊梁，便会拍的一声，从后窍喷出一阵烟雾。何首乌藤和木莲藤缠络着，木莲有莲房一般的果实，何首乌有臃肿的根。有人说，何首乌根是有像人形的，吃了便可以成仙，我于是常常拔它起来，牵连不断地拔起来，也曾因此弄坏了泥墙，却从来没有见过有一块根像人样。如果不怕刺，还可以摘到覆盆子，像小珊瑚珠攒成的小球，又酸又甜，色味都比桑椹要好得远。

  长的草里是不去的，因为相传这园里有一条很大的赤练蛇。

  长妈妈曾经讲给我一个故事听：先前，有一个读书人住在古庙里用功，晚间，在院子里纳凉的时候，突然听到有人在叫他。答应着，四面看时，却见一个美女的脸露在墙头上，向他一笑，隐去了。他很高兴；但竟给那走来夜谈的老和尚识破了机关。说他脸上有些妖气，一定遇见"美女蛇"了；这是人首蛇身的怪物，能唤人名，倘一答应，夜间便要来吃这人的肉的。他自然吓得要死，而那老和尚却道无妨，给他一个小盒子，说只要放在枕边，便可高枕而卧。他虽然照样办，却总是睡不着，——当然睡不着的。到半夜，果然来了，沙沙沙！门外像是风雨声。他正抖作一团时，却听得豁的一声，一道金光从枕边飞出，外面便什么声音也没有了，那金光也就飞回来，敛在盒子里。后来呢？后来，老和尚说，这是飞蜈蚣，它能吸蛇的脑髓，美女蛇就被它治死了。

结末的教训是：所以倘有陌生的声音叫你的名字，你万不可答应他。

这故事很使我觉得做人之险，夏夜乘凉，往往有些担心，不敢去看墙上，而且极想得到一盒老和尚那样的飞蜈蚣。走到百草园的草丛旁边时，也常常这样想。但直到现在，总还是没有得到，但也没有遇见过赤练蛇和美女蛇。叫我名字的陌生声音自然是常有的，然而都不是美女蛇。

冬天的百草园比较的无味；雪一下，可就两样了。拍雪人（将自己的全形印在雪上）和塑雪罗汉需要人们鉴赏，这是荒园，人迹罕至，所以不相宜，只好来捕鸟。薄薄的雪，是不行的；总须积雪盖了地面一两天，鸟雀们久已无处觅食的时候才好。扫开一块雪，露出地面，用一支短棒支起一面大的竹筛来，下面撒些秕谷，棒上系一条长绳，人远远地牵着，看鸟雀下来啄食，走到竹筛底下的时候，将绳子一拉，便罩住了。但所得的是麻雀居多，也有白颊的"张飞鸟"，性子很躁，养不过夜的。

这是闰土的父亲所传授的方法，我却不大能用。明明见它们进去了，拉了绳，跑去一看，却什么都没有，费了半天力，捉住的不过三四只。闰土的父亲是小半天便能捕获几十只，装在叉袋里叫着撞着的。我曾经问他得失的缘由，他只静静地笑道：你太性急，来不及等它走到中间去。

我不知道为什么家里的人要将我送进书塾里去了，而且还是全城中称为最严厉的书塾。也许是因为拔何首乌毁了泥墙罢，也许是因为将砖头抛到间壁的梁家去了罢，也许是因为站在石井栏上跳了下来罢，……都无从知道。总而言之：我将不能常到百草园了。Ade，我的蟋蟀们！Ade，我的覆盆子们和木莲们！……

出门向东，不上半里，走过一道石桥，便是我的先生的家了。从一扇黑油的竹门进去，第三间是书房。中间挂着一块匾道：三味书屋；匾下面是一幅画，画着一只很肥大的梅花鹿伏在古树下。没有孔子牌位，我们便对着那匾和鹿行礼。第一次算是拜孔子，第二次算是拜先生。

第二次行礼时，先生便和蔼地在一旁答礼。他是一个高而瘦的老人，须发都花白了，还戴着大眼镜。我对他很恭敬，因为我早听到，他是本城中极方正、质朴、博学的人。

不知从哪里听来的，东方朔也很渊博，他认识一种虫，名曰"怪哉"，冤气所化，用酒一浇，就消释了。我很想详细地知道这故事，但阿长是不知道的，因为她毕竟不渊博。现在得到机会了，可以问先生。

"先生，'怪哉'这虫，是怎么一回事？……"我上了生书，将要退下来的时候，赶忙问。

"不知道！"他似乎很不高兴，脸上还有怒色了。

我才知道做学生是不应该问这些事的，只要读书，因为他是渊博的宿儒，决不至于不知道，所谓不知道者，乃是不愿意说。年纪比我大的人，往往如此，我遇见过好几回了。

我就只读书，正午习字，晚上对课。先生最初这几天对我很严厉，后来却好起来了，不过给我读的书渐渐加多，对课也渐渐地加上字去，从三言到五言，终于到七言。

三味书屋后面也有一个园，虽然小，但在那里也可以爬上花坛去折腊梅花，在地上或桂花树上寻蝉蜕。最好的工作是捉了苍蝇喂蚂蚁，静悄悄地没有声音。然而同窗们到园里的太多，太久，可就不行了，先生在书房里便大叫起来：

"人都到那里去了？！"

人们便一个一个陆续走回去；一同回去，也不行的。他有一条戒尺，但是不常用，也有罚跪的规则，但也不常用，普通总不过瞪几眼，大声道：

"读书！"

于是大家放开喉咙读一阵书，真是人声鼎沸。有念"仁远乎哉我欲仁斯仁至矣"的，有念"笑人齿缺曰狗窦大开"的，有念"上九潜龙勿用"的，有念"厥土下上上错厥贡苞茅橘柚"的……先生自己也念书。后来，我们的声音便低下去，静下去了，只有他还大声朗读着：

"铁如意，指挥倜傥，一座皆惊呢；金叵罗，颠倒淋漓噫，千杯未醉嗬……"

我疑心这是极好的文章，因为读到这里，他总是微笑起来，而且将头仰起，摇着，向后面拗过去，拗过去。

先生读书入神的时候，于我们是很相宜的。有几个便用纸糊的盔甲套在指甲上做戏。我是画画儿，用一种叫作"荆川纸"的，蒙在小说的绣像上一个个描下来，像习字时候的影写一样。读的书多起来，画的画也多起来；书没有读成，画的成绩却不少了，最成片段的是《荡寇志》和《西游记》的绣像，都有一大本。后来，因为要钱用，卖给一个有钱的同窗了。他的父亲是开锡箔店的；听说现在自己已经做了店主，而且快要升到绅士的地位了。这东西早已没有了罢。

作品赏析

本文选自《朝花夕拾》。鲁迅先生一生的创作以杂文为主，他生前自己编定过两本散文集，即《朝花夕拾》和《野草》。其中《朝花夕拾》是"回忆的记事"，代表着鲁迅散文的另一种风格——清新、朴实、亲切感人、犀利风趣，是现代回忆散文的经典之作。

对每个人而言，儿童时代的记忆是难以磨灭的，童心世界是妙趣横生的。大多数时候，鲁迅先生以一个战士的形象出现，严峻凛冽、锋芒毕露，但是，一触及到幼年往事，笔调立刻舒缓起来。百草园中，"似乎确凿只有一些野草"，可是，"那时却是我的乐园"。"草原"变成"乐园"，其间就溢满了童趣。儿童对万物都是好奇的，在百草园这样一个充满了颜色和声音的生命世界里，儿童可以好奇地想象昆虫的语言，草丛还氤氲着令人欢喜又害怕的神秘故事，冬天还可以捕鸟，这趣味是如此的无拘无束。

　　三味书屋在结构上是与百草园对比的，但在意脉上，却一以贯之。书屋固然是典型的封建私塾，但先生似乎并不严厉，从课读的那一场景看，倒是很朴真的。虽然在鲁迅的笔下，先生是个迂过老夫子，但是，字里行间蕴含的却是对他眷念的深情。

　　文中几乎全用白描，然而形象却是栩栩如生，鲁迅先生在语言技巧上所臻境地可见一斑。

乌篷船 /周作人

入选理由

现代文学大家周作人的散文精粹
一个纯粹文人对人生的理解
文章短小精悍，析理透彻

　　子荣君：

　　接到手书，知道你要到我的故乡去，叫我给你一点什么指导。老实说，我的故乡，真正觉得可怀恋的地方，并不是那里；但是因为在那里生长，住过十多年，究竟知道一点情形，所以写这一封信告诉你。

　　我所要告诉你的，并不是那里的风土人情，那是写不尽的，但是你到那里一看也就会明白的，不必啰唆地多讲。我要说的是一种很有趣的东西，这便是船。你在家乡平常总坐人力车、电车，或是汽车，但在我的故乡那里这些都没有，除了在城内或山上是用轿子以外，普通代步都是用船。船有两种，普通坐的都是"乌篷船"，白篷的大抵作航船用，坐夜航船到西陵去也有特别的风趣，但是你总不便坐，所以我就可以不说了。乌篷船大的为"四明瓦"，小的为脚划船亦称小船。但是最适用的还是在这中间的"三道"，亦即三明瓦。篷是半圆形的，用竹片编成，中夹竹箬，上涂黑油;在两扇"定篷"之间放着一扇遮阳,也是半圆的,木作格子,嵌着一片片的小鱼鳞,径约一寸,颇有点透明,略似玻璃而坚韧耐用,这就称为明瓦。三明瓦者,谓其中舱有两道,后舱有一道明瓦也。船尾用橹,大抵两支,船首有竹篙,用以定船。船头着眉目,状如老虎,但似在微笑,颇滑稽而不可怕,唯白篷船则无之。三道船篷之高大约可以使你直立,舱宽可以放下一顶方桌,四个人坐着打麻将,——这个恐怕你也已学会了罢?小船则真是一叶扁舟,你坐在船底席上,篷顶离你的头有两三寸,你的两手可以搁在左右的舷上,还把手都露出在外边。在这种船里仿佛是在水面上坐,靠近田岸去时泥土便和你的眼鼻接近,而且遇着风浪,或是坐得稍不小心,就会船底朝天,发生危险,但是也颇有趣味,是水乡的一种特色。不过你总可以不必去坐,最好还是坐那三道船罢。

你如坐船出去,可是不能像坐电车的那样性急,立刻盼望走到。倘若出城,走三四十里路(我们那里的里程是很短,一里才及英里三分之一),来回总要预备一天。你坐在船上,应该是游山的态度,看看四周物色,随处可见的山,岸旁的乌桕,河边的红蓼和白苹,渔舍,各式各样的桥,困倦的时候睡在舱中拿出随笔来看,或者冲一碗清茶喝喝。偏门外的鉴湖一带,贺家池,壶觞左近,我都是喜欢的,或者往娄公埠骑驴去游兰亭(但

作者简介

周作人(1885—1967),原名栅寿,字星杓,后改名奎缓,自号起孟、启明(又作岂明)、知堂等,鲁迅之二弟。中国现代散文家、诗人、文学翻译家。1901年秋考入江南水师学堂。1906年赴日本学习。1911年回国后在绍兴任教。1917年任北京大学文科教授。1920年参加新潮社,1921年参与发起成立文学研究会。"五四"以后,为《语丝》周刊的主编和主要撰稿人之一。第一次国内革命战争失败后,思想渐离时代主流,主张"闭户读书"。20世纪30年代他提倡闲适幽默的小品文,沉溺于"草木虫鱼"的狭小天地。七七事变后,出任汪精卫南京国民政府委员、东亚文化协会会长等。抗战胜利后因汉奸罪被判有期徒刑10年。1949年1月保释出狱。中华人民共和国成立后,在人民文学出版社从事翻译工作。1967年因病去世。

我劝你还是步行,骑驴或者于你不很相宜),到得暮色苍然的时候进城上都挂着薜荔的东门来,倒是颇有趣味的事。倘若路上不平静,你往杭州去时可于下午开船,黄昏时候的景色正最好看,只可惜这一带地方的名字我都忘记了。夜间睡在舱中,听水声橹声,来往船只的招呼声,以及乡间的犬吠鸡鸣,也都很有意思。雇一只船到乡下去看庙戏,可以了解中国旧戏的真趣味,而且在船上行动自如,要看就看,要睡就睡,要喝酒就喝酒,我觉得也可以算是理想的行乐法。只可惜讲维新以来这些演剧与迎会都已禁止,中产阶级的低能人别在"布业会馆"等处建起"海式"的戏场来,请大家买票看上海的猫儿戏。这些地方你千万不要去。——你到我那故乡,恐怕没有一个人认得,我又因为在教书不能陪你去玩,坐夜船,谈闲天,实在抱歉而且惆怅。川岛君夫妇现在偶山下,本来可以给你介绍,但是你到那里的时候他们恐怕已经离开故乡了。初寒,善自珍重,不尽。

十五年十一月十八日夜,于北京。

作品赏析

周作人的小品文虽然只专注于自己身边的小题材,但无论是花草虫鱼,还是故乡往事,都善于旁征博引,随意而谈,而且语言朴实无华,不重藻饰,却写得情趣盎然,幽隽淡远。"五四"低潮之后,他更热衷于经营"自己的园地",把小品文视作自己"言志"的最佳形式,在平凡的生活中品味人生的滋味。在语言上,则将白话口语、文言古语和外来欧化语杂糅调和,既有明人小品的风格,又具西方随笔的笔调和日本俳句的风韵,追求一种简单味,而这简单味中又隐含着苦苦的涩味,看似平常,犹如一杯西湖龙井,看去全无颜色,喝到口里,一股清香,令人回味无穷。《乌篷船》正是周作人这类小品文的代表。

作者采用书信体的形式,就是为了可以信笔所至,舒卷自如,在亲切随意的话语中讲述家乡的风物和抒发自己的情趣。在如数家珍的描述中,包含着作者对自己家乡的深厚情感。从这篇作品的叙述方法和口气中可以看出，即使是最让人乏味的事情，他也可以做到不急不躁，委婉含蓄。而在对于如何游山玩水的经验介绍，则更是兴致盎然。在作者看来，要体验到人生的乐趣，不能性急是其要点，要做到"要看就看，要睡就睡，要喝酒就喝酒"，这才是"理想的行乐法"。因此，作品说的虽然是游玩之事，传达的是作者对家乡的怀念之情，而真正包蕴的却是隐逸闲适的人生态度。

生活之艺术 / 周作人

入选理由
现代文学大家周作人的散文精粹
一个纯粹文人对人生的理解
文章短小精悍，析理透彻

契诃夫《书简集》中有一节道（那时他在爱珲附近旅行）："我请一个中国人到酒店里喝烧酒，他在未饮之前举杯向着我和酒店主人及伙计们，说道'请'。这是中国的礼节。他并不像我们那样的一饮而尽，却是一口一口地吸，每吸一口，吃一点东西；随后给我几个中国铜钱，表示感谢之意。这是一种怪有礼的民族……"

一口一口地吸，这的确是中国仅存的饮酒的艺术：干杯者不能知酒味，泥醉者不能知微醺之味。中国人对于饮食还知道一点享用之术，但是一般的生活之艺术却早已失传了。中国生活的方式现在只有两个极端，非禁欲即是纵欲，非连酒字都不准说即是浸身在酒槽里，二者互相反动，各益增长，而其结果则是同样的污糟。动物的生活本有自然的调节，中国在千年以前文化发达，一时颇有臻于灵肉一致之象，后来为禁欲思想所战胜，变成现在这样的生活，无自由，无节制，一切在礼教的面具底下实行迫压与放恣，实在所谓礼者早已消灭无存了。

　　生活不是很容易的事。动物那样的，自然地简易地生活，是其一法；把生活当作一种艺术，微妙地美地生活，又是一法；二者之外别无道路，有之则是禽兽之下的乱调的生活了。生活之艺术只在禁欲与纵欲的调和。霭理斯对于这个问题很有精到的意见。他排斥宗教的禁欲主义，但以为禁欲亦是人性的一面；欢乐与节制二者并存，且不相反而实相成。人有禁欲的倾向，即所以防欢乐的过量，并即以增欢乐的程度。他在《圣芳济与其他》一篇论文中曾说道："有人以此二者（即禁欲与耽溺）之一为其生活之唯一目的者，其人将在尚未生活之前早已死了。有人先将其一（耽溺）推至极端，再转而之他，其人才真能了解人生是什么，日后将被纪念为模范的高僧。但是始终尊重这二重理想者，那才是知生活法的明智的大师。……一切生活是一个建设与破坏，一个取进与付出，一个永远的构成作用与分解作用的循环。要正当地生活，我们须得模仿大自然的豪华与严肃。"他又说过："生活之艺术，其方法只在于微妙地混和取与舍二者而已。"更是简明的说出这个意思来了。

　　生活之艺术这个名词，用中国固有的字来说便是所谓礼。斯谛耳博士在《仪礼》序上说："礼节并单是一套仪式，空虚无用，如后世所沿袭者。这是用以养成自制与整饬的动作之习惯，唯有能领解万物感受一切之心的人才有这样安详的容止。"从前听说辜鸿铭先生批评英文《礼记》译名的不妥当，以为"礼"不是Rite而是Art，当时觉得有点乖僻，其实却是对的，不过这是指本来的礼，后来的礼仪礼教都是堕落了的东西，不足当这个称呼了。中国的礼早已丧失，只有如上文所说，还略存于茶酒之间而已。去年有西人反对上海禁娼，以为妓院是中国文化所在的地方，这句话的确难免有点荒谬，但仔细想来也不无若干理由。我们不必拉扯唐代的官妓，希腊的"女友"（Hetaira）的韵事来作辩护，只想起某外人的警句，"中国挟妓如西洋的求婚，中国娶妻如西洋的宿娼"，或者不能不感到《爱之术》（Ars Amaroria）的真是只存在草野之间了。我们并不赞同某西人那样要保存妓院，只觉得在有些怪论里边，也常有真实存在罢了。

中国现在所切要的是一种新的自由与新的节制，去建造中国的新文明，也就是复兴千年前的旧文明，也就是与西方文化的基础之希腊文明相合一了。这些话或者说的太大太高了，但据我想舍此中国别无得救之道，宋以来的道学家的禁欲主义总是无用的了，因为这只足以助成纵欲而不能收调节之功。其实这生活的艺术在有礼节重中庸的中国本来不是什么新奇的事物，如《中庸》的起头说："天命之谓性，率性之谓道，修道之谓教。"照我的解说即是很明白的这种主张。不过后代的人都只拿去讲章旨节旨，没有人实行罢了。我不是说半部《中庸》可以济世，但以表示中国可以了解这个思想。日本虽然也很受到宋学的影响，生活上却可以说是承受平安朝的系统，还有许多唐代的流风余韵，因此了解生活之艺也更是容易。在许多风俗上日本的确保存这艺术的色彩，为我们中国人所不及，但由道学家看来，或者这正是他们的缺点也未可知罢。

作品赏析

有评论家认为周作人本身就是带着深厚文学修养的纯粹文人和生活理趣的完美结合。明代唐寅曾说明自己的生活尽在琴棋书画诗酒花与柴米油盐酱醋茶之间，而这也正是周作人苦雨斋式的生活，在闲适的心境中洒脱地进行精神漫步，这一点倒有点像公安派和竟陵派的散文了。

周作人是主张记载世间普通男女悲欢成败的平民文学的，这在《生活之艺术》中再次得到了体现。文章讲述的仅只是关于该如何进行生活的定位，其中可以是截然相反的禁欲或者纵欲，也可以是调和两者艺术般地活着，这是周作人处事的折中心态，也是中国几千年传承下来的人生习惯。作者在这里从人道主义出发，追寻的是世间最为合理的生存方式，在描绘中浸润着作家的闲适情趣，就像在《人的文学》中所说的，要极力反对世俗既定的框架模式，为自己的人生自由寻找到属于自己的自在空间。

文章颇为简短，给人一种日本俳文甚者是明代小品文的印象，而在行文的风格上则洋溢着英国随笔的影响，因为这种生活的哲理不是作者在笔端的强辩而是有事实上存在的大家的论证，这也是法国人蒙田最惯常的写法。在整体上让人觉得离当时的时代纷争很远，但不可否认文章大巧若拙，带人进入一种平和冲淡的人生境界中，别有一种人生的趣味。

幽默的叫卖声/夏丏尊

入选理由
从小事中发掘深刻的哲理
透露着智者的敏锐
幽默与讽刺并重

住在都市里，从早到晚，从晚到早，不知要听到多少种类多少次数的叫卖声。深巷的卖花声是曾经入过诗的，当然富于诗趣，可惜我们现在实际上已不大听到。寒夜的"茶叶蛋""细砂粽子""莲心粥"等等，声音发沙，十之七八似乎是"老枪"的喉咙，困在床上听去，颇有些凄清。每种叫卖声，差不多都有着特殊的情调。

我在这许多叫卖者中发见了两种幽默家。

一种是卖臭豆腐干的。每日下午五六点钟，弄堂口常有臭豆腐干担歇着或是走着叫卖，担子的一头是油锅，油锅里现炸着臭豆腐干，气味臭得难闻，卖的人大叫："臭豆腐干！臭豆腐干！"态度自若。

我以为这很有意思。"说真方，卖假药"，"挂羊头，卖狗肉"，是世间一般的毛病，以香相号召的东西，实际往往是臭的。卖臭豆腐干的居然不欺骗大众，自叫"臭豆腐干"，把"臭"作为口号标语，实际的货色真是臭的。如此言行一致，名副其实，不欺骗别人的事情，恐怕世间再也找不出了吧，我想。

"臭豆腐干！"这呼声在欺诈横行的现世，俨然是一种愤世嫉俗的激越的讽刺！

还有一种是五云日升楼卖报者的叫卖声。那里的卖报的和别处不同，没有十多岁的孩子，都是些三四十岁的老枪瘪三，身子瘦得像腊鸭，深深的乱头发，青屑屑的烟脸，看去活像是个鬼。早晨是不看见他们的，他们卖的总是夜报。傍晚坐电车打那儿经过，就会听到一片的发沙的卖报声。

他们所卖的似乎都是两个铜板的东西（如《新夜报》《时报》《号外》之类），叫卖的方法很特别，他们不叫"刚刚出版××报"，却把价目和重要新闻标题联在一起，叫起来的时候，老是用"两个铜板"打头，下面接着"要看到"三个字，再下去是当日的重要的国家大事的题目，再下去是一个"哪"字。"两个铜板要看到十九路军反抗中央哪！"在福建事变起来的时候，他们就这样叫。"两个铜板要看到剿匪胜利哪！"在剿匪消

作者简介

夏丏尊（1886—1946），浙江上虞人，名铸，字勉旃，号冈庵，后改名丏尊，散文家、语文学家、翻译家。1904年赴日本宏文书院、东京高等工业学堂留学，后因经济原因提前归国，在浙江杭州两级师范学堂任职，潘天寿、丰子恺等都是他的得意学生。后加入南社，积极主张废除读经书、闭门造车、尊孔崇古等旧习，增加介绍世界新知识的教材。"五四"新文化运动中，推行革新语文教育。1920年到湖南长沙第一师范任教。1921年加入文学研究会。1922年回家乡，与陈春澜等集资在白马湖开设春晖中学，聘文教界著名人士朱自清、王任叔等执教。1924年，夏丏尊在浙江宁波省立第四中学任教，1925年与朱自清在上海发起立达学会，创办立达学园，并创《立达季刊》。1926年起，到复旦大学中文系兼课，并应聘任上海暨南大学教授兼中国文学系主任，同时担任上海开明书店编辑所长。1930年为该书店创办《中学生》杂志《一般》月刊。1936年，当选为中国文艺家协会理事、主席。1937年创办《月报》杂志，并担任上海文化界救亡协会机关报《救亡日报》编委。20世纪30年代末，应邀兼职于南屏女校高中部，任国文教师。1941年太平洋战争爆发后，深居简出，谢绝应酬。1943年，被日本宪兵司令部逮捕，经日本人内山完造等营救获释。抗战胜利后，他与傅东华等文教界老友筹设中国语文教育会，准备继续振兴文化运动，1945年11月，他被选为中华全国文艺家协会上海分会理事。1946年4月23日卒于上海，葬于白马湖畔。

息胜利的时候,他们就这样叫。"两个铜板要看到日本副领事在南京失踪哪!"藏本事件开始的时候,他们就这样叫。

在他们的叫声里任何国家大事都只要花两个铜板就可以看到,似乎任何国家大事都只值两个铜板的样子。我每次听到,总深深地感到冷酷的滑稽情味。

"臭豆腐干!""两个铜板要看到××××哪!"这两种叫卖者颇有幽默家的风格。前者似乎富于热情,像个矫世的君子,后者似乎鄙夷一切,像个玩世的隐士。

作品赏析

《幽默的叫卖声》最明显的特色是小中见大。散文题材广泛,有大有小。在这篇文章中,作者就是以小的题材,抒写大的哲理。都市里的叫卖声是人们习焉不察的事,作者却以它为观察视角,感悟其中的哲理,进而挖掘出了深刻的现实意义。通过幽默的叫卖声,讽刺了陷入不正常状态的社会与人生,当一个社会陷入虚伪与矫饰,当人们陷入不负责任的玩世不恭,那么,我们的国家的前途就会令人担忧。作者在警示世人,关注我们赖以生存的社会。当然,如此的发现也体现了作者观察日常生活的敏锐以及独特的内心感悟能力。

文章还有一个特色,就是幽默与讽刺并重。首先,作者通过类比的方式,扯下了日常生活中被人们认为是严肃事物的神圣外衣,暴露了它内在的虚弱性。其次,作者故意打破词语的内在属性而同所表现的新事物重新组合,造成了意义与语言的扭曲。既剖析了现世,又达到了有力的讽刺效果。整篇文章散发出智者的敏捷与机警。

文章篇幅虽短小,却因为有了深刻的内涵而显得厚重。文中的思想火花在今天仍然闪烁。面对着虚伪的世道,是要做个"矫世的君子",还是"玩世的隐士"?这是值得深思的问题。

与妻书 /林觉民

入选理由
收入中学课本
革命先行者高尚情怀的展现
柔情与豪情交织的感人篇章

意映卿卿如晤：吾今以此书与汝永别矣！吾作此书时，尚是世中一人；汝看此书时，吾已成为阴间一鬼。吾作此书，泪珠和笔墨齐下，不能竟书而欲搁笔，又恐汝不察吾衷，谓吾忍舍汝而死，谓吾不知汝之不欲吾死也，故遂忍悲为汝言之。

吾至爱汝，即此爱汝一念，使吾勇于就死也。吾自遇汝以来，常愿天下有情人都成眷属；然遍地腥云，满街狼犬，称心快意，几家能够？司马青衫，吾不能学太上之忘情也。语云：仁者"老吾老以及人之老，幼吾幼以及人之幼"。吾充吾爱汝之心，助天下人爱其所爱，所以敢先汝而死，不顾汝也。汝体吾此心，于啼泣之余，亦以天下人为念，当亦乐牺牲吾身与汝身之福利，为天下人谋永福也。汝其勿悲！

汝忆否？四五年前某夕，吾尝语曰："与使吾先死也，无宁汝先吾而死。"汝初闻言而怒，后经吾婉解，虽不谓吾言为是，而亦无词相答。吾之意盖谓以汝之弱，必不能禁失吾之悲，吾先死留苦与汝，吾心不忍，故

作者简介

林觉民（1887—1911），近代民主革命者。字意洞，号抖飞，又号天外生，福建闽县（今福建福州）人。1902年考入福州全闽大学堂文科学习，曾数次领导学生运动。1907年留学日本，攻读哲学。不久加入同盟会。1911年春，得知黄兴、赵声将发动广州起义，即归国约集福建同志响应广州起义。起义时，率先袭击总督衙门，负伤被捕，后英勇就义，时年24岁。为"黄花岗七十二烈士"之一。

宁请汝先死，吾担悲也。嗟夫！谁知吾卒先汝而死乎？吾真真不能忘汝也！回忆后街之屋，入门穿廊，过前后厅，又三四折，有小厅，厅旁一室，为吾与汝双栖之所。初婚三四个月，适冬之望日前后，窗外疏梅筛月影，依稀掩映；吾与（汝）并肩携手，低低切切，何事不语？何情不诉？及今思之，空余泪痕。又回忆六七年前，吾之逃家复归也，汝泣告我："望今后有远行，必以告妾，妾愿随君行。"吾亦既许汝矣。前十余日回家，即欲乘便以此行之事语汝，及与汝相对，又不能启口，且以汝之有身也，更恐不胜悲，故惟日日呼酒买醉。嗟夫！当时余心之悲，盖不能以寸管形容之。

吾诚愿与汝相守以死，第以今日事势观之，天灾可以死，盗贼可以死，瓜分之日可以死，奸官污吏虐民可以死，吾辈处今日之中国，国中无地无时不可以死，到那时使吾眼睁睁看汝死，或使汝眼睁睁看我死，吾能之乎？抑汝能之乎？即可不死，而离散不相见，徒使两地眼成穿而骨化石，试问古来几曾见破镜能重圆？则较死为苦也，将奈之何？今日吾与汝幸双健。天下人之不当死而死与不愿离而离者，不可数计，钟情如我辈者，能忍之乎？此吾所以敢率性就死不顾汝也。吾今死无余憾，国事成不成自有同志者在。依新已五岁，转眼成人，汝其善抚之，使之肖我。汝腹中之物，吾疑其女也，女必像汝，吾心甚慰。或又是男，则亦教其以父志为志，则我死后尚有二意洞在也。甚幸，甚幸！吾家后日当甚贫，贫无所苦，清静过日而已。

吾今与汝无言矣。吾居九泉之下遥闻汝哭声，当哭相和也。吾平日不信有鬼，今则又望其真有。今人又言心电感应有道，吾亦望其言是实，则吾之死，吾灵尚依依旁汝也，汝不必以无侣悲。

吾平生未尝以吾所志语汝，是吾不是处；然语之，又恐汝日日为吾担忧。吾牺牲百死而不辞，而使汝担忧，的的非吾所忍。吾爱汝至，所以为汝谋者惟恐未尽。汝幸而偶我，又何不幸而生今日之中国！吾幸而得汝，又何不幸而生今日之中国！卒不忍独善其身。嗟夫！巾短情长，所未尽者，尚有万千，汝可以摹拟得之。吾今不能见汝矣！汝不能舍吾，其时时于梦中得我乎！一恸！辛未三月念六夜四鼓，意洞手书。

家中诸母皆通文，有不解处，望请其指教，当尽吾意为幸。

作品赏析

这一篇写在小小方巾上的文字，浸透了一个刚烈英雄的血与一个痴情男儿的泪。今日读来，遥想英雄当时之处境，仍能清晰地触到他的脉搏，令人唏嘘不已。他本是文弱书生，国难当头之日，奋然从戎；他本是多情儿郎，却为了天下人之大幸福，忍别娇妻幼子舍身赴难。以这种容天下人的胸怀运笔，以血泪和墨挥就而成的篇章，早已超越了文字本身的意义。它所传递出来的是可以叫天地为之动容的人间至情，是可以叫鬼神为之哭泣的宽广胸怀。在他看来，家国天下，没有孰重孰轻之分。因为挚爱妻子，所以博爱天下人，所以"勇于就死"。于他而言，与妻子的生离死别这一事实，早已超越了个人意愿，上升为普遍的意义。碧血丹心，显而易见。

为国舍身挂怀亲人的柔情与割舍爱情拯救天下的豪情交织在一起，慷慨悲壮，哀婉动人。跃动其间的英雄豪气与浪漫情怀，感人至深。这篇文章，在中国革命史和中国文学史上永放光彩。

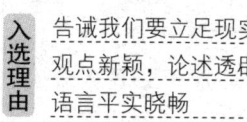

今 / 李大钊

入选理由
告诫我们要立足现实
观点新颖，论述透辟
语言平实晓畅

我以为世间最可宝贵的就是"今"，最易丧失的也是"今"，因为他最容易丧失，所以更觉得他可以宝贵。

为甚么"今"最可宝贵呢？最好借哲人耶曼孙所说的话答这个疑问："尔若爱千古，尔当爱现在。昨日不能唤回来，明天还不确实，尔能确有把握的就是今日。今日一天，当明日两天。"

为甚么"今"最易丧失呢？因为宇宙大化，刻刻流转，绝不停留。时间这个东西，也不因为吾人贵他爱他稍稍在人间留恋。试问吾人说"今"说"现在"，茫茫百千万劫，究竟那一刹那是吾人的"今"，是吾人的"现在"呢？刚刚说他是"今"是"现在"，他早已风驰电掣的一般，已成"过去"了。吾人若要糊糊涂涂把他丢掉，岂不可惜？

有的哲学家说，时间但有"过去"与"未来"，并无"现在"。有的又说，"过去""未来"皆是"现在"。我以为"过去未来皆是现在"的话倒有些道理。因为"现在"就是所有"过去"流入的世界，换句话说，所有"过去"都埋没于"现在"的里边。故一时代的思潮，不是单纯在这个

作者简介

李大钊（1889—1927），字守常，河北省乐亭县人。他16岁考入天津北洋法政专门学校。1913年毕业后，24岁的李大钊留学日本，入早稻田大学本科，学习法律和经济。在日本，他接触到各种社会主义学说，并开始学习和研究马克思主义。1915年为反对日本灭亡中国的"二十一条"，以留日学生总会名义发出《警告全国父老》通电，号召国人以"破釜沉舟之决心"誓死反抗。

1916年回国后，李大钊先后担任《新青年》《少年中国》《每周评论》和《晨钟报》等进步刊物的编辑或主任编辑。1918年他受聘担任北京大学图书馆主任。1920年，他发起组织马克思主义学说研究会，10月成立北京共产党小组，11月建立北京社会主义青年团。同年，任北京大学教授，在史学、经济、法律等系，以及北京朝阳大学、中国大学、女子高师等院校授课。1921年8月任中国劳动组合书记部北京分部主任，在京奉、京汉、京海等铁路开展工人运动。1923年6月出席中国共产党"三大"，当选为中央执行委员，10月任国民党临时中央执行委员和改组委员，参与筹备国民党"一大"。1924年1月当选为国民党中央执行委员、国民党北京执行部组织部长。6月率中共代表团赴莫斯科参加共产国际"五大"。1925年，针对五卅惨案在京组织"沪案雪耻会"，声援上海人民的反帝斗争。1926年3月18日因组织请愿示威游行被段祺瑞政府通缉。1927年4月6日他被奉系军阀张作霖逮捕，28日遇害。

时代所能凭空成立的，不晓得有几多"过去"时代的思潮，差不多可以说是由所有"过去"时代的思潮，一凑合而成的。

吾人投一石子于时代潮流里面，所激起的波澜声响，都向永远流动传播，不能消灭。屈原的《离骚》，永远使人人感泣。打击林肯头颅的枪声，呼应于永远的时间与空间。一时代的变动，绝不消失，仍遗留于次一时代，这样传演，至于无穷，在世界中有一贯相联的永远性。昨日的事件，与今日的事件，合构成数个复杂事件。此数个复杂事件，与明日的数个复杂事件，更合构成数个复杂事件。势力结合势力，问题牵起问题。无限的"过去"，都以"现在"为归宿。无限的"未来"，都以"现在"为渊源。"过去""未来"的中间，全仗有"现在"以成其连续，以成其永远，以成其无始无终的大实在。一掣现在的铃，无限的过去未来皆遥相呼应。这就是过去未来皆是现在的道理，这就是"今"最可宝贵的道理。

现时有两种不知爱"今"的人：一种是厌"今"的人，一种是乐"今"的人。

厌"今"的人也有两派。一派是对于"现在"一切现象都不满足，因起一种回顾"过去"的感想。他们觉得"今"的总是不好，古的都是好。政治、法律、道德、风俗，全是"今"不如古。此派人唯一的希望在复古。他们的心力全施于复古的运动。一派是对于"现在"一切现象都不满足，与复古的厌"今"派全同。但是他们不想"过去"，但盼"将来"。盼"将来"的结果，往往流于梦想，把许多"现在"可以努力的事业都放弃不做，单是耽溺于虚无飘渺的空玄境界。这两派人都是不能助益进化，并且很是阻滞进化的。

乐"今"的人大概是些无志趣无意识的人，是些对于"现在"一切满足的人。他们觉得所处境遇可以安乐优游，不必再商进取，再为创造。这种人丧失"今"的好处，阻滞进化的潮流，同厌"今"派毫无区别。

原来厌"今"为人类的通性。大凡一境尚未实现以前，觉得此境有无限的佳趣，有无疆的福利；一旦身陷其境，却觉不过尔尔，随即起一种失望的念，厌"今"的心。又如吾人方处一境，觉得无甚可乐；而一旦其境变易，却又觉得其境可恋，其情可思。前者为企望"将来"的动机；后者为反顾"过去"的动机。但是回想"过去"，毫无效用，且空耗努力的时间。若以企望"将来"的动机，而尽"现在"的势力，则厌"今"思想，却大足为进化的原动。乐"今"是一种惰性，须再进一步，了解"今"所以可爱的道理。全在凭他可以为创造"将来"的努力，决不在得他可以安乐无为。

热心复古的人，开口闭口都是说"现在"的境像若何黑暗，若何卑污，罪恶若何深重，祸患若何剧烈。要晓得"现在"的境像倘若真是这样黑暗，这样卑污，罪恶这样深重，祸患这样剧烈，也都是"过去"所遗留的宿孽，断断不是"现在"造的；全归咎于"现在"，是断断不能受的。要想改变他，但当努力以回复"过去"。

照这个道理讲起来，大实在的瀑流，永远由无始的实在向无终的实在奔流。吾人的"我"，吾人的生命，也永远合所有生活上的潮流，随着大实在的奔流，以为扩大，以为继续，以为进转，以为发展。故实在即动力，生命即流转。

忆独秀先生曾于《一九一六年》文中说过，青年欲达民族更新的希望，"必自杀其一九一五年之青年，而自重其一九一六年之青年。"我尝推广其意，也说过人生唯一的蕲向，青年唯一的责任，在"从现在青春之我，扑杀过去青春之我；促今日青春之我，禅让明日青春之我。""不仅以今日青春之我，追杀今日白首之我，并宜以今日青春之我，豫杀来日白首之我。"实则历史的现象，时时流转，时时变易，同时还遗留永远不灭的现象和生命于宇宙之间，如何能杀得？所谓杀者，不过使今日的"我"不仍旧沉滞于昨天的"我"。而在今日之"我"中，固明明有昨天的"我"存在。不止有昨天的"我"，昨天以前的"我"，乃至十年二十年百千万亿年的"我"，都俨然存在于"今我"的身上。然则"今"之"我"，"我"之"今"，岂可不珍重自将，为世间造些功德。稍一失脚，必致遗留层层罪恶种子于"未来"无量的人,即未来无量的"我"。永不能消除,永不能忏悔。

我请以最简明的一句话写出这篇的意思来:

吾人在世,不可厌"今"而徒回思"过去",梦想"将来",以耗误"现在"的努力;又不可以"今"境自足,毫不拿出"现在"的努力,谋"将来"的发展。宜善用"今",以努力为"将来"之创造。由"今"所造的功德罪孽,永久不灭。故人生本务,在随实在之进行,为后人造大功德,供永远的"我"享受,扩张,传袭,至无穷极,以达"宇宙即我,我即宇宙"之究竟。

作品赏析

这篇富有哲理性的议论文写于1918年。当时在青年中出现了三种不尽人意的情况,或留念过去,或沉迷现在,或空想未来,就是不思进取。李大钊深知青年肩负的历史使命与责任,因此有感而发,透辟地论述了过去、现在、未来三者的辩证关系,以此劝勉他们要立足现实、珍惜现在。文章不仅在当时极具现实意义,对于今天的我们,同样起着巨大的警策作用。

在文章中,作者不是急切严厉地呼吁,也不是刻板枯燥地说教,而是用朴素平实、自然晓畅的语言,进行细密的论证。时间原本是抽象的概念,但是作者用神奇的艺术手法,如形象活泼的拟人、生动的比喻等,把它具体化了,从而使得说理丝毫没有空泛之感。文章采用了多种论证方式,既有透密的理论阐释,又有大量事例佐证,从而使得思路清晰,逻辑严密,论述透彻。丰富的论据更是增添了行文的生动性与说服力,作者既引用名人名言,又拈出自然中的客观现象,还列举了日常生活中的经验,穿插历史上的事实,条分缕析,层层递进,论点自然而然地为人们所认同。

芭蕉花 /郭沫若

入选理由
郭沫若的散文名篇
风格清婉醇美
文章内蕴丰厚，真挚感人

这是我五六岁时的事情了。我现在想起了我的母亲，突然记起了这段故事。

我的母亲六十六年前是生在贵州省黄平州的。我的外祖父杜琢章公是当时黄平州的州官。到任不久，便遇到苗民起事，致使城池失守，外祖父手刃了四岁的四姨，在公堂上自尽了。外祖母和七岁的三姨跳进州署的池子里殉了节，所用的男工女婢也大都殉难了。我们的母亲那时才满一岁，刘奶妈把我们的母亲背着已经跳进了池子，但又逃了出来。在途中遇着过两次匪难，第一次被劫去了金银首饰，第二次被劫去了身上的衣服。忠义的刘奶妈在农人家里讨了些稻草来遮身，仍然背着母亲逃难。逃到后来遇着赴援的官军才得了解救。最初流到贵州省城，其次又流到云南省城，倚人庐下，受了种种的虐待，但是忠义的刘奶妈始终是保护着我们的母亲。直到母亲满了四岁，大舅赴黄平收尸，便道往云南，才把母亲和刘奶妈带回了四川。

作者简介

郭沫若（1892—1978），原名郭开贞，四川乐山人，中国现代文学家、历史学家、社会活动家。1914年赴日本留学。1918年参与发起复社、创造社等文学团体。参加过北伐、南昌起义。1949年7月当选为全国文联主席。中华人民共和国成立后历任中央人民政府委员、国务院副总理、科学院院长、全国人大副委员长、全国政协副主席等职。著作甚多，内容涉及诗歌、戏剧、散文、评论等，后收入《郭沫若全集》。

母亲在幼年时分是遭受过这样不幸的人。

母亲在十五岁的时候到了我们家里来,我们现存的兄弟姊妹共有八人,听说还死了一兄三姐。那时候我们的家道寒微,一切炊洗洒扫要和妯娌分担,母亲又多子息,更受了不少的累赘。

白日里家务奔忙,到晚来背着弟弟在菜油灯下洗尿布的光景,我在小时还亲眼见过,我至今也还记得。

母亲因为这样过于劳苦的原故,身子是异常衰弱的,每年交秋的时候总要晕倒一回,在旧时称为"晕病",但在现在想来,这怕是产褥中,因为摄养不良的关系所生出的子宫病罢。

晕病发了的时候,母亲倒睡在床上,终日只是呻吟呕吐,饭不消说是不能吃的,有时候连茶也几乎不能进口。像这样要经过两个礼拜的光景,又才渐渐回复起来,完全是害了一场大病一样。

芭蕉花的故事是和这晕病关连着的。

在我们四川的乡下,相传这芭蕉花是治晕病的良药。母亲发了病时,我们便要四处托人去购买芭蕉花。但这芭蕉花是不容易购买的。因为芭蕉在我们四川很不容易开花,开了花时乡里人都视为祥瑞,不肯轻易摘卖。好容易买得了一朵芭蕉花了,在我们小的时候,要管两只肥鸡的价钱呢。

芭蕉花买来了,但是花瓣是没有用的,可用的只是瓣里的蕉子。蕉子在已经形成了果实的时候也是没有用的,中用的只是蕉子几乎还是雌蕊的阶段。一朵花上实在是采不出许多的这样的蕉子来。

这样的蕉子是一点也不好吃的,我们吃过香蕉的人,如以为吃那蕉子怕会和吃香蕉一样,那是大错而特错了。有一回母亲吃蕉子的时候,在床边上挟过一箸给我,简直是涩得不能入口。

芭蕉花的故事便是和我母亲的晕病关连着的。

我们四川人大约是外省人居多,在张献忠剿了四川以后——四川人有句话说:"张献忠剿四川,杀得鸡犬不留"——在清初时期好像有过一个很大的移民运动。外省籍的四川人各有各的会馆,便是极小的乡镇也都是有的。

我们的祖宗原是福建的人，在汀州府的宁化县，听说还有我们的同族住在那里。我们的祖宗正是在清初时分入了四川的，卜居在峨嵋山下一个小小的村里。我们福建人的会馆是天后宫，供的是一位女神叫做"天后圣母"。这天后宫在我们村里也有一座。

那是我五六岁时候的事了。我们的母亲又发了晕病。我同我的二哥，他比我要大四岁，同到天后宫去。那天后宫离我们家里不过半里路光景，里面有一座散馆，是福建人子弟读书的地方。我们去的时候散馆已经放了假，大概是中秋前后了。我们隔着窗看见散馆园内的一簇芭蕉，其中有一株刚好开着一朵大黄花，就像尖瓣的莲花一样。我们是欢喜极了。那时候我们家里正在找芭蕉花，但在四处都找不出。我们商量着便翻过窗去摘取那朵芭蕉花。窗子也不过三四尺高的光景，但我那时还不能翻过，是我二哥擎我过去的。我们两人好容易把花苞摘了下来，二哥怕人看见，把它藏在衣袂下同路回去。回到家里了，二哥叫我把花苞拿去献给母亲。我捧着跑到母亲的床前，母亲问我是从甚么地方拿来的，我便直说是在天后宫掏来的。我母亲听了便大大地生气，她立地叫我们跪在床前，只是连连叹气地说："啊，娘生下了你们这样不争气的孩子，为娘的倒不如病死的好了！"我们都哭了，但我也不知为甚么事情要哭。不一会父亲晓得了，他又把我们拉去跪在大堂上的祖宗面前打了我们一阵。我挨掌心是这一回才开始的，我至今也还记得。

我们一面挨打，一面伤心。但我不知道为甚么该讨我父亲、母亲的气。母亲病了要吃芭蕉花，在别处园子里掏了一朵回来，为甚么就犯了这样大的过错呢？

芭蕉花没有用，抱去奉还了天后圣母，大约是在圣母的神座前干掉了罢？

这样的一段故事，我现在一想到母亲，无端地便涌上了心来。我现在离家已十二三年，值此新秋，又是风雨飘摇的深夜，天涯羁客不胜落寞的情怀，思念着母亲，我一阵阵鼻酸眼胀。

啊，母亲，我慈爱的母亲哟！你儿子已经到了中年，在海外已自娶妻生子了。幼年时摘取芭蕉花的故事，为甚么使我父亲、母亲那样的伤心，我现在是早已知道了。但是，我正因为知道了，竟失掉了我摘取芭蕉花的自信和勇气。这难道是进步吗？

一九二四年八月二十日夜，写于福冈

作品赏析

郭沫若是继鲁迅之后，中国文化战线上又一面光辉的旗帜。他一生著作等身，写下了大量的诗歌、散文、历史剧。他的文艺性散文与其豪放浪漫的诗歌与气势恢宏的历史剧相映成趣，更体现了他的人格操守，也从另一个侧面映照出了清澈的人性，突出了生命的感动。细细品味，不难发现隐于其间的一颗伟大而朴实的心。《芭蕉花》就很好地体现了他的这种风格特质。

这是一篇怀念母亲的叙事散文。作者寄情于芭蕉花，通过回忆幼年往事，抒写了对曾经没有真切体悟到的母爱的怀念，表达了对母亲的深情，同时也凸现了一生劳苦的母亲光辉的精神境界。这篇文章的一个显著特色在于作者把对苦难母亲的怀念与当时漂泊海外的处境联系在一起，在"风雨飘摇的深夜"，怀着"天涯羁客不胜落寞的情怀"，万般愁绪齐集心头，对母亲的怀念是人之常情，这装满了酸楚的想念，诚挚而动人。文字中还隐隐蕴含着多灾多难的祖国在作者心里激起的忧伤与惆怅，文章从而有了更广阔的情感容量和更深广的思想内蕴。结尾处意味深长，感慨遥寄。文章语言质朴自然，在作者舒缓的叙说中，始终有挥之不去的怅惘，使文章散发着一种清婉的淳美。

落花生 /许地山

入选理由
许地山的散文代表作
于平淡中感悟出深刻的人生哲理
洗尽铅华的语言，借物言志的手法

我们屋后有半亩隙地。母亲说："让它荒芜着怪可惜，既然你们那么爱吃花生，就辟来做花生园吧。"我们几姊弟和几个小丫头都很喜欢——买种的买种，动土的动土，灌园的灌园；过不了几个月，居然收获了！

妈妈说："今晚我们可以做一个收获节，也请你们爹爹来尝尝我们的新花生，如何？"我们都答应了。母亲把花生做成好几样的食品，还吩咐这节期要在园里的茅亭举行。

那晚上的天色不大好，可是爹爹也到来，实在很难得！爹爹说："你们爱吃花生么？"

我们都争着答应："爱！"

"谁能把花生的好处说出来？"

姊姊说："花生的气味很美。"

哥哥说："花生可以制油。"

我说："无论何等人都可以用贱价买它来吃；都喜欢吃它。这就是它的好处。"

爹爹说："花生的用处固然很多；但有一样是很可贵的。这小小的豆不像那好看的苹果、桃子、石榴，把它们的果实悬在枝上，鲜红嫩绿的颜色，令人一望而发生羡慕的心。它只把果子埋在地底，等到成熟，才容人把它挖出来。你们偶然看见一棵花生瑟缩地长在地上，不能立刻辨出它有没有果实，非得等到你接触它才能知道。"

我们都说："是的。"母亲也点点头。爹爹接下去说："所以你们要像花生，因为它是有用的，不是伟大、好看的东西。"我说："那么，人要做有用的人，不要做伟大、体面的人了。"爹爹说："这是我对于你们的希望。"

我们谈到夜阑才散，所有花生食品虽然没有了，然而父亲的话现在还印在我的心版上。

作品赏析

许地山早期的散文创作，除了表现出世的宗教思想之外，也反映了他入世的平民思想和淡泊处世的人生态度。在他的心目中，落花生体现着他一贯追求和实践的人生态度。

散文与其他文学体裁的作品一样，文章的主题不宜直说，需把主题蕴藏于事件、物品的叙写之中，才能收到含蓄蕴藉的艺术效果。本篇借赞美花生，抒写一种朴实无华、不求闻达，只求踏实处世、切实益世的人生态度。由于作者不是将自己的这种处世态度直接说出来，而是有所依托、借物阐理，因而意味深长，令人回味。读这样的文章，在享受阅读快乐的同时，能使我们获得更多的人生教益。它启发我们思考这样的问题：我们在追求什么？我们应当做什么样的人？作者给出的答案虽显得直白，但给了我们明确的观念，没有丝毫的犹豫和模棱两可。

朴素平实是本篇风格上的显著特色。在抒写上，作者既没有去抒写花生园的景物，也没有描写花生节的场面，只是平实地写出父亲与子女们围绕花生好处的谈话。在语言运用上，作者的叙述与其他人物的语言都是朴素的口语，洗尽铅华，显示了日常生活语言的朴实本色。

◇最美的散文

没有秋虫的地方 /叶圣陶

入选理由
叶圣陶早期散文的代表作
构思新巧,意境悠远
对比、象征手法的巧妙运用

阶前看不见一茎绿草,窗外望不见一只蝴蝶,谁说是鹁鸽箱里的生活,鹁鸽未必这样枯燥无味呢。秋天来了,记忆就轻轻提示道:"凄凄切切的秋虫又要响起来了。"可是一点影响也没有,邻舍儿啼人闹弦歌杂作的深夜,街上轮震石响邪许并起的清晨,无论你靠着枕头听,凭着窗沿听,甚至贴着墙听,总听不到一丝秋虫的声息。并不是被那些欢乐的劳困的宏大的清亮的声音淹没了,以致听不出来,乃是这里根本没有秋虫。啊,不容留秋虫的地方!秋虫所不屑居留的地方!

若是在鄙野的乡间,这时候满耳朵是虫声了。白天与夜间一样安闲;一切人物或动或静,都有自得之趣;嫩暖的阳光和轻淡的云覆盖在场上,到夜间呢,明耀的星月和轻微的凉风看守着整夜,在这境界这时间里惟一足以感动心情的是秋虫的合奏。它们高、低、宏、细、疾、徐、作、歇,仿佛经过乐师们的精心训练,所以这样地无可批评,踌躇满志,其实它们每一个都是神妙的乐师;众妙毕集、各抒灵趣,哪有不成人间绝响的呢?

虽然这些虫声会引起劳人的感叹,秋士的伤怀,独客的微喟,思妇的低

作者简介

叶圣陶(1894—1988),原名叶绍钧,生于江苏苏州。1914年开始发表文言小说。1919年参加北京大学学生组织的新潮社。1921年与郑振铎、茅盾等人组织发起"文学研究会"。1927年主编《小说月报》。抗日战争期间举家内迁,曾在乐山任武汉大学中文系教授。中华人民共和国成立后,曾任出版总署署长、教育部副部长兼人民教育出版社社长、中央文史研究馆馆长等。

泣，但是这正是无上的美的境界，绝好的自然诗篇，不独是旁人最喜欢吟味的，就是当境者也感受一种酸酸麻麻的味道，这种味道在另一方面是非常隽永的。

大概我们所蕲求的不在于某种味道，只要时时有点儿味道尝尝，就自诩为生活不空虚了。假若这味道是甜美的，我们固然含着笑来体味它，若是酸苦的，我们也要皱着眉头来辨尝它；这总比淡漠无味胜过百倍，我们以为最难堪而极欲逃避的，惟有这个淡漠无味！

所以心如槁木不如工愁善感，迷蒙的醒不如热烈的梦，一口苦水胜于一盏白汤，一场痛哭胜于哀乐两忘。这里并不是说愉快欢乐是要不得的，清健的醒是不必求的，甜汤是罪恶的，狂笑是魔道的；这里只是说有味道胜于淡漠罢了。

所以虫声终于是足系恋念的东西，何况劳人秋士独客思妇以外还有无量数的人，他们当然也是酷嗜趣味的，当这凉意微逗的时候，谁能不忆起那美妙的秋之音乐？

可是没有，绝对没有！井底似的庭院，铅色的水门汀地，秋虫早已避去惟恐不速了。而我们没有它的翅膀与大腿，不能飞又不能跳，还是死守在这里，想到"井底"与"铅色"，觉得象征意味丰富极了。

作品赏析

摹秋景、悲秋思之作，向来不乏精品，但是描写虫声的却不常见。叶圣陶先生别出机杼地以精致的笔触描写了秋虫的鸣声，写出了新意，写出了灵趣，给读者以美的享受。

试想，在明耀的星月下，有轻微的凉风拂面，耳畔是或高或低、或宏或细、或疾或缓、或作或歇的合奏，这样惬意的环境，这样美妙的乐声，怎不令人神思飞扬、心旌摇荡？这也显示出了作者高超的艺术表现力。

然而，虫声虽妙，却只能在记忆中重现，如今，身处"秋虫所不屑居留的地方"，这一强烈的对比，颇具象征意味。"秋虫""秋声"正是作者所向往的热情生活的象征,而现实却如此冷漠沉寂。正因为作者不满于寂寞无声的无虫之秋,才深情地追忆了乡间的秋虫灵趣,这种心理反差,突出了期盼之情的急切和无奈之心的焦灼,热烈而深刻地表达了作者不甘淡漠无味的生活、渴盼在生活激流中奋斗的强烈愿望。作者怀念秋虫的鸣声,实际上是让生命充实起来的心曲的真实写照。文章在一定程度上也影射了当时社会政治的大环境,这使得文章的主题更有意蕴,更加深邃博大。

五月的北平 /张恨水

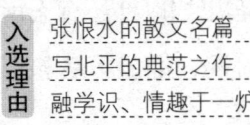

入选理由
张恨水的散文名篇
写北平的典范之作
融学识、情趣于一炉

能够代表东方建筑美的城市,在世界上,除了北平,恐怕难找第二处了。描写北平的文字,由国文到外国文,由元代到今日,那是太多了,要把这些文字抄写下来,随便也可以出百万言的专书。现在要说北平,那真是一部廿四史,无从说起。若写北平的人物,就以目前而论,由文艺到科学,由最崇高的学者到雕虫小技的绝世能手,这个城圈子里,也俯拾即是,要一一介绍,也是不可能。北平这个城,特别能吸收有学问、有技巧的人才,宁可在北平为静止得到生活无告的程度,他们也不肯离开。不要名,也不要钱,就是这样穷困着下去。这实在是件怪事。你又叫我写哪一位才让圈子里的人过瘾呢?

静的不好写,动的也不好写,现在是五月(旧的历法是四月),我们还是写点五月的眼前景物吧。北平的五月,那是一年里的黄金时代。任何树木,都发生了嫩绿的叶子,处处是绿荫满地。卖芍药花的担子,天天摆在十字街头。洋槐树开着其白如雪的花,在绿叶上一球球的顶着。街,人家院落里,随处可见。柳絮飘着雪花,在冷静的胡同里飞。枣树也开花了,在人家的白粉墙头,送出兰花的香味。北平春季多风,但到五月,风季就过去了(今年春季无风)。市民开始穿起夹衣,在不暖的阳光里走。北平的公园,既多又大。只要你有工夫,花不成其为数目的票价,亦可以在锦天铺地、雕栏玉砌的地方消磨一半天。

照着上面所谈,这范围还是太广,像看《四库全书》一样。虽然只成个提要,也觉得应接不暇。让我来缩小范围,只谈一个中人之家吧。北平的房子,大概都是四合院。这个院子,就可以雄视全国建筑。洋楼带花园,这是最令人羡慕的新式住房。可是在北平人看来,那太不算一回事了。北平所谓大宅门,哪家不是七八上十个院子?哪个院子里不是花果扶疏?这且不谈,就是中产之家,除了大院一个,总还有一两个小院相配合。这些院子里,除了石榴树、金鱼缸,到了春深,家家有由屋里度过寒冬搬出来的花。而院子里的树木,如丁香、西府海棠、藤萝架、葡萄架、垂柳、洋槐、刺槐、枣树、榆树、山桃、珍珠梅、榆叶梅,也都成了人家普通的栽植物,这时,都次第的开过花了。尤其槐树,不分大街小巷,不分何种人家,到处都栽着有。在五月里,你如登景山之巅,对北平城作个鸟瞰,你就看到北平市房全参差在绿海里。这绿海就大部分是槐树造成的。

作者简介

张恨水(1895—1967),原名张心远,笔名愁花恨水生、恨水。祖籍安徽潜山,生于江西广信。1918年开始写作生涯,1919年发表第一篇小说《南国相思谱》。后曾主编《世界晚报》副刊《夜光》《立报》副刊《花果山》《南京人报》副刊《南华经》等。抗日战争爆发后到重庆,任《新民报》主笔。1946年任北平《新民报》总经理,编辑副刊《北海》。1949年初发表回忆自己生活和创作的《写作生涯回忆》。此后任文化部顾问、中国作家协会理事等。他一生写了约3000万字的作品,中长篇小说达100余部,代表作有长篇小说《金粉世家》《啼笑姻缘》《大江东去》《石头城外》,古典文学论集《水浒人物论赞》,散文集《山窗小品》等。

洋槐传到北平，似乎不出五十年。所以这类树，树木虽也有高到五六丈的，都是树干还不十分粗。刺槐却是北平的土产，树兜可以合抱，而树身高到十丈的，那也很是平常。洋槐是树叶子一绿就开花，正在五月，花是成球的开着，串子不长，远望有些像南方的白绣球。刺槐是七月开花，都是一串串有刺，像藤萝（南方叫紫藤）。不过是白色的而已。洋槐香浓，刺槐不大香，所以五月里草绿油油的季节，洋槐开花，最是凑趣。

在一个中等人家，正院子里可能就有一两株槐树，或者是一两株枣树。尤其是城北，枣树逐家都有，这是"早子"的谐音，取一个吉利。在五月里，下过一回雨，槐叶已在院子里着上一片绿荫。白色的洋槐花在绿枝上堆着雪球，太阳照着，非常的好看。枣子花是看不见的，淡绿色，和小叶的颜色同样，而且它又极小，只比芝麻大些，所以随便看不见。可是它那种兰蕙之香，在风停日午的时候，在月明如昼的时候，把满院子都浸润在幽静淡雅的境界。假使这人家有些盆景（必然有），石榴花开着火星样的红点，夹竹桃开着粉红的桃花瓣，在上下皆绿的环境中，这几点红色，娇艳绝伦。北平人又爱随地种草本的花籽，这时大小花秧全都在院子里拔地而出，一寸到几寸长的不等，全表示了欣欣向荣的样子。北平的屋子，对院子的一方，照例下层是土墙，高二三尺，中层是大玻璃窗，玻璃大得像百货店的货窗相等，上层才是花格活窗。桌子靠墙，总是在大玻璃窗下。主人翁若是读书伏案写字，一望玻璃窗外的绿色，映入眉宇，那实在是含有诗情画意的。而且这样的点缀，并不花费主人什么钱的。

北平这个地方，实在适宜于绿树的点缀，而绿树能亭亭如盖的，又莫过于槐树。在东西长安街，故宫的黄瓦红墙，配上那一碧千株的槐林，简直就是一幅彩画。在古老的胡同里，四五株高槐，映带着平正的土路，低矮的粉墙。行人很少，在白天就觉得其意幽深，更无论月下了。在宽平的马路上，如南、北池子，如南、北长街，两边槐树整齐划一，连续不断，有三四里之长，远远望去，简直是一条绿街。在古庙门口，红色的墙，半圆的门，几株大槐树在庙外拥立，把低矮的庙整个罩在绿荫下，那情调是肃穆典雅的。在伟大的公署门口，槐树分立在广场两边，好像排列着伟大的仪仗，又加重了几分雄壮之气。太多了，我不能把它一一介绍出来，有人说五月的北平是碧槐的城市，那却是一点没有夸张。

当承平之时，北平人所谓"好年头儿"。在这个日子，也正是故都人士最悠闲舒适的日子。在绿荫满街的当儿，卖芍药花的平头车子整车的花蕾推了过去。卖冷食的担子，在幽静的胡同里叮当作响，敲着冰盏儿，这很表示这里一切的安定与闲静。渤海来的海味，如黄花鱼、对虾，放在冰块上卖，已是别有风趣。又如乳油杨梅、蜜饯樱桃、藤萝饼、玫瑰糕，吃起来还带些诗意。公园里绿叶如盖，三海中水碧如油，随处都是令人享受的地方。但是这一些，我不能、也不愿往下写。现在，这里是邻近炮火边沿，对南方人来说这里是第一线了。北方人吃的面粉，三百多万元一袋；南方人吃的米，卖八万多元一斤。穷人固然是朝不保夕，中产之家虽改吃糙粮度日，也不知道这糙粮允许吃多久。街上的槐树虽然还是碧净如前，但已失去了一切悠闲的点缀。人家院子里，虽是不花钱的庭树，还依然送了绿荫来，这绿荫在人家不是幽丽，乃是凄凄惨惨的象征。谁实为之？孰令致之？我们也就无从问人。《阿房宫赋》前段写得那样富丽，后面接着是一叹："秦人不自哀！"现在的北平人，倒不是不自哀，其如他们哀亦无益何！

好一座富于东方美的大城市呀，他整个儿在战栗！好一座千年文化的结晶呀，他不断地在枯萎！呼吁于上天，上天无言；呼吁于人类，人类摇头。其奈之何！

作品赏析

这篇散文是张恨水的散文代表作，也是描写北平的典范之作。北平很大，北平的花木很多，从何处着笔？作者打个北方："像看《四库全书》一样。虽然只成个提要，也觉得应接不暇。"话虽如此，作者还是不能不或前或后地随手涂染五月的北平：卖芍药花的平头车子整车的花蕾推过去，卖冷食的担子敲着冰盏儿，渤海的海鲜放在冰块上极富有趣味，三海中水碧如油，北城的枣子也氤氲了兰蕙的清香。凡此种种。之后，作者把焦距对准了北平的四合院与碧槐。这种写法犹如影视中全景、中景、近景、特写，然后回摇。北京的国槐——槐族的一种，如今已被评为市树，北京的四合院也几乎成为古董，可见前人并不糊涂，即令在五十年以前，也还是和今人沟通，而今人也终于明白了点事理。

这篇文章其实是采取了平铺直叙的手法，虽然其中有些变化，然基调未变，这种手法最难，人们常说散文是最无技法的东西，往往是针对这类写法的散文而言，而要写好，这就需要作者的学识、机趣、功力和浓厚的生活阅历。当然还要依靠作者摹写事物的语言如："在古庙门口，红色的墙，半圆的门，几株大槐树在庙外拥立，把低矮的庙整个罩在绿荫下，那情调是肃穆典雅的。"朴素具象又充满生趣。此文虽是言景之文，但结尾数句不啻皮里阳秋，信笔寄讽，点题在有意与无意之间，言已尽而意无穷。

北平的四季/郁达夫

入选理由
郁达夫的散文代表作
描写细腻真切
不经意间抒发自己的感情，挥洒自如

对于一个已经化为异物的故人，追怀起来，总要先想到他或她的好处；随后再慢慢的想想，则觉得当时所感到的一切坏处，也会变作很可寻味的一些纪念，在回忆里开花。关于一个曾经住过的旧地，觉得此生再也不会第二次去长住了，身处入了远离的一角，向这方向的云天遥望一下，回想起来的，自然也同样地只是它的好处。

中国的大都会，我前半生住过的地方，原也不在少数；可是当一个人静下来回想起从前，上海的闹热，南京的辽阔，广州的乌烟瘴气，汉口武昌的杂乱无章，甚至于青岛的清幽，福州的秀丽，以及杭州的沉着，总归都还比不上北京——我住在那里的时候，当然还是北京——的典丽堂皇，幽闲清妙。

先说人的分子罢，在当时的北京——民国十一二年前后——上自军财阀政客名优起，中经学者名人，文士美女教育家，下而至于负贩拉车铺小摊的人，都可以谈谈，都有一艺之长，而无憎人之貌；就是由荐头店荐来的老妈子，除上坑者是当然以外，也总是衣冠楚楚，看起来不觉得会令人讨嫌。

其次说到北京物质的供给哩，又是山珍海错，洋广杂货，以及萝卜白菜等本地产品，无一不备，无一不好的地方。所以在北京住上两三年的人，每一遇到要走的时候，总只感到北京的空气太沉闷，灰沙太暗淡，生活太无变化；一鞭出走，出前门便觉胸舒，过卢沟方知天晓，仿佛一出都门，就上了新生活开始的坦道似的；但是一年半载，在北京以外的各地——除了在自己幼年的故乡以外——去一住，谁也会得重想起北京，再希望回去，隐隐地对北京害起剧烈的怀乡病来。这一种经验，原是住过北京的人，个个都有，而在我自己，却感觉得格外的浓，格外的切。最大的原因

作者简介

郁达夫（1896—1945），原名郁文，字达夫，浙江富阳人。1914年开始尝试小说创作。1919年入东京帝国大学经济学部。1921年6月，与郭沫若、成仿吾、张资平等人组织成立创造社。1922年归国后，主编《创造季刊》。1923年至1926年间先后在北京大学、武昌师大、广东大学任教。1926年底返沪后主持创造社出版部工作。1928年加入太阳社，并在鲁迅支持下，主编《大众文艺》。1930年3月，中国左翼作家联盟成立，为发起人之一。1938年12月至新加坡，主编《星洲日报》等报刊副刊。1942年，日军进逼新加坡，与胡愈之、王任叔等人撤退至苏门答腊的巴爷公务，化名赵廉。1945年日本投降后被日军宪兵杀害。

或许是为了我那长子之骨，现在也还埋在郊外广谊园的坟山，而几位极要好的知己，又是在那里同时毙命的受难者的一群。

北平的人事品物，原是无一不可爱的，就是大家觉得最要不得的北平的天候，和地理联合上一起，在我也觉得是中国各大都会中所寻不出几处来的好地。为叙述的便利起见，想分成四季来约略地说说。

北平自入旧历的十月之后，就是灰沙满地，寒风刺骨的季节了，所以北平的冬天，是一般人所最怕过的日子。但是要想认识一个地方的特异之处，我以为顶好是当这特异处表现得最圆满的时候去领略；故而夏天去热带，寒天去北极，是我一向所持的哲理。北平的冬天，冷虽则比南方要冷得多，但是北方生活的伟大幽闲，也只有在冬季，使人感受得最彻底。

先说房屋的防寒装置罢，北方的住屋，并不同南方的摩登都市一样，用的是钢骨水泥，冷热气管；一般的北方人家，总只是矮矮的一所四合房，四面是很厚的泥墙；上面花厅内都有一张暖炕，一所回廊；廊子上是一带明窗，窗眼里糊着薄纸，薄纸内又装上风门，另外就没有什么了。在这样简陋的房屋之内，你只教把炉子一生，电灯一点，棉门帘一挂上，在屋里住着，却一辈子总是暖炖炖像是春三四月里的样子。尤其会得使你感觉到屋内的温软堪恋的，是屋外窗外面乌乌在叫啸的西北风。天色老是灰沉沉的，路上面也老是灰的围障，而从风尘灰土中下车，一踏进屋里，就觉得一团春气，包围在你的左右四周，使你马上就忘记了屋外的一切寒冬的苦楚。若是喜欢吃吃酒，烧烧羊肉锅的人，那冬天的北方生活，就更加不能够割舍；酒已经是御寒的妙药了，再加上以大蒜与羊肉酱油合煮的香味，简直可以使一室之内，涨满了白濛濛的水蒸温气。玻璃窗内，前半夜，会流下一条条的清汗，后半夜就变成了花色奇异的冰纹。

到了下雪的时候哩，景象当然又要一变。早晨从厚棉被里张开眼来，一室的清光，会使你的眼睛眩晕。在阳光照耀之下，雪也一粒一粒的放起光来了，蛰伏得很久的小鸟，在这时候会飞出来觅食振翎，谈天说地，吱吱的叫个不休。数日来的灰暗天空，愁云一扫，忽然变得澄清见底，翳障全无；于是年轻的北方住民，就可以营屋外的生活了，溜冰，做雪人，赶冰车雪车，就在这一种日子里最有劲儿。

　　我曾于这一种大雪时晴的傍晚，和几位朋友，跨上跛驴，出西直门上骆驼庄去过过一夜。北平郊外的一片大雪地，无数枯树林，以及西山隐隐现现的不少白峰头，和时时吹来的几阵雪样的西北风，所给与人的印象，实在是深刻，伟大，神秘到了不可以言语来形容。直到了十余年后的现在，我一想起当时的情景，还会得打一个寒颤而吐一口清气，如同在钓鱼台溪旁立着的一瞬间一样。

　　北平的冬宵，更是一个特别适合于看书，写信，追思过去，与作闲谈说废话的绝妙时间。记得当时我们弟兄三人，都住在北京，每到了冬天的晚上，总不远千里地走拢来聚在一道，会谈少年时候在故乡所遇所见的事事物物。小孩们上床去了，佣人们也都去睡觉了，我们弟兄三个，还会得再加一次煤再加一次煤地长谈下去。有几宵因为屋外面风紧天寒之故，到了后半夜的一二点钟的时候，便不约而同地会说出索性坐坐到天亮的话来。像这一种可宝贵的记忆，像这一种最深沉的情调，本来也就是一生中不能够多享受几次的昙花佳境，可是若不是在北平的冬天的夜里，那趣味也一定不会得像如此的悠长。

　　总而言之，北平的冬季，是想赏识赏识北方异味者之惟一的机会；这一季里的好处，这一季里的琐事杂忆，若要详细地写起来，总也有一部《帝京景物略》那么大的书好做，我只记下了一点点自身的经历，就觉得过长了，下面只能再来略写一点春和夏以及秋季的感怀梦境，聊作我的对这日就沦亡的故国的哀歌。

　　春与秋，本来是在什么地方都属可爱的时节，但在北平，却与别地方也有点儿两样。北国的春，来得较迟，所以时间也比较得短。西北风停后，积雪渐渐地消了，赶牲口的车夫身上，看不见那件光板老羊皮的大袄的时候，你就得预备着游春的服饰与金钱；因为春来也无信，春去也无踪，眼睛一眨，在北平市内，春光就会得同飞马似的溜过。屋内的炉子，刚拆去不久，说不定你就马上得去叫盖凉棚的才行。

而北方春天的最值得记忆的痕迹，是城厢内外的那一层新绿，同洪水似的新绿。北京城，本来就是一个只见树木不见屋顶的绿色的都会，一踏出九城的门户，四面的黄土坡上，更是杂树丛生的森林地了；在日光里颤抖着的嫩绿的波浪，油光光，亮晶晶，若是神经系统不十分健全的人，骤然间身入到这一个淡绿色的海洋涛浪里去一看，包管你要张不开眼，立不住脚，而昏蹶过去。

北平市内外的新绿，琼岛春阴，西山挹翠诸景里的新绿，真是一幅何等奇伟的外光派的妙画！但是这画的框子，或者简直说这画的画布，现在却已经完全掌握在一只满长着黑毛的巨魔的手里了！北望中原，究竟要到哪一日才能够重见得到天日呢？

从地势纬度上讲来，北方的夏天，当然要比南方的夏天来得凉爽。在北平城里过夏，实在是并没有上北戴河或西山去避暑的必要。一天到晚，最热的时候，只有中午到午后三四点钟的几个钟头，晚上太阳一下山，总没有一处不是凉阴阴要穿单衫才能过去的；半夜以后，更是非盖薄棉被不可了。而北平的天然冰的便宜耐久，又是夏天住过北平的人所忘不了的一件恩惠。

我在北平，曾经过过三个夏天；像什刹海，菱角沟，二闸等暑天游耍的地方，当然是都到过的；但是在三伏的当中，不问是白天或是晚上，你只教有一张藤榻，搬到院子里的葡萄架下或藤花阴处去躺着，吃吃冰茶雪藕，听听盲人的鼓词与树上的蝉鸣，也可以一点儿也感不到炎热与薰蒸。而夏天最热的时候，在北平顶多总不过九十四五度，这一种大热的天气，全夏顶多顶多又不过十日的样子。

在北平，春夏秋的三季，是连成一片；一年之中，仿佛只有一段寒冷的时期，和一段比较得温暖的时期相对立。由春到夏，是短短的一瞬间，自夏到秋，也只觉得是过了一次午睡，就有点儿凉冷起来了。因此，北方的秋季也特别的觉得长，而秋天的回味，也更觉得比别处来得浓厚。前两年，因去北戴河回来，我曾在北平过过一个秋，在那时候，已经写过一篇《故都的秋》，对这北平的秋季颂赞过一道了，所以在这里不想再来重复；可是北平近郊的秋色，实在也正像是一册百读不厌的奇书，使你愈翻愈会感到兴趣。

秋高气爽，风日晴和的早晨，你且骑着一匹驴子，上西山八大处或玉泉山碧云寺去走走看；山上的红柿，远处的烟树人家，郊野里的芦苇黍稷，以及在驴背上驮着生果进城来卖的农户佃家，包管你看一个月也不会看厌。春秋两季，本来是到处都好的，但是北方的秋空，看起来似乎更高一点，北方的空气，吸起来似乎更干燥健全一点，而那一种草木摇落，金风肃杀之感，在北方似乎也更觉得要严肃，凄凉，沉静得多。你若不信，你且去西山脚下，农民的家里或古寺的殿前，自阴历八月至十月下旬，去住它三个月看看。古人的"悲哉秋之为气"以及"胡笳互动，牧马悲鸣"的那一种哀感，在南方是不大感觉得到的，但在北平，尤其是在郊外，你真会得感至极而涕零，思千里兮命驾。所以我说，北平的秋，才是真正的秋；南方的秋天，不过是英国话里所说的Indian Summer或叫作小春天气而已。

统观北平的四季，每季每节，都有它的特别的好处；冬天是室内饮食奄息的时期，秋天是郊外走马调鹰的日子，春天好看新绿，夏天饱受清凉。至于各节各季，正当移换中的一段时间哩，又是别一种情趣，是一种两不相连，而又两都相合的中间风味，如雍和宫的打鬼，净业庵的放灯，丰台的看芍药，万牲园的寻梅花之类。

五六百年来文化所聚萃的北平，一年四季无一月不好的北平，我在遥忆，我也在深祝，祝她的平安进展，永久地为我们黄帝子孙所保有的旧都城！

一九三六年五月廿七日

◇最美的散文

作品赏析

  关于郁达夫的文学成就，其友人、国画大师刘海粟评论说：诗词第一，散文第二，小说第三，评论文章第四。这个评价切中肯綮。郁达夫虽然以小说蜚声文坛，但是他的才情更在旧体诗和散文创作中得到展现。一篇赞美诗般的《故都的秋》，成为现代文学史上的经典。两年之后，他又挥笔写下这篇《北平的四季》。

  文章的叙述方式有点类似于"闲话体"，所以读起来倍感亲切。

  郁达夫描写景物的特点，喜欢从细微处入手，似在不经意中描摹山水风物，而且文字平易，但造出的意境却有古典文学中言简意远、朴拙幽深的情调。他写北平的四季，描写细腻真切，深邃优美，充分传达出北平四季各自奕奕的精神品格，做到了形神兼备。在他的笔下，北平四季犹如一幅幅栩栩如生的画卷，令人神往，令人陶醉。

  可是那美景越是醉人，我们内心越感到刺痛，因为作者在提醒我们，这是"我的对这日就沦亡的故国的哀歌"；这美景"却已经完全掌握在一只满长着黑毛的巨魔的手里了！北望中原，究竟要到哪一日才能够重见得到天日呢？"寥寥数语穿插于盛景之中，不经意间把爱国之深、丧国之痛抒写而出，显得挥洒自如。

白杨礼赞 /茅盾

茅盾的散文名篇
入选中学课本的散文经典
描写细腻逼真，象征意义深刻独到

  白杨树实在不是平凡的，我赞美白杨树！

  当汽车在望不到边际的高原上奔驰，扑入你的视野的，是黄绿错综的一条大毯子；黄的，那是土，未开垦的处女土，几百万年前由伟大的自然力所堆积成功的黄土高原的外壳；绿的呢，是人类劳力战胜自然的成果，是麦田，和风吹送，翻起了一轮一轮的绿波——这时你会真心佩服昔人所造的两个字"麦浪"，若不是妙手偶得，便确是经过锤炼的语言的精华。黄与绿主宰着，无边无垠，坦荡如砥，这时如果不是宛若并肩的远山的连峰提醒了你（这些山峰凭你的肉眼来判断，就知道是在你脚底下的），你会忘记了汽车是在高原上行驶，这时你涌起来的感想也许是"雄壮"，也许是"伟大"，诸如此类的形容词，然而同时你的眼睛也许觉得有点倦怠，你对当前的"雄壮"或"伟大"闭了眼，而另一种味儿在你心头潜滋暗长了——"单调"！可不是，单调，有一点儿罢？

然而刹那间，要是你猛抬眼看见了前面远远地有一排——不，或者甚至只是三五株，一二株，傲然地耸立，像哨兵似的树木的话，那你的恹恹欲睡的情绪又将如何？我那时是惊奇地叫了一声的！

那就是白杨树，西北极普通的一种树，然而实在不是平凡的一种树！

那是力争上游的一种树，笔直的干，笔直的枝。它的干呢，通常是丈把高，像是加以人工似的，一丈以内，绝无旁枝；它所有的桠枝呢，一律向上，而且紧紧靠拢，也像是加以人工似的，成为一束，绝无横斜逸出；它的宽大的叶子也是片片向上，几乎没有斜生的，更不用说倒垂了；它的皮，光滑而有银色的晕圈，微微泛出淡青色。这是虽在北方的风雪的压迫下却保持着倔强挺立的一种树！哪怕只有碗来粗细罢，它却努力向上发

作者简介

茅盾（1896—1981），原名沈德鸿，字雁冰，浙江桐乡人，中国现代作家。1916年毕业于北京大学预科班。1916年后历任上海商务印书馆编辑、《小说月报》主编、《民国日报》主编，为文学研究会发起人之一。1928年赴日，1930年回国，加入左翼作家联盟。中华人民共和国成立后历任文化部长、中国作协主席等职。主要作品有长篇小说《子夜》，中篇小说《蚀》（三部曲），短篇小说《春蚕》《林家铺子》等。

展，高到丈许，二丈，参天耸立，不折不挠，对抗着西北风。

这就是白杨树，西北极普通的一种树，然而决不是平凡的树！

它没有婆娑的姿态，没有屈曲盘旋的虬枝，也许你要说它不美丽——如果美是专指"婆娑"或"横斜逸出"之类而言，那么白杨树算不得树中的好女子；但是它却是伟岸，正直，朴质，严肃，也不缺乏温和，更不用提它的坚强不屈与挺拔，它是树中的伟丈夫！当你在积雪初融的高原上走过，看见平坦的大地上傲然挺立这么一株或一排白杨树，难道你觉得树只是树，难道你就不想到它的朴质，严肃，坚强不屈，至少也象征了北方的农民；难道你竟一点也不联想到，在敌后的广大土地上，到处有坚强不屈，就像这白杨树一样傲然挺立的守卫他们家乡的哨兵！难道你又不更远一点想到这样枝枝叶叶靠紧团结，力求上进的白杨树，宛然象征了今天在华北平原纵横决荡用血写出新中国历史的那种精神和意志。

白杨不是平凡的树。它在西北极普遍，不被人重视，就跟北方农民相似；它有极强的生命力，磨折不了，压迫不倒，也跟北方的农民相似。我赞美白杨树，就因为它不但象征了北方的农民，尤其象征了今天我们民族解放斗争中所不可缺的朴质，坚强，以及力求上进的精神。

让那些看不起民众，贱视民众，顽固的倒退的人们去赞美那贵族化的楠木（那也是直干秀颀的），去鄙视这极常见，极易生长的白杨罢，但是我要高声赞美白杨树！

作品赏析

茅盾笔下的白杨树，与大自然中的白杨树，不仅貌合，而且神似。面对白杨树这种平凡的树，茅盾却以非凡的笔触描述了它不平凡的气质，显示了他的大手笔。他笔下的白杨树，是平凡的外观及非凡的内质的统一体。但是，白杨树的意义远远不止这些，它有着更深层的内核。白杨树不仅是北方农民的象征，"尤其象征了今天我们民族解放斗争中所不可缺的朴质，坚强，以及力求上进的精神"，这是文章的文眼，也是作者的情感落脚点，是对抗日战争中民族解放斗争的精神的歌颂。

　　文章不仅思想内涵丰裕，在艺术上也极具感染力。作者以白杨树象征"真人真地"，立意显得很奇妙，在画面上的形象和气势，既明朗而又委婉。为了突出白杨树，作者在环境描写上颇有讲究，衬托了白杨树的壮丽、挺拔的气质和形象。

　　文章布局整饬而又层层深化，围绕讴歌白杨树，从外形到内核各个层面深入抒发，同时，开头、结尾相互呼应，强化了主题，给读者留下了难忘的记忆。

我所知道的康桥 /徐志摩

诗人徐志摩的散文名篇
现代散文史上脍炙人口的佳作
优美的语言，诗化的意境

（一）

　　我这一生的周折，大都寻得出感情的线索。不论别的，单说求学。我到英国是为要从罗素。罗素来中国时，我已经在美国。他那不确的死耗传到的时候，我真的出眼泪不够，还做悼诗来了。他没有死，我自然高兴。我摆脱了哥伦比亚大学博士衔的引诱，买船票漂过大西洋，想跟这位二十世纪的福禄泰尔认真念一点书去。谁知一到英国才知道事情变样了：一为他在战时主张和平，二为他离婚，罗素叫康桥给除名了，他原来是Trinity College的Fellow，这一来他的Fellowship也给取消了。他回英国后就在伦敦住下，夫妻两人卖文章过日子。因此我也不曾遂我从学的始愿。我在伦敦政治经济学院里混了半年，正感着闷想换路走的时候，我认识了狄更生先生。狄更生——Goldsworthy Lowes Dickinson——是一个有名的作者，他的《一个中国人通信》（Letters From John Chinaman）与《一个现代聚餐谈话》（A Modern Symposium）两本小册子早得了我的景仰。我第一次会着他是在伦敦国际联盟协会席上，那天林宗孟先生演说，他做主席；第二次是宗孟寓里吃茶，有他，以后我常到他家里去。他看出我的烦闷，劝我到康桥去，他自己是王家学院（King's College）的Fellow。我就写信去问两个学院，回信都说学额早满了，随后还是狄更生先生替我去在他的学院里说好了，给我一个特别生的资格，随意选科听讲。从此黑方巾，黑披袍的风光也被我占着了。初起我在离康桥六英里的乡下叫沙士顿地方租了几间小屋住下，同居的有我从前的夫人张幼仪女士与郭虞裳君。每天一早我坐街车（有时骑自行车）上学，到晚回家。这样的生活过了一个春，但我在康桥还只是个陌生人，谁都不认识，康桥的生活，可以说完全不曾尝着，我知道的只是一个图书馆，几个课室，和三两个吃便宜饭的茶食铺子。狄更生常在伦敦或是大陆上，所以也不常见他。那年的秋季我一个人回到康桥，整整有一学年，那时我才有机会接近真正的康桥生活，同时我也慢慢的"发见"了康桥。我不曾知道过更大的愉快。

（二）

"单独"是一个耐寻味的现象。我有时想它是任何发见的第一个条件。你要发见你的朋友的"真"，你得有与他单独的机会。你要发见你自己的

作者简介

徐志摩（1896—1931），浙江海宁人，中国现代著名诗人、散文家。1915年起先后在美国克拉克大学、哥伦比亚大学、英国剑桥大学学习。1922年回国后先后在北大、清华、南京中央大学任教。1923年发起成立新月社，为"新月派"主要诗人，先后主编北京《晨报》副刊和上海《新月》月刊。1931年11月19日因飞机失事遇难。其主要作品有诗集《志摩的诗》《翡冷翠的一夜》，散文《翡冷翠山居闲话》《我所知道的康桥》等。

真，你得给你自己一个单独的机会。你要发见一个地方（地方一样有灵性），你也得有单独玩的机会。我们这一辈子，认真说，能认识几个人？能认识几个地方？我们都是太匆忙，太没有单独的机会。说实话，我连我的本乡都没有什么了解。康桥我要算是有相当交情的，再次许只有新认识的翡冷翠了。啊，那些清晨，那些黄昏，我一个人发痴似的在康桥！绝对的单独。

但一个人要写他最心爱的对象，不论是人是地，是多么使他为难的一个工作？你怕，你怕描坏了它，你怕说过分了恼了它，你怕说太谨慎了辜负了它。我现在想写康桥，也正是这样的心理，我不曾写，我就知道这回是写不好的——况且又是临时逼出来的事情。但我却不能不写，上期预告已经出去了。我想勉强分两节写，一是我所知道的康桥的天然景色；一是我所知道的康桥的学生生活。我今晚只能极简的写些，等以后有兴会时再补。

（三）

康桥的灵性全在一条河上；康河，我敢说，是全世界最秀丽的一条水。河的名字是葛兰大（Granta），也有叫康河（Kiver Cam）的，许有上下流的区别，我不甚清楚。河身多的是曲折，上游是有名的拜伦潭——"Byron's Pool"——当年拜伦常在那里玩的；有一个老村子叫格兰骞斯德，有一个果子园，你可以躺在累累的桃李树荫下吃茶，花果会掉入你的茶杯，小雀子会到你桌上来啄食，那真是别有一番天地。这是上游；下游是从骞斯德顿下去，河面展开，那是春夏间竞舟的场所。上下河分界处有一个坝筑，水流急得很，在星光下听水声，听近村晚钟声，听河畔倦牛刍草声，是我康桥经验中最神秘的一种：大自然的优美，宁静，调谐在这星光与波光的默契中不期然的淹入了你的性灵。

但康河的精华是在它的中游，著名的"Backs"，这两岸是几个最蜚声的学院的建筑。从上面下来是Pembroke, St. Katharine's, King's,

Clare, Trinity, St. John's。最令人留连的一节是克莱亚与王家学院的毗连处，克莱亚的秀丽紧邻着王家教堂（King's Chapel）的宏伟。别的地方尽有更美更庄严的建筑，例如巴黎赛因河的罗浮宫一带，威尼斯的利阿尔多大桥的两岸，翡冷翠维基乌大桥的周遭；但康桥的"Backs"自有它的特长，这不容易用一二个状词来概括，它那脱尽尘埃气的一种清澈秀逸的意境可说是超出了画图而化生了音乐的神味。再没有比这一群建筑更调谐更匀称的了！论画，可比的许只有柯罗（Corot）的田野；论音乐，可比的许只有萧班（Chopin）的夜曲。就这也不能给你依稀的印象，它给你的美感简直是神灵性的一种。

假如你站在王家学院桥边的那棵大树荫下眺望，右侧面，隔着一大方浅草坪，是我们的校友居（Fellows Building），那年代并不早，但它的妩媚也是不可掩的，它那苍白的石壁上春夏间满缀着艳色的蔷薇在和风中摇颤，更移左是那教堂，森林似的尖阁不可浼的永远直指着天空；更左是克莱亚，啊！那不可信的玲珑的方庭，谁说这不是圣克莱亚（St. Clare）的化身，哪一块石上不闪耀着她当年圣洁的精神？在克莱亚后背隐约可辨的是康桥最华贵最骄纵的三清学院（Trinity），它那临河的图书楼上坐镇着拜伦神采惊人的雕像。

但这时你的注意早已叫克莱亚的三环洞桥魔术似的摄住。你见过西湖白堤上的西泠断桥不是？（可怜它们早已叫代表近代丑恶精神的汽车公司给踩平了，现在它们跟着苍凉的雷峰永远辞别了人间。）你忘不了那桥上斑驳的苍苔，木栅的古色，与那桥拱下泄露的湖光与山色不是？克莱亚并没有那样体面的衬托，它也不比庐山栖贤寺旁的观音桥，上瞰五老的奇峰，下临深潭与飞瀑；它只是怯伶伶的一座三环洞的小桥，它那桥洞间也只掩映着细纹的波鳞与婆娑的树影，它那桥上栉比的小穿阑与阑节顶上双双的白石球，也只是村姑子头上不夸张的香草与野花一类的装饰；但你凝神的看着，更凝神的看着，你再反省你的心境，看还有一丝屑的俗念沾滞不？只要你审美的本能不曾汩灭时，这是你的机会实现纯粹美感的神奇！

但你还得选你赏鉴的时辰。英国的天时与气候是走极端的。冬天是荒谬的坏,逢着连绵的雾盲天你一定不迟疑的甘愿进地狱本身去试试;春天(英国是几乎没有夏天的)是更荒谬的可爱,尤其是它那四五月间最渐缓最艳丽的黄昏,那才真是寸寸黄金。在康河边上过一个黄昏是一服灵魂的补剂。啊!我那时蜜甜的单独,那时蜜甜的闲暇。一晚又一晚的,只见我出神似的倚在桥阑上向西天凝望:

看一回凝静的桥影,

数一数螺钿的波纹:

我倚暖了石阑的青苔,

青苔凉透了我的心坎;……

还有几句更笨重的怎能仿佛那游丝似轻妙的情景:

难忘七月的黄昏,远树凝寂,

像墨泼的山形,衬出轻柔暝色,

密稠稠,七分鹅黄,三分橘绿,

那妙意只可去秋梦边缘捕捉;……

(四)

这河身的两岸都是四季常青最葱翠的草坪。从校友居的楼上望去,对岸草场上,不论早晚,永远有十数匹黄牛与白马,胫蹄没在恣蔓的草丛中,从容的在咬嚼,星星的黄花在风中动荡,应和着它们尾鬃的扫拂。桥的两端有斜倚的垂柳与椈荫护住。水是澈底的清澄,深不足四尺,匀匀的长着长条的水草。这岸边的草坪又是我的爱宠,在清明,在傍晚,我常去这天然的织锦上坐地,有时读书,有时看水;有时仰卧着看天空的行云,有时反仆着搂抱大地的温软。

但河上的风流还不止两岸的秀丽。你得买船去玩。船不止一种:有普通的双桨划船,有轻快的薄皮舟(Canoe),有最别致的长形撑篙船

（Punt）。最末的一种是别处不常有的：约莫有二丈长，三尺宽，你站直在船梢上用长竿撑着走的。这撑是一种技术。我手脚太蠢，始终不曾学会。你初起手尝试时，容易把船身横住在河中，东颠西撞的狼狈。英国人是不轻易开口笑人的，但是小心他们不出声的皱眉！也不知有多少次河中本来优闲的秩序叫我这莽撞的外行给捣乱了。我真的始终不曾学会；每回我不服输跑去租船再试的时候，有一个白胡子的船家往往带讥讽的对我说："先生，这撑船费劲，天热累人，还是拿个薄皮舟溜溜吧！"我哪里肯听，长篙子一点就把船撑了开去，结果还是把河身一段段的腰斩了去！

你站在桥上去看人家撑，那多不费劲，多美！尤其在礼拜天有几个专家的女郎，穿一身缟素衣服，裙裾在风前悠悠的飘着，戴一顶宽边的薄纱帽，帽影在水草间颤动，你看她们出桥洞时的姿态，捻起一根竟像没有分量的长竿，只轻轻的，不经心的往波心里一点，身子微微的一蹲，这船身便波的转出了桥影，翠条鱼似的向前滑了去。她们那敏捷，那闲暇，那轻盈，真是值得歌咏的。

在初夏阳光渐暖时你去买一只小船，划去桥边荫下躺着念你的书或是做你的梦，槐花香在水面上飘浮，鱼群的喋喋声在你的耳边挑逗。或是在初秋的黄昏，近着新月的寒光，望上流僻静处远去。爱热闹的少年们携着他们的女友，在船沿上支着双双的东洋彩纸灯，带着话匣子，船心里用软垫铺着，也开向无人迹处去享他们的野福——谁不爱听那水底翻的音乐在静定的河上描写梦意与春光！

住惯城市的人不易知道季候的变迁。看见叶子掉知道是秋，看见叶子绿知道是春；天冷了装炉子，天热了拆炉子；脱下棉袍，换上夹袍，脱下夹袍，穿上单袍，不过如此罢了。天上星斗的消息，地下泥土里的消息，空中风吹的消息，都不关我们的事。忙着哪，这样那样事情多着，谁耐烦管星星的移转，花草的消长，风云的变幻？同时我们抱怨我们的生活，苦痛，烦闷，拘束，枯燥，谁肯承认做人是快乐？谁不多少间咒诅人生？

但不满意的生活大都是由于自取的。我是一个生命的信仰者，我信生活决不是我们大多数人仅仅从自身经验推得的那样暗惨。我们的病根是在"忘本"。人是自然的产儿，就比枝头的花与鸟是自然的产儿；但我们不幸是文明人，入世深似一天，离自然远似一天。离开了泥土的花草，离开了水的鱼，能快活吗？能生存吗？从大自然，我们取得我们的生命；从大自然，我们应分取得我们继续的资养。哪一株婆娑的大木没有盘错的根柢深入在无尽藏的地里？我们是永远不能独立的。有幸福是永远不离母亲抚育的孩子，有健康是永远接近自然的人们。不必一定与鹿豕游，不必一定回"洞府"去；为医治我们当前生活的枯窘，只要"不完全遗忘自然"一张轻淡的药方，我们的病象就有缓和的希望。在青草里打几个滚，到海水里洗几次浴，到高处去看几次朝霞与晚照——你肩背上的负担就会轻松了去的。

　　这是极肤浅的道理，当然。但我要没有过过康桥的日子，我就不会有这样的自信。我这一辈子就只那一春，说也可怜，算是不曾虚度。就只那一春，我的生活是自然的，是真愉快的！（虽则碰巧那也是我最感受人生痛苦的时期。）我那时有的是闲暇，有的是自由，有的是绝对单独的机会。说也奇怪，竟像是第一次，我辨认了星月的光明，草的青，花的香，流水的殷勤。我能忘记那初春的睥睨吗？曾经有多少个清晨我独自冒着冷薄霜铺地的林子里闲步——为听鸟语，为盼朝阳，为寻泥土里渐次苏醒的花草，为体会最微细最神妙的春信。啊，那是新来的画眉在那边涧不尽的青枝上试它的新声！啊，这是第一朵小雪球花挣出了半冻的地面！啊，这不是新来的潮润沾上了寂寞的柳条？

　　静极了，这朝来水溶溶的大道，只远处牛奶车的铃声，点缀这周遭的沉默。顺着这大道走去，走到尽头，再转入林子里的小径，往烟雾浓密处走去，头顶是交枝的榆荫，透露着漠楞楞的曙色；再往前走去，走尽这林子，当前是平坦的原野，望见了村舍，初青的麦田，更远三两个馒形的小山掩住了一条通道。天边是雾茫茫的，尖尖的黑影是近村的教寺。听，那晓钟和缓的清音。这一带是此邦中部的平原，地形像是海里的轻波，默沉沉的起伏；山岭是望不见的，有的是常青的草原与沃腴的田壤。登那土阜上望去，康桥只是一带茂林，拥戴着几处娉婷的尖阁。妩媚的康河也望不见踪迹，你只能循着那锦带似的林木想象那一流清浅。村舍与树林是这地盘上的棋子，有村舍处有佳荫，有佳荫处有村舍。这早起是看炊烟的时辰：朝雾渐渐的升起，揭开了这灰苍苍的天幕（最好是微霰后的光景），远近的炊烟，成丝的，成缕的，成卷的，轻快的，迟重的，浓灰的，淡青的，惨白的，在静定的朝气里渐渐的上腾，渐渐的不见，仿佛是朝来人们的祈祷，参差的翳入了天听。朝阳是难得见的，这初春的天气。但它来时是起早人莫大的愉快。顷刻间这田野添深了颜色，一层轻纱似的金粉糁上了这草，这树，这通道，这庄舍。顷刻间这周遭弥漫了清晨富丽的温柔。顷刻间你的心怀也分润了白天诞生的光荣。"春！"这胜利的晴空仿佛在你的耳边私语。"春！"你那快活的灵魂也仿佛在那里回响。

伺候着河上的风光，这春来一天有一天的消息。关心石上的苔痕，关心败草里的花鲜，关心这水流的缓急，关心水草的滋长，关心天上的云霞，关心新来的鸟语。怯伶伶的小雪球是探春信的小使。铃兰与香草是欢喜的初声。窈窕的莲馨，玲珑的石水仙，爱热闹的克罗克斯，耐辛苦的蒲公英与雏菊——这时候春光已是烂缦在人间，更不须殷勤问讯。

瑰丽的春放。这是你野游的时期。可爱的路政，这里不比中国，哪一处不是坦荡荡的大道？徒步是一个愉快，但骑自转车是一个更大的愉快。在康桥骑车是普遍的技术；妇人，稚子，老翁，一致享受这双轮舞的快乐（在康桥听说自转车是不怕人偷的，就为人人都自己有车，没人要偷）。任你选一个方向，任你上一条通道，顺着这带草味的和风，放轮远去，保管你这半天的逍遥是你性灵的补剂。这道上有的是清荫与美草，随地都可以供你休憩。你如爱花，这里多的是锦绣似的草原。你如爱鸟，这里多的是巧啭的鸣禽。你如爱儿童，这乡间到处是可亲的稚子。你如爱人情，这里多的是不嫌远客的乡人，你到处可以"挂单"借宿，有酪浆与嫩薯供你饱餐，有夺目的果鲜恣你尝新。你如爱酒，这乡间每"望"都为你储有上好的新酿，黑啤如太浓，苹果酒，姜酒都是供你解渴润肺的。……带一卷书，走十里路，选一块清静地，看天，听鸟，读书，倦了时，和身在草绵绵处寻梦去——你能想象更适情更适性的消遣吗？

陆放翁有一联诗句："传呼快马迎新月，却上轻舆趁晚凉。"这是做地方官的风流。我在康桥时虽没马骑，没轿子坐，却也有我的风流：我常常在夕阳西晒时骑了车迎着天边扁大的日头直追。日头是追不到的，我没有夸父的荒诞，但晚景的温存却被我这样偷尝了不少。有三两幅画图似的经验至今还是栩栩的留着。只说看夕阳，我们平常只知道登山或是临海，但实际只须辽阔的天际，平地上的晚霞有时也是一样的神奇。有一次我赶到一个地方，手把着一家村庄的篱笆，隔着一大田的麦浪，看西天的变幻。有一次是正冲着一条宽广的大道，过来一大群羊，放草归来的，偌大的太阳在它们后背放射着万缕的金辉，天上却是乌青青的，只剩这不可逼视的威光中的一条大路，一群生物！我心头顿时感着神异性的压迫，我真的跪下了，对着这冉冉渐翳的金光。再有一次是更不可忘的奇景，那是临着一大片望不到头的草原，满开着艳红的罂粟，在青草里亭亭的像是万盏的金灯，阳光从褐色云里斜着过来，幻成一种异样的紫色，透明似的不可逼视，刹那间在我迷眩了的视觉中，这草田变成了……不说也罢，说来你们也是不信的！

一别二年多了，康桥，谁知我这思乡的隐忧？也不想别的，我只要那晚钟撼动的黄昏，没遮拦的田野，独自斜倚在软草里，看第一个大星在天边出现！

作品赏析

康桥对于徐志摩的意义是毋庸置疑的，徐志摩对康桥的感情也是有目共睹的。他把对康桥的爱，放到诗歌里尽情地唱，放到散文中恣肆地咏。在《我所知道的康桥》中，他一边酣畅淋漓地挥洒自己的真性情，一边细腻生动地描绘他生命中不可或缺的康桥。

徐志摩是唯美的，感性的，又是才华横溢的。他挥洒自如地操纵着的，似乎不是文字，而更像是画笔。他的妙笔勾勒出来的康桥之景，让人如临其境，心旷神怡。方块字在他笔下，不单单是准确、生动之类的词可以概括的。他赋予了方块字以活力、以生命。他的笔致如此灵动，他的笔调如此清新，他的情感如此丰盈。他所见色彩缤纷，他所触呼之欲出，他所感热烈活泼。在他的文章里，你分不清是康桥美，还是文字美；分不清是康桥因他的文字而丽，还是他的文字因康桥而活。这些早已不再重要。因为我们已经领略了什么是美。

青纱帐 /王统照

入选理由
王统照的散文经典
以独特的视角反映一个时代
小中见大的艺术特色

稍稍熟悉北方情形的人，当然知道这三个字——青纱帐，帐子上加青纱二字，很容易令人想到那幽幽的、沉沉的、如烟如雾的趣味。其中大约是小簟轻衾吧？有个诗人在帐中低吟着"手倦抛书午梦凉"的句子，或者更宜于有个雪肤花貌的"玉人"，从淡淡的灯光下透露出横陈的丰腴的肉体美来。可是煞风景得很！现在在北方一提起青纱帐这个暗喻格的字眼，汗喘气力，光着身子的农夫，横飞的子弹，枪，杀，劫掳，火光，这一大串的人物与光景，便即刻联想得出来。

北方有的是遍野的高粱，亦即所谓秫秫，每到夏季，正是它们茂生的时季。身个儿高，叶子长大，不到晒米的日子，早已在其中可以藏住人，不比麦子豆类隐蔽不住东西。这些年来北方，凡是有乡村的地方，这个严重的青纱帐季，便是一年中顶难过而要戒严的时候。

当初给遍野的高粱赠予这个美妙的别号的，够得上是位"幽雅"的诗人吧？本来如刀的长叶，连接起来恰像一个大的帐幔，微风过处，秆、叶摇拂，用青纱的色彩作比，谁能说是不对？然而高粱在北方的农产植物中是具有雄伟壮丽的姿态的。它不像黄云般的麦穗那么轻袅，也不是谷子穗垂头委琐的神气，高高独立，昂首在毒日的灼热之下，周身碧绿，满布着新鲜的生机。高粱米在东北几省中是一般家庭的普通食物，东北人在别的地方住久了，仍然还很欢喜吃高粱米煮饭。除那几省之外，在北方也是农民的主要食物，可以糊成饼子，摊作煎饼，而最大的用处是制造白干酒的原料，所以白干酒也叫做高粱酒。中国的酒类性烈易醉的莫过于高粱酒。可见这类农产物中所含精液之纯，与北方的土壤气候都有关系。但高粱的特性也由此可以看出。

为什么北方农家有地不全种能产小米的谷类，非种高粱不可？据农人讲起来自有他们的理由。不错，高粱的价值不要说不及麦、豆，连小米也不如。然而每亩的产量多，而尤其需要的是燃料。我们的都会地方现在是用煤，也有用电与瓦斯的，可是在北方的乡间因为交通不便与价值高贵的关系，主要的燃料是高粱秸。如果一年地里不种高粱，那么农民的燃料便自然发生恐慌。除去为作粗糙的食品外，这便是在北方夏季到处能看见一片

作者简介

王统照(1897—1957)，现代作家。字剑三，笔名韦佩、容庐、卢生等。山东诸城人。1918年赴北京入中国大学。次年参加五四运动，从事新文学创作。1921年参加发起成立文学研究会，曾编辑《曙光》《晨光》等杂志，主编《晨报》的《文学旬刊》。1924年就任中国大学教授，两年后迁居青岛。这期间出版有长篇小说《一叶》《黄昏》，短篇小说集《春雨之夜》《霜痕》，诗文集《童心》等。1935年在上海任《文学》月刊主编。这时期所写作品收入诗集《这时代》《夜行集》《放歌集》，短篇小说集《号声》《银龙集》，散文集《青纱帐》《去来今》等。中华人民共和国成立后，任全国文联委员、山东大学中文系主任、山东省文联主席、省文化局长等职。出版了诗集《鹊华小集》、论文随笔集《炉边文谈》、6卷本《王统照文集》等。

片高秆红穗的高粱地的缘故。

高粱的收获期约在夏末秋初。从前有我的一位族侄——他死去十几年了，一位旧典型的诗人——他曾有过一首旧诗，是极好的一段高粱赞：

"高粱高似竹，遍野参差绿。粒粒珊瑚珠，节节琅玕玉。"

农人对于高粱的红米与长秆子的爱惜，的确也与珊瑚琅玕相等。或者因为这等农产物品格过于低下的缘故，自来少见诸诗人的歌咏，不如稻、麦、豆类常在中国的田园诗人的句子中读得到。

但这若干年来，高粱地是特别的为人所憎恶畏惧！常常可以听见说："青纱帐起来，如何，如何……""今年的青纱帐季怎么过法？"因为每年的这个时季，乡村中到处遍布着恐怖，隐藏着杀机。通常在黄河以北的土匪头目，叫做"秆子头"，望文思义，便可知道与青纱帐是有关系的。高粱秆子在热天中既遍地皆是，容易藏身，比起"占山为王"还要便利。

青纱帐，现今不复是诗人、色情狂者所想象的清幽与挑拨肉感的所在，而变成乡村间所恐怖的"魔帐"了！

多少年来帝国主义的压迫，与连年内战，捐税重重，官吏、地主的剥削，现在的农村已经成了一个待爆发的空壳。许多人想着回到纯洁的乡村，以及想尽方法要改造乡村，不能不说他们的"用心良苦"，然而事实告诉我们，这样枝枝节节、一手一足的办法，何时才有成效！

青纱帐季的恐怖不过是一点表面上的情形，其所以有散布恐惶的原因多得很呢。

"青纱帐"这三个字徒然留下了极淡漠的、如烟如雾的一个表象在人人的心中，而内里面却藏有炸药的引子！

作品赏析

这篇文章的显著特色是创作从大处着眼，从小处着墨。一般情况下，作家用大题目驾驭大的思想内涵，小题目阐发个人感慨。本文的作者，表现出了独特的感悟能力，所选材料看似细小，却暗示深刻，小中见大。文章的主题在于揭露一个岌岌可危的社会现象，表达对不安定社会的深深忧虑。"青纱帐"本是一个能引起人们美好联想的词语，应该是一个美好的所在，但在那个年代里，不幸成为土匪与劫犯藏身的地方。那里经常响起令人恐怖的枪声与杀声。既然如此，不种也罢，可生活贫困，村民不得不种。无法化解的矛盾里隐藏着可怕的危机，于是，作者说里面藏着炸药的引子。这里，作者敏锐的目光和忧国忧民情怀展露无遗。

散文创作讲究开阖抑扬，如同江南园林的布局。《青纱帐》正是体现了这种结构，不是平铺直叙，而是峰回路转，曲径通幽。在大量泼墨于青纱帐之后，作者笔锋一转，将其引入现实背景之下，从而实现了以青纱帐为抒情参照来表达主题的意图。作者对现实社会的体悟与察觉、审视与揭露，正是在对青纱帐的遐思中彰显出来，青纱帐也在作者的笔下承载了更多的社会内容。

怀李叔同先生 /丰子恺

入选理由
精细入微的描写逼真地刻画了人物形象
对老师深切的怀念与追思
对李叔同先生灵魂境界的体悟

距今29年前，我17岁的时候，最初在杭州的浙江省立第一师范学校里见到李叔同先生，即后来的弘一法师。那时我是预科生，他是我们的音乐教师。我们上他的音乐课时，有一种特殊的感觉：严肃。摇过预备铃，我们走向音乐教室，推进门去，先吃一惊：李先生早已端坐在讲台上。以为先生总要迟到而嘴里随便唱着、喊着或笑着、骂着而推进门去的同学，吃惊更是不小。他们的唱声、喊声、笑声、骂声以门槛为界限而忽然消灭。接着是低着头，红着脸，去端坐在自己的位子里。端坐在自己的位子里偷偷地仰起头来看看，看见李先生的高高的瘦削的上半身穿着整洁的黑布马褂，露出在讲桌上，宽广得可以走马的前额，细长的凤眼，隆正的鼻梁，形成威严的表情。扁平而阔的嘴唇两端常有深涡，显示和爱的表情。这副相貌，用"温而厉"三个字来描写，大概差不多了。讲桌上放着点名簿、讲义以及他的教课笔记簿、粉笔。钢琴衣解开着，琴盖开着，谱表摆着，琴头上又放着一只时表，闪闪的金光直射到我们的眼中。黑板（是上下两块可以推动的）上早已清楚地写好本课内所应写的东西（两块都写好，上块盖着下块，用下块时把上块推开）。在这样布置的讲台上，李先生端坐着。坐到上课铃响出（后来我们知道他这脾气，上音乐课必早到。故上课铃响时，同学早已到齐），他站起身来，深深地一鞠躬，课就开始了。这样地上课，空气严肃得很。

有一个人上音乐课时不唱歌而看别的书，有一个人上音乐课时吐痰在地板上，以为李先生看不见的，其实他都知道。但他不立刻责备，等到下课后，他用很轻而严肃的声音郑重地说："某某等一等出去。"于是这位某某同学只得站着。等到别的同学都出去了，他又用轻而严肃的声音向这某某同学和气地说："下次上课时不要看别的书。"或者："下次痰不要吐在地板上。"说过之后他微微一鞠躬，表示"你出去罢"。出来的人大都脸上发红。又有一次下音乐课，最后出去的人无心把门一拉，碰得太重，发出很大的声音。他走了数十步之后，李先生走出门来，满面和气地叫他

作者简介

丰子恺（1898—1975），名仁，法名婴行，浙江桐乡人，现代画家、文学家、艺术教育家。自幼爱好美术。1914年进浙江省立第一师范学校，从师李叔同学习绘画、音乐。1919年毕业。1921年赴日学习音乐和美术。回国后，曾任上海开明书店编辑，上海大学、复旦大学、浙江大学美术教授。1924年，与友人创办"立达学园"。抗战期间，辗转于西南各地，在一些大专院校执教。1943年起结束教学生涯，专门从事绘画和写作。中华人民共和国成立后，曾任上海中国画院院长、中国美术家协会上海分会主席、上海文学艺术界联合会副主席等。他工绘画、书法，亦擅散文创作及文学翻译。

转来。等他到了，李先生又叫他进教室来。进了教室，李先生用很轻而严肃的声音向他和气地说："下次走出教室，轻轻地关门。"就对他一鞠躬，送他出门，自己轻轻地把门关了。最不易忘却的，是有一次上弹琴课的时候。我们是师范生，每人都要学弹琴，全校有五六十架风琴及两架钢琴。风琴每室两架，给学生练习用；钢琴一架放在唱歌教室里，一架放在弹琴教室里。上弹琴课时，十数人为一组，环立在琴旁，看李先生范奏。有一次正在范奏的时候，有一个同学放一屁，没有声音，却是很臭。钢琴及李先生十数同学全部沉浸在亚莫尼亚气体中。同学大都掩鼻或发出讨厌的声音。李先生眉头一皱，管自弹琴（我想他一定屏息着）。弹到后来，亚莫尼亚气散光了，他的眉头方才舒展。教完以后，下课铃响了。李先生立起来一鞠躬，表示散课。散课以后，同学还未出门，李先生又郑重地宣告："大家等一等去，还有一句话。"大家又肃立了。李先生又用很轻而严肃的声音和气地说："以后放屁，到门外去，不要放在室内。"接着又一鞠躬，表示叫我们出去。同学都忍着笑，一出门来，大家快跑，跑到远处去大笑一顿。

　　李先生用这样的态度来教我们音乐，因此我们上音乐课时，觉得比上其他一切课更严肃。同时对于音乐教师李叔同先生，比对其他教师更敬仰。那时的学校，首重的是所谓"英、国、算"，即英文、国文和算学。在别的学校里，这三门功课的教师最有权威；而在我们这师范学校里，音乐教师最有权威，因为他是李叔同先生的缘故。

　　李叔同先生为什么能有这种权威呢？不仅为了他学问好，不仅为了他音乐好，主要的还是为了他态度认真。李先生一生的最大特点是"认真"。他对于一件事，不做则已，要做就非做得彻底不可。

　　他出身于富裕之家，他的父亲是天津有名的银行家。他是第五位姨太太所生。他父亲生他时，年已七十二岁。他坠地后就遭父丧，又逢家庭之变，青年时就陪了他的生母南迁上海。在上海南洋公学读书奉母时，他是一个翩翩公子。当时上海文坛有著名的沪学会，李先生应沪学会征文，名字屡列第一。从此他就为沪上名人所器重，而交游日广，终以"才子"驰名于当时的上海。所以后来他母亲死了，他赴日本留学的时候，作一首《金缕曲》，词曰："披发佯狂走。莽中原暮鸦啼彻，几株衰柳。破碎河山谁收拾，零落西风依旧。便惹得离人消瘦。行矣临流重太息，说相思刻骨双红豆。愁黯黯，浓于酒。漾情不断淞波溜。恨年年絮飘萍泊，遮难回首。二十文章惊海内，毕竟空谈何有！听匣底苍龙狂吼。长夜西风眠不得，度群生那惜心肝剖。是祖国，忍孤负？"读这首词，可想见他当时豪气满胸，爱国热情炽盛。他出家时把过去的照片统统送我，我曾在照片中看见过当时在上海的他：丝绒碗帽，正中缀一方白玉，曲襟背心，花缎袍子，后面挂着胖辫子，底下缎带扎脚管，双梁厚底鞋子，头抬得很高，英俊之气，流露于眉目间。真是当时上海一等的翩翩公子。这是最初表示他的特性：凡事认真。他立意要做翩翩公子，就彻底地做一个翩翩公子。

　　后来他到日本，看见明治维新的文化，就渴慕西洋文明。他立刻放弃了翩翩公子态度，改做一个留学生。他入东京美术学校，同时又入音乐学校。这些学校都是模仿西洋的，所教的都是西洋画和西洋音乐。李先生在南洋公学时英文学得很好；到了日本，就买了许多西洋文学书。他出家时曾送我一部残缺的原本《莎士比亚全集》，他对我说："这书我从前细读过，有许多笔记在上面，虽然不全，也是纪念物。"由此可想见他在日本时，对于西洋艺术全面进攻，绘画、音乐、文学、戏剧都研究。后来他在日本创办春柳剧社，纠集留学同志，共演当时西洋著名的悲剧《茶花女》（小仲马著）。他自己把腰束小，扮作茶花女，粉墨登场。这照片，他出家时也送给我，一向归我保藏；直到抗战时为兵火所毁。现在我还记得这照片：卷发，白的上衣，白的长裙拖着地面，腰身小到一把，两手举起托着后头，头向右歪侧，眉峰紧蹙，眼波斜睇，正是茶花女自伤命薄的神情。另外还有许多演剧的照片，不可胜记。这春柳剧社后来迁回中国，李先生就脱出，由另一班人去办，便是中国最初的"话剧"社。由此可以想见，李先生在日本时，是彻头彻尾的一个留学生。我见过他当时的照片：

高帽子、硬领、硬袖、燕尾服、尖头皮鞋，加之长身、高鼻，没有脚的眼镜夹在鼻梁上，竟活像一个西洋人。这是第二次表示他的特性：凡事认真，学一样，像一样。要做留学生，就彻底地做一个留学生。

　　他回国后，在上海太平洋报社当编辑。不久，就被南京高等师范请去教图画、音乐。后来又应杭州师范之聘，同时兼任两个学校的课，每月中半个月住南京，半个月住杭州。两校都请助教，他不在时由助教代课。我就是杭州师范的学生。这时候，李先生已由留学生变为"教师"。这一变，变得真彻底：漂亮的洋装不穿了，却换上灰色粗布袍子、黑布马褂、布底鞋子。金丝边眼镜也换了黑的钢丝边眼镜。他是一个修养很深的美术家，所以对于仪表很讲究。虽然布衣，却很称身，常常整洁。他穿布衣，全无穷相，而另具一种朴素的美。你可想见，他是扮过茶花女的，身材生得非常窈窕。穿了布衣，仍是一个美男子。"淡妆浓抹总相宜"，这诗句原是描写西子的，但拿来形容我们的李先生的仪表，也很适用。今人侈谈"生活艺术化"，大都好奇立异，非艺术的。李先生的服装，才真可称为生活的艺术化。他一时代的服装，表出着一时代的思想与生活。各时代的思想与生活判然不同，各时代的服装也判然不同。布衣布鞋的李先生，与洋装时代的李先生、曲襟背心时代的李先生，判若三人。这是第三次表示他的特性：认真。

　　我二年级时，图画归李先生教。他教我们木炭石膏模型写生。同学一向描惯临画，起初无从着手。四十余人中，竟没有一个人描得像样的。后来他拿范画给我们看，画毕把范画挂在黑板上，同学们大都看着黑板临摹。只有我和少数同学，依他的方法从石膏模型写生。我对于写生，从这时候开始发生兴味。我到此时，恍然大悟：那些粉本原是别人看了实物而写生出来的。我们也应该直接从实物写生入手，何必临摹他人，依样画葫芦呢？于是我的画进步起来。此后李先生与我接近的机会更多。因为我常去请他教画，又教日本文。以后的李先生的生活，我所知道的较为详细。他本来常读性理的书，后来忽然信了道教，案头常常放着道藏。那时我还是一个毛头青年，谈不到宗教。李先生除绘事外，并不对我谈道。但我发现他的生活日渐收敛起来，仿佛一个人就要动身赴远方时的模样。他常把自己不用的东西送给我。他的朋友日本画家大野隆德、河合新藏、三宅克己等到西湖来写生时，他带了我去请他们吃一次饭，以后就把这些日本人交给我，叫我引导他们（我当时已能讲普通应酬的日本话）。他自己就关起房门来研究道学。有一天，他决定入大慈山去断食，我有课事，不能陪去，由校工闻玉陪去。数日之后，我去望他。见他躺在床上，面容消瘦，但精神很好，对我讲话，同平时差不多。他断食共十七日，由闻玉扶起来，摄一个影，影片上端由闻玉题字"李息翁先生断食后之像，侍子闻玉题"。这照片后来制成明信片分送朋友。像的下面用铅字排印着："某年月日，入大慈山断食十七日，身心灵化，欢乐康强——欣欣道人记。"李先生这时候已由"教师"一变而为"道人"了。学道就断食十七日，也是他凡事"认真"的表示。

但他学道的时候很短。断食以后，不久他就学佛。他自己对我说，他的学佛是受马一浮先生指示的。出家前数日，他同我到西湖玉泉去看一位程中和先生。这程先生原来是当军人的，现在退伍，住在玉泉，想出家为僧。李先生同他谈得很久。此后不久，我陪大野隆德到玉泉去投宿，看见一个和尚坐着，正是这位程先生。我想称他"程先生"，觉得不合。想称他法师，又不知道他的法名（后来知道是弘伞）。一时周章得很。我回去对李先生讲了，李先生告诉我，他不久要出家为僧，就做弘伞的师弟。我愕然不知所对。过了几天，他果然辞职，要去出家。出家的前晚，他叫我和同学叶天瑞、李增庸三人到他的房间里，把房间里所有的东西送给我们三人。第二天，我们三人送他到虎跑。我们回来分得了他的"遗产"，再去望他时，他已光着头皮，穿着僧衣，俨然一位清瘦的法师了。我从此改口，称他为"法师"。法师的僧腊二十四年。这二十四年中，我颠沛流离，他一贯到底，而且修行功夫愈进愈深。当初修净土宗，后来又修律宗。律宗是讲究戒律的。一举一动，都有规律，严肃认真之极。这是佛门中最难修的一宗。数百年来,传统断绝,直到弘一法师方才复兴,所以佛门中称他为"重兴南山律宗第十一代祖师"。他的生活非常认真。举一例说:有一次我寄一卷宣纸去,请弘一法师写佛号。宣纸多了些,他就来信问我,余多的宣纸如何处置?又有一次,我寄回件邮票去,多了几分。他把多的几分寄还我。以后我寄纸或邮票,就预先声明:余多的送与法师。有一次他到我家,我请他藤椅子里坐。他把藤椅子轻轻摇动,然后慢慢地坐下去。起先我不敢问。后来他每次都如此,我就启问。法师回答我说:"这椅子里头,两根藤之间,也许有小虫伏着。突然坐下去,要把它们压死,所以先摇动一下,慢慢地坐下去,好让它们走避。"读者听到这话,也许要笑。但这正是做人极度认真的表示。

如上所述,弘一法师由翩翩公子一变而为留学生,又变而为教师,三变而为道人,四变而为和尚。每做一种人,都做得十分像样。好比全能的优伶:起青衣像个青衣,起老生像个老生,起大面又像个大面……都是"认真"的缘故。

现在弘一法师在福建泉州圆寂了。噩耗传到贵州遵义的时候,我正在束装,将迁居重庆。我发愿到重庆后替法师画像一百帧,分送各地信善,刻石供养。现在画像已经如愿了。我和李先生在世间的师弟尘缘已经结束,然而他的遗训——认真——永远铭刻在我心头。

作品赏析

在本文中,作者怀着崇敬之情回忆了近现代文化名人李叔同先生(弘一法师),集中笔墨体悟了先生的灵魂境界。文章平实质朴,温和含蓄,不仅突出了人物的人格魅力,而且自然流露了作者与李叔同先生之间那种亦师亦友的情谊之美。这篇散文不是人物传记,但是,读过之后,我们对李叔同先生一生的主要经历有了很清晰的了解。这就显示了作者高超的艺术手法。文中所叙之事,时空跨度非常大,但是读来和谐流畅,丝毫不会觉得散漫,关键在于作者以先生的典型特征"认真"为贯穿全文的线索,不仅使读者产生由"点"到"面"的联想，深刻领会人物闪光的精神境界，收到以少胜多的艺术效果，而且使得文章结构整饬严谨，而包容的内涵却又广泛深厚。

一味地叙述会使文章平淡沉闷，适当地运用描写可以给读者以生动形象的感觉。本文中，有对先生生动的肖像描写，也有能体现先生精神境界的细节描写。对于这些细节，作者不仅以目观之，而且用心察之，所以，笔下的人物形象鲜活逼真，给读者留下了深刻的印象，同时也为被平静的文字表面淡化的情感扩充了容量。

渐/丰子恺

> **入选理由**
> 丰子恺的散文代表作
> 引导读者去正确把握时间、对待人生
> 比喻鲜活，细节生活化，说理平易近人

使人生圆滑进行的微妙的要素，莫如"渐"；造物主骗人的手段，也莫如"渐"。在不知不觉之中，天真烂漫的孩子"渐渐"变成野心勃勃的青年；慷慨豪侠的青年"渐渐"变成冷酷的成人；血气旺盛的成人"渐渐"变成顽固的老头子。因为其变更是渐进的，一年一年地、一月一月地、一日一日地、一时一时地、一分一分地、一秒一秒地渐进，犹如从斜度极缓的长远的山坡上走下来，使人不察其递降的痕迹，不见其各阶段的境界，而似乎觉得常在同样的地位，恒久不变，又无时不有生的意趣与价值，于是人生就被确实肯定，而圆滑进行了。假使人生的进行不像山坡而像风琴的键板，由do忽然移到re，即如昨夜的孩子今朝忽然变成青年；或者像旋律的"接离进行"地由do忽然跳到mi，即如朝为青年而夕暮忽成老人，人一定要惊讶、感慨、悲伤，或痛感人生的无常，而不乐为人了。故可知人生是由"渐"维持的。这在女人恐怕尤为必要：歌剧中，舞台上的如花的少女，就是将来火炉旁边的老婆子，这句话，骤听使人不能相信，少女也不肯承认，实则现在的老婆子都是由如花的少女"渐渐"变成的。

人之能堪受境遇的变衰，也全靠这"渐"的助力。巨富的纨绔子弟因屡次破产而"渐渐"荡尽其家产，变为贫者；贫者只得做佣工，佣工往往变为奴隶，奴隶容易变为无赖，无赖与乞丐相去甚近，乞丐不妨做偷儿……这样的例子，在小说中，在实际上，均多得很。因为其变衰是延长为十年二十年而一步一步地"渐渐"地达到的，在本人不感到什么强烈的刺激。故虽到了饥寒病苦刑笞交迫的地步，仍是熙熙然贪恋着目前的生的欢喜。假如一位千金之子忽然变了乞丐或偷儿，这人一定愤不欲生了。

这真是大自然的神秘的原则，造物主的微妙的工夫！阴阳潜移，春秋代序，以及物类的衰荣生杀，无不暗合于这法则。由萌芽的春"渐渐"变成绿荫的夏；由凋零的秋"渐渐"变成枯寂的冬。我们虽已经历数十寒暑，但在围炉拥衾的冬夜仍是难于想象饮冰挥扇的夏日的心情；反之亦然。然而由冬一天一天地、一时一时地、一分一分地、一秒一秒地移向夏，由夏一天一天地、一时一时地、一分一分地、一秒一秒地移向冬，其间实在没有显著的痕迹可寻。昼夜也是如此：傍晚坐在窗下看书，书页上"渐渐"地黑起来，倘不断地看下去（目力能因了光的渐弱而渐渐加强），几乎永远可以认识书页上的字迹，即不觉昼之已变为夜。黎明凭窗，不瞬目地注视东天，也不辨自夜向昼的推移的痕迹。儿女渐渐长大起来，在朝夕相见的父母全不觉得，难得见面的远亲就相见不相识了。往年除夕，我们曾在红蜡烛底下守候水仙花的开放，真是痴态！倘水仙花果真当面开放给我们看，便是大自然的原则的破坏，宇宙的根本的摇动，世界人类的末日临到了！

"渐"的作用，就是用每步相差极微极缓的方法来隐蔽时间的过去与事物的变迁的痕迹，使人误认其为恒久不变。这真是造物主骗人的一大诡计！这有一件比喻的故事：某农夫每天朝晨抱了犊而跳过一沟，到田里去工作，夕暮又抱了它跳过沟回家。每日如此，未尝间断。过了一年，犊已渐大，渐重，差不多变成大牛，但农夫全不觉得，仍是抱了它跳沟。有一天他因事停止工作，次日再就不能抱了这牛而跳沟了。造物的骗人，使人留连于其每日每时的生的欢喜而不觉其变迁与辛苦，就是用这个方法的。人们每日在抱了日重一日的牛而跳沟，不准停止。自己误以为是不变的，其实每日在增加其苦劳！

我觉得时辰钟是人生的最好的象征了。时辰钟的针，平常一看总觉得是"不动"的；其实人造物中最常动的无过于时辰钟的针了。日常生活中的人生也如此，刻刻觉得我是我，似乎这"我"永远不变，实则与时辰钟的针一样的无常！一息尚存，总觉得我仍是我，我没有变，还是留连着我的生，可怜受尽"渐"的欺骗！

"渐"的本质是"时间"。时间我觉得比空间更为不可思议，犹之时间艺术的音乐比空间艺术的绘画更为神秘。因为空间姑且不追究它如何广大或无限，我们总可以把握其一端，认定其一点。时间则全然无从把握，不可挽留，只有过去与未来在渺茫之中不绝地相追逐而已。性质上既已渺茫不可思议，分量上在人生也似乎太多。因为一般人对于时间的悟性，似乎只够支配搭船乘车的短时间；对于百年的长期间的寿命，他们不能胜任，往往迷于局部而不能顾及全体。试看乘火车的旅客中，常有明达的人，有的宁牺牲暂时的安乐而让其座位于老弱者，以求心的太平（或博暂时的美誉）；有的见众人争先下车，而退在后面，或高呼"勿要轧，总有得下去的！""大家都要下去的！"然而在乘"社会"或"世界"的大火车的"人生"的长期的旅客中，就少有这样的明达之人。所以我觉得百年的寿命，定得太长。像现在的世界上的人，倘定他们搭船乘车的期间的寿命，也许在人类社会上可减少许多凶险残惨的争斗，而与火车中一样的谦让，和平，也未可知。

然人类中也有几个能胜任百年的或千古的寿命的人。那是"大人格"，"大人生"。他们能不为"渐"所迷，不为造物所欺，而收缩无限的时间并空间于方寸的心中。故佛家能纳须弥于芥子。中国古诗人（白居易）说："蜗牛角上争何事？石火光中寄此身。"英国诗人（Blake）也说："一粒沙里见世界，一朵花里见天国；手掌里盛住无限，一刹那便是永劫。"

一九二五年

作品赏析

丰子恺是画家，是散文家，更是日常生活中的智者。《渐》是一篇哲理性的随笔，探讨的是如何把握时间、对待人生的大问题。文章以思辨见长，作者才情洋溢，以酣畅淋漓的言辞，表达了对人生的看法，告诫人们要"能不为'渐'所迷，不为造物所欺，而收缩无限的时间并空间于方寸的心中"，即学会宏观地把握人生，以明达、宽容之心对待世事，与人为善，淡泊宁静，呼吁时代的谦让和平和。

作者的思考以日常生活为中心，探讨的始终是人生经验、人生态度和人生哲理。他从日常生活中来感悟智慧，也用日常生活的例子来印证与表达智慧，所以他的散文能毫无障碍地走进大众，亲近普通人。日常生活例子在作品中有两个作用：其一是作为比喻或象征，使抽象的概念和道理具体化、生活化，从而使陌生的事理变得通俗起来，难解的问题转化为切实的生活感受；其二是印证观点，观点即道理，具有一定的抽象性和普遍性。丰子恺喜欢用日常事实说理，充分调动读者的生活感受和经验，产生与之相通的心灵共鸣，从而由认同事实到接受作者的观点。

形象的语言、鲜活的比喻、生活化的细节、平易近人的说理，是这篇阐理性散文的文学价值之所在。

◇ 最美的散文

异国秋思 /庐隐

入选理由
庐隐的散文代表作
思想性与艺术性的完美结合
传神出色的景物描写

　　自从我们搬到郊外以来,天气渐渐凉快了。那短篱边牵延着的毛豆叶子,已露出枯黄的颜色来,白色的小野菊,一丛丛由草堆里钻出头来,还有小朵的黄花在凉劲的秋风中抖颤,这一些景象,最容易勾起人们的秋思,况且身在异国呢!低声吟着"帘卷西风,人比黄花瘦"之句,这个小小的灵宫,是弥漫了怅惘的情绪。

　　书房里格外显得清寂,那窗外蔚蓝如碧海似的青天和淡金色的阳光。还有挟着桂花香的阵风,都含了极强烈的,挑拨人们心弦的力量。在这种刺激之下,我们不能继续那死板的读书工作了,在那一天午饭后,建便提议到附近吉祥寺去看秋景。三点多钟我们乘了市外电车前去,——这路程太近了,我们的身体刚刚坐稳便到了。走出长甬道的车站,绕过火车轨道,就看见一座高耸的木牌坊,在横额下有几个汉字写着"井之头恩赐公园"。我们走进牌坊,便见马路两旁树木葱茏,绿阴匝地,一种幽妙的意趣,萦绕脑际。我们怔怔地站在树影下,好像身入深山古林了。在那枝柯掩映中,一道金黄色的柔光正荡漾着,使我想象到一个披着金绿柔发的仙女,正赤着足,踏着白云,从这里经过的情景。再向西方看,一抹彩霞,正横在那叠翠的峰峦上,如黑点的飞鸦,穿林翩翩,我一缕的愁心真不知如何安派,我要吩咐征鸿把它带回故国吧!无奈它是那样不着迹地去了。

　　我们徘徊在这浓绿深翠的帷幔下,竟忘记前进了。一个身穿和服的中年男人,脚上穿着木屐,提塔提塔地来了。他向我们打量着,我们为避免他的觑视,只好加快脚步走向前去。经过这一带森林,前面有一条鹅卵石堆成的斜坡路，两旁种着整齐的冬青树，只有肩膀高，一阵阵的青草香，从微风里荡过来，我们慢步地走着，陡觉神气清爽，一尘不染。下了斜坡，面前立着一所小巧的东洋式茶馆，里面设了几张小矮几和坐褥，两旁摆着柜台，红的蜜橘，青的苹果，五色的杂糖，错杂地罗列着。

"呀！好眼熟的地方！"我不禁失声地喊了出来。于是潜藏在心底的印象，陡然一幕幕地重映出来，唉！我的心有些抖颤了。我是被一种感怀已往的情绪所激动，我的双眼怔住，胸膈间充塞着悲凉，心弦凄紧地搏动着，自然是回忆到那些曾被流年蹂躏过的往事：

"唉！往事，只是不堪回首的往事哟！"我悄悄地独自叹息着。但是我目前仍然有一幅逼真的图画再现出来……

一群骄傲于幸福的少女们，她们孕育着玫瑰色的希望，当她们将由学校毕业的那一年，曾随了她们德高望重的教师，带着欢乐的心情，渡过日本海来访蓬莱的名胜。在她们登岸的时候，正是暮春三月樱花乱飞的天气。那些缀锦点翠的花树，都是使她们乐游忘倦。她们从天色才黎明，便由东京的旅舍出发，先到上野公园看过樱花的残妆后，又换车到井之头公园来。这时疲倦袭击着她们，非立刻找个地点休息不可。最后她们发现了这个位置清幽的茶馆，便立刻决定进去吃些东西。大家团团围着矮凳坐下，点了两壶龙井茶和一些奇甜的东洋点心，她们吃着喝着，高声谈笑着，她们真像是才出谷的雏莺，只觉眼前的东西，件件新鲜，处处都富有生趣。

作者简介

庐隐（1898—1934），原名黄淑仪，又名黄英，生于福建闽侯。1909年入教会办的慕贞书院小学部。1912年考入女子师范学校，毕业后任教于北平公立女子中学、河南女子师范学校等，1919年考入北京高等女子师范国文系。1921年加入文学研究会。1922年大学毕业后到安徽宣城中学任教，半年后回北平师范大学附属中学教书。1925年出版第一本小说集《海滨故人》。1926年到上海大夏大学教书，1927年任北京市立女子第一中学校长。这个时期出版的作品集有《灵海潮汐》和《曼丽》。1930年与李唯建结婚，1931年出版了二人的通信集《云欧情书集》。1931年起担任上海工部局女子中学教师。36岁时因分娩逝世。

当然她们是被搂在幸福之神的怀抱里了。青春的爱娇，活泼快乐的心情，她们是多么可艳羡的人生呢！

但是流年把一切都毁坏了！谁能相信今天在这里低徊追怀往事的我，也正是当年幸福者之一呢！哦！流年，残刻的流年啊！它带走了人间的爱娇，它蹂躏了英雄的壮志，使我站在这似曾相识的树下，只有咽泪，我有什么办法，使年光倒流呢！

唉！这仅仅是七年后的今天。呀，这短短的七年中，我走的是崎岖的世路，我攀缘过陡峭的崖壁，我由死的绝谷里逃命，使我尝着忍受由心头淌血的痛苦，命运要我喝干自己的血汁，如同喝玫瑰酒一般……

唉！这一切的刺心回忆，我忍不住流下辛酸的泪滴，连忙离开这容易激动感情的地方吧！我们便向前面野草漫径的小路上走去，忽然听见一阵悲恻的唏嘘声，我仿佛看见张着灰色翅翼的秋神，正躲在那厚密枝叶背后。立时那些枝叶都悉悉索索地颤抖起来。草底下的秋虫，发出连续的唧唧声，我的心感到一阵阵的凄冷；不敢再向前去，找到路旁一张长木凳坐下。我用呆滞的眼光，向那一片阴森森的丛林里睁视，当微风分开枝柯时，我望见那小河里的潺湲碧水了。水上皱起一层波纹，两个少女乘着一只小划子，在波心摇着桨，低声唱着歌儿。我看到这里，又无端伤感起来，觉得喉头哽塞，不知不觉叹道："故国不堪回首呵！"同时那北海的红漪清波便浮现在眼前，那些手携情侣的男男女女，恐怕也正摇着画桨，指点着眼前清丽的秋景，低语款款吧！况且又是菊茂蟹肥的时候，料想长安市上，车水马龙，正不少欢乐的宴聚；这漂泊异国，秋思凄凉的我们当然是无人想起的。不过，我们却深深地眷怀着祖国，渴望得些国内的好消息呢！况且我们又是神经过敏的，揣想到树叶凋落的北平，凄风吹着，冷雨洒着的那些穷苦的同胞，也许正向茫茫的苍天悲诉呢！唉，破碎紊乱的祖国啊！北海的风光不能粉饰你的寒伧！今雨轩的灯红酒绿，不能安慰忧患的人生，深深眷念祖国的我们，这一颗因热望而颤抖的心，最后是被秋风吹冷了。

作品赏析

庐隐是"五四"时期最负盛名的女作家之一。虽然是以小说登上文坛的,但散文写作贯穿于她的整个创作生涯,是她文学成就中不可忽视的方面。她的散文风格清婉幽丽,又喜用景来烘托感伤的氛围,所以常常透露着一种古典式的忧伤。《异国秋思》很能体现她的这种风格。

在文中,她巧妙地运用多种修辞方式,以细腻的笔触传神地描绘了秋景幽妙的意趣。"绿阴匝地""枝柯掩映""穿林翩翩"这些词的运用,更传达了一种古雅的韵味。自楚国宋玉开文学史上"悲秋"主题之先河以来,"秋"常常笼罩着一层感伤的氛围。当庐隐敏感的心弦让秋风拨动的时候,异国他乡的美景在她看来竟是满目的愁苦与忧郁。但是,她将这种愁情诗化了,融化在写景状物之中,造成一种悠远的意境。更可贵的是,庐隐并不是只一味沉溺于个人的悲切之中,她浮想联翩,情绪由个人往事不堪回首转到"故国不堪回首"。可见,好的抒情散文不仅能细致描写个人的情感活动,更能从这种感情活动中捕捉到时代的脉动。

春/朱自清

> **入选理由**
> 作为典范文章收入中学课本
> 散文大师朱自清清新散文的代表作
> 脍炙人口、满贮诗意的写景名文

盼望着,盼望着,东风来了,春天的脚步近了。

一切都像刚睡醒的样子,欣欣然张开了眼。山润朗起来了,水涨起来了,太阳的脸红起来了。

小草偷偷地从土里钻出来,嫩嫩的,绿绿的。园子里,田野里,瞧去,一大片一大片满是的。坐着,躺着,打两个滚,踢几脚球,赛几趟跑,捉几回迷藏。风轻悄悄的,草绵软软的。

桃树、杏树、梨树，你不让我，我不让你，都开满了花赶趟儿。红的像火，粉的像霞，白的像雪。花里带着甜味，闭了眼，树上仿佛已经满是桃儿、杏儿、梨儿！花下成千成百的蜜蜂嗡嗡地闹着，大小的蝴蝶飞来飞去。野花遍地是：杂样儿，有名字的，没名字的，散在草丛里，像眼睛，像星星，还眨呀眨的。

"吹面不寒杨柳风"，不错的，像母亲的手抚摸着你。风里带来些新翻的泥土的气息，混着青草味，还有各种花的香，都在微微润湿的空气里酝酿。鸟儿将窠巢安在繁花嫩叶当中，高兴起来了，呼朋引伴地卖弄清脆的喉咙，唱出宛转的曲子，跟轻风流水应和着。牛背上牧童的短笛，这时候也成天在嘹亮地响。

雨是最寻常的，一下就是三两天。可别恼，看，像牛毛，像花针，像细丝，密密地斜织着，人家屋顶上全笼着一层薄烟。树叶子却绿得发亮，小草也青得逼你的眼。傍晚时候，上灯了，一点点黄晕的光，烘托出一片安静而和平的夜。乡下，小路上，石桥边，撑起伞慢慢走着的人；在去地里工作的农夫，披着蓑戴着笠。他们的草屋，稀稀疏疏的在雨里静默着。

天上风筝渐渐多了，地上孩子也多了。城里乡下，家家户户，老老小小，他们也赶趟儿似的，一个个都出来了。舒活舒活筋骨，抖擞抖擞精神，各做各的一份事去。"一年之计在于春"，刚起头儿，有的是工夫，有的是希望。

作者简介

朱自清（1898—1948），出生于江苏东海，定居在扬州。他早年热心于写作新诗，1921年春参加文学研究会后，专注于散文创作，早期散文集有《背影》《踪迹》。1923年发表近300行的抒情长诗《毁灭》。

1931年底，他将近一年的欧游见闻写成了散文集《欧游杂记》《伦敦杂记》。1937年后，在抗战的洗礼下，他逐渐放弃记事抒情散文，偏于说理。新文学运动发展后期，他专门从事文学理论与古典文学的研究，较少进行创作。1946年任清华大学中文系主任。1948年在清贫生活中，保持中国人的气节，拒领美援面粉，后因胃病辞世。

春天像刚落地的娃娃，从头到脚都是新的，它生长着。

春天像小姑娘，花枝招展的，笑着，走着。

春天像健壮的青年，有铁一般的胳膊和腰脚，他领着我们上前去。

作品赏析

  在文中，作者以摇曳多姿的笔触为我们生动地展示了一个生机勃勃、情意绵绵的春天。春天本是抽象的季节概念，但作者却能写得这般引人入胜，似乎伸手可触，就在于他准确地抓住了春天的特征，并采用工笔和重彩相配合的方法，灵活地运用了多种修辞精彩描绘。写春草"偷偷地从土里钻出来"，这个生动的拟人不仅写出了小草的状态，还写出了其破土之迅速，极富动感；写树，巧妙地融比喻、拟人、排比于一炉，把花形、花色、花香，传神地呈现在读者的眼前；写春雨，更是处处有神来之笔，用精致的比喻，把雨的纤巧、繁密刻画得惟妙惟肖。

  细细品读这篇文章不难发现，在这贮满诗意的文字里，蕴含作者饱满健康、积极向上的奋发精神。这幅栩栩如生的春景图，实际上是作者内心世界的流露与写照。春天是万物复苏的季节，是满怀希望的开始。他要带我们挥手告别昨日的阴霾，把身心融入崭新的春天，文章结尾处的一组排比句，清晰地揭示了作者的这种心境。

匆匆 /朱自清

入选理由
一篇谈论时间问题的经典美文
寓意深邃，文情并茂
化抽象为具体的写法

  燕子去了，有再来的时候；杨柳枯了，有再青的时候；桃花谢了，有再开的时候。但是，聪明的，你告诉我，我们的日子为什么一去不复返呢？——是有人偷了他们罢：那是谁？又藏在何处呢？是他们自己逃走了罢：现在又到了哪里呢？

我不知道他们给了我多少日子；但我的手确乎是渐渐空虚了。在默默里算着，八千多日子已经从手中溜去；像针尖上一滴水滴在大海里，我的日子滴在时间的流里，没有声音，也没有影子。我不禁头涔涔而泪潸潸了。

去的尽管去了，来的尽管来着；去来的中间，又怎样地匆匆呢？早上我起来的时候，小屋里射进两三方斜斜的太阳。太阳他有脚啊，轻轻悄悄地挪移了；我也茫茫然跟着旋转。于是——洗手的时候，日子从水盆里过去；吃饭的时候，日子从饭碗里过去；默默时，便从凝然的双眼前过去。我觉察他去得匆匆了，伸出手遮挽时，他又从遮挽着的手边过去。天黑时，我躺在床上，他便伶伶俐俐地从我身上跨过，从我脚边飞去了。等我睁开眼和太阳再见，这算又溜走了一日。我掩着面叹息。但是新来的日子的影儿又开始在叹息里闪过了。

在逃去如飞的日子里，在千门万户的世界里的我能做些什么呢？只有徘徊罢了，只有匆匆罢了；在八千多日的匆匆里，除徘徊外，又剩些什么呢？过去的日子如轻烟，被微风吹散了，如薄雾，被初阳蒸融了；我留着些什么痕迹呢？我何曾留着像游丝样的痕迹呢？我赤裸裸来到这世界，转眼间也将赤裸裸地回去罢？但不能平的，为什么偏要白白走这一遭啊？

你聪明的，告诉我，我们的日子为什么一去不复返呢？

作品赏析

《匆匆》一文是朱自清先生被广为传诵的名篇，它以优美的文字和深邃的哲理，影响了一代又一代的读者。文章以绵密细腻的笔触和飞扬跳荡的情思，感叹时光似水，韶华易逝。在他曼妙的文字里，我们不知不觉地沉浸，继而猛醒，开始转向了自我检讨，追问自己可曾珍惜那宝贵的时间。作者对人生问题、时间问题的探讨于不经意间引起了读者的广泛共鸣与深沉思考。

朱自清是个感觉敏锐的作家,他善于及时地从客观事物中捕捉意象,并涂以自己的主观色彩于其上,营造出悠远而绵长的意境。《匆匆》是一篇感兴之作,作者把偶然被触动的思绪依托于可感的自然之物中,把空灵的时间、抽象的思绪化为具体可触之物,产生了动人的艺术效果。

文章篇幅短小,结构新颖精巧,一系列的问句是联结全篇的线索,既显思绪的跳跃性,又有一种绵邈的韵味。作者内在情绪的起伏与语言的节奏有着内在的统一,使得文章极富节奏感,而简短流畅的句式,叠字的运用,一唱三叹的复沓,更增强了文章的音乐美。文中生动的比喻和鲜明的对照,有力烘托了作者幽微情绪的波动。总之,这是一篇文情并茂、蕴藉深广的诗化散文。

背影 / 朱自清

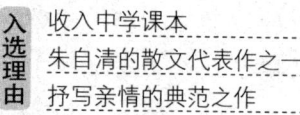

入选理由
收入中学课本
朱自清的散文代表作之一
抒写亲情的典范之作

我与父亲不相见已二年余了,我最不能忘记的是他的背影。那年冬天,祖母死了,父亲的差使也交卸了,正是祸不单行的日子,我从北京到徐州,打算跟着父亲奔丧回家。到徐州见着父亲,看见满院狼藉的东西,又想起祖母,不禁簌簌地流下眼泪。父亲说,"事已如此,不必难过,好在天无绝人之路!"

回家变卖典质,父亲还了亏空;又借钱办了丧事。这些日子,家中光景很是惨淡,一半为了丧事,一半为了父亲赋闲。丧事完毕,父亲要到南京谋事,我也要回北京念书,我们便同行。

到南京时，有朋友约去游逛，勾留了一日；第二日上午便须渡江到浦口，下午上车北去。父亲因为事忙，本已说定不送我，叫旅馆里一个熟识的茶房陪我同去。他再三嘱咐茶房，甚是仔细。但他终于不放心，怕茶房不妥帖；颇踌躇了一会。其实我那年已二十岁，北京已来往过两三次，是没有甚么要紧的了。他踌躇了一会，终于决定还是自己送我去。我两三回劝他不必去；他只说，"不要紧，他们去不好！"

我们过了江，进了车站。我买票，他忙着照看行李。行李太多了，得向脚夫行些小费，才可过去。他便又忙着和他们讲价钱。我那时真是聪明过分，总觉他说话不大漂亮，非自己插嘴不可。但他终于讲定了价钱；就送我上车。他给我拣定了靠车门的一张椅子；我将他给我做的紫毛大衣铺好座位。他嘱我路上小心，夜里要警醒些，不要受凉。又嘱托茶房好好照应我。我心里暗笑他的迂；他们只认得钱，托他们直是白托！而且我这样大年纪的人，难道还不能料理自己么？唉，我现在想想，那时真是太聪明了！

我说道，"爸爸，你走吧。"他往车外看了看，说，"我买几个橘子去。你就在此地，不要走动。"我看那边月台的栅栏外有几个卖东西的等着顾客。走到那边月台，须穿过铁道，须跳下去又爬上去。父亲是一个胖子，走过去自然要费事些。我本来要去的，他不肯，只好让他去。我看见他戴着黑布小帽，穿着黑布大马褂，深青布棉袍，蹒跚地走到铁道边，慢慢探身下去，尚不大难。可是他穿过铁道，要爬上那边月台，就不容易了。他用两手攀着上面，两脚再向上缩；他肥胖的身子向左微倾，显出努力的样子。这时我看见他的背影，我的泪很快地流下来了。我赶紧拭干了泪，怕他看见，也怕别人看见。我再向外看时，他已抱了朱红的橘子望回走了。过铁道时，他先将橘子散放在地上，自己慢慢爬下，再抱起橘子走。到这边时，我赶紧去搀他。他和我走到车上，将橘子一股脑儿放在我的皮大衣上。于是扑扑衣上的泥土，心里很轻松似的，过一会说，"我走了；到那边来信！"我望着他走出去。他走了几步，回过头看见我，说，

"进去吧，里边没人。"等他的背影混入来来往往的人里，再找不着了，我便进来坐下，我的眼泪又来了。

近几年来，父亲和我都是东奔西走，家中光景是一日不如一日。他少年出外谋生，独力支持，做了许多大事。那知老境却如此颓唐！他触目伤怀，自然情不能自已。情郁于中，自然要发之于外；家庭琐屑便往往触他之怒。他待我渐渐不同往日。但最近两年的不见，他终于忘却我的不好，只是惦记着我，惦记着我的儿子。我北来后，他写了一信给我，信中说道，"我身体平安，惟膀子疼痛利害，举箸提笔，诸多不便，大约大去之期不远矣。"我读到此处，在晶莹的泪光中，又看见那肥胖的，青布棉袍，黑布马褂的背影。唉！我不知何时再能与他相见！

作品赏析

有人说，若把中国现代散文比喻成一座巍峨的山，那么朱自清的散文就是这座高山上风景最独秀的一座山峰。他的创作成就是多方面的，抒情散文、议论散文、游记散文，均有多篇精品传世。

《背影》是其抒情散文中广为流传的名篇。文章记叙的事情很简单：父亲在火车站为儿子送行。语言也是朴素自然。但是，看似平淡无奇的文字，从他的笔端流露出来，却有一种难以抵挡的魅力，慢慢地感染着读者。因为他把刻骨深情融入了字里行间，这种美好的感情，唤起了人类心灵中最脆弱的一隅，所以可以超越时代，可以跨越地域。

文章构思很有特色。作者想表达对父亲的怀念，但是，他没有从正面去勾画父亲的音容与笑貌，而是紧扣"背影"着笔。离别时分一个渐行渐远的身影，更是给文章罩上了一层淡淡的哀愁，增强了抒情效果。

文章的另外一个特色就是文章的表达方式。不做任何修饰、渲染，通篇白描。父亲过铁道去买橘子是作者着墨最多、用情最深的部分。作者记写了当时父亲的穿着打扮、体态动作，特别细致刻画了父亲费力过铁道的情景：怎样走去，怎样探身下去，怎样爬上月台，攀上爬下，移脚倾身，都细细地如实写下，让读者有身临其境之感，那个蹒跚而奔波的身影，如在目前；那种如浆浓情，感人肺腑。那个背影，因此而永恒。

永在的温情/郑振铎

入选理由
现代文学大师郑振铎的散文代表作之一
以熟知者的身份向我们揭开了鲁迅真实的一生
语言朴实，情感真挚感人

十月十九日下午五点钟，我在一家编译所一位朋友的桌上，偶然拿起了一份刚送来的Evening Post，被这样的一个标题"中国的高尔基今晨五时去世"惊骇得一跳。连忙读了下来，这惊骇变成了事实：果然是鲁迅先生去世了！

这消息像闪雷似的，当头打了下来，我呆坐在那里不言不动。

谁想得到这可怕的噩耗竟这样的突然的来呢？

鲁迅先生病得很久了，间歇地发着热，但热度并不甚高。一年以来，始终不曾好好的恢复过；但也从不曾好好的休息过。半年以来，情形尤显得不好。缠绵在病榻上总有三四个月。朋友们都劝他转地疗养。他自己也有此意。前一个月，听说他要到日本去。但茅盾告诉我，双十节那一天还遇见他在Isis看Dobrovsky；中国木刻画展览会，他也曾去参观。总以为他是渐渐的复原了，能够出来走走了。谁又想得到这可怕的噩耗竟这样突然的来呢？

刚在前几天，他还有信给我，说起一部书出版的事；还附带地说，想早日看见《十竹斋笺谱》的刻成。我还没有来得及写回信。

谁想得到这可怕的噩耗竟这样的突然的来呢？

我一夜不曾好好的安心地睡。

第二天赶到万国殡仪馆，站在他遗像的面前，久久的走不开。再一看，他的遗体正在像下，在鲜花的包围里，面貌还是那么清癯而带些严肃，但双眼却永远的闭上了。

　　我要哭出来，大声地哭，但我那时竟流不出眼泪，泪水为悲戚所灼干了。我站在那里，久久走不开。我竟不相信，他竟是那样突然的便离我们而远远的向不可知的所在而去了。

　　但他的友谊的温情却是永在的，永在我的心上——也永在他的一切友人的心上，我相信。

　　初和他见面时，总以为他是严肃的冷酷的。他的瘦削的脸上，轻易不见笑容。他的谈吐迟缓而有力，渐渐的谈下去，在那里面你便可以发现其可爱的真挚，热情的鼓励与亲切的友谊。他虽不笑，他的话却能引你笑。他是最可谈、最能谈的朋友，你可以坐在他客厅里，他那间书室（兼卧室）里，坐上半天，不觉得一点拘束、一点不舒服。什么话都谈。但他的话头却总是那么有力。他的见解往往总是那么正确。你有什么怀疑，不安，由于他的几句话也许便可以解决你的问题，鼓起你的勇气。

　　失去了这样的一位温情的朋友，就个人讲，将是怎样的一个损失呢？

　　他最勤于写作，也最鼓励人写作。他会不惮其烦的几天几夜地在替一位不认识的青年，或一位不深交的朋友，改削创作，校正译稿。其仔细和小心远过于一位私塾的教师。

　　他曾和我谈起一件事：有一位不相识的青年寄一篇稿子来请求他改。他

作者简介

　　郑振铎（1898—1958），原籍福建长乐，生于浙江永嘉，中国现代作家、文学评论家、考古学家。1917年入北京铁路管理学校学习。五四运动时期参与创办文学研究会。曾任上海商务印书馆编辑、《公理日报》主编及燕京大学、清华大学、暨南大学教授。中华人民共和国成立后历任文物局局长、考古研究所所长、文化部副部长等职。1958年10月因飞机失事遇难。主要著作有短篇小说集《家庭的故事》《桂公塘》，专著《文学大纲》等。

仔仔细细的改了寄回去。那青年却写信来骂他一顿，说被改涂得太多了。第二次又寄一篇稿子来，他又替他改了寄回去。这一次的回信，却责备他改得太少。

"现在做事真难极了！"他慨叹的说道。对于人的不易对付和做事之难，他这几年来时时的深切地感到。

但他并不灰心，仍然在做着吃力不讨好的改削创作、校正译稿的事，挣扎着病躯，深夜里，仔仔细细的为不相识的青年或不深交的朋友在工作。

这样的温情的指导者和朋友，一旦失去了，将怎样的令人感到不可补赎之痛呢！

他所最恨的是那些专说风凉话而不肯切实的做事的人。会批评，但不工作；会讥嘲，但不动手；会傲慢自夸，但永远拿不出东西来，像那样的人物，他是不客气的要摈之门外，永不相往来的。所谓无诗的诗人，不写文章的文人，他都深诛痛恶的在责骂。

他常感到"工作"的来不及做，特别是在最近一两年，凡做一件事，都总要快快地做。

"迟了恐怕要来不及了。"这句话他常在说。

那样的清楚的心境，我们都是同样的深切地感到的。想不到他自己真的便是那么快的便逝去，还留下要做的许多事没有来得及做——但，后死者却要继续他的事业下去的！

我和他第一次的相见是在同爱罗先诃到北平去的时候。

他着了一件黑色的夹外套，戴着黑色呢帽，陪着爱罗先诃到女师大的大礼堂里去，我们匆匆的谈了几句话。因为自己不久便回到南边来，在北平竟不曾再见一次面。

后来，他自己说，他那件黑色的夹外套，到如今还有时着在身上。

我编《小说月报》的时候，曾不时的通信向他要些稿子。除了说起稿子的事，别的该也没有什么。

最早使我笼罩在他温热的友情之下的，是一次讨论到"三言"问题的信。

我在上海研究中国小说，完全像盲人骑瞎马，乱闯乱摸，一点凭借都没有，只是节省着日用，以浅浅的薪水购书，而即以所购入之零零落落的破书，作为研究的资源。那时候实在贫乏得，肤浅得可笑，偶尔得到一部原版的《隋唐演义》却以为是了不得的奇遇，至于"三言"之类的书，却是连梦魂里也不曾读到。

他的《中国小说史略》的出版，减少了许多我在暗中摸索之苦。我有一次写信问他《醒世恒言》《警世通言》及《喻世名言》的事，他的回信很快的便来了，附来的是他抄录的一张《醒世恒言》的全目。——这张目录我至今还保全在我的一部中国小说史略里。他说，《喻世》《警世》，他也没有见到。《醒世恒言》他只有半部。但有一位朋友那里藏有全书，所以他便借了来，抄下目录寄给我。

当时，我对于这个有力的帮助，说不出应该怎样的感激才好。这目录供给了我好几次的应用。

后来，我很想看看《西湖二集》（那部书在上海是永远不会见到的），又写信问他有没有此书。不料随了回信同时递到的却是一包厚厚的包裹。打开了看时，却是半部明末版的《西湖二集》，附有全图。我那时实在眼光小得可怜，几曾见过几部明版附插图的平话集，见了《西湖二集》为之狂喜！而他的信道，他现在不弄中国小说，这书留在手边无用，送了给我吧。这贵重的礼物，从一个只见一面的不深交的朋友那里来，这感动是至今跃跃在心头的。

我生平从没有意外的获得。我的所藏的书，一部部都是很辛苦的设法购得的；购书的钱，都是中夜灯下疾书的所得或减衣缩食的所余。一部部书都可看出我自己的夏日的汗，冬夜的凄栗，有红丝的睡眼，右手执笔处的指端的硬茧和酸痛的右臂。但只有这一集可宝贵的书，乃是我书库里惟一的友情的赠与——只有这一部书！

现在这部《西湖二集》也还堆在我最珍爱的几十部明版书的中间，看了它便要泫然泪下。这可爱的直率的真挚的友情，这不意中的难得的帮助，如今是不能再有了！

但我心头的温情是永在的！——这温情也永在他的一切友人的心上，我相信。

"九一八"以后，他到过北平一趟，得到青年人最大的热烈的欢迎。但过了几天，便悄悄的走了。他原是去探望他母亲的病去的，我竟来不及去看他。

但那一年寒假的时候，我回到上海，到他寓所时，他便和我谈起在北平的所获。

"木刻画如今是末路了，但还保存在笺纸上。不过，也难说，保全得不会久。"他深思的说道。

他搬出不少的彩色笺纸来给我看，都是在北平时所购得的。

"要有人把一家家南纸店所出的笺纸，搜罗了一下，用好纸印刷个几十部，作为笺谱，倒是一件好事。"他说道。

过了一会儿，他又道："这要住在北平的人方能做事，我在这里不能做这事。"

我心里很跃动，正想说："那么，我来做吧。"而他慢吞吞地续说道："你倒可以做，要是费些工作，倒可以做。"

我立刻便将这责任担负了下来，但说明搜罗而得的笺纸，由他负选择之责。我相信他的选择要比我高明得多。

以后，我一包一包的将购得的笺样送到上海，经他选择后，再一包一包的寄回。

中间，我曾因事把这工作停顿了两三个月。他来信说："这事我们得赶快做，否则，要来不及做，或轮不到我们做。"

在他的督促和鼓励之下，那六巨册的美丽的《北平笺谱》方才得以告成。

有一次，我到上海来，带回了亡友王孝慈先生所藏的《十竹斋笺谱》四册，顺便的送到他家里给他看。

这部谱，刻得极精致，是明末版画里最高的收获。但刻成的年月是崇祯十六年的夏天，所以流传得极少。

"这部书似也不妨翻刻一下。"我提议道。那时，我为《北平笺谱》的成功所鼓励，勇气有余。

"好的，好的，不过要赶快做！"他道。

想不到全部要翻刻，工程浩大无比，所耗也不赀，几乎不是我们的力量所及。第一册已出版了，第二册也刻好待印；而鲁迅先生却等不及见到第三册以下的刻成了！

对于美好的东西，似乎他都喜爱。我曾经有过一个意思，要集合六朝造像及墓志的花纹刻为一书。但他早已注意及此了。他告诉我说，他所藏的六朝造像的拓本也不少，如今还在陆续的买。

他是最能分别得出美与丑，永远的不朽与急就的草率的。

除了以朽腐为神奇，而沾沾自喜，向青年们施以毒害的宣传之外，他对于古代的遗产，决不歧视，反而抱着过分的喜爱。

他曾经告诉过我，他并不反对袁中郎；中郎是十分方巾气的，这在他文集里便可见。他所厌弃、所斥责的乃是只见中郎的一面，而恣意鼓吹着的人物。

京平刚从鲁迅先生那里得到最大的鼓励，他感激得几乎哭出来。但想不到鲁迅竟这样的突然的过去了！

第三天我在万国殡仪馆门口遇见他；他的嘴唇在颤动，眼圈在红。

从万国公墓归来后，他给我一封信道："我心已经分裂。我从到达公墓时，就失去了约束自己的力量，一直到墓石封合了！我竟痛哭失声。先生，这是我平生第一痛苦的事了，他匆匆地瞥了我一眼，就去了——"

但他并没有去。他的温情永在我的心头——也永在他的一切友人的心上，我相信。

作品赏析

鲁迅在一般读者的心里总是神圣得让人敬而远之,虽然他的大名如雷贯耳,但他的作品却经常被束之高阁,可以说是最熟悉的陌生了。郑振铎的《永在的温情》并不像一般的圈外人那样的崇敬但却敷衍了事,作者真实地以朋友的身份痛惜这位中国知识界良心的离去和追念这个伟大者不平凡的一生——他是中国迷茫的呼唤者,他是国民劣根的挖掘者,他代表了中国当时的文化走向,和知识阶层对中国社会承担的责任和良心;同时也是个平凡的生活者,一样感受亲情、爱情、友情,以及生活中的点滴欢乐苦痛。

文章的结构很平常,语言也纯粹拙朴,但情感却相当真挚,颇能感动每个阅读者。鲁迅走了,可是在作者的心里却还活着,因为作者相信这样的人永远不会被忘记,只要他的作品还在,他仍然会像一面大钟,在我们的上空敲响,警惕我们不再松懈。

我的母亲 / 老舍

> **入选理由**
> 语言大师老舍的怀亲佳作
> 一贯朴实无华的风格
> 感情深厚而真挚

母亲的娘家是北平德胜门外,土城儿外边,通大钟寺的大路上的一个小村里。村里一共有四五家人家,都姓马。大家都种点不十分肥美的地,但是与我同辈的兄弟们,也有当兵的,作木匠的,作泥水匠的,和当巡察的。他们虽然是农家,却养不起牛马,人手不够的时候,妇女便也须下地作活。

对于姥姥家，我只知道上述的一点。外公外婆是什么样子，我就不知道了，因为他们早已去世。至于更远的族系与家史，就更不晓得了；穷人只能顾眼前的衣食，没有功夫谈论什么过去的光荣；"家谱"这字眼，我在幼年就根本没有听说过。

母亲生在农家，所以勤俭诚实，身体也好。这一点事实却极重要，因为假若我没有这样的一位母亲，我以为我恐怕也就要大大的打个折扣了。

母亲出嫁大概是很早，因为我的大姐现在已是六十多岁的老太婆，而我的大外甥女还长我一岁啊。我有三个哥哥，四个姐姐，但能长大成人的，只有大姐，二姐，三姐，三哥与我。我是"老"儿子。生我的时候，母亲已有四十一岁，大姐二姐已都出了阁。

由大姐与二姐所嫁入的家庭来推断，在我生下之前，我的家里，大概还马马虎虎的过得去。那时候定婚讲究门当户对，而大姐丈是作小官的，二姐丈也开过一间酒馆，他们都是相当体面的人。

可是，我，我给家庭带来了不幸：我生下来，母亲晕过去半夜，才睁眼看见她的老儿子——感谢大姐，把我揣在怀中，未致冻死。

一岁半，我把父亲"克"死了。

兄不到十岁，三姐十二三岁，我才一岁半，全仗母亲独力抚养了。父亲

作者简介

老舍（1899—1966），满族，原名舒庆春，字舍予，生于北京。1918年夏天，他以优秀的成绩从北京师范学校毕业，被派到北京第十七小学当校长。1924年夏赴英国伦敦大学东方学院任中文讲师。在英期间开始文学创作。1930年回国后，先后在齐鲁大学和山东大学任教授。中华人民共和国成立后，他担任全国文联和全国作协副主席兼北京市文联主席。1966年"文化大革命"中投湖自尽。

老舍的作品大都取材于市民生活，他的长篇小说所描写的自然风光、世态人情、习俗风尚，运用的群众口语，都呈现出浓郁的"京味"。他的短篇小说构思精致，取材较宽广。他的作品以独特的幽默风格和浓郁的民族色彩，以及从内容到形式的雅俗共赏而赢得广大读者的喜爱，目前已被译成20余种文字出版。

的寡姐跟我们一块儿住，她吸鸦片，她喜摸纸牌，她的脾气极坏。为我们的衣食，母亲要给人家洗衣服，缝补或裁缝衣裳。在我的记忆中，她的手终年是鲜红微肿的。白天，她洗衣服，洗一两大绿瓦盆。她作事永远丝毫也不敷衍，就是屠户们送来的黑如铁的布袜，她也给洗得雪白。晚间，她与三姐抱着一盏油灯，还要缝补衣服，一直到半夜。她终年没有休息，可是在忙碌中她还把院子屋中收拾得清清爽爽。桌椅都是旧的，柜门的铜活久已残缺不全，可是她的手老使破桌面上没有尘土，残破的铜活发着光。院中，父亲遗留下的几盆石榴与夹竹桃，永远会得到应有的浇灌与爱护，年年夏天开许多花。

哥哥似乎没有同我玩耍过。有时候，他去读书；有时候，他去学徒；有时候，他也去卖花生或樱桃之类的小东西。母亲含着泪把他送走，不到两天，又含着泪接他回来。我不明白这都是什么事，而只觉得与他很生疏。与母亲相依为命的是我与三姐。因此，她们作事，我老在后面跟着。她们浇花，我也张罗着取水；她们扫地，我就撮土……从这里，我学得了爱花，爱清洁，守秩序。这些习惯至今还被我保存着。

有客人来，无论手中怎么窘，母亲也要设法弄一点东西去款待。舅父与表哥们往往是自己掏钱买酒肉食，这使她脸上羞得飞红，可是殷勤的给他们温酒作面，又给她一些喜悦。遇上亲友家中有喜丧事，母亲必把大褂洗得干干净净，亲自去贺吊——份礼也许只是两吊小钱。到如今如我的好客的习性，还未全改，尽管生活是这么清苦，因为自幼儿看惯了的事情是不易改掉的。

姑母常闹脾气。她单在鸡蛋里找骨头。她是我家中的阎王。直到我入了中学，她才死去，我可是没有看见母亲反抗过。"没受过婆婆的气，还不受大姑子的吗？命当如此！"母亲在非解释一下不足以平服别人的时候，才这样说。是的，命当如此。母亲活到老，穷到老，辛苦到老，全是命当如此。她最会吃亏。给亲友邻居帮忙，她总跑在前面：她会给婴儿洗三——穷朋友们可以因此少花一笔"请姥姥"钱——她会刮痧，她会给孩子们剃头，她会给少妇们绞脸……凡是她能做的，都有求必应。但是吵嘴打架，永远没有她。她宁吃亏，不逗气。当姑母死去的时候，母亲似乎把一世的委屈都哭了出来，一直哭到坟地。不知道哪里来的一位侄子，声称有承继权，母亲便一声不响，教他搬走那些破桌子烂板凳，而且把姑母养的一只肥母鸡也送给他。

可是，母亲并不软弱。父亲死在庚子闹"拳"的那一年。联军入城，挨家搜索财物鸡鸭，我们被搜两次。母亲拉着哥哥与三姐坐在墙根，等着"鬼子"进门，街门是开着的。"鬼子"进门，一刺刀先把老黄狗刺死，而后入室搜索。他们走后，母亲把破衣箱搬起，才发现了我。假若箱子不空，我早就被压死了。皇上跑了，丈夫死了，鬼子来了，满城是血光火焰，可是母亲不怕，她要在刺刀下，饥荒中，保护着儿女。北平有多少变乱啊，有时候兵变了，街市整条的烧起，火团落在我们院中。有时候内战了，城门紧闭，铺店关门，昼夜响着枪炮。这惊恐，这紧张，再加上一家饮食的筹划，儿女安全的顾虑，岂是一个软弱的老寡妇所能受得起的？可是，在这种时候，母亲的心横起来，她不慌不哭，要从无办法中想出办法来。她的泪会往心中落！这点软而硬的个性，也传给了我。我对一切人与事，都取和平的态度，把吃亏看作当然的。但是，在做人上，我有一定的宗旨与基本的法则，什么事都可将就，而不能超过自己划好的界限。我怕见生人，怕办杂事，怕出头露面；但是到了非我去不可的时候，我便不得不去，正像我的母亲。从私塾到小学，到中学，我经历过起码有廿位教师吧，其中有给我很大影响的，也有毫无影响的，但是我的真正的教师，把性格传给我的，是我的母亲。母亲并不识字，她给我的是生命的教育。

当我在小学毕了业的时候，亲友一致的愿意我去学手艺，好帮助母亲。我晓得我应当去找饭吃，以减轻母亲的勤劳困苦。可是，我也愿意升学。我偷偷的考入了师范学校——制服，饭食，书籍，宿处，都由学校供给。只有这样，我才敢对母亲提升学的话。入学，要交十元的保证金。这是一笔巨款！母亲作了半个月的难，把这巨款筹到，而后含泪把我送出门去。

她不辞劳苦，只要儿子有出息。当我由师范毕业，而被派为小学校校长，母亲与我都一夜不曾合眼。我只说了句："以后，您可以歇一歇了！"她的回答只有一串串的眼泪。我入学之后，三姐结了婚。母亲对儿女是都一样疼爱的，但是假若她也有点偏爱的话，她应当偏爱三姐，因为自父亲死后，家中一切的事情都是母亲和三姐共同撑持的。三姐是母亲的右手。但是母亲知道这右手必须割去，她不能为自己的便利而耽误了女儿的青春。当花轿来到我们的破门外的时候，母亲的手就和冰一样的凉，脸上没有血色——那是阴历四月，天气很暖。大家都怕她晕过去。可是，她挣扎着，咬着嘴唇，手扶着门框，看花轿徐徐的走去。不久，姑母死了。三姐已出嫁，哥哥不在家，我又住学校，家中只剩母亲自己。她还须自晓至晚的操作，可是终日没人和她说一句话。新年到了，正赶上政府倡用阳历，不许过旧年。除夕，我请了两小时的假。由拥挤不堪的街市回到清炉冷灶的家中。母亲笑了。及至听说我还须回校，她愣住了。半天，她才叹出一口气来。到我该走的时候，她递给我一些花生，"去吧，小子！"街上是那么热闹，我却什么也没看见，泪遮迷了我的眼。今天，泪又遮住了我的眼，又想起当日孤独的过那凄惨的除夕的慈母。可是慈母不会再候盼着我了，她已入了土！

　　儿女的生命是不依顺着父母所设下的轨道一直前进的，所以老人总免不了伤心。我廿三岁，母亲要我结了婚，我不要。我请来三姐给我说情，老母含泪点了头。我爱母亲，但是我给了她最大的打击。时代使我成为逆子。廿七岁，我上了英国。为了自己，我给六十多岁的老母以第二次打击。在她七十大寿的那一天，我还远在异域。那天，据姐姐们后来告诉我，老太太只喝了两口酒，很早的便睡下。她想念她的幼子，而不便说出来。

　　七七抗战后，我由济南逃出来。北平又像庚子那年似的被鬼子占据了，可是母亲日夜惦念的幼子却跑西南来。母亲怎样想念我，我可以想象得到，可是我不能回去。每逢接到家信，我总不敢马上拆看，我怕，怕，怕，怕有那不祥的消息。人即使活到八九十岁，有母亲便可以多少还有点孩子气。失了慈母便像花插在瓶子里，虽然还有色有香，却失去了根。有母亲的人，心里是安定的。我怕，怕，怕家信中带来不好的消息，告诉我已是失了根的花草。

去年一年，我在家信中找不到关于老母的起居情况。我疑虑，害怕。我想象得到，没有不幸，家中念我流亡孤苦，或不忍相告。母亲的生日是在九月，我在八月半写去祝寿的信，算计着会在寿日之前到达。信中嘱咐千万把寿日的详情写来，使我不再疑虑。十二月二十六日，我接到家信。我不敢拆读。就寝前，我拆开信，母亲已去世一年了！

生命是母亲给我的。我之能长大成人，是母亲的血汗灌养的。我之能成为一个不十分坏的人，是母亲感化的。我的性格，习惯，是母亲传给的。她一世未曾享过一天福，临死还吃的是粗粮。唉！还说什么呢？心痛！心痛！

作品赏析

一篇文章的好坏，不在于辞藻的华丽，不在于构思的奇玄。只要感情深切而真挚，再平凡的文字，落在笔下，都将是不朽的。《我的母亲》就是这样一篇洗尽铅华的美文。

母亲是带领孩子认识世界的第一人。母亲的一言一行对孩子的人格形成都有深刻的影响。在文中，老舍细细地描述了母亲的性格，她勤劳、热心、疼爱儿女。但是，如果文章仅仅停留在这个层面上，那么，《我的母亲》也只不过是为众多唱给母亲的赞歌再添一节乐章而已。老舍的母亲有她独特的性格——软中带硬。并且，这种性格在老舍身上打下了深深的烙印。他本人的生与死都与这种软中硬的性格密不可分。如老舍在文中说，母亲给他的是"生命的教育"。这不仅让我们看到了一位在苦难中保持着传统美德伟大母亲形象，更让我们理解了中国人民族品格的传承与延续。

这篇文章的风格是纯朴而清新的。语言随情而发，自然朴素，字字句句,都是浓得化不开的情深之语;结构任性而为,平实流畅。结尾处,一声沉痛的叹息,明白如话,却是意悲而远,感人至深。

大明湖之春 /老舍

入选理由
老舍先生的散文代表作
语言纯朴清新
寓意深远,内涵丰富

　　北方的春本来就不长,还往往被狂风给七手八脚地刮了走。济南的桃李丁香与海棠什么的,差不多年年被黄风吹得一干二净,地暗天昏,落花与黄沙卷在一处,再睁眼时,春已过去了!记得有一回,正是丁香乍开的时候,也就是下午两三点钟吧,屋中就非点灯不可了;风是一阵比一阵大,天色由灰而黄,而深黄,而黑黄,而漆黑,黑得可怕。第二天去看院中的两株紫丁香,花已像煮过一回,嫩叶几乎全破了!济南的秋冬,风倒很少,大概都留在春天刮呢。

　　有这样的风在这儿等着,济南简直可以说没有春天,那么,大明湖之春更无从说起。

　　济南的三大名胜,名字都起得好:千佛山,趵突泉,大明湖,都多么响亮好听!一听到"大明湖"这三个字,便联想到春光明媚和湖光山色等等,而心中浮现出一幅美景来。事实上,可是,它既不大,又不明,也不湖。

　　湖中现在已不是一片清水,而是用坝划开的多少块"地"。"地"外留着几条沟,游艇沿沟而行,即是逛湖。水田不需要多么深的水,所以水黑而不清;也不要急流,所以水定而无波。东一块莲,西一块蒲,土坝挡住了水,蒲苇又遮住了莲,一望无景,只见高高低低的"庄稼"。艇行沟内,如穿高粱地然,热气腾腾,碰巧了还臭气。夏天总算还好,假若水不太臭,多少总能闻到一些荷香,而且必能看到些绿叶儿。春天,则下有黑汤、旁有破烂的土坝;风又那么野,绿柳新蒲东倒西歪,恰似挣命。所以,它既不大,又不明,也不湖。

　　话虽如此,这个湖到底得算个名胜。湖之不大与不明,都因为湖已不湖。假若能把"地"都收回,拆开土坝,挖深了湖身,它当然可以马上既大且明起来:湖面原本不小,而济南又有的是清凉的泉水呀。这个,也许一时做不到。不过,即使做不到这一步,就现状而言,它还应当算作名胜。北方的城市,要找有这么一片水的,真是好不容易了。千佛山满可以不算数儿,配作个名胜与否简直没多大关系,因为山在北方不是什么难找的东西呀。水,可太难找了。济南城内据说有七十二泉,城外有河,可是还非有个湖不可。泉,池,河,湖,四者具备,这才显出济南的特色与可贵。它是北方惟一的"水城",这个湖是少不得的。设若我们游湖时,只见沟而不见湖,请到高处去看看吧,比如在千佛山上往北眺望,则见城北灰绿的一片——大明湖;城外,华鹊二山夹着弯弯的一道灰亮光儿——黄河。这才明白了济南的不凡,不但有水,而且是这样多呀。

　　况且,湖景若无可观,湖中的出产可是很名贵呀。懂得什么叫作美的人或者不如懂得什么好吃的人多吧,游过苏州的往往只记得此地的点心。逛过西湖的提起来便念道那里的龙井茶,藕粉与莼菜什么的,吃到肚子里的也许比一过眼的美景更容易记住,那么大明湖的蒲菜,茭白,白花藕,还真许是它驰名天下的重要原因呢。不论怎么说吧,这些东西既都是水产,多少总带着些南国风味;在夏天,青菜挑子上带着一束束的大白莲花出卖,在北方大概只有济南能这么"阔气"。

　　我写过一本小说——《大明湖》——在"一·二八"与商务印书馆一同被火烧掉了。记得我描写过一段大明湖的秋景,词句全想不起来了,只记得是什么什么秋。桑子中先生给我画过一张油画,也画的是大明湖之秋,现在还在我的屋中挂着。我写的,他画的,都是大明湖,而且都是大明湖之秋，这里大概有点意思。对了，只是在秋天，大明湖才有些美呀。济南的四季，惟有秋天最好，晴暖无风，处处明朗。这时候，请到城墙上走走，俯视秋湖，败柳残荷，水平如镜；惟其是秋色。所以连那些残破的土坝也似乎正与一切景物配合：土坝上偶尔有一两截断藕，或一些黄叶的野蔓，配着三五枝芦花，确是有些画意。"庄稼"已都收了，湖显着大了许多，大了当然也就显着明。不仅是湖宽水净，显着明美，抬头向南看，半黄的千佛山就在面前，开元寺那边的"橛子"——大概是个塔吧——静静地立在山头上。往北看，城外的河水很清，菜畦中还生着短短的绿叶。往南往北，往东往西，看吧，处处空阔明朗，有山有湖，有城有河，到这时候，我们真得到个"明"字了。桑先生那张画便是在北城墙上画的，湖边只有几株秋柳，湖中只有一只游艇，水作灰蓝色，柳叶儿半黄。湖外，他画上了千佛山；湖光山色，连成一幅秋图，明朗，素净，柳梢上似乎吹着点不大能觉出来的微风。

对不起，题目是大明湖之春，我却说了大明湖之秋，可谁教亢德先生出错了题呢！

作品赏析

老舍先生在中国现当代文学史上占有重要一席，主要是因为他在小说、戏剧方面的巨大成就。事实上，这位当之无愧的语言大师，对于散文，驾驭起来也是游刃有余。

他的散文一个显著的特点就是大雅若俗，无论是勾描人物，还是涂抹风景，语言都朴素如大白话，且很诙谐，细节也是极为平凡，所描摹之物却总能气韵萌生，其文字功力可见一斑。这篇《大明湖之春》就体现了他这种风格。在文中，要写花蔫了，他不直接说，而是来一句"像煮过一回"，既逼真又富有生活气息。用"恰似挣命"来形容柳、蒲的东倒西歪，生动又形象。这与老舍扎实的生活积累是分不开的。在描写大明湖的景色时，也多有神来之笔。这就在于他准确地捕捉到了景物的内在神韵，再加上敏锐细致的体察，笔下的文字便余味无穷了。

这篇文章看似轻松闲适，实际上意味深长。老舍写这篇文章时，中国正逢多事之秋，抗日的硝烟即将弥漫，华北平原上早已经没有了往日的安宁，"没有春天"的大明湖正是处于危难中的中华大地的象征。有了这个深层内核作支撑，文章的思想光彩提升到了一个更高的境界。

五四断想/闻一多

入选理由
感情炽热深沉
结构精巧合理
对五四运动的另一种思考

旧的悠悠死去，新的悠悠生出，不慌不忙，一个跟一个——这是演化。

新的已经来到，旧的还不肯去，新的急了，把旧的挤掉——这是革命。

挤是发展受到阻碍时必然的现象，而新的必然是发展的，能发展的必然是新的，所以青年永远是革命的，革命永远是青年的。

新的日日壮健着（量的增长），旧的日日衰老着（量的减耗），壮健的挤着衰老的，没有挤不掉的。所以革命永远是成功的。

革命成功了，新的变成旧的，又一批新的上来了。旧的停下来拦住去路，说："我是赶过路程来的，我的血汗不能白流，我该歇下来舒服舒服。"新的说："你的舒服就是我的痛苦，你耽误了我的路程。"又把它挤掉……如此，武戏接二连三地演下去，于是革命似乎永远"尚未成功"。

让曾经新过来的旧的，不要只珍惜自己的过去，多多体念别人的将来，自己腰酸腿痛，拖不动了，就赶紧让。"功成身退"，不正是光荣吗？"后生可畏焉知来者之不如今也！"这也是古训啊！

其实青年并非永远是革命的，"青年永远是革命的"这定理，只在"老年永远是不肯让路的"这前提下才能成立。

革命也不能永远"尚未成功"。几时旧的知趣了，到时就功成身退，不致阻碍了新的发展，革命便成功了。

旧的悠悠退去，新的悠悠上来，一个跟一个，不慌不忙，哪天历史走上了演化的常轨，就不再需要变态的革命了。

但目前，我们还要用"挤"来争取"悠悠"，用革命来争取演化。"悠悠"是目的，"挤"是达到目的的手段。

于是又想到变与乱的问题。变是悠悠的演化，乱是挤来挤去的革命。若要不乱挤，就只得悠悠的变。若是该变而不变，那只有挤得你变了。

子在川上，曰："逝者如斯夫，不舍昼夜！"古训也发挥了变的原理。

作品赏析

《五四断想》是闻一多在五四运动过去20多年后的反思之作，文中从更高的层次重新认识了五四运动，梳理论证了新与旧发展的辩证关系，高屋建瓴地总结出了历史发展的某些普通规律。在文章开始，作者用活泼生动的语言比较了"演化"与"革命"的区别。五四运动是革命的，摧毁性

作者简介

闻一多（1899—1946），原名闻家骅，湖北浠水人，我国现代著名的诗人、学者、民主斗士。1913年考入北京清华大学，五四运动时参加学生运动，曾代表学校出席全国学联会议。抗战开始后在昆明西南联大任教，并投身爱国民主运动，最后被国民党特务刺杀。闻一多是"新月诗派"的主将之一，他提倡新诗的音乐美、绘画美和建筑美，为新格律诗完成了理论奠基工作。在诗歌创作中，他大力歌颂自然、歌颂青春，感情热烈，形式精美，突出地抒发了强烈的爱国主义情感。新诗集《红烛》《死水》是现代诗歌经典之作。他对《周易》《诗经》《庄子》《楚辞》四大古籍的整理研究，为我国传统文化的研究作出了巨大贡献，被郭沫若称为"前无古人，后无来者"。他的散文抨击社会时弊、批判传统文化，其中尤以《最后一次演讲》最为惊心动魄。

的。接下来，作者进一步论证了"革命"的本质和意义：革命永远是青年的，是新事物取代旧事物的过程。作者以发展观观察现实：对于具体的革命过程而言，革命永远是成功的；但对于革命这一进化手段而言，又似乎永远"尚未成功"。作者用新颖活泼的对话形式阐明了具有哲理意味的理念，将剑拔弩张的新旧斗争形象化地呈现出来，给人耳目一新之感。这篇文章短小精悍，笔调舒缓劲健，在深刻的哲理阐释中还有一种情绪的感染，看似随意的写法，却始终贯穿着辩证法，思想逻辑发展的轨迹正是作品的灵魂所在。

最后一次演讲/闻一多

入选理由
以自己的行动告诉世人在生命与正义之间的抉择
一篇气势磅礴的战斗檄文
闻一多先生人格魅力的凸现

　　这几天，大家晓得，在昆明出现了历史上最卑污、最无耻的事情！李先生究竟犯了什么罪，竟遭此毒手？他只不过用笔写写文章，用嘴说说话，而他所写的、所说的，都无非是一个没有失掉良心的中国人的话！大家都有一支笔，有一张嘴，有什么理由拿出来讲啊！有事实拿出来讲啊！为什么要打要杀，而且不敢光明正大地来打来杀，而偷偷摸摸地来暗杀，这成什么话？

　　今天，这里有没有特务？你站出来！是好汉的站出来！你出来讲！凭什么要杀死李先生？杀死了人，又不敢承认，还要诬蔑人，说什么"桃色事件"，说什么共产党杀共产党，无耻啊！无耻啊！这是某集团的无耻，恰是李先生的光荣！李先生在昆明被暗杀，是李先生留给昆明的光荣，也是昆明人的光荣！

去年"一二·一"昆明学生为了反对内战，遭受屠杀，那算是青年的一代，献出了他们最宝贵的生命！现在李先生为了争取民主和平，而遭受了反动派的暗杀，我们骄傲一点说，这就是像我们这样大年纪的一代，我们的老战友，献出了最宝贵的生命。这两桩事发生在昆明，这算是昆明无限的光荣！

反动派暗杀李先生的消息传出后，大家听了都悲愤痛恨。我心里想，这些无耻的东西，不知他们是怎么想法？他们的心理是什么状态？他们的心怎样长的？其实很简单，他们这样疯狂地来制造恐怖，正是他们自己在慌啊！在害怕啊！所以他们制造恐怖，其实是他们自己在恐怖啊！特务们，你们想想，你们还有几天，你们完了，快完了！你们以为打伤几个，杀死几个，就可以了事，就可以把人民吓倒了吗？其实广大的人民是打不尽的，杀不完的，要是这样可以的话，世界上早没有人了。你们杀死一个李公朴，会有千百万个李公朴站起来！你们将失去千百万人民！你们看着我们人少，没有力量。告诉你们，我们的力量大得很！多得很！看今天来的这些人，都是我们的人，都是我们的力量！此外还有广大的市民，我们有这个信心：人民的力量是要胜利的，真理是永远存在的。历史上没有一个反人民的势力不被人民毁灭的！希特勒，墨索里尼，不都在人民之前倒下去了吗？翻开历史看看，你还站得住几天！你完了，快完了！我们的光明就要出现了。我们看，光明就在我们眼前，而现在正是黎明之前那个最黑暗的时候。我们有力量打破这个黑暗，争到光明！我们的光明，就是反动派的末日！

反动派故意挑拨美苏的矛盾，想利用这矛盾来打内战。任你们怎样挑拨，怎么样离间，美苏不一定打呀！现在四外长会议已经圆满闭幕了。这不是说美苏间已没有矛盾，但是可以让步，可以妥协，事情是曲折的，不是直线的。

李先生的血，不会白流的！李先生赔上了这条性命，我们要换来一个代价。"一二·一"四烈士倒下了，年轻的战士们的血，换来了政治协商会议的召开，现在李先生倒下了，他的血要换取政协会议的重开！我们有这个信心！

"一二·一"是昆明的光荣，是云南人民的光荣，云南有光荣的历史，远的如护国，这不用说了。近的如"一二·一"，都是属于云南人民的，我们要发扬云南光荣的历史！

反动派挑拨离间，卑鄙无耻，你们看见联大走了，学生放暑假了，便以为我们没有力量了吗？特务们，你们错了！你们看见今天到会的一千多青年，又握起手来了，我们昆明的青年绝不会让你们这样蛮横下去的！

反动派，你看见一个倒下去，可也看得见千百万个站起的！正义是杀不完的，因为真理永远存在！

历史赋予昆明的任务是争取民主和平，我们昆明的青年必须完成这任务！

我们不怕死，我们有牺牲的精神，我们随时像李先生一样，前脚跨出大门，后脚就不准备再跨进大门！

一九四六年七月十五日

作品赏析

1946年，国民党公然撕毁《双十协定》，向解放区发动进攻，揭开了内战的序幕。全国民众和有良知的知识分子坚决反对内战，呼吁和平。这年6月，反对内战的李公朴被国民党特务暗杀，闻一多教授愤怒了，发表了这篇演说，随后被暗杀。闻一多先生明知道这样做的危险，但他没有退缩，而是以自己的生命去实践自己的理想。

这篇演讲是即兴的，没有草稿，但由于具有充沛的正义感和铿锵有力的言辞，因而成了闻一多散文中的名篇。文章情感激越，情理兼备，自始至终都洋溢着一股浩然正气，一股赤诚的爱国之情。语调抑扬顿挫，斩钉截铁，丝毫不容置疑，大量责问和反诘语气的运用，使文章流露出锐不可当的气势，不啻给国民党反动派当头棒喝。这篇演说，激烈地抨击了黑暗反动的势力,热烈地喊出了对光明的期盼,表达了对进步正义事业的坚定信念,给人以无穷的鼓舞和力量。

桨声灯影里的秦淮河 /俞平伯

入选理由
俞平伯的散文名篇
白话美文之佳作
细腻中含着委婉,缠绵里孕着温煦

我们消受得秦淮河上的灯影,当圆月犹皎的仲夏之夜。

在茶店里吃了一盘豆腐干丝,两个烧饼之后,以歪歪的脚步踅上夫子庙前停泊着的画舫,就懒洋洋躺到藤椅上去了。好郁蒸的江南,傍晚也还是热的。"快开船罢!"桨声响了。

小的灯舫初次在河中荡漾;于我,情景是颇朦胧,滋味是怪羞涩的。我要错认它作七里的山塘;可是,河房里明窗洞启,映着玲珑入画的曲栏杆,顿然省得身在何处了。佩弦呢,他已是重来,很应当消释一些迷惘的。但看他太频繁地摇着我的黑纸扇。胖子是这个样怯热的吗?

又早是夕阳西下,河上妆成一抹胭脂的薄媚。是被青溪的姊妹们所熏染的吗?还是匀得她们脸上的残脂呢?寂寂的河水,随双桨打它,终是没言语。密匝匝的绮恨逐老去的年华,已都如蜜饧似的融在流波的心窝里,连呜咽也将嫌它多事,更哪里论到哀嘶。心头,宛转的凄怀;口内,徘徊的低唱;留在夜夜的秦淮河上。

在利涉桥边买了一匣烟,荡过东关头,渐荡出大中桥了。船儿悄悄地穿出连环着的三个壮阔的涵洞,青溪夏夜的韶华已如巨幅的画豁然而抖落。哦!凄厉而繁的弦索,颤岔而涩的歌喉,杂着吓哈的笑语声,劈拍的竹牌响,更能把诸楼船上的华灯彩绘,显出火样的鲜明,火样的温煦了。小船儿载着我们，在大船缝里挤着，挨着，抹着走。它忘了自己也是今宵河上的一星灯火。

既踏进所谓"六朝金粉气"的销金锅，谁不笑笑呢！今天的一晚，且默了滔滔的言说，且舒了恻恻的情怀，暂且学着，姑且学着我们平时认为在醉里梦里的他们的憨痴笑语。看！初上的灯儿们一点点掠剪柔腻的波心，梭织地往来，把河水都皱得微明了。纸薄的心旌，我的，尽无休息地跟着它们飘荡，以至于怦怦而内热。这还好说什么的！如此说，诱惑是诚然有的，且于我已留下不易磨灭的印记。至于对榻的那一位先生，自认曾经一度摆脱了纠缠的他，其辩解又在何处？这实在非我所知。

我们，醉不以涩味的酒，以微漾着，轻晕着的夜的风华。不是什么欣悦，不是什么慰藉，只感到一种怪陌生，怪异样的朦胧。朦胧之中似乎胎孕着一个如花的笑——这么淡，那么淡的倩笑。淡到已不可说，已不可拟，且已不可想；但我们终久是眩晕在它离合的神光之下的。我们没法使人信它是有，我们不信它是没有。勉强哲学地说，这或近于佛家的所谓"空"，既不当鲁莽说它是"无"，也不能径直说它是"有"。或者说"有"是有的，只因无可比拟形容那"有"的光景；故从表面看，与"没有"似不生分别。若定要我再说得具体些：譬如东风初劲时，直上高翔的纸鸢，牵线的那人儿自然远得很了，知她是哪一家呢？但凭那鸢尾一缕飘绵的彩线，便容易揣知下面的人寰中，必有微红的一双素手，卷起轻绡的广袖，牢担荷小纸鸢儿的命根的。飘翔岂不是东风的力，又岂不是纸鸢的

作者简介

俞平伯（1900—1990），浙江德清人，中国现当代诗人、散文家、著名红学家。1919年毕业于北京大学，次年到杭州第一师范学院执教。五四时期先后加入新潮社、文学研究会、语丝社等新文学团体。1922年与朱自清等人创办《诗》月刊。曾先后任教于上海大学、燕京大学、北京大学。中华人民共和国成立后任北京大学教授。1952年任中国社会科学院文学研究所研究员。主要著作有诗集《冬夜》，散文集《燕知草》《杂拌儿》，文学论集《红楼梦研究》等。

含德；但其根株却将另有所寄。请问，这和纸鸢的省悟与否有何关系？故我们不能认笑是非有，也不能认朦胧即是笑。我们定应当如此说，朦胧里胎孕着一个如花的幻笑，和朦胧又互相混融着的；因它本来是淡极了，淡极了这么一个。

漫题那些纷烦的话，船儿已将泊在灯火的丛中去了。对岸有盏跳动的汽油灯，佩弦便硬说它远不如微黄的灯火。我简直没法和他分证那是非。

时有小小的艇子急忙忙打桨，向灯影的密流里横冲直撞。冷静孤独的油灯映见黯淡久的画船头上，秦淮河姑娘们的靓妆。茉莉的香，白兰花的香，脂粉的香，纱衣裳的香……微波泛滥出甜的暗香，随着她们那些船儿荡，随着我们这船儿荡，随着大大小小一切的船儿荡。有的互相笑语，有的默然不响，有的衬着胡琴亮着嗓子唱。一个，三两个，五六七个，比肩坐在船头的两旁，也无非多添些淡薄的影儿葬在我们的心上——太过火了，不至于罢，早消失在我们的眼皮上。谁都是这样急忙忙的打着桨，谁都是这样向灯影的密流里冲着撞；又何况久沉沦的她们，又何况漂泊惯的我们俩。当时浅浅的醉，今朝空空的惆怅；老实说，咱们萍泛的绮思不过如此而已，至多也不过如此而已。你且别讲，你且别想！这无非是梦中的电光，这无非是无明的幻相，这无非是以零星的火种微炎在大欲的根苗上。扮戏的咱们，散了场一个样，然而，上场锣，下场锣，天天忙，人人忙。看！吓！载送女郎的艇子才过去，货郎担的小船不是又来了？一盏小煤油灯，一舱的什物，他也忙得来像手里的摇铃，这样丁冬而郎当。

杨枝绿影下有条华灯璀璨的彩舫在那边停泊。我们那船不禁也依傍短柳的腰肢，欹侧地歇了。游客们的大船，歌女们的艇子，靠着。唱的拉着嗓子；听的歪着头，斜着眼，有的甚至于跳过她们的船头。如那时有严重些的声音，必然说："这哪里是什么旖旎风光！"咱们真是不知道，只模糊地觉着在秦淮河船上板起方正的脸是怪不好意思的。咱们本是在旅馆里，为什么不早早入睡，掂着牙儿，领略那"卧后清宵细细长"；而偏这样急急忙忙跑到河上来无聊浪荡？

还说那时的话，从杨柳枝的乱鬓里所得的境界，照规矩，外带三分风华的。况且今宵此地，动荡着有灯火的明姿。况且今宵此地，又是圆月欲缺未缺，欲上未上的黄昏时候。叮当的小锣，伊轧的胡琴，沉填的大鼓……弦吹声腾沸遍了三里的秦淮河。喳喳嚷嚷的一片，分不出谁是谁，分不出哪儿是哪儿，只有整个的繁喧来把我们包填。仿佛都抢着说笑，这儿夜夜尽是如此的，不过初上城的乡下佬是第一次呢。真是乡下人，真是第一次。

穿花蝴蝶样的小艇子多到不和我们相干。货郎担式的船，曾以一瓶汽水之故而拢近来，这是真的。至于她们呢，即使偶然灯影相偎而切掠过去，也无非瞧见我们微红的脸罢了，不见得有什么别的。可是，夸口早哩！——来了，竟向我们来了！不但是近，且拢着了。船头傍着，船尾也傍着；这不但是拢着，且并着了。厮并着倒还不很要紧，且有人扑冬地跨上我们的船头了。这岂不大吃一惊！幸而来的不是姑娘们，还好。（她们正冷冰冰地在那船头上。）来人年纪并不大，神气倒怪狡猾，把一扣破烂的手折，摊在我们眼前，让细瞧那些戏目，好好儿点个唱。他说："先生，这是小意思。"诸君，读者，怎么办？

好，自命为超然派的来看榜样！两船挨着，灯光愈皎，见佩弦的脸又红起来了。那时的我是否也这样？这当转问他。（我希望我的镜子不要过于给我下不去。）老是红着脸终久不能打发人家走路的，所以想个法子在当时是很必要。说来也好笑，我的老调是一味的默，或干脆说个"不"，或者摇摇头，摆摆手表示"决不"。如今都已使尽了。佩弦便进了一步，他嫌我的方术太冷漠了，又未必中用，摆脱纠缠的正当道路惟有辩解。好吗！听他说："你不知道？这事我们是不能做的。"这是诸辩解中最简洁，最漂亮的一个。可惜他所说的"不知道"来人倒真有些"不知道"！辜负了这二十分聪明的反语。他想得有理由，你们为什么不能做这事呢？因这"为什么"，佩弦又有进一层的曲解。那知道更坏事，竟只博得那些船上人的一哂而去。他们平常虽不以聪明名家，但今晚却又怪聪明，如洞彻我们的肺肝一样的。这故事即我情愿讲给诸君听，怕有人未必愿意哩。"算了罢，就是这样算了罢"，恕我不再写下了，以外的让他自己说。

叙述只是如此，其实那时连翩而来的，我记得至少也有三五次。我们把它们一个一个的打发走路。但走的是走了，来的还正来。我们可以使它们走，我们不能禁止它们来。我们虽不轻被摇撼，但已有一点杌陧了。况且小艇上总载去一半的失望和一半的轻蔑，在桨声里仿佛狠狠地说："都是呆子，都是吝啬鬼！"还有我们的船家（姑娘们卖个唱，他可以赚几个子的佣金）。眼看她们一个一个的去远了，呆呆的蹲踞着，怪无聊赖似的。碰着了这种外缘，无怒亦无哀，惟有一种情意的紧张，使我们从颓弛中体会出挣扎来。这味道倒许很真切的，只恐怕不易为倦鸦似的人们所喜。

曾游过秦淮河的到底乖些。佩弦告船家："我们多给你酒钱，把船摇开，别让他们来啰唆。"自此以后，桨声复响，还我以平静了，我们俩又渐渐无拘无束舒服起来，又滔滔不断地来谈谈方才的经过。今儿是算怎么一回事？我们齐声说，欲的胎动无可疑的。正如水见波痕轻婉已极，与未波时究不相类。微醉的我们，洪醉的他们，深浅虽不同，却同为一醉。接着来了第二问，既自认有欲的微炎，为什么艇子来时又羞涩地躲了呢？在这儿，答语参差着。佩弦说他的是一种暗昧的道德意味，我说是一种似较深沉的眷爱。我只背诵岂君的几句诗给佩弦听，望他曲喻我的心胸。可恨他今天似乎有些发钝，反而追着问我。

前面已是复成桥。青溪之东，暗碧的树梢上面微耀着一桁的清光。我们的船就缚在枯柳桩边待月。其时河心里晃荡着的，河岸头歇泊着的各式灯船，望去，少说点也有十廿来只。惟不觉繁喧，只添我们以幽甜。虽同是灯船，虽同是秦淮，虽同是我们；却是灯影淡了，河水静了，我们倦了，——况且月儿将上了。灯影里的昏黄，和月下灯影里的昏黄原是不相似的，又何况入倦的眼中所见的昏黄呢。灯光所以映她的秾姿，月华所以洗她的秀骨，以蓬腾的心焰跳舞，她的盛年，以伤涩的眼波供养她的迟暮。必如此，才会有圆足的醉，圆足的恋，圆足的颓弛，成熟了我们的心田。

　　犹未下弦，一丸鹅蛋似的月，被纤柔的云丝们簇拥上了一碧的遥天。冉冉地行来，冷冷地照着秦淮。我们已打桨而徐归了。归途的感念，这一个黄昏里，心和境的交萦互染，其繁密殊超我们的言说。主心主物的哲思，依我外行人看，实在把事情说得太嫌简单，太嫌容易，太嫌分明了。实有的只是浑然之感。就论这一次秦淮夜泛罢，从来处来，从去处去，分析其间的成因自然亦是可能；不过求得圆满足尽的解析，使片段的因子们合拢来代替刹那间所体验的实有，这个我觉得有点不可能，至少于现在的我们是如此的。凡上所叙，请读者们只看作我归来后，回忆中所偶然留下的千百分之一二，微薄的残影。若所谓"当时之感"，我决不敢望诸君能在此中窥得。即我自己虽正在这儿执笔构思，实在也无从重新体验出那时的情景。说老实话，我所有的只是忆。我告诸君的只是忆中的秦淮夜泛。至于说到那"当时之感"，这应当去请教当时的我。而他久飞升了，无所存在。

　　……

　　凉月凉风之下，我们背着秦淮河走去，悄默是当然的事了。如回头，河中的繁灯想定是依然。我们却早已走得远，"灯火未阑人散"；佩弦，诸君，我记得这就是在南京四日的酣嬉，将分手时的前夜。

作品赏析

　　朱自清与俞平伯同游秦淮河，然后同题各为文一篇，且都是经典之作。一度传为文学史上的佳话。俞平伯在文中，以超然物外的心情写了泛舟秦淮河的乐趣。他枕着桨声赏灯影、阐哲理，于闲适中遐想，于悠然中寄托，深情绵邈的情怀慢慢展露。

　　整篇文章笼罩着一层空灵而朦胧的色彩。他笔下的秦淮河在灯影中缥缈如仙境一般，他对歌女"欲的诱惑"的心理描写含蓄，若隐若现，给人以朦胧之感。对秦淮河水的描写也是朦胧的。古典诗词的意境与辞藻融于白话文中，既富典雅之感，又具哀婉情绪和朦胧意象。与这种朦胧的风格一致，作者在描写热闹的场面时，不从正面入手，而是多由侧面着笔，渲染那种朦胧的美。

　　文章的可贵之处还在于，中国传统知识分子所匮乏的"忏悔意识"，在俞平伯处复苏。也可看作是"五四"所引发的思想解放在他身上的闪现。

墓畔哀歌/石评梅

入选理由
石评梅的散文代表作
一首静美凄清的爱的挽歌
绮丽哀婉的文字，古典式的忧伤

一

　　我由冬的残梦里惊醒，春正吻着我的睡靥低吟！晨曦照上了窗纱，望见往日令我醺醉的朝霞，我想让丹彩的云流，再认认我当年的颜色。

　　披上那件绣着蛱蝶的衣裳，姗姗地走到尘网封锁的妆台旁。呵！明镜里照见我憔悴的枯颜，像一朵颤动在风雨中苍白凋零的梨花。

　　我爱，我原想追回那美丽的姣容，祭献在你碧草如茵的墓旁，谁知道青春的残蕾已和你一同殉葬。

二

　　假如我的眼泪真凝成一粒一粒珍珠，到如今我已替你缀织成绕你玉颈的围巾。

　　假如我的相思真化作一颗一颗的红豆，到如今我已替你堆集永久勿忘的爱心。

哀愁深埋在我心头。

我愿燃烧我的肉身化成灰烬，我愿放浪我的热情怒涛汹涌，天呵！这蛇似的蜿蜒，蚕似的缠绵，就这样悄悄地偷去了我生命的青焰。

我爱，我吻遍了你墓头青草在日落黄昏；我祷告，就是空幻的梦吧，也让我再见见你的英魂。

三

明知道人生的尽头便是死的故乡，我将来也是一座孤冢，衰草斜阳。有一天呵！我离开繁华的人寰，悄悄入葬，这悲艳的爱情一样是烟消云散，昙花一现，梦醒后飞落在心头的都是些残泪点点。

然而我不能把记忆毁灭，把埋我心墟上的残骸抛却，只求我能永久徘徊在这垒垒荒冢之间，为了看守你的墓茔，祭献那茉莉花环。

我爱，你知否我无言的忧衷，怀想着往日轻盈之梦。梦中我低低唤着你小名，醒来只是深夜长空有孤雁哀鸣！

四

黯淡的天幕下，没有明月也无星光这宇宙像数千年的古墓；皑皑白骨上，飞动闪映着惨绿的磷花。我匍匐哀泣于此残锈的铁栏之旁，愿烘我愤怒的心火，烧毁这黑暗丑恶的地狱之网。

命运的魔鬼有意捉弄我弱小的灵魂，罚我在冰雪寒天中，寻觅那凋零了的碎梦。求上帝饶恕我，不要再惨害我这仅有的生命，剩得此残躯在，容我杀死那狞恶的敌人！

作者简介

石评梅（1902—1928），山西省平定县人。因爱慕梅花之俏丽坚贞，自取笔名石评梅；此外，用过的笔名还有评梅女士、波微、漱雪、冰华、心珠、梦黛、林娜等。石评梅终年不满27岁；她的创作生涯仅仅6年。诗歌、小说、剧本、评论等体裁，她都曾驾驭过；但其成功却在散文。

我爱，纵然宇宙变成烬余的战场，野烟都腥：在你给我的甜梦里，我心长系驻于虹桥之中，赞美永生！

五

我整天踟蹰于垒垒荒冢，看遍了春花秋月不同的风景，抛弃了一切名利虚荣，来到此无人烟的旷野，哀吟缓行。我登了高岭，向云天苍茫的西方招魂，在绚烂的彩霞里，望见了我沉落的希望之陨星。

远处是烟雾冲天的古城，火星似金箭向四方飞游！隐约的听见刀枪搏击之声，那狂热的欢呼令人震惊！在碧草萋萋的墓头，我举起了胜利的金觥，饮吧我爱，我奠祭你静寂无言的孤冢！

星月满天时，我把你遗我的宝剑纤手轻擎，宣誓向长空：愿此生永埋了英雄儿女的热情。

六

假如人生只是虚幻的梦影，那我这些可爱的映影，便是你赠与我的全生命。我常觉你在我身后的树林里，骑着马轻轻地走过去。常觉你停息在我的窗前，徘徊着等我的影消灯熄。常觉你随着我唤你的声音悄悄走近了我，又含泪退到了墙角。常觉你站在我低垂的雪帐外，哀哀地对月光而叹息！

在人海尘途中，偶然逢见个像你的人，我停步凝视后，这颗心呵！便如秋风横扫落叶般冷森凄零！我默思我已经得到爱之心，如今只是荒草夕阳下，一座静寂无语的孤冢。

我的心是深夜梦里，寒光闪烁的残月，我的情是青碧冷静，永不再流的湖水。残月照着你的墓碑，湖水环绕着你的坟，我爱，这是我的梦，也是你的梦，安息吧，敬爱的灵魂！

七

我自从混迹到尘世间，便忘却了我自己；在你的灵魂中我才知是谁？

记得也是这样夜里。我们在河堤的柳丝中走过来，走过去。我们无语，心海的波浪也只有月儿能领会。你倚在树上望明月沉思，我枕在你胸前听你的呼吸。抬头看见黑翼飞来掩遮住月儿的清光，你抖颤着问我：假如这苍黑的翼是我们的命运时，应该怎样？

我认识了欢乐，也随来了悲哀，接受了你的热情，同时也随来了冷酷的秋风。往日，我怕恶魔的眼睛凶，白牙如利刃；我总是藏伏在你的腋下趔趄不敢进，你一手执宝剑，一手扶着我践踏着荆棘的途径，投奔那如花的前程！

如今，这道上还留着你斑斑血痕，恶魔的眼睛和牙齿再是那样凶狠。但是我爱，你不要怕我孤零，我愿用这一纤细的弱玉腕，建设那如意的梦境。

八

春来了，催开桃蕾又飘到柳梢，这般温柔慵懒的天气真使人恼！她似乎躲在我眼底有意缭绕，一阵阵风翼，吹起了我灵海深处的波涛。

这世界已换上了装束，如少女般那样娇娆，她披拖着浅绿的轻纱，蹁跹在她那（姹）紫嫣红中舞蹈。伫立于白杨下，我心如捣，强睁开模糊的泪眼，细认你墓头，萋萋芳草。

满腔辛酸与谁道？愿此恨吐向青空将天地包。它纠结围绕着我的心，像一堆枯黄的蔓草，我爱，我待你用宝剑来挥扫，我待你用火花来焚烧。

九

垒垒荒冢上，火光熊熊，纸灰缭绕，清明到了。这是碧草绿水的春郊。墓畔有白发老翁，有红颜年少，向这一抔黄土致不尽的怀忆和哀悼，云天苍茫处我将魂招；白杨萧条，暮鸦声声，怕孤魂归路迢迢。

逝去了，欢乐的好梦，不能随墓草而复生，明朝此日，谁知天涯何处寄此身？叹漂泊我已如落花浮萍，且高歌，且痛饮，拼一醉烧熄此心头余情。

我爱，这一杯苦酒细细斟，邀残月与孤星和泪共饮，不管黄昏，不论夜深，醉卧在你墓碑旁，任霜露侵凌吧！我再不醒。

十六年清明陶然亭畔

作品赏析

在现代女作家中，石评梅的文字可以说是最美丽而又凄清的。这篇《墓畔哀歌》是她的散文代表作。

1925年3月，石评梅的恋人高君宇因病逝世，这对她的精神是一个巨大的打击，她沉浸在无比的悲痛之中。高君宇追悼会上，她的挽联是："碧海青天无限路，更知何日重逢君。"她还亲自出面将高君宇安葬在北京陶然亭，在墓周围亲手植下松柏，并题写碑记。这篇文章就是石评梅怀念高君宇的哀作，几乎是声声带泪、字字泣血。本该如夏花般绚烂的爱情随着恋人的逝去而早早谢幕，留给她的只有无尽的回忆与哀思。她在孤寂中追寻着那美丽的旧梦，凄苦而又哀婉。

文章中，浓烈而又忧伤的感情通过她所营造的清冷凄美的意境传达出来。石评梅本是一个才气袭人的作家，加之以真实的情感，寥寥几笔便布置好了抒情环境。从她的笔底，不难发现，她对于一切荒凉、寂静、具有颓废色彩的意象，有着特别的嗜好和敏感，再融入她深厚的古典文学功底，那种哀婉的美被发挥到了极致。对于积淀着中国古典文学的读者来说，心灵会产生和谐的共鸣。

文中还多处运用了修辞手法。象征性的比喻，使她的感情表达得委婉而又深刻；一连串的排比，既为文章增添了优美的节奏感，又有助于情感的流泻。

街 /沈从文

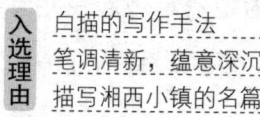

入选理由
白描的写作手法
笔调清新，蕴意深沉
描写湘西小镇的名篇

有个小小的城镇，有一条寂寞的长街。

那里住下许多人家，却没有一个成年的男子。因为那里出了一个土匪，所有男子便都被人带到一个很远很远的地方去，永远不再回来了。他们是五个十个用绳子编成一连，背后一个人用白木梃子敲打他们的腿，赶到别处去作军队上搬运军火的夫子的。他们为了"国家"应当忘了"妻子"。

大清早，各个人家从梦里醒转来了。各个人家开了门，各个人家的门里，皆飞出一群鸡，跑出一些小猪，随后男女小孩子出来站在门限上撒尿，或蹲到门前撒尿，随后便是一个妇人，提了小小的木桶，到街市尽头去提水。有狗的人家，狗皆跟到主人身前身后摇着尾巴，也时时刻刻照规矩在人家墙基上跷起一只腿撒尿，又赶忙追到主人前面去。这长街早上并不寂寞。

当白日照到这长街时，这一条街静静的像在午睡，什么地方柳树桐树上有新蝉单纯而又倦人的声音，许多小小的屋子里，湿而发霉的土地上，头发干枯脸儿瘦弱的孩子们，皆蹲在土地上或伏在母亲身边睡着了。做母亲的全按照一个地方的风气，当街坐下，织男子们束腰用的板带过日子。用小小的木制手机，固定在屋角一柱上，伸出憔悴的手来，便捷的把手中兽骨线板压着手机的一端，退着粗粗的棉线，一面用一个棕叶刷子为孩子们拂着蚊蚋。带子成了，便用剪子修理那些边沿，等候每五天来一次的行贩，照行贩所定的价钱，把已成的带子收去。

许多人家门对着门，白日里，日头的影子正正的照到街心不动时，街上半天还无一个人过身。每一个低低的屋檐下人家里的妇人，各低下头来赶着自己的工作，做倦了，抬起头来，用疲倦忧愁的眼睛，张望到对街的一个铺子，或见到一条悬挂到屋檐下的带样，换了新的一条，便仿佛奇异的神气，轻轻的叹着气，用兽骨板击打自己的下颌，因为她一定想起一些事情，记忆到由另一个大城里来的收货人的买卖了。她一定还想到另外一些事情。

有时这些妇人把工作停顿下来，遥遥的谈着一切。最小的孩子已饿哭了，就拉开前幅的衣襟，抓出枯瘪的乳头，塞到那些小小的口里去。她们谈着手边的工作，谈着带子的价钱和棉纱价钱，谈到麦子和盐，谈到鸡的发瘟，猪的发瘟。

街上也常常有穿了朱红绸子大裤过身的女人，脸上抹胭脂擦粉，小小的髻子，光光的头发，都说明这是一个新娘子。到这时，小孩子便大声喊着看新娘子，大家完全把工作放下，站到门前望着，望到不见这新娘子的背影时才重重的换了一次呼吸，回到自己的工作凳子上去。

街上有时有一只狗追一只鸡，便可见到一个妇人持了一长长的竹子打狗的事情，使所有的孩子们皆觉得好笑。长街在日里也仍然不寂寞。

街上有时什么人来信了，许多妇人皆争着跑出去，看看是什么人从什么地方寄来的。她们将听那些认字的人，念及信内说到的一切。小孩子同狗，也常常凑热闹，追随到那个人的家里去，那个人家便不同了。但信中有时却说到一个人死了的这类事，于是主人便哭了。于是一切不相干的人，围聚在门前，过一会，又即刻走散了。这妇人，伏在堂屋里哭泣，另

作者简介

沈从文（1902—1988），原名沈岳焕，湖南凤凰人，中国现当代作家、学者。1917年厕身行伍。1923年到上海任教。1931年先后在青岛大学、昆明西南联大、北京大学任教，曾主编《大公报》文艺副刊。中华人民共和国成立后任中国社科院历史研究员，从事古代服装和其他史学研究。主要著作有小说《边城》《长河》，散文集《湘行散记》等。

外一些妇人便代为照料孩子，买豆腐，买酒，买纸钱，于是不久大家都知道那家男人已死掉了。

街上到黄昏时节，常常有妇人手中拿了小小的簸箩，放了一些米，一个蛋，低低的喊出了一个人的名字，慢慢的从街这端走到另一端去。这是为不让小孩子夜哭发热，使他在家中安静的一种方法，这方法，同时也就娱乐到一切坐到门边的小孩子。长街上这时节也不寂寞的。

黄昏里，街上各处飞着小小的蝙蝠，望到天上的云，同归巢还家的老鸹，背了小孩子们到门前站定了的女人们，一面摇动背上的孩子，一面总轻轻的唱着忧郁凄凉的歌，娱悦到心上的寂寞。

"爸爸晚上回来了，回来了，因为老鸹一到晚上也回来了！"

远处山上全紫了，土城擂鼓起更了，低低的屋里，有小小油灯的光，为画出屋中的一切轮廓，听到筷子的声音，听到碗盏相磕的声音……但忽然间小孩子又哇的哭了。

爸爸没有回来，有些爸爸早已不在这世界上了，但并没有信来。有些临死时还忘不了家中的一切，便托便人带了信回来，得到信息哭了一整夜的妇人，到晚上，便把纸钱放在门前焚烧，红红的火光照到街上下人家的屋檐，照到各个人家的大门。见到这火光的孩子们，也照例十分欢喜。长街这时节也并不寂寞。

阴雨天的夜里，天上漆黑，街头无一个街灯，狼在土城外山嘴上嚎着，用鼻子贴近地面，如一个人的哭泣。地面仿佛浮动在这奇怪的声音里。什么人家的孩子在梦里醒来，吓哭了，母亲便说："莫哭，狼来了，谁哭谁就被狼吃掉。"

卧在土城上高处木棚里老而残废的人，打着梆子。这里的人不须明白一个夜里有多少更次，且不必明白半夜里醒来是什么时候。那梆子声音，只是告给长街上人家狼已爬进土城到长街，要他们小心一点门户。

一到阴雨的夜里，这长街更不寂寞，因为狼的争斗，使全街热闹了许多。冬天若半夜里落了雪，则早早的起身的人，开了门，便可看到狼的脚迹，同糍粑一样印在雪里。

作品赏析

　　沈从文是恬淡的，所以他擅长写恬淡的寂寞。静默的湘西、平静的村庄、悠长的街道，都成了沈从文笔下寂寞的影像。但沈从文内心深处又是热烈的，以致那么多的寂寞都包裹不住他心灵的叹息。于是，在这篇看似平淡的文章中，表达于人于物于时代的强烈感受和深刻体悟，便成了沈从文作品的主要风格。《街》作于1931年，作者以一贯的平淡风格，勾画出一幅寂寞的湘西小镇图。作者在文中没有交代特定的时代背景，轻描淡写一番便烘托出一种悠远的意境。

　　走进《街》，我们看到一座清静偏远的湘西小镇，简单平静一如原始村落，而"长街"成了作者最后落目的焦点。寂寞是全文的一个思想基调。作者笔下的寂寞是喧哗过后的寂寞。不论是"早上""日里""黄昏"，作者都说"这时节也并不寂寞的"，孩子的喧闹、鸡狗追逐、狼的争斗，都给"长街"在表面上造成了并不寂寞的形象。那么"寂寞的长街"究竟"寂寞"在何处呢？在这诸多的"不寂寞"中，到底谁才是寂寞的呢？沈从文说长街上的女人们"一面摇动背上的孩子，一面总轻轻的唱着忧郁凄凉的歌，娱悦到心上的寂寞"。时代的前行，原始生存状态的打破，终会有其承受者，"女人们"便成了长街上"寂寞"的最终承受者。而这个群体，在人类社会的任何一个发展阶段都有着普遍的意义。当追逐文明的人们，将另一种文明形式变成追逐目标时，在这个过程中，最终的承担者还会是最普通的生命个体。而此时，谁又肯投关注的目光给这最寂寞的一群呢？

伤逝 /台静农

入选理由
台静农的散文代表作
感情平和,气度从容
大巧之后复归于拙,成就精巧之上的境界

今年四月二日是大千居士逝世三周年祭,虽然三年了,而昔日言谈,依稀还在目前。当他最后一次入医院的前几天的下午,我去摩耶精舍,门者告诉我他在楼上,我就直接上了楼,他看见我,非常高兴,放下笔来,我即刻阻止他说:"不要起身,我看你作画。"随着我就在画案前坐下。

案上有十来幅都只画了一半,等待"加工",眼前是一小幅石榴,枝叶果实,或点或染,竟费了一小时的时间才完成。

第二张画什么呢?有一幅未完成的梅花,我说就是这一幅罢,我看你如何下笔,也好学呢。他笑了笑说:"你的梅花好啊。"

其实我学写梅,是早年的事,不过以此消磨时光而已,近些年来已不再有兴趣了。但每当他的生日,不论好坏,总画一小幅送他,这不是不自量,而是借此表达一点心意,他也欣然。最后的一次生日,画了一幅繁枝,求简不得,只有多打圈圈了。他说:"这是冬心啊。"他总是这样鼓励我。

作者简介

台静农(1903—1990),安徽霍丘人,中国现当代作家。中学时代热爱文学,后到北京大学文学系旁听,又转该校国学研究所半工半读。他是未名社的主要成员,以写乡土小说见长。抗战爆发前,曾任教北京辅仁大学、山东大学等。抗战期间在四川白沙女子师范学院任中文系主任。抗战胜利后赴台北市,担任台湾大学中文系教授兼主任。主要作品有短篇小说集《地之子》《建塔背》等。

话又说回来了，这天整个下午没有其他客人，他将那幅梅花完成后也就停下来了。相对谈天，直到下楼晚饭。平常吃饭，是不招待酒的，今天意外，不特要八嫂拿白兰地给我喝，并且还要八嫂调制的果子酒，他也要喝，他甚赞美那果子酒好吃，于是我同他对饮了一杯。当时显得十分高兴，作画的疲劳也没有了，不觉地话也多起来了。

回家的路上我在想，他毕竟老了，看他作画的情形，便令人伤感。犹忆一九四八年大概在春夏之交，我陪他去北海故宫博物院，博物院的同人对这位大师的来临，皆大欢喜，庄慕陵兄更加高兴与忙碌。而大千看画的神速，也使我吃惊，每一幅作品刚一解开，随即卷起，只一过目而已，事后我问他何以如此之快，他说这些名迹，原是熟悉的，这次来看，如同访问老友一样。当然也有在他心目中某一幅某些地方有些模糊了，再来证实一下。

晚饭后，他对故宫朋友说，每人送一幅画。当场挥洒，不到子夜，一气画了近二十幅，虽皆是小幅，而不暇构思，着墨成趣，且边运笔边说话，时又杂以诙谐，当时的豪情，已非今日所能想像。所幸他兴致好并不颓唐，今晚看我吃酒，他也要吃酒，犹是少年人的心情，没想到这样不同寻常的兴致，竟是我们最后一次的晚餐。数日后，我去医院，仅能在加护病房见了一面，虽然一息尚存，但相对已成隔世，生命便是这样的无情。

摩耶精舍与庄慕陵兄的洞天山堂，相距不过一华里，若没有小山坡及树木遮掩，两家的屋顶都可以看见的。慕陵初闻大千要卜居于外双溪，异常高兴，多年友好，难得结邻，如陶公与素心友"乐与数晨夕"，也是晚年快事。大千住进了摩耶精舍，慕陵送给大千一尊大石，不是案头清供，而是放在庭园里的，好像是"反经石"之类，重有两百来斤呢。

可悲的是，他们两人相聚时间并不多，因为慕陵精神开始衰惫，终至一病不起。他们最后的相晤，还是在荣民医院里，大千原是常出入于医院的，慕陵却一去不返了。

我去外双溪时，若是先到慕陵家，那一定在摩耶精舍吃晚饭。若是由摩耶精舍到洞天山堂，慕陵一定要我留下同他吃酒。其实酒甚不利他的病体，而且他也不能饮了，可是饭桌前还得放一杯掺了白开水的酒，他这杯淡酒，也不是为了我，只因结习难除，表示一点酒人的倔强，听他家人说，日常吃饭就是这样的。

后来病情加重，已不能起床，我到楼上卧房看他时，他还要若侠夫人下楼拿杯酒来，有时若侠夫人不在，他要我下楼自己找酒。我们平常都没有饭前酒的习惯，而慕陵要我这样的，或许以为他既没有精神谈话，让我一人枯坐着，不如喝杯酒。当我一杯在手，对着卧榻上的老友，分明死生之间，却也没生命奄忽之感。或者人当无可奈何之时，感情会一时麻木的。

一九八六年三月

作品赏析

台静农好怀旧。他那种对人事的眷恋与热爱，或许是他一生都无法摆脱的。然而过于深刻激烈的感情不符合台静农般老式文人"温柔敦厚，哀而不伤"的审美情趣。他的怀人之文多而不滥，很大程度上归于他的这份耐心——不急于表露，只需娓娓道来。

文章的感情基调是"淡"，淡到心平气和，气度从容。然而，淡却不是无情。散文是一种毫无框架的真实，没有任何形式予散文以固定的指向，散文所能依靠的，只是真实感情的质量，而真实感情的质量，又不是通篇的呼号可以体现的。于是他撷取了几件生活中的细节，像一个说故事人一般，把我们带到了那个书画相携、山水同志的悠然世界。他的情也就体现在那些情节之中了——细节之细，让人动容：那样琐碎的小事，时间的久远，事件的详细，在看似矛盾之中交相印证，文字背后所深蕴的情从而呼之欲出。台静农内敛的老式文人的感情之可叹可爱，尽在于此了。

另外是台静农的文字，大巧之后，复归于拙，摒弃了所有枝节的华丽的字词，他的文章句式短小，用字平凡中庸却成就了精巧之上的境界，这当然是要靠感情框架支撑的，但台静农个人的学者气度与文字功底亦不可忽略。本文短短千字，冲淡收敛，其结构语言已建构完备，一字不可刊。这种将文字返璞归真的功力，绝非一朝一夕所能够成就。台静农开台湾散文"隽永"一派文风，无论内容或形式，都是当之无愧。

雅舍 /梁实秋

> **入选理由**
> 梁实秋的散文代表作
> 旷达淡泊、乐观宽容的人生襟怀
> 影响广泛，入选我国多种散文选本

到四川来，觉得此地人建造房屋最是经济。火烧过的砖，常常用来做柱子，孤零零的砌起四根砖柱，上面盖上一个木头架子，看上去瘦骨嶙嶙，单薄得可怜；但是顶上铺了瓦，四面编了竹篦墙，墙上敷了泥灰，远远的看过去，没有人能说不像是座房子。我现在住的"雅舍"正是这样一座典型的房子。不消说，这房子有砖柱，有竹篦墙，一切特点都应有尽有。讲到住房，我的经验不算少，什么"上支下摘"，"前廊后厦"，"一楼一底"，"三上三下"，"亭子间"，"茅草棚"，"琼楼玉宇"和"摩天大厦"，各式各样，我都尝试过。我不论住在哪里，只要住得稍久，对那房子便发生感情，非不得已我还舍不得搬。这"雅舍"，我初来时仅求其能蔽风雨，并不敢存奢望，现在住了两个多月，我的好感油然而生。虽然我已渐渐感觉它是并不能蔽风雨，因为有窗而无玻璃，风来则洞若凉亭；有瓦而空隙不少，雨来则渗如滴漏。纵然不能蔽风雨，"雅舍"还是自有它的个性。有个性就可爱。

"雅舍"的位置在半山腰，下距马路约有七八十层的土阶。前面是阡陌螺旋的稻田。再远望过去是几抹葱翠的远山，旁边有高粱地，有竹林，有水池，有粪坑，后面是荒僻的榛莽未除的土山坡。若说地点荒凉，则月明之夕，或风雨之日，亦常有客到，大抵好友不嫌路远，路远乃见情谊。客来则先爬几十级的土阶，进得屋来仍须上坡，因为屋内地板乃依山势而铺，一面高，一面低，坡度甚大，客来无不惊叹，我则久而安之，每日由书房走到饭厅是上坡，饭后鼓腹而出是下坡，亦不觉有大不便处。

"雅舍"共是六间，我居其二。篦墙不固，门窗不严，故我与邻人彼此均可互通声息。邻人轰饮作乐，咿唔诗章，喁喁细语，以及鼾声，喷嚏声，吭汤声，撕纸声，脱皮鞋声，均随时由门窗户壁的隙处荡漾而来，破我岑寂。入夜则鼠子瞰灯，才一合眼，鼠子便自由行动，或搬核桃在地板上顺坡而下，或吸灯油而推翻烛台，或攀援而上帐顶，或在门框桌脚上磨牙，使人不得安枕。但是对于鼠子，我很惭愧的承认，我"没有法子"。"没有法子"一语是被外国人常常引用着的，以为这话最足代表中国人的懒惰隐忍的态度。其实我的对付鼠子并不懒惰。窗上糊纸，纸一戳就破；门户关紧，而相鼠有牙，一阵咬便是一个洞洞。试问还有什么法子？洋鬼子住到"雅舍"里，不也是"没有法子"？比鼠子更骚扰的是蚊子。"雅舍"的蚊风之盛，是我前所未见的。"聚蚊成雷"真有其事！每当黄昏的时候，满屋里磕头碰脑的全是蚊子，又黑又大，骨骼都像是硬的。在别处蚊子早已肃清的时候，在"雅舍"则格外猖獗，来客偶不留心，则两腿伤处累累隆起如玉蜀黍，但是我仍安之。冬天一到，蚊子自然绝迹，明年夏天——谁知道我还是住在"雅舍"！

"雅舍"最宜月夜——地势较高，得月较先。看山头吐月，红盘乍涌，

作者简介

梁实秋（1903—1987），原籍浙江杭县（今杭州市），生于北京。1915年开始从事写作。1923年赴美留学，1926年回国任教。第二年到上海编辑《时事新报》副刊《青光》，同时与张禹九合编《苦茶》杂志。不久任暨南大学教授。1932年到天津编《益世报》副刊《文学周刊》。1935年秋创办《自由评论》。1938年在重庆编译馆主持翻译委员会并担任教科书编辑委员会常委，年底开始编辑《中央日报》副刊《平明》。抗战胜利后回北平任教。1949年到台湾后，任职于台湾师范学院（后改师范大学）。

一霎间，清光四射，天空皎洁，四野无声，微闻犬吠，坐客无不悄然！舍前有两株梨树，等到月升中天，清光从树间筛洒而下，地下阴影斑斓，此时尤为幽绝。直到兴阑人散，归房就寝，月光仍然逼进窗来，助我凄凉。细雨蒙蒙之际，"雅舍"亦复有趣。推窗展望，俨然米氏章法，若云若雾，一片弥漫。但若大雨滂沱，我就又惶悚不安了，屋顶湿印到处都有，起初如碗大，俄而扩大如盆，继则滴水乃不绝，终乃屋顶灰泥突然崩裂，如奇葩初绽，砉然一声而泥水下注，此刻满室狼藉，抢救无及。此种经验，已数见不鲜。

"雅舍"之陈设，只当得"简朴"二字，但洒扫拂拭，不使有纤尘。我非显要，故名公巨卿之照片不得入我室；我非牙医，故无博士文凭张挂壁间；我不业理发，故丝织西湖十景以及电影明星之照片亦均不能张我四壁。我有一几一椅一榻，酣睡写读，均已有着，我亦不复他求。但是陈设虽简，我却喜欢翻新布置。西人常常讥笑妇人喜欢变更桌椅位置，以为这是妇人天性喜变之一征。诬否且不论，我是喜欢改变的，中国旧式家庭，陈设千篇一律，正厅上是一条案，前面一张八仙桌，一边一把靠椅，两旁是两把靠椅夹一只茶几。我以为陈设宜求疏落参差之致，最忌排偶。"雅舍"所有，毫无新奇，但一物一事之安排布置俱不从俗。人入我室，即知此是我室。笠翁《闲情偶寄》之所论，正合我意。"雅舍"非我所有，我仅是房客之一。但思"天地者万物之逆旅"，人生本来如寄，我住"雅舍"一日，"雅舍"即一日为我所有。即使此一日亦不能算是我有，至少此一日"雅舍"所能给予之苦辣酸甜，我实躬受亲尝。刘克庄词："客里似家家似寄。"我此时此刻卜居"雅舍"，"雅舍"即似我家。其实似家似寄，我亦分辨不深。

长日无俚，写作自遣，随想随写，不拘篇章，冠以"雅舍小品"四字，以示写作所在，且志因缘。

作品赏析

　　梁实秋散文融合了文人散文与学者散文的优长,兼具知识性、趣味性、文学性。作者学识渊博,文思泉涌,发于文中旁征博引,内蕴丰厚,文采斐然,将雅舍中生活的点点滴滴写得多姿多彩。文章娓娓叙来,时时有三言两语的发挥和调侃,生活气息十分浓厚。如写雅舍在建筑上的简陋"瘦骨嶙嶙",写聚蚊成雷的"磕头碰脑",写雅舍布置简朴则列举种种理由等,雅洁恬淡,幽默活泼,又不流于生硬匠气和庸俗滑稽,简洁圆融的散文风格一览无遗。梁文优美恬淡,耐人寻味,雅舍月夜的一段文字,玉润珠圆,朗朗上口,如文采飞扬的骈文,把文人的情趣与月景的美妙表达得淋漓尽致。文字的运用可谓炉火纯青,臻至化境。

　　艺术的整个美,来自思想,来自意图,来自作者在宇宙中得到启发的思想和意图。可见,舍只是情感的依托,雅舍的美是因为作者内心有雅的情怀,有一种困境中的旷达淡泊、乐观宽容的人生襟怀,有一种对生活体验后感悟到的美。

发疯/冯雪峰

入选理由
作家冯雪峰的人生散文
一个作家对社会现实的深刻洞察
笔调哀婉,但情感却又铿锵有力

　　人们都同情疯子。

　　然而这同情立即受试验了,只要疯子向人们走去,人们就立即厌恶地走开。

　　此外,还或者讪笑他,或者让他吃泥土或大小便,或者毒打他,或者将他幽禁起来,也都是同情的表现。

这来试验人们的同情的，就是疯子自己，一切都是他亲自来领受了。

就是疯子自己，再亲自来领受一回社会的同情了。

就是他自己再一度的向社会肉搏了。

他大抵不相信社会是坚硬的，或者知道它坚硬而以为自己比它更坚硬。

他大抵也不知道自己是违反社会的，或者知道而偏偏反抗着它。

疯子唯一使人欢喜的，就是他使人莫可如何；就是他的想头，他的行为，他的失常了的神经，都和人们不合，使他们大大不安，却已经没有办法说服他，除了打他，将他关起来，或者活活地治死他。

疯子唯一使人憎恶的，也就在此。

他从此走到发疯。在他发疯的时候显示疯子的正态，也显出了社会的正态，显出了一切好心人的正态，于是他再肉搏着社会，再走近人们，他想再拥抱这真实的社会。他就不会以为他在发疯。

他就不会以为在发疯，因为他在肉搏着真实的社会。这真实使他大大地欢喜，使他拿出了一切的真诚，他用尽一切的真诚去迎接一切的真实。他

作者简介

冯雪峰（1903—1976），浙江义乌人。1921年考入浙江省立第一师范。1922年与汪静之等组织湖畔诗社，出版合诗集《湖畔》。1925年到北京大学旁听日语，1926年开始翻译日本、苏联的文学作品及文艺理论专著。1927年加入中国共产党。

1929年参加筹备中国左翼作家联盟，1931年任"左联"党团书记、中国共产党上海文化工作委员会书记，编辑出版《前哨》杂志。同年10月，在瞿秋白指导下，起草《中国无产阶级革命的文学新任务》决议，成为此后左联指导性文件。1937年回家乡，创作反映长征的长篇小说《卢代之死》。1941年被捕，囚于上饶集中营。在狱中写了几十首新诗，后结集为《真实之歌》。1942年被营救出狱。1950年任上海市文联副主席，鲁迅著作编刊社社长兼总编。1951年调北京，先后任人民文学出版社社长兼总编、《文艺报》主编，中国作协副主席、党组书记。1954年后因《红楼梦》研究问题和"胡风事件"受批判，1957年被划为右派；1966年又被关进牛棚。1976年患肺癌去世。1979年中共中央为他彻底平反并恢复名誉。

爱这样干，这早已使他失常，使他发了疯了，而他也真的拥抱着社会的真实了。

他的确有点不近人情，因为他太爱追求社会的真实，太爱和社会的真实碰击，而且太爱拿出自己的真诚，用了自己的生命去碰击。于是就看见了完全的真实；然而又始终以为还不够真实。

疯子发疯的唯一理由，是以他自己的真实，恰恰碰触着社会的真实。

疯子发疯而不立即死亡，是因为他碰触着真实的一瞬间，他看见真实了，于是他发疯了，然而又以为还不够真实，于是又继续追求，继续肉搏，似乎想透过那真实再寻求出另外的真实来；于是又继续发疯。

疯子发疯而不立即清醒过来，原因也就在此。

疯子从这里显出了他的坚强，然而也从这里显出他的软弱。

他爱和真实碰触，用自己的真实去肉搏。不畏避一切的冷酷，不屈服于一切的坚硬，也不为一切的温顺所软化，偏偏要走通自己的路，从这里疯子看见自己是一个强者。

然而他又不相信一切掷来的逆袭，他不甘于这逆袭，他不相信这就是社会的正态，他还以为在真实背后还有真实，在虚伪之中必有真诚，他甚至碰见坚硬时又想找到温软，遇到冰冷时又想送过来暖热，——在这里疯子显出了自己的软弱。

然而他又不甘服于自己的软弱，也不相信自己的坚强，他还以为自己还要更坚强。

他从此走到发疯，于是也从此走到灭亡。

他从此走到灭亡，因为他是强者，然而又是弱者。

社会就在找着强者碰击。社会在找着坚强的东西来强折，以证明它自己的坚硬。

社会在找着弱者作溃口。它压榨着一切的软弱的东西，向着软弱的地方压倒过去——一切软弱的就都是一切看得见的和看不见的魔群所扑击的目标，也就都是种种的积脓的溃决的出口。

社会适合于不强不弱者生存。一切中庸主义者是不会发疯了，也不会灭亡的。

一切市侩和市侩主义者，也不会发疯，也不会灭亡。

一切聪明的人都不会发疯，都不会灭亡。

然而一切最强者也不会发疯，因为他碰得过社会。

而一切最弱者也不会发疯，因为早被压死了。

因此，只有疯子从此走到发疯，也从此走到灭亡。因为他是强者，而又是弱者；他是弱者，然而又自以为强者。

疯子是这社会的这时代的恰好的牺牲者。

这时代，这社会，在要求着这样的牺牲，这牺牲是实在的，因此，还赢得了人们的同情和厌恶。

这牺牲是实在的，因此，据说现在发疯最多的就是青年了。

青年是以为应该反抗社会，能够反抗社会，然而又以为社会原是应该容易支使的，应该温暖，一切都不应该碰壁的。他是强者，然而又是弱者。自然，青年是要供这时代的牺牲了。

这牺牲自然是实在的，因此，又据说现在发疯最多的就是妇女了。

妇女是以为应该觉醒，已经觉醒，应该反抗传统，反抗一切压迫的，然而又以为社会是应该公平，也应该温暖，她的觉醒与反抗应该受赞许，受欢迎的。她是觉醒者，然而又还没有完全的觉醒。自然，妇女又应该供这时代的牺牲了。

这牺牲自然都是实在的，因此，都赢得了讥笑和厌恶和虐待。

因此，据说发疯最多的，任何时代，都是那有反抗传统和社会的狂气的人。

任何时代，一切有狂气的人，一切天才，半天才，和自以为天才的人，都要试着去反抗传统，反抗社会，然而又都是小孩一般地天真，青年一般地"不聪明"。

任何时代，一切有狂气的人，都是强者。然而又都是弱者。

强者然而又是弱者，因此，任何时代，一切疯子从此走到发疯，也从此走到灭亡。

因此，疯子是这时代的这社会的恰好的牺牲者。

这时代，这社会，在要求着这样的牺牲；然而因此，就在要求着疯子以上的大疯狂者，要求着强者以上的强者。

要求着大疯狂者的肉搏。

要求着最强者的反抗。

作品赏析

在湖畔诗社的光环下，我们认识了最初的冯雪峰，从《湖畔》到《真实之歌》再到《回忆鲁迅》，无不包含了作者曲折的人生境遇和饱受挫折的心灵压抑。他的一生充满了意念上的自我放逐，甚至深深的精神困境。

这大概也是我们分析《发疯》前提的背景，也是我们面对作者如此不同寻常笔法却不曾惊诧的最为坚实的理由。文章不管从立意还是从整体蕴含的情感上都带着不可思议的笔调，作者倾向于为所谓的疯子做出辩护：这是一个真实的人在以自己的真实触碰时代和社会的真实，他不愿醒来只是他还想继续肉搏这个虚伪的社会，他是自己生命的最强者，也是世俗人眼中的最虚弱者。如果我们回归到作者所处的时代，也许就会认真地认为这是真实的命运的捉弄，多少坚持理想的青年在惨淡的社会氛围下无奈地挣扎，并且几乎是没有挣脱的可能，就像鲁迅说的，醒来了却无路可走的人是最为可怜的。

文章笔调相当哀婉，为疯子的抗争洒下了最真实的同情的眼泪，因为在作者眼中这不是真正的发疯者，只不过是他的苏醒在沉睡者的群体中被当作格格不入的发疯者而已。所以在情感的表达上，作者可谓爱憎分明，带着对所谓疯子的偏爱发出了对这个中庸主义社会的严厉的抨击：疯子是这社会的这时代的恰好的牺牲者。

◇最美的散文

崇高的母性 / 黎烈文

入选理由
真实地记录了一个伟大的母亲
不饰雕琢的深情流露
行文自然流畅，大巧若拙

辛辛苦苦在外国念了几年书回来，正想做点事情的时候，却忽然莫名其妙地病了，妻心里的懊恼，抑郁，真是难以言传的。

睡了将近一个月，妻自己和我都不曾想到那是有了小孩。我们完全没有料到他会来得那么迅速。

最初从医生口中听到这消息时，我可真的有点慌急了，这正像自己的阵势还没有摆好，敌人就已跑来挑战一样。可是回过头去看妻时，她正在窥伺着我的脸色，彼此的眼光一碰到，她便红着脸把头转过一边，但就在这闪电似的一瞥中，我已看到她是不单没有一点怨恨，还简直显露出喜悦。

"啊，她倒高兴有小孩呢！"我心里这样想，感觉着几分诧异。

从此，妻就安心地调养着，一句怨话也没有；还恐怕我不欢迎孩子，时常拿话安慰我：

作者简介

黎烈文（1904—1972），又名六曾，笔名李维克、达五、达六等。湖南湘潭人。1922年任商务印书馆编辑。1926年先后赴日本、法国学习。1932年回国后，任《申报》副刊"自由谈"主编。1935年与鲁迅、茅盾、黄源等组织译文社，从事外国文学的翻译介绍工作。1936年主编《中流》半月刊。抗日战争时期在福建从事教育和出版工作。1946年初，任台北《新生报》副社长。1947年起，任台湾大学文学院西洋文学系教授，执教20余年。1972年在台北病逝。主要著作有《西洋文学史》《法国文学巡礼》《崇高的女性》（散文集）、《艺文谈片》等。翻译的名著有《红与黑》《冰岛渔夫》《乡下医生》等。

"一个小孩是没有关系的,以后断不再生了。"

妻是向来爱洁的,这以后就洗浴得更勤;起居一切都格外谨慎,每天还规定了时间散步。一句话,她是从来不曾这样注重过自己的身体。她虽不说,但我却知道,即使一饮一食,一举一动,她都顾虑着腹内的小孩。

肚子一天天大起来,她所有的洋服都小了,从前那样爱美的她,现在却穿着一点样子也没有的宽大的中国衣裳,在霞飞路那样热闹的街道上悠然地走着,一点也不感觉着局促。

有些生过小孩的女人,劝她用带子在肚上勒一勒,免得孩子长得太大,将来难于生产,但她却固执地不肯,她宁愿冒着自己的生命的危险,也不愿妨害那没有出世的小东西的发育。

妻从小就失去了怙恃,我呢,虽然父母全在,但却远远地隔着万重山水。因此,凡是小孩生下时需用的一切,全得由两个没有经验的青年去预备。我那时正在一个外国通讯社做记者,整天忙碌着,很少功夫管到家里的事情,于是妻便请教着那些做过母亲的女人,悄悄地预备这样,预备那样。还怕裁缝做的小衣给初生的婴儿穿着不舒服,竟买了一些软和的料子,自己别出心裁地缝制起来。小帽小鞋等件,不用说都是她一手做出的。看着她那样热心地,愉快地做着这些琐事,任何人都不会相信这是一个在外国大学受过教育的女子。

医院是在分娩前四五个月就已定好了,我们恐怕私人医院不可靠,这是一个很大的公立医院。这医院的产科主任是一个和善的美国女人。因为妻能说流畅的英语,每次到医院去看时,总是由主任亲自诊察,而又诊察得那么仔细!这美国女人并且答应将来妻去生产时,由她亲自收生。

因此,每次由医院回来,妻便显得更加宽慰,更加高兴。她是一心一意在等着做母亲。有时孩子在肚内动得太厉害,我听到妻说难过,不免皱着眉说:

"怎么还没生下地就吵得这样凶!"

妻却立刻忘了自己的痛苦,带着慈母偏护劣子的神情,回答我道:

"像你罗！"

临盆的时期终于伴着严冬迫来了。我这时却因为退出了外国通讯社，接编了一个报纸的副刊，忙得格外凶。

现在我还分明地记得：十二月二十五那晚，十二点过后，我由报馆回家时，妻正在灯下焦急地等待着我。一见面她便告诉我小孩怕要出生了，因为她这天下午身上有了血迹。她自己和小孩的东西，都已收拾在一只大皮箱里。她是在等我回来商量要不要上医院。

虽是临到了那样性命交关的时候，她却镇定而又勇敢，说话依旧那么从容，脸上依旧浮着那么可爱的微笑。

一点做父亲的经验也没有的我，自然觉得把她送到医院里妥当些。于是立刻雇了汽车，陪她到了预定的医院。

可是过了一晚，妻还一点动静都没有，而我在报馆的职务是没人替代的，只好叫女仆在医院里陪伴着她，自己带着一颗惶忧不宁的心，照旧上报馆工作。临走时，妻拿着我的手说：

"真不知道会要生下一个什么样子的小孩呢！"

妻是最爱漂亮的，我知道她在担心生下一个丑孩子，引得我不喜欢。我笑着回答：

"只要你平安，随便生下一个什么样子的小孩，我都喜欢的。"

她听了这话，用了充满谢意的眼睛凝视着我，拿法国话对我说道：

——Oh！ merci！ tu es bien bon！（啊！谢谢你！你真好！）

在医院里足足住了两天两晚，小孩还没生，妻是简直等得不耐烦了。直到二十八日清早，我到医院时，看护妇才笑嘻嘻地迎着告诉我：小孩已经在夜里十一点钟生下了，一个男孩子，大小都平安。

我高兴极了，连忙奔到妻所住的病房一看，她正熟睡着，作伴的女仆在一旁打盹。只一夜功夫，妻的眼眶已凹进了好多，脸色也非常憔悴，一见便知道经过一番很大的挣扎。

不一会，妻便醒来了，睁开眼，看见我立在床前，便流露一个那样凄苦而又得意的微笑，仿佛在对我说："我已经越过了死线，我已经做着母亲了！"

我含着感激的眼泪，吻着她的额发时，她就低低地问我道：

"看到了小东西没有？"

我正要跑往婴儿室去看，主任医师和她的助手———一位中国女医士，已经捧着小孩进来了。

虽然妻的身体那样弱，婴孩倒是颇大的，圆圆的脸盘，两眼的距离相当阔，样子全像妻。

据医生说，发作之后三个多钟头，小孩就下了地，并没动手术，头胎能够这样要算是顶好的。

助产的中国女士还笑着告诉我：

"真有趣！小孩刚刚出来，她自己还在痛得发晕的当儿，便急着问我们五官生得怎样！"

妻要求医生把小孩放在她被里睡一睡。她勉强侧起身子，瞧着这刚从自己身上出来的，因为怕亮在不息地闪着眼睛的小东西，她完全忘掉了晚来——不，十个月以来的一切苦楚。从那浮现在一张稍稍消瘦的脸上的甜蜜的笑容，我感到她是从来不曾那样开心过。

待到医生退出之后，妻便谈着小孩什么什么地方像我。我明白她是希望我能和她一样爱这小孩的。——她不懂得小孩愈像她，我便爱得愈切！

产后，妻的身体一天好一天。从第三天起，医生便叫看护妇每天把小孩抱来吃两回奶，说这样对于产妇和婴孩都很有利的。瞧着妻腼腆而又不熟练地，但却异常耐心地，睡在床上哺着那因为不能畅意吮吸，时而呱呱地哭叫起来的婴儿的乳，我觉得那是人类最美的图画。我和妻都非常快乐。因着这小东西的到来，我们那寂寞的小家庭，以后将充满生气。我相信只要有着这小孩，妻以后任何事情都不会想做的。从前留学时的豪情壮志，已经完全被这种伟大的母爱驱走了。

然而从第五天起，妻却忽然发热起来。产后发热原是最危险的事，但那时我和妻都一点不明白，我们是那样信赖医院和医生，我们绝料不到会出毛病的。直到发热的第六天，方才知道病人再不能留在那样庸劣的医生手里，非搬出医院另想办法不可。

从发热以来，妻便没有再喂小孩的奶，让他睡在婴儿室里吃着牛乳。婴儿室和妻所住的病房相隔不过几间房子，那里面一排排几十只摇篮睡着全院所有的婴孩。就在妻出院的前一小时，大概是上午八点钟罢，我正和女仆在清着东西，虽然热度很高，但神志仍旧非常清楚的妻，忽然带着惊恐的脸色，从枕上侧耳倾听着，随后用了没有气力的声音对我说道：

"我听到那小东西在哭呢，去看看他怎么弄的啦！"

我留神一下，果然听着遥远的孩子的啼声。跑到婴儿室一看，门微开着，里面一个看护妇也没有，所有的摇篮都是空的，就只剩下一个婴孩在狂哭着，这正是我们的孩子。因为这时恰是吃奶的时间，看护妇把所有的孩子一个一个地送到各人的母亲身边吃奶去了，而我们的孩子是吃牛乳的，看护妇要等别的孩子吃饱了，抱回来之后，才肯喂他。

看到这最早便受到人类的不平的待遇，满脸通红，没命地哭着的自己的孩子，再想到那在危笃中的母亲的锐敏的听觉，我的心是碎了的。然而有什么办法呢？我先得努力救那垂危的母亲。我只好欺骗妻说那是别人的一个生病的孩子在哭着，我狠心地把自己的孩子留在那些像虎狼一般残忍的看护妇的手中，用病院的救护车把妻搬回了家里。

虽然请了好几个名医诊治，但妻的病势是愈加沉重了。大部分时间昏睡着，稍许清楚的时候，便记挂着孩子。我自己也知道孩子留在医院里非常危险，但家里没有人照料，要接回也是不可能的，真不知要怎么办。后来幸而有一个相熟的太太，答应暂时替我们养一养。

孩子是在妻回家后第三天接出医院的，因为饿得太凶，哭得太多的缘故，已经瘦得不成样子，两眼也不灵活了，连哭的气力都没有了，只会干嘶着。并且下身和两腿生满了湿疮。

病得那样厉害的妻，把两颗深陷的眼睛睁得大大的，将抱近病床的孩子凝视了好一会，随后缓缓地说道：

"这不是我的孩子啊！……医院里把我的孩子换了啊！……我的孩子不是这副呆相啊！……"

我确信孩子并没有换掉，不过被医院里糟蹋到这样子罢了。可是无论怎样解释，妻是不肯相信的。她发热得太厉害，这时连悲哀的感觉也失掉了，只是冷冷地否认着。

因为在医院里起病的六天内，完全没有受到适当的医治，妻的病是无可救药了，所有请来的医生都摇头着，打针服药，全只是尽人事。

在四十一二度的高热下，妻什么都糊涂了，但却知道她已有一个孩子；她什么人都忘记了，但却没有忘记她的初生的爱儿。她做着呓语时，旁的什么都不说，就只喃喃地叫着："阿团！团团！弟弟！"大概因为她自己嘴里干得难过罢，她便连想到她的孩子也许口渴了，她有声没气地，反复地说着：

"团团嘴干啦！叫娘姨喂点牛奶给他吃罢！……弟弟口渴啦，叫娘姨倒点开水给他吃罢！……"

妻是从来不曾有过叫喊"团团""弟弟""阿团"那样的经验的，我自己也从来不曾听到她说出这类名字，可是现在她却这样熟稔地，自然地念着这些对于小孩的亲爱的称呼，就像已经做过几十年的母亲一样。——不，世间再没有第二个母亲会把这类名称念得像她那样温柔动人的！

不可避免的瞬间终于到来了！一月十四日早上，妻在我的臂上断了呼吸。然而呼吸断了以后，她的两眼还是茫然地睁开着。直待我轻轻地吻着她的眼皮，在她的耳边说了许多安慰的话，叫她放心着，不要记挂孩子，我一定尽力把他养大，她方才瞑目逝去。

可是过了一会，我忽然发现她的眼角上每一面挂着一颗很大的晶莹的泪珠。我在殡仪馆的人到来之前，悄悄地把它们拭去了。我知道妻这两颗眼泪也是为了她的"阿团""弟弟"流下的！

作品赏析

　　这篇悼念亡妻之作，没有号啕，没有痛哭，却感人至深。关键就在于作者以"真"与"情"来运笔，把自己对亡妻的绵绵情愫，妻对孩子的眷眷深情铺染开来。在叙述过程中，作者的情感与情节交织在一起。单从文字表面，看不到作者情感的起伏，他只是把记忆细细浅浅地道出来，仿佛在诉说一个久远的故事。这就是大家风范。事实上，作者的心底蕴有深沉地感伤，但他在文字中予以淡化，情感似乎在虚无缥缈间，实际上已经不经意地弥漫于读者的心胸，久久不能散去。

　　这篇文章，无论在语言风格上，还是行文结构上，都朴素自然至极。在作者的心底，沉淀着对亡妻点点滴滴的记忆。那是一个崇高母亲的故事。那种深情，已经美到极致。任何的雕琢与修饰在此都是多余的。

悼志摩 /林徽因

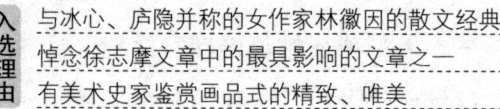

入选理由
与冰心、庐隐并称的女作家林徽因的散文经典
悼念徐志摩文章中的最具影响的文章之一
有美术史家鉴赏画品式的精致、唯美

　　十一月十九日我们的好朋友，许多人都爱戴的新诗人，徐志摩突兀的，不可信的，惨酷的，在飞机上遇险而死去。这消息在二十日的早上像一根针刺猛触到许多朋友的心上，顿使那一早的天墨一般地昏墨，哀恸的咽哽锁住每一个人的嗓子。

　　志摩……死……谁曾将这两个句子联在一起想过！他是那样活泼的一个人，那样刚刚站在壮年的顶峰上的一个人。朋友们常常惊讶他的活动，他那像小孩般的精神和认真，谁又会想到他死？

　　突然的，他闯出我们这共同的世界，沉入永远的静寂，不给我们一点预告,一点准备,或是一个最后希望的余地。这种几乎近于忍心的决绝,那一天不知震麻了多少朋友的心?现在那不能否认的事实,仍然无情地挡住我们前面。任凭我们多苦楚的哀悼他的惨死,多迫切的希冀能够仍然接触到他原来的音容,事实是不会为体贴我们这悲念而有些须更改;而他也再不会为不忍我们这伤悼而有些须活动的可能!这难堪的永远静寂和消沉便是死的最残酷处。

我们不迷信的,没有宗教地望着这死的帏幕,更是丝毫没有把握。张开口我们不会呼吁,闭上眼不会入梦,徘徊在理智和情感的边沿,我们不能预期后会,对这死,我们只是永远发怔,吞咽枯涩的泪,待时间来剥削这哀恸的尖锐,痂结我们每次悲悼的创伤。那一天下午初得到消息的许多朋友不是全跑到胡适之先生家里么?但是除却拭泪相对,默然围坐外,谁也没有主意,谁也不知有什么话说,对这死!

谁也没有主意,谁也没有话说!事实不容我们安插任何的希望,情感不容我们不伤悼这突兀的不幸,理智又不容我们有超自然的幻想!默然相对,默然围坐……而志摩则仍是死去没有回头,没有音讯,永远地不会回头,永远地不会再有音讯。

我们中间没有绝对信命运之说的,但是对着这不测的人生,谁不感到惊异,对着那许多事实的痕迹又如何不感到人力的脆弱,智慧的有限。世

作者简介

林徽因(1904—1955),中国现代著名诗人、建筑学家。生于浙江杭州的一个书香世家。1920年随父赴英读中学,后考入伦敦圣玛莉学院。同年与徐志摩相识并结为挚友。1924年和梁思成同往美国留学,习建筑学。1928年与梁思成在加拿大结婚,后回国任东北大学建筑系教授。1931年到北平香山双清别墅养病,期间写下了大量的诗歌,不久到中国营造学社供职。1933年与闻一多等创办《学文》月刊。1937年任朱光潜主编的《文学杂志》编委。抗战期间辗转昆明、重庆等地。1949年后参与国徽和人民英雄纪念碑的设计工作,先后任清华大学建筑系教授、北京市都市计划委员会委员兼工程师、建筑学会理事。1955年4月病逝于北京。

事尽有定数？世事尽是偶然？对这永远的疑问我们什么时候能有完全的把握？

在我们前边展开的只是一堆坚质的事实：

"是的，他十九晨有电报来给我……"

"十九早晨，是的！说下午三点准到南苑，派车接……"

"电报是九时从南京飞机场发出的……"

"刚是他开始飞行以后所发……"

"派车接去了，等到四点半……说飞机没有到……"

"没有到……航空公司说济南有雾……很大……"只是一个钟头的差别；下午三时到南苑，济南有雾！谁相信就是这一个钟头中便可以有这么不同事实的发生，志摩，我的朋友！

他离平的前一晚我仍见到，那时候他还不知道他次晨南旅的，飞机改期过三次，他曾说如果再改下去，他便不走了的。我和他同由一个茶会出来，在总布胡同口分手。在这茶会里我们请的是为太平洋会议来的一个柏雷博士，因为他是志摩生平最爱慕的女作家曼殊斐儿的姊丈，志摩十分的殷勤；希望可以再从柏雷口中得些关于曼殊斐儿早年的影子，只因限于时间，我们茶后匆匆地便散了。晚上我有约会出去了，回来时很晚，听差说他又来过，适遇我们夫妇刚走，他自己坐了一会，喝了一壶茶，在桌上写了些字便走了。我到桌上一看：——

"定明早六时飞行，此去存亡不卜……"我怔住了，心中一阵不痛快，却忙给他一个电话。

"你放心，"他说，"很稳当的，我还要留着生命看更伟大的事迹呢，哪能便死？……"

话虽是这样说，他却是已经死了整两周了！

凡是志摩的朋友，我相信全懂得，死去他这样一个朋友是怎么一回事！

现在这事实一天比一天更结实，更固定，更不容否认。志摩是死了，这个简单惨酷的实际早又添上时间的色彩，一周，两周，一直的增长下去……

我不该在这里语无伦次的尽管呻吟我们做朋友的悲哀情绪。归根说，读者抱着我们文字看，也就是像志摩的请柏雷一样，要从我们口里再听到关于志摩的一些事。这个我明白，只怕我不能使你们满意，因为关于他的事，动听的，使青年人知道这里有个不可多得的人格存在的，实在太多，决不是几千字可以表达得完。谁也得承认像他这样的一个人世间便不轻易有几个的，无论在中国或是外国。

我认得他，今年整十年，那时候他在伦敦经济学院，尚未去康桥。我初次遇到他，也就是他初次认识到影响他迁学的逖更生先生。不用说他和我父亲最谈得来，虽然他们年岁上差别不算少，一见面之后便互相引为知己。他到康桥之后由逖更生介绍进了皇家学院，当时和他同学的有我姊丈温君源宁。一直到最近两月中源宁还常在说他当时的许多笑话，虽然说是笑话，那也是他对志摩最早的一个惊异的印象。志摩认真的诗情，绝不含有丝毫矫伪，他那种痴，那种孩子似的天真实能令人惊讶。源宁说，有一天他在校舍里读书，外边下了倾盆大雨——惟是英伦那样的岛国才有的狂雨——忽然地听到有人猛敲他的房门，外边跳进一个被雨水淋得全湿的客人。不用说他便是志摩，一进门一把扯着源宁向外跑，说快来我们到桥上去等着。这一来把源宁怔住了，他问志摩等什么在这大雨里。志摩睁大了眼睛，孩子似的高兴地说："看雨后的虹去。"源宁不止说他不去，并且劝志摩趁早将湿透的衣服换下，再穿上雨衣出去，英国的湿气岂是儿戏，志摩不等他说完，一溜烟地自己跑了！

以后我好奇地曾问过志摩这故事的真确，他笑着点头承认这全段故事的真实。我问：那么下文呢，你立在桥上等了多久，并且看到虹了没有？他说记不清但是他居然看到了虹。我诧异地打断他对那虹的描写，问他：怎么他便知道，准会有虹的。他得意地笑答我说："完全诗意的信仰！"

"完全诗意的信仰"，我可要在这里哭了！也就是为这"诗意的信仰"他硬要借航空的方便达到他"想飞"的宿愿！"飞机是很稳当的，"他说，"如果要出事那是我的运命！"他真对运命这样完全诗意的信仰！

志摩我的朋友，死本来也不过是一个新的旅程，我们没有到过的，不免过分地怀疑，死不定就比这生苦，"我们不能轻易断定那一边没有阳光与人情的温慰"，但是我前边说过最难堪的是这永远的静寂。我们生在这没有宗教的时代，对这死实在太没有把握了。这以后许多思念你的日子，怕要全是昏暗的苦楚，不会有一点点光明，除非我也有你那美丽的诗意的信仰！

我个人的悲绪不竟又来扰乱我对他生前许多清晰的回忆，朋友们原谅。

诗人的志摩用不着我来多说，他那许多诗文便是估价他的天平。我们新诗的历史才是这样的短，恐怕他的判断人尚在我们儿孙辈的中间。我要谈的是诗人之外的志摩。人家说志摩的为人只是不经意的浪漫，志摩的诗全是抒情诗，这断语从不认识他的人听来可以说很公平，从他朋友们看来实在是对不起他。志摩是个很古怪的人，浪漫固然，但他人格里最精华的却是他对人的同情、和蔼、和优容；没有一个人他对他不和蔼，没有一种人，他不能优容，没有一种的情感，他绝对地不能表同情。我不说了解，因为不是许多人爱说志摩最不解人情么？我说他的特点也就在这上头。

我们寻常人就爱说了解；能了解的我们便同情，不了解的我们便很落漠乃至于酷刻。表同情于我们能了解的，我们以为很适当；不表同情于我们不能了解的，我们也认为很公平。志摩则不然，了解与不了解，他并没有过分地夸张，他只知道温存，和平，体贴，只要他知道有情感的存在，无论出自何人，在何等情况之下，他理智上认为适当与否，他全能表几分同情，他真能体会原谅他人与他自己不相同处。从不会刻薄地单支出严格的迫厌的道德的天平指谪凡是与他不同的人。他这样的温和，这样的优容，真能使许多人惭愧，我可以忠实地说，至少他要比我们多数的人伟大许多；他觉得人类各种的情感动作全有它不同的，价值放大了的人类的眼光，同情是不该只限于我们划定的范围内。他是对的，朋友们，归根说，我们能够懂得几个人，了解几桩事，几种情感？哪一桩事，哪一个人没有多面的看法！为此说来志摩朋友之多，不是个可怪的事；凡是认得他的人不论深浅对他全有特殊的感情，也是极自然的结果。而反过来看他自己在他一生的过程中却是很少得着同情的。不止如是，他还曾为他的一点理想的愚诚几次几乎不见容于社会。但是他却未曾为这个而鄙吝他给他人的同情心，他的性情，不曾为受了刺激而转变刻薄暴戾过，谁能不承认他几有超人的宽量。

志摩的最动人的特点，是他那不可信的纯净的天真，对他的理想的愚诚，对艺术欣赏的认真，体会情感的切实，全是难能可贵到极点。他站在雨中等虹，他甘冒社会的大不韪争他的恋爱自由；他坐曲折的火车到乡间去拜哈代，他抛弃博士一类的引诱卷了书包到英国，只为要拜罗素做老师，他为了一种特异的境遇，一时特异的感动，从此在生命途中冒险，从此抛弃所有的旧业，只是尝试写几行新诗——这几年新诗尝试的运命并不太令人踊跃，冷嘲热骂只是家常便饭——他常能走几里路去采几茎花，费许多周折去看一个朋友说两句话；这些，还有许多，都不是我们寻常能够轻易了解的神秘。我说神秘，其实竟许是傻，是痴！事实上他只是比我们认真，虔诚到傻气，到痴！他愉快起来他的快乐的翅膀可以碰得到天，他忧伤起来，他的悲戚是深得没有底。寻常评价的衡量在他手里失了效用，利害轻重他自有他的看法，纯是艺术的情感的脱离寻常的原则，所以往常人常听到朋友们说到他总爱带着嗟叹的口吻说："那是志摩，你又有什么法子！"他真的是个怪人么？朋友们，不，一点都不是，他只是比我们近情，近理，比我们热诚，比我们天真，比我们对万物都更有信仰，对神，对人，对灵，对自然，对艺术！

朋友们我们失掉的不止是一个朋友，一个诗人，我们丢掉的是个极难得可爱的人格。

至于他的作品全是抒情的么？他的兴趣只限于情感么？更是不对。志摩的兴趣是极广泛的。就有几件，说起来，不认得他的人便要奇怪。他早年很爱数学，他始终极喜欢天文，他对天上星宿的名字和部位就认得很多，最喜暑夜观星，好几次他坐火车都是带着关于宇宙的科学的书。他曾经疯过爱因斯坦的相对论，并且在一九二二年便写过一篇关于相对论的东西登在《民铎》杂志上。他常向思成说笑："任公先生的相对论的知识还是从我徐君志摩大作上得来的呢，因为他说他看过许多关于爱因斯坦的哲学都未曾看懂，看到志摩的那篇才懂了。"今夏我住香山养病，他常来闲谈，有一天谈到他幼年上学的经过和美国克莱克大学两年学经济学的情况，我们不禁对笑了半天，后来他在他的《猛虎集》的"序"里也说了那么一段。可是奇怪的！他不像许多天才，幼年里上学，不是不及格，便是被斥退，他是常得优等的，听说有一次康乃尔暑校里一个极严的经济教授还写了信去克莱克大学教授那里恭维他的学生，关于一门很难的功课。我不是为志摩在这里夸张，因为事实上只有为了这桩事，今夏志摩自己便笑得不亦乐乎！

此外他的兴趣对于戏剧绘画都极深浓，戏剧不用说，与诗文是那么接近，他领略绘画的天才也颇可观，后期印象派的几个画家，他都有极精密的爱恶，对于文艺复兴时代那几位，他也很熟悉，他最爱鲍蒂切利和达文骞。自然地他也常承认文人喜画常是间接地受了别人论文的影响，他的，就受了法兰（Roger Fry）和斐德（Walter Pater）的不少。对于建筑审美他常常对思成和我道歉说："太对不起，我的建筑常识全是Ruskins那一套。"他知道我们是最讨厌Ruskins的。但是为看一个古建的残址，一块石刻，他比任何人都热心，都更能静心领略。

他喜欢色彩，虽然他自己不会作画，暑假里他曾从杭州给我几封信，他自己叫它们做"描写的水彩画"，他用英文极细致地写出西（边？）桑田的颜色，每一分嫩绿，每一色鹅黄，他都仔细地观察到。又有一次他望着我园里一带断墙半响不语，过后他告诉我说，他只在默默体会，想要描写那墙上向晚的艳阳和刚刚入秋的藤萝。

对于音乐，中西的他都爱好，不止爱好，他那种热心便唤醒过北平一次——也许惟一的一次——对音乐的注意。谁也忘不了那一年，克拉斯拉到北平在"真光"拉一个多钟头的提琴。对旧剧他也得算"在行"，他最后在北平那几天我们曾接连地同去听好几出戏，回家时我们讨论的热闹，比任何剧评都诚恳都起劲。

谁相信这样的一个人，这样忠实于"生"的一个人，会这样早地永远地离开我们另投一个世界，永远地静寂下去，不再透些许声息！

我不敢再往下写，志摩若是有灵听到比他年轻许多的一个小朋友拿着老声老气的语调谈到他的为人不觉得不快么？这里我又来个极难堪的回忆，那一年他在这同一个的报纸上写了那篇伤我父亲惨故的文章，这梦幻似的人生转了几个弯，曾几何时，却轮到我在这风紧夜深里握吊他的惨变。这是什么人生？什么风涛？什么道路？志摩，你这最后的解脱未始不是幸福，不是聪明，我该当羡慕你才是。

作品赏析

文章首先无限哀伤地提及了徐志摩的死，虽然她也和部分的评论者一样颇认为他是为了听她演讲才会出事的，但实际上生和死并没有谁能够预料得到的。所以她很快地就将这种哀伤暂时性地放置在一边，转入到对死者的深情追忆，但并不显得俗气，不像一般的文章那样一味恭维死者生前的丰功伟绩。相反作者的笔触并不茫然，在她的回忆中抓住徐志摩人生的一些主要兴趣以此来追思怀念这位永远的孩子般的朋友，让我们看到这是一个生活的圣洁者，他站立在世俗的边缘，傲岸地俯视着茫茫苍生，伸出他温柔的双手，抚摸着众人憔悴的脸庞。这也是文章的主要结构，将文章前后分为两大部分，即：死的情况和生的回忆。在语言方面也是前后依据情感的变化而分开表述的，在死的事实前，言语哀婉；在生的回忆中，却显得欢快昂扬，将前后这两种不一致叠加在一起，整个悼念情绪纷扰相互盘结，将作者的一颗真心呈现无遗。

怀念萧珊 /巴金

入选理由 巴金的散文代表作之一
散发着朴素的人性美
入选多种散文选本

一

今天是萧珊逝世的六周年纪念日。六年前的光景还非常鲜明地出现在我的眼前。那一天我从火葬场回到家中，一切都是乱糟糟的，过了两三天我渐渐地安静下来了，一个人坐在书桌前，想写一篇纪念她的文章。在五十年前我就有了这样一种习惯：有感情无处倾吐时我经常求助于纸笔。可是一九七二年八月里那几天，我每天坐三四个小时望着面前摊开的稿纸，却写不出一句话。我痛苦地想，难道给关了几年的"牛棚"，真的就变成"牛"了？头上仿佛压了一块大石头，思想好像冻结了一样。我索性放下笔，什么也不写了。

六年过去了。林彪、"四人帮"及其爪牙们的确把我搞得很"狼狈"，但我还是活下来了，而且偏偏活得比较健康，脑子也并不糊涂，有时还可以写一两篇文章。最近我经常去火葬场，参加老朋友们的骨灰安放仪式。在大厅里，我想起许多事情。同样地奏着哀乐，我的思想却从挤满了人的大厅转到只有二三十个人的中厅里去了，我们正在用哭声向萧珊的遗体告别。我记起了《家》里面觉新说过的一句话："好像珏死了，也是一个不祥的鬼。"四十七年前我写这句话的时候，怎么想得到我是在写自己！我没有流眼泪，可是我觉得有无数锋利的指甲在搔我的心。我站在死者遗体旁边，望着那张惨白色的脸，那两片咽下千言万语的嘴唇，我咬紧牙齿，在心里唤着死者的名字。我想，我比她大十三岁，为什么不让我先死？我想，这是多不公平！她究竟犯了什么罪？她也给关进"牛棚"，挂上"牛鬼蛇神"的小纸牌，还扫过马路。究竟为什么？理由很简单，她是我的妻子。她患了病，得不到治疗，也因为她是我的妻子。想尽办法一直到逝世前三个星期，靠开后门她才住进医院。但是癌细胞已经扩散，肠癌变成了肝癌。她不想死，她要活，她愿意改造思想，她愿意看到社会主义建成。这个愿望总不能说是痴心妄想吧。她本来可以活下去，倘使她不是"黑老K"的"臭婆娘"。一句话，是我连累了她，是我害了她。

在我靠边的几年中间，我所受到的精神折磨她也同样受到。但是我并未挨过打，她却挨了"北京来的红卫兵"的铜头皮带，留在她左眼上的黑圈好几天后才褪尽。她挨打只是为了保护我，她看见那些年轻人深夜闯进来，害怕他们把我揪走，便溜出大门，到对面派出所去，请民警同志出来干预。那里只有一个人值班，不敢管。当着民警的面，她被他们用铜头皮带狠狠抽了一下，给押了回来，同我一起关在马桶间里。

她不仅分担了我的痛苦，还给了我不少的安慰和鼓励。在"四害"横行的时候，我在原单位（中国作家协会上海分会）给人当做"罪人"和

作者简介

巴金（1904—2005），现当代作家。原名李尧棠，字芾甘，笔名佩竿、余一、王文慧等。四川成都人。1920年入成都外国语专门学校。1923年从封建家庭出走，就读于上海和南京的中学。1927年初赴法国留学，写成了处女作长篇小说《灭亡》，发表时始用"巴金"的笔名。1928年底回到上海，从事创作和翻译。从1929年到1937年间，任文化生活出版社总编辑，主编有《文季月刊》等刊物和《文学丛刊》等丛书。

抗日战争爆发后，巴金在各地致力于抗日救亡文化活动，编辑《呐喊》《救亡日报》等报刊。在抗战后期和抗战结束后，巴金创作转向对国统区黑暗现实的批判，对行将崩溃的旧制度作出有力的控诉和抨击。

中华人民共和国成立后，巴金曾任全国文联副主席、中国作家协会主席、中国笔会中心主席、全国政协副主席等职，并主编《收获》杂志。他热情关注和支持旨在繁荣文学创作的各项活动，多次出国参加国际文学交流活动，首倡建立中国现代文学馆。

"贼民"看待，日子十分难过，有时到晚上九十点钟才能回家。我进了门看到她的面容，满脑子的乌云都消散了。我有什么委屈、牢骚，都可以向她尽情倾吐。有一个时期我和她每晚临睡前要服两粒眠尔通才能够闭眼，可是天刚刚发白就都醒了。我唤她，她也唤我。我诉苦般地说："日子难过啊！"她也用同样的声音回答："日子难过啊！"但是她马上加一句："要坚持下去。"或者再加一句："坚持就是胜利。"我说"日子难过"，因为在那一段时间里，我每天在"牛棚"里面劳动、学习、写交代、写检查、写思想汇报。任何人都可以责骂我、教训我、指挥我。从外地到"作协分会"来串连的人可以随意点名叫我出去"示众"，还要自报罪行。上下班不限时间，由管理"牛棚"的"监督组"随意决定。任何人都可以闯进我家里来，高兴拿什么就拿走什么。这个时候大规模的群众性批斗和电视批斗大会还没有开始，但已经越来越逼近了。

她说"日子难过"，因为她给两次揪到机关，靠边劳动，后来也常常参加陪斗。在淮海中路"大批判专栏"上张贴着批判我的罪行的大字报，我一家人的名字都给写出来"示众"，不用说"臭婆娘"的大名占着显著的地位。这些文字像虫子一样咬痛她的心。她让上海戏剧学院"狂妄派"学生突然袭击、揪到"作协分会"去的时候，在我家大门上还贴了一张揭露她的所谓罪行的大字报。幸好当天夜里我儿子把它撕毁。否则这一张大字报就会要了她的命！

人们的白眼、人们的冷嘲热骂蚕蚀着她的身心。我看出来她的健康逐渐遭到损害。表面上的平静是虚假的。内心的痛苦像一锅煮沸的水，她怎么能遮盖住！怎么能使它平静！她不断地给我安慰，对我表示信任，替我感到不平。然而她看到我的问题一天天地变得严重，上面对我的压力一天天地增加，她又非常担心。有时同我一起上班或者下班，走进巨鹿路口，快到"作协分会"，或者走近湖南路口，快到我们家，她总是抬不起头。我理解她，同情她，也非常担心她经受不起沉重的打击。我记得有一天到了平常下班的时间，我们没有受到留难，回到家里她比较高兴，到厨房去烧菜。我翻看当天的报纸，在第三版上看到当时做了"作协分会"的"头头"的两个工人作家写的文章《彻底揭露巴金的反革命真面目》。真是当头一棒！我看了两三行，连忙把报纸藏起来，我害怕让她看见。她端着烧好的菜出来，脸上还带笑容，吃饭时她有说有笑。饭后她要看报，我企图把她的注意力引到别处。但是没有用，她找到了报纸。她的笑容一下子完全消失。这一夜她再没有讲话，早早地进了房间。我后来发现她躺在床上小声哭着。一个安静的夜晚给破坏了。今天回想当时的情景，她那张满是泪痕的脸还在我的眼前。我多么愿意让她的泪痕消失，笑容在她那憔悴的脸上重现，即使减少我几年的生命来换取我们家庭生活中一个宁静的夜晚，我也心甘情愿！

二

我听周信芳同志的媳妇说，周的夫人在逝世前经常被打手们拉出去当作皮球推来推去，打得遍体鳞伤。有人劝她躲开，她说："我躲开，他们就要这样对付周先生了。"萧珊并未受到这种新式体罚。可是她在精神上给别人当皮球打来打去。她也有这样的想法：她多受一点精神折磨，可以减轻对我的压力。其实这是她一片痴心，结果只苦了她自己。我看见她一天天地憔悴下去，我看见她的生命之火逐渐熄灭，我多么痛心。我劝她，安慰她，我想拉住她，一点也没有用。

她常常问我："你的问题什么时候才解决呢？"我苦笑说："总有一天会解决的。"她叹口气说："我恐怕等不到那个时候了。"后来她病倒了，有人劝她打电话找我回家，她不知从哪里得来的消息，她说："他在写检查，不要打岔他。他的问题大概可以解决了。"等到我从"五七干校"回家休假，她已经不能起床。她还问我检查写得怎样，问题是否可以解决。我当时的确在写检查，而且已经写了好几次了。他们要我写，只是为了消耗我的生命。但她怎么能理解呢？

这时离她逝世不过两个多月，癌细胞已经扩散，可是我们不知道，想找医生给她认真检查一次，也毫无办法。平日去医院挂号看门诊，等了许久才见到医生或者实习医生，随便给开个药方就算解决问题。只有在发烧到摄氏三十九度才有资格挂急诊号，或者还可以在病人拥挤的观察室里待上一天半天。当时去医院看病找交通工具也很困难，常常是我女婿借了自行车来，让她坐在车上，他慢慢地推着走。有一次她雇到小三轮车去看病，看好门诊回家雇不到车了，只好同陪她看病的朋友一起慢慢地走回来，走走停停，走到街口，她快要倒下了，只得请求行人到我们家通知，她一个表侄正好来探病，就由他去把她背了回家。她希望拍一张X光片子查一查肠子有什么病，但是办不到。后来靠了她一位亲戚帮忙开后门两次拍片，才查出她患肠癌。以后又靠朋友设法开后门住进了医院。她自己还很高兴，以为得救了。只有她一个人不知道真实的病情，她在医院里只活了三个星期。

我休假回家假期满了，我又请过两次假，留在家里照料病人。最多也不到一个月。我看见她病情日趋严重，实在不愿意把她丢开不管，我要求延长假期的时候，我们那个单位的一个"工宣队"头头逼着我第二天就回干校去。我回到家里，她问起来，我无法隐瞒。她叹了口气，说："你放心去吧。"她把脸掉过去，不让我看她。我女儿、女婿看到这种情景，自告奋勇地跑到巨鹿路向那位"工宣队"头头解释，希望同意我在市区多留些日子照料病人。可是那个头头"执法如山"，还说："他不是医生，留在家里，有什么用！留在家里对他改造不利！"他们气愤地回到家中，只说机关不同意，后来才对我传达了这句"名言"。我还能讲什么呢？明天回干校去！

整个晚上她睡不好，我更睡不好。出乎意外，第二天一早我那个插队落户的儿子在我们房间里出现了，他是昨天半夜里到的。他得到了家信，请假回家看母亲，却没有想到母亲病成这样。我见了他一面，把他母亲交给他，就回干校去了。

在车上我的情绪很不好。我实在想不通为什么会有这样的事情。我在干校待了五天，无法同家里通消息。我已经猜到她的病不轻了。可是人们不让我过问她的事情。这五天是多么难熬的日子！到第五天晚上在干校的造反派头头通知我们全体第二天一早回市区开会。这样我才又回到了家，见到了我的爱人。靠了朋友帮忙，她可以住进中山医院肝癌病房，一切都准备好，她第二天就要住院了。她多么希望住院前见我一面，我终于回来了。连我也没有想到她的病情发展得这么快。我们见了面，我一句话也讲不出来。她说了一句："我到底住院了。"我答说："你安心治疗吧。"她父亲也来看她，老人家双目失明，去医院探病有困难，可能是来同他的女儿告别了。

  我吃过中饭，就去参加给别人戴上反革命帽子的大会，受批判、戴帽子的人不止一个，其中有一个我的熟人王若望同志，他过去也是作家，不过比我年轻。我们一起在"牛棚"里关过一个时期，他的罪名是"摘帽右派"。他不服，不听话，他贴出大字报，声明"自己解放自己"，因此罪名越搞越大，给捉去关了一个时期还不算，还戴上了反革命的帽子监督劳动。在会场里我一直像在做怪梦。开完会回家，见到萧珊我感到格外亲切，仿佛重回人间。可是她不舒服，不想讲话，偶尔讲一句半句。我还记得她讲了两次："我看不到了。"我连声问她看不到什么？她后来才说："看不到你解放了。"我还能再讲什么呢？

  我儿子在旁边，垂头丧气，精神不好，晚饭只吃了半碗，像是患感冒。她忽然指着他小声说："他怎么办呢？"他当时在安徽山区已经待了三年半，政治上没有人管，生活上不能养活自己，而且因为是我的儿子，给剥夺了好些公民权利。他先学会沉默，后来又学会抽烟。我怀着内疚的心情看看他，我后悔当初不该写小说，更不该生儿育女。我还记得前两年在痛苦难熬的时候她对我说："孩子们说爸爸做了坏事，害了我们大家。"这好像用刀子在割我身上的肉。我没有出声，我把泪水全吞在肚里。她睡了一觉醒过来忽然问我："你明天不去了？"我说："不去了。"就是那个"工宣队"头头今天通知我不用再去干校就留在市区。他还问我："你知道萧珊是什么病?"我答说:"知道。"其实家里瞒住我,不给我知道真相,我还是从他这句问话里猜到的。

三

第二天早晨她动身去医院,一个朋友和我女儿、女婿陪她去。她穿好衣服等候车来。她显得急躁,又有些留恋,东张张西望望,她也许在想是不是能再看到这里的一切。我送走她,心上反而加了一块大石头。

将近二十天里,我每天去医院陪伴她大半天。我照料她,我坐在病床前守着她,同她短短地谈几句话。她的病情恶化,一天天衰弱下去,肚子却一天天大起来,行动越来越不方便。当时病房里没有人照料,生活方面除饮食外一切都必须自理。后来听同病房的人称赞她"坚强",说她每天早晚都默默地挣扎着下了床,走到厕所。医生对我们谈起,病人的身体经不住手术,最怕的是她的肠子堵塞,要是不堵塞,还可以拖延一个时期。她住院后的半个月是一九六六年八月以来我既感痛苦又感到幸福的一段时间,是我和她在一起度过的最后的平静的时刻,我今天还不能将它忘记。但是半个月以后,她的病情又有了发展,一天吃中饭的时候,医生通知我儿子找我去谈话。他告诉我:病人的肠子给堵住了,必须开刀。开刀不一定有把握,也许中途出毛病。但是不开刀,后果更不堪设想。他要我决定,并且要我劝她同意。我做了决定,就去病房对她解释。我讲完话,她只说了一句:"看来,我们要分别了。"她望着我,眼睛里全是泪水。我说:"不会的……"我的声音哑了。接着护士长来安慰她,对她说:"我陪你,不要紧的。"她回答:"你陪我就好。"时间很紧迫,医生、护士们很快作好了准备,她给送进手术室去了,是她的表侄把她推到手术室门口的。我们就在外面走廊上等了好几个小时,等到她平安地给送出来,由儿子把她推回到病房去。儿子还在她身边守过一个夜晚。过两天他也病倒了,查出来他患肝炎,是从安徽农村带回来的。本来我们想瞒住他的母亲,可是无意间让他母亲知道了。她不断地问:"儿子怎么样?"我自己也不知道儿子怎么样，我怎么能使她放心呢？晚上回到家，走进空空的、静静的房间，我几乎要叫出声来："一切都朝我的头打下来吧，让所有的灾祸都来吧。我受得住！"

我应当感谢那位热心而又善良的护士长，她同情我的处境，要我把儿子的事情完全交给她办。她作好安排，陪他看病、检查，让他很快住进别处的隔离病房，得到及时的治疗和护理。他在隔离房里苦苦地等候母亲病情的好转。母亲躺在病床上，只能有气无力地说几句短短的话，她经常问："棠棠怎么样？"从她那双含泪的眼睛里我明白她多么想看见她最爱的儿子。但是她已经没有精力多想了。

她每天给输血，打盐水针。她看见我去就断断续续地问我："输多少西西的血？该怎么办？"我安慰她："你只管放心。没有问题，治病要紧。"她不止一次地说："你辛苦了。"我有什么苦呢？我能够为我最亲爱的人做事情，哪怕做一件小事，我也高兴！后来她的身体更不行了。医生给她输氧气，鼻子里整天插着管子。她几次要求拿开，这说明她感到难受，但是听了我们的劝告，她终于忍受下去了。开刀以后她只活了五天。谁也想不到她会去得这么快！五天中间我整天守在病床前，默默地望着她在受苦（我是设身处地感觉到这样的），可是她除了两三次要求搬开床前巨大的氧气筒，三四次表示担心输血较多付不出医药费之外，并没有抱怨过什么。见到熟人她常有这样一种表情：请原谅我麻烦了你们。她非常安静，但并未昏睡，始终睁大两只眼睛。眼睛很大，很美，很亮。我望着，望着，好像在望快要燃尽的烛火。我多么想让这对眼睛永远亮下去！我多么害怕她离开我！我甚至愿意为我那十四卷"邪书"受到千刀万剐，只求她能安静地活下去。

不久前我重读梅林写的《马克思传》，书中引用了马克思给女儿的信里的一段话，讲到马克思夫人的死。信上说："她很快就咽了气。……这个病具有一种逐渐虚脱的性质，就像由于衰老所致一样。甚至在最后几小时也没有临终的挣扎，而是慢慢地沉入睡乡。她的眼睛比任何时候都更大、更美、更亮！"这段话我记得很清楚。马克思夫人也死于癌症。我默默地望着萧珊那对很大、很美、很亮的眼睛，我想起这段话，稍微得到一点安慰。听说她的确也"没有临终的挣扎"，也是"慢慢地沉入睡乡"。我这样说，因为她离开这个世界的时候，我不在她的身边。那天是星期天，卫生防疫站因为我们家发现了肝炎病人，派人上午来做消毒工作。她的表妹有空愿意到医院去照料她，讲好我们吃过中饭就去接替。没有想到我们刚刚端起饭碗，就得到传呼电话，通知我女儿去医院，说是她妈妈"不行"了。真是晴天霹雳！我和我女儿、女婿赶到医院。她那张病床上连床垫也给拿走了。别人告诉我她在太平间。我们又下了楼赶到那里，在门口遇见表妹。还是她找人帮忙把"咽了气"的病人抬进来的。死者还不曾给放进铁匣子里送进冷库，她躺在担架上，但已经给白布床单包得紧紧的，看不到面容了。我只看到她的名字。我弯下身子，把地上那个还有点人形的白布包拍了好几下，一面哭着唤她的名字。不过几分钟的时间。这算是什么告别呢？

据表妹说，她逝世的时刻，表妹也不知道。她曾经对表妹说："找医生来。"医生来过，并没有什么。后来她就渐渐地"沉入睡乡"。表妹还以为她在睡眠。一个护士来打针，才发觉她的心脏已经停止跳动了。我没有能同她诀别，我有许多话没有能向她倾吐，她不能没有留下一句遗言就离开我！我后来常常想，她对表妹说"找医生来"，很可能不是"找医生"，是"找李先生"（她平日这样称呼我）。为什么那天上午偏偏我不在病房呢？家里人都不在她身边，她死得这样凄凉！

我女婿马上打电话给我们仅有的几个亲戚。她的弟媳赶到医院，马上晕了过去。三天以后在龙华火葬场举行告别仪式。她的朋友一个也没有来，因为一则我们没有通知，二则我是一个审查了将近七年的对象。没有悼词，没有吊客，只有一片伤心的哭声。我衷心感谢前来参加仪式的少数亲友和特地来帮忙的我女儿的两三个同学，最后，我跟她的遗体告别，女儿望着遗容哀哭，儿子在隔离病房还不知道把他当做命根子的妈妈已经死亡。值得提说的是她当做自己儿子照顾了好些年的一位亡友的男孩从北京赶来，只为了看见她的最后一面。这个整天同钢铁打交道的技术员，他的心倒不像钢铁那样。他得到电报以后，他爱人对他说："你去吧，你不去一趟，你的心永远安定不了。"我在变了形的她的遗体旁边站了一会。别人给我和她照了相。我痛苦地想：这是最后一次了，即使给我们留下来很难看的形象，我也要珍视这个镜头。

一切都结束了。过了几天我和女儿、女婿到火葬场，领到了她的骨灰盒。在存放室寄存了三年之后，我按期把骨灰盒接回家里。有人劝我把她的骨灰安葬，我宁愿让骨灰盒放在我的寝室里，我感到她仍然和我在一起。

四

梦魇一般的日子终于过去了。六年仿佛一瞬间似的远远地落在后面了。其实哪里是一瞬间！这段时间里有多少流着血和泪的日子啊。不仅是六年，从我开始写这篇短文到现在又过去了半年，半年中我经常在火葬场的大厅里默哀，行礼，为了纪念给"四人帮"迫害致死的朋友。想到他们不能把个人的智慧和才华献给社会主义祖国，我万分惋惜。每次戴上黑纱、插上纸花的同时，我也想起我自己最亲爱的朋友，一个普通的文艺爱好者，一个成绩不大的翻译工作者，一个心地善良的人。她是我的生命的一部分，她的骨灰里有我的泪和血。

她是我的一个读者。一九三六年我在上海第一次同她见面。一九三八年和一九四一年我们两次在桂林像朋友似的住在一起。一九四四年我们在贵阳结婚。我认识她的时候，她还不到二十，对她的成长我应当负很大的责任。她读了我的小说，给我写信，后来见到了我，对我发生了感情。她在中学念书，看见我以前，因为参加学生运动被学校开除，回到家乡住了一个短时期，又出来进另一所学校。倘使不是为了我，她三七、三八年一定去了延安。她同我谈了八年的恋爱，后来到贵阳旅行结婚，只印发了一个通知，没有摆过一桌酒席。从贵阳我和她先后到了重庆，住在民国路文化生活出版社门市部楼梯下七八个平方米的小屋里。她托人买了四只玻璃杯开始组织我们的小家庭。她陪着我经历了各种艰苦生活。在抗日战争紧张的时期，我们一起在日军进城以前十多个小时逃离广州，我们从广东到广西，从昆明到桂林，从金华到温州，我们分散了，又重见，相见后又别离。在我那两册《旅途通讯》中就有一部分这种生活的记录。四十年前有一位朋友批评我："这算什么文章！"我的《文集》出版后，另一位朋友认为我不应当把它们也收进去。他们都有道理，两年来我对朋友、对读者讲过不止一次，我决定不让《文集》重版。但是为我自己，我要经常翻看那两小册《通讯》。在那些年代，每当我落在困苦的境地里、朋友们各奔前程的时候，她总是亲切地在我的耳边说："不要难过，我不会离开你，我在你的身边。"的确，只有在她最后一次进手术室之前她才说过这样一句："我们要分别了。"

　　我同她一起生活了三十多年。但是我并没有好好地帮助过她。她比我有才华，却缺乏刻苦钻研的精神。我很喜欢她翻译的普希金和屠格涅夫的小说。虽然译文并不恰当，也不是普希金和屠格涅夫的风格，它们却是有创造性的文学作品，阅读它们对我是一种享受。她想改变自己的生活，不愿做家庭妇女，却又缺少吃苦耐劳的勇气。她听一个朋友的劝告，得到后来也是给"四人帮"迫害致死的叶以群同志的同意，到《上海文学》"义务劳动"，也做了一点点工作，然而在运动中却受到批判，说她专门向老作家组稿，又说她是我派去的"坐探"。她为了改造思想，想走捷径，要求参加"四清"运动，找人推荐到某铜厂的工作组工作，工作相当忙碌、紧张，她却精神愉快。但是到我快要靠边的时候，她也被叫回"作协分会"参加运动。她第一次参加这种急风暴雨般的斗争，而且是以反动权威家属的身份参加，她不知道该怎么办才好。她张皇失措，坐立不安，替我担心，又为儿女的前途忧虑。她盼望什么人向她伸出援助的手，可是朋友们离开了她，"同事们"拿她当作箭靶，还有人想通过整她来整我。她不是

"作协分会"或者刊物的正式工作人员，可是仍然被"勒令"靠边劳动、站队挂牌，放回家以后，又给揪到机关。过一个时期她写了认罪的检查，第二次给放回家的时候，我们机关的造反派头头却通知里弄委员会罚她扫街。她怕人看见，每天大清早起来，拿着扫帚出门，扫得精疲力尽，才回到家里，关上大门，吐了一口气。但有时她还碰到上学去的小孩，对她叫骂"巴金的臭婆娘"。我偶尔看见她拿着扫帚回来，不敢正眼看她，我感到负罪的心情，这是对她的一个致命的打击。不到两个月，她病倒了，以后就没有再出去扫街（我妹妹继续扫了一个时期），但是也没有完全恢复健康。尽管她还继续拖了四年，但一直到死她并不曾看到我恢复自由。这就是她的最后，然而绝不是她的结局。她的结局将和我的结局连在一起。

我绝不悲观。我要争取多活。我要为我们社会主义祖国工作到生命的最后一息。在我丧失工作能力的时候，我希望病榻上有萧珊翻译的那几本小说。等到我永远闭上眼睛，就让我的骨灰同她的搀和在一起。

作品赏析

这是对亡妻的深切悼念，更是对一段历史的追忆。要记叙这段历史，实非容易。它需要良知，需要勇气。巴金在中国文坛的地位，在早年写小说的时候就奠定了。但他作为一位历史的见证者和时代的代言人，是在"文革"浩劫之后通过这些随笔树立起来的。他的那些血泪文字，代表了一个民族的良知。所以，他值得我们尊重，这样的文字也值得我们反复地诵读。

巴金散文最大特点是真挚亲切，以情动人。他把读者当作朋友和知己，毫无保留地倾诉着自己的喜怒哀乐，《怀念萧珊》最能体现他的这种风格。看似没有激切的陈词，高声的呐喊，纵横开阔的结构，却无时无处不渗透着凄切深挚的悼念之情。一件件相濡以沫的往事，一个个催人泪下的场景，无不诉说着绵绵不尽的深情思念，刻骨铭心的锥心哀痛，这一切都强烈震撼着读者的心灵。从那个时代过来的人，谁都受到了伤害——从肉体到灵魂。读这样的文章，首先唤起的是我们的良知，是抚摸自己心上的创伤，是深深的思考。一句话，要像作者一样"真诚"！文章的语言自然流畅，毫不造作，于平淡中见文采，通脱之处出意境，自然之中求严谨。

海上日出 /巴金

入选理由
巴金的散文名篇
描写景物的高超手法
具有深刻的象征意义

为了看日出，我常常早起。那时天还没有大亮，周围非常清静，船上只有机器的响声。

天空还是一片浅蓝，颜色很浅。转眼间天边出现了一道红霞，慢慢地在扩大它的范围，加强它的亮光。我知道太阳要从天边升起来了，便不转眼地望着那里。

果然过了一会儿，在那个地方出现了太阳的小半边脸，红是真红，却没有亮光。这个太阳好像负着重荷似地一步一步、慢慢地努力上升，到了最后，终于冲破了云霞，完全跳出了海面，颜色红得非常可爱。一刹那间，这个深红的圆东西，忽然发出了夺目的亮光，射得人眼睛发痛，它旁边的云片也突然有了光彩。

有时太阳走进了云堆中，它的光线却从云里射下来，直射到水面上。这时候要分辨出哪里是水，哪里是天，倒也不容易，因为我就只看见一片灿烂的亮光。

有时天边有黑云，而且云片很厚，太阳出来，人眼还看不见。然而太阳在黑云里放射的光芒，透过黑云的重围，替黑云镶了一道发光的金边。后来太阳才慢慢地冲出重围，出现在天空，甚至把黑云也染成了紫色或者红色。这时候发亮的不仅是太阳、云和海水,连我自己也成了明亮的了。

这不是很伟大的奇观么?

作品赏析

这篇文章简短不足五百字,却字字珠玑、言简意丰。作者以朴实无华的语言,把一个壮观的、辉煌的海上日出瞬间,如电影镜头一般捕捉到,并且呈现给读者。"状难写之景如在目前",体现了作者细致入微的观察力,深刻敏锐的感悟力和炉火纯青、臻于化境的艺术功底。

作者出神入化的笔触从天空的颜色切入,由浅蓝到出现红霞、到范围扩大,层次清晰、节奏分明地描绘出了日出之前的情形。写日出,先露"小半边脸",这一拟人手法的运用,如神来之笔,把日出之景激活了,"好像负着重荷似地""终于冲破了云霞"既写活了太阳缓缓上升的情形,又为文章将要揭示的象征意义作了巧妙而不露声色的铺垫。太阳出来了,作者用"完全跳出了海面",一个"跳"字,既写出了状态,又富有动感,并且饱含欣喜之情,真可谓一字千金。这一幅壮观的海上日出图,把大自然最精彩的光华定格了。

然而,作者并没有就此收笔,他接着描绘了太阳如何冲破黑云重围的情形,这决不是画蛇添足的笔墨。联系文章的写作时代,旧中国正为层层黑暗势力所束缚,而太阳,是光明的象征,日出,寓意着旧中国将冲破牢笼,获得新生。这一深刻的象征意义大大地丰富了文章的内涵,使得文章虽短小却厚重。

野店 /臧克家

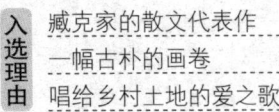

入选理由
臧克家的散文代表作
一幅古朴的画卷
唱给乡村土地的爱之歌

  饭店,旅社,这样的名词一提上口,立刻涌上心来的是新式的华贵,如果换个野店,便另是一种情趣被唤起来了。像山村老翁头上的发辫,像被潮流冲空的石岸,时代至今还把野店留个残败的影子。虽然说是野店,它所依傍的却是大道。几间茅草小屋,炕占去了每间的大半,留下火镰宽的一点空隙好预备你上下,这儿是大同世界,不问山南的海北的都挤在一堆,各人向着同伴谈论着,说笑着,没有"莫谈国事"的禁条贴在头上,他们可以随便放浪地吐泄,东家的鸡西邻的狗是要谈的,日本鬼子也是一个题目,因为他们中间就有许多是从东三省被迫回来的,一个小被卷是财产的全部。

  房间少了,得想个法安插客人,吊铺像都市的楼房便悬起半空了,在上面睡的人钱可以略省一点。照例,店里得有马棚,大门口竖一两根柱子,等到轿车、两把手车或小车,载着什么人向这处奔来,——前面打着红布帘的是新嫁娘,要不就是青春的妇女走亲戚的;痴胖可笑油光照人的是买卖家。店家小伙计见车子近了像熟主顾似的几步抢上前去替人家卸牲口,把它们——毛驴,或是骡马牵到马棚里去,它们一点不认生地随着他,用尾巴打打后身,哙哙几声表示疲倦。

  这是上等客,如果是住宿的话,单间屋得给他们特别预备。客人刚把个倦极的身子投到炕上,小伙计肩上搭一块破黑烂布便进来了,要是擦脸,他立刻便把一小泥盆水打到你的脸前来,要肥皂,要一条白手巾是太奢望。

"先生们做个什么饭吃？"这回该他问你了。

"有什么？"

"有大饼，有猪肉炒白菜，有熟鸡子。"如果你接着再问一句："还有什么？"那小伙计一定会闭起嘴来。愿意喝好茶的话得特别声明，不然一个大子的茶叶末喝过几十个人以后，还会再冲上一点白开水给送过来。所谓好茶也不过是几个铜板一两的"大红袍"，一毛一两的贡尖这儿不下货。

等茶喝你得要有耐性。白水有大铁锅煮，冲茶可不行。一根一根的草对准一把洋铁壶底挑着燎，你如果不是一个趣味主义者，时节再是炎夏，你一定等得舌尖上生刺，跑到外面去避一避辣眼的浓烟。

晚上，任你一落太阳就躺下，敢保你不会一沾席就如愿地变成一块泥。夏天的蚊子、臭虫；冬天的虱子和跳蚤最喜欢和客人开玩笑，哼哼着叫你清醒地享受一个客夜，身上留点伤痕做一个追忆的记号。还有马棚的牲口也怕主人误了行程，半夜里叫一阵，用蹄子打地咚咚的一阵。当睡梦将要占有了你的临明的那一刻，店门唿隆一声，接着小伙计的脚步动静了，一睁眼，微白的曙色使你再也朦胧不得了。套上车子，披一身星光，冒着晨风，朝曦把人引上了征途。

作者简介

臧克家，现当代诗人，山东诸城人。1933年出版了第一部诗集《烙印》，诗集表现了中国农村的破落、农民的苦难与民族的忧患。1946年去上海，任《侨声报》文艺副刊、《文讯》月刊、《创造诗丛》主编。1949年创作著名诗篇《有的人》，诗作语言朴素、对比强烈、形象鲜明，歌颂了鞠躬尽瘁、死而后已的人；嘲弄了对人民作威作福不可一世的人。1949年后，历任人民出版社编审，中国作家协会书记处书记，《诗刊》主编、顾问等。他的诗歌语言朴素凝练，感情真挚深沉，具有韵味无穷的艺术魅力。著有新诗集《烙印》《罪恶的黑手》《运河》《从军行》《淮上吟》等，旧体诗集《臧克家旧体诗稿》，散文集《乱莠集》《我的诗生活》《怀人集》等，评论集《学诗断想》等。

"鸡声茅店月，人迹板桥霜。"回头望望这一副大红门联，意味够多长呢。

门口一个破席凉棚撑着夏天的太阳，为着什么东西奔跑的行人走在这串着天涯和故乡的热土的道上，望着这凉棚像沙漠中的人望见了绿洲。三步并成一步赶上来，卸下身上的负担，扪下沾着汗水的檐溜般的布眼罩，坐在一条长凳上用草帽或是手巾扇风。几碗半冷的残色的茶水浇下去，汗马上从身上涌出来，各人身上背着一身花疏的阴凉。设若有一个像蒲留仙一样的人物，夹在这杂色的队伍里，每个人你借给他一把蕉叶，那么一部《聊斋》会很快地集起来。

这些人，像"未有哇"（蝉之一种，在树上只有片刻的居留）一般，在这儿留一个脚印，便飞鸿似的去了，没有留恋，没有感伤，在未来的时候，他们也没想到会在这儿挂这一翅膀。水不能白喝，临走总得留下几个钱，百儿八十是他，三百二百也是他，主人不会嫌太少，伙计也不会说一声谢谢。但是你起身以后，"再来！"这一句淡淡的话，每回是不会忽疏的。

野店的常主顾是车伙子。他们到远一点的地方去运货贩卖，去的时候带着本乡的土产。这些车子往往成群成帮，队伍展得老长，道上的一帆尘土是他们的旗号。一走近了店口，把车子一插，用披布擦去了脸上的汗，弓弓着腰很自然地踏入了店门。因为太熟，照例有称号，姓王的是王大哥，姓李的是李二哥。小伙计牵牲口倒水忙乱一气，住一会儿，叫一袋旱烟把粗气压下，饭上来了。半斤一张的大饼，包着大块肥肉的包子，再要几头大蒜，一块还没腌变色的老白菜帮子。吃起来有点可怕。不，不能说吃，应是说吞。看那个劲，饼如果是铁的，肚子一定变成熔炉。饭后为了消暑，走到水瓮边去，捧着大瓢的生水往下灌，声音咚咚的可以听好几步远。"掌柜的算账！"这是一闭眼的午睡醒来后的第一句话。外边算盘珠一阵响，几吊几百几十几，小伙计一口喊出来。接着是查铜子的声音。一巴掌钱接到手里，含着笑走到财神位前，不远不近向大粗竹筒内一掷，哗……啦啦……真个是钱龙汇海了。

这些老主顾来到店里若是逢着佳节——端阳，中秋，元宵，不用开口，半壶白干，四样小菜碟便送到眼前了。喝了不够，还可以再开一回口。不打钱，这算主人的一点小意思，不要看这是小节，主人的大量或吝啬往往作为客人去留的关键。谁不愿用百年不遇的一壶酒去做招徕的幌子？

秋天，连绵的阴雨把一个远道的客人困在野店里，白天黑夜分不开界限。闷闷地用睡眠用烟打发日子。风挟着雨丝打进纸窗来，卧着，从眼缝里闪进来一片阴暗，粗人就算是不善于愁，一只孤鸿也难免于凄凉。等着，胸中灼火地等着，等到雨丝一断，他是第一个把脚印印在泥上的人。野店被撇在身后像撇了一个无情的女人。

时间把什么都变了。有了汽车转眼可以百里，"古道西风瘦马"的趣味算完了。有钱的人谁也不愿再受轿车的折磨，野店的客人因此稀少了。加以年头不对，关东客全成了穷鬼，向四方逃难的倒很多，然而他们走店来顶多不过喝一壶白开。野店是诗意的，然而今日的野店成了时代头顶上残留的一条辫子了。

作品赏析

臧克家曾经说："我爱乡村，因为我生在乡村；我爱泥土，因为我就是一个泥土的人。"正是基于这种深沉而真挚的爱，作者才能洞幽烛微、纤毫毕现地去发现、挖掘鲁西北农村纯朴的风物美、人情美。在他的笔下，《野店》如一幅古朴温馨的画卷展现开来。野店的诗意与情趣虽然已经成了历史的过往，但它通过作者的文字，获得了永久的生命。美丽的乡村风俗画、淡淡的怅惘和惋惜，使整篇文章回荡着一股弥久愈新的魅力。

在这首洋溢着思念的故乡颂歌中，作者不仅仅怀念野店这道美丽的风景，更是怀念曾经行走于风景中的人。他们热情、他们豪爽、他们还很粗犷。作者的真情在文字上的反映是看似平淡中蕴含着浓厚的深情。夏虫、蚊子本是令人厌烦的，但作者写来，却觉得它们可爱。遭遇一夜不能成眠，也不见作者丝毫抱怨，反而化成一种幽默和诙谐。这正是作者对野店热爱至极的充分体现。

悼评梅先生 /李健吾

入选理由　评论家李健吾先生相当凄美的一篇悼文　抒写了对石评梅的深情怀念　精彩展现了石评梅的人格魅力

一朝的百合花，

在五月更是美丽，

虽然它就零落在那一夕；

它原是光的植物光的花。

——英国无名氏咏

在我写出上面的时候，一段悲惨的故事忽然涌到我的眼前来。这故事曾经被爱尔兰诗人莫耳（Moore）吟咏，后来遇见美国的伊尔文（Irving）在他一篇缠绵哀婉的散文内追叙着。伊尔文的题目是《碎了的心》（The Broken Heart），莫耳的诗的第一行是：

She is far from the land when her young her hero sleeps.

如果勉强译出来，便是：

她远远地离开了她年轻的英雄的睡乡。

故事是这样的：一位年轻的爱尔兰爱国志士，被诬陷为卖国贼，由官方执行死刑了；他的冤屈和他临刑时的高贵引起了民间深切的同情，"甚至于"，如伊尔文所叙，"他的敌人也哀恸于那种严酷的政策"。但是他有一位忠心于他的爱人，一位因为爱情而见驱于父门的热情少女！这样的勇毅的女子已经预示出了她一生的不幸。她避开了许多求婚者的恳切的目光。

"因为她的心是在他的坟中"。

最后因为环境的压迫虽然许身于一位军官，终于郁郁寡欢，殁于南方的意大利，所以她的本国诗人才追咏道：

"她远远地离开了她年轻的英雄的睡乡。"

在我们读到她，最后逝世的时辰，不禁要叹息一声略略喜慰的叹息。

这声叹息如今让我擒来更为沉痛地刻画在这里。更为沉痛地：因为评梅先生与我同时代，而我也更认识她。我们的感情不仅是乡谊对于乡谊，先生对于学生，朋友对于朋友，而是姐姐对于弟弟。所以如今来写一篇文章哀悼，只有使我感到情思的紊乱，觉得什么话都不应该印在一张发乌的纸上，污了逝者生时神圣的印象。我逢见她深谈的时候极少，除去在正式茶会赐予的机会中晤面以外，彼此从未相访过，这自然要归罪于自己的疏僻。若我下面所叙的情形有一点儿错误，但是她的善恕的精神一定会原宥我今日的唐突。

当我在中学读书的时候，因为住在西南城，每每于星期日或夏日的黄昏，独自或者偕伴，往陶然亭一带散步。有时兴致淋漓，便不知不觉出了右安门，从永定门绕回来，这也许由于幼时生活的苦闷吧。其后有一次我从奔陶然亭的那条大路转入一条小道，在苇塘尽头的陆地上，我发现了一座纪念碑式的尖形新冢，白石砌成，矗立于荒凉的绿草地，在四周从未经

作者简介

李健吾（1906—1982），山西运城人。从小喜欢戏剧和文学，1925年考入清华大学，先在中文系后转入西洋文学系，同年加入文学研究会。1931年赴法国巴黎现代语言专修学校，研究福楼拜。1933年回国，在"中华文化教育基金董事会"编辑委员会工作。与黄佐临等创办了上海实验戏剧学校，中华人民共和国成立后继任该校（改名为上海戏剧专科学校）戏剧文学系主任，1954年调北京大学文学研究所。1964年调中国科学院外国文学研究所，任研究员。曾任国务院学位委员会评议组成员、法国文学研究会名誉会长。

人招魂过的乱坟堆中，忽然映入目界，令人生出一种新颖的悲感。我走过去读那碑上的绿字；立在它的正面，我半晌未能抬起腰来，我伸手细摸着那些字的笔迹，我疑惑我走出了实际的世界。后面的同伴问我做什么？我移开身子，请他看一看这伤心的墓铭。

"啊，原来就葬在这里！"他慨叹道。

"这是不是我所认识的评梅？"我指着墓铭末尾的签名向他疑问道。

"就是她！就是她！"

慢慢我的同伴把他所知道的都告诉我，在洒满了夕阳的归途上，我从没有斗胆问过评梅先生自己，这是一段轻易不容别人触犯的悲惨的历史。如今我可以把它简略地重述一下吗？如今她自己也去了世，虽然还未能如她的愿，安葬于这座小小白冢的旁边。噢！让野风来歌着，让秋虫来吟着，让苇叶来舞着，在他们所嗜爱的月光下，奏起了阴世的乐曲！读者！知道这个故事以后，如果你相信自己的才力，把这一双情人的血泪织在你的永生的诗章中间。我求你。

评梅先生遭过了一个不是现代女子所应遭过的命运。她自己是一位诗人，她的短短的一生，如诗人所咏，也只是首诗：一首充满了飘鸿的绝望的哀啼的佳章。我们看见她的笑颜，煦悦与仁慈，测不透那浮面下所深隐的幽恨；我们遥见孤鸿的缥缈、高超与卓绝，却聆不见她声音以外的声音。于是在一切的不识者中间她终于无声而去。

我们同乡内有一位天辛君，据说孙中山先生曾派他往俄国调查过。我只听说他是一位有志有为的人物，但是我晓得如果评梅先生会恋上他，那么他一定是一位值得一般好女子敬爱的君子。他已经结过婚了，但是他的智慧领导着他的热情，走上现代青年所走的光明的险径；他决意不顾一切，向评梅先生表示他的态度。我们所最引为诧异的是她当日的态度——她拒绝了，也许因为她对于她的同类的同情吧，除此以外，没有其他可以揣测的理由。也许解放了的新女子笑她缺乏勇气。缺乏勇气！一位有毅力拒绝她所深爱的男子的女子？这不是她的思路的缜密（这一点使她超越于现代轻浮的妇女之上）害了她！这是时间！时间把她所恃为武器的智慧在不经意之中葬埋了。正如Sir Water Raleish临刑前自咏道：

Even such is time.

天辛君不久便病终了，所谓：

壮志未成身先死，

常使英雄泪满襟。

这消息是她在友人家中听到的，一声霹雳，她晕厥过去，后来她好容易换过气来了，和大风浪后的浪面一样，她貌似沉静，支撑着她的厄运；然而由这时起，她的心完全碎了。

这以后的生活，她的诗文是惟一而最确实的证明；并且明了了她思想上的所以悲观与厌世，我们也就更易透解她的哀婉凄怆的诗文。伊尔文在他的文章内论道："但是一个妇人的全部生命便是一本情感的历史。心是她的世界，在这里她的野心想主宰一切！在这里她的贪性想得着那些隐秘的宝藏。她送出她的同情去冒险；她安置她的全部灵魂在情感的交易上；如果船沉了，她的情况便毫无希望——因为这是一个心的破产。"他继续论道："她是她自己的思想与感情的伴侣；如果它们变为忧伤的宰辅，她还能到什么地方寻她的安慰呢？她的命运是受男子的求婚，为其所胜有；如果不幸于她的爱情，她的心就如同被攻下了寨堡，让敌人打了下来，弃在一边荒芜起来。"

在今年四月的暮春天气，评梅先生领着她十几位女学生到我们学校来。在一个下弦月的微光的朦胧里，我们一共四五个人坐在荷花池前的石阶上，她背倚着石栏杆，静静听着她的学生们的漫烂的歌唱，天真的谈屑；我坐在最高的一层石级上。在微浮的黯黯的水面上，探出一团一团的新荷，亭旁静伫，仿佛盘算好了从她亲口内要细聆她凄凉的身世。四处的松柏，和一切山石间的杂草，都沉落于夜的怀抱。这个夜不太黑暗，不太明昁，正是一个诗人的夜。她静静地坐在那里，为一种神秘的力量所感动，回头向我道："在这里求学是幸福！"

我说这得分什么学生。

有一个学生问她的岁数。她告诉了她,唶叹了一声。

"我觉得我活到这个年纪真不易!"她继续道,"光阴也真过得快。我希望我也能有这一个优美的环境,在这里休息一下我的疲倦;昨天晚上我在对面山下的石墩上坐了一夜,直到天色微微红了起来。我不能不在社会里鬼混,哦,那社会!什么样有志气的好人也让它一口吞下去。我挣扎着,我从来没有苟且,我从来只和我自己是朋友。我站在泥水里头,和这莲花一样,可是和它们一样,出污泥而不染。我的身子是清白的;我将来死去还是一个父母赐我的璧洁的身体。我从来不求人,不谄媚人;我在什么事情上也没有成就,就是文章我也不敢写了。"

"在这社会里面,女子向来是——"我插嘴道。

"我真羡慕你们男孩子!只要自己有志气,有毅力,终究可以在社会上打出一条路来;你们什么都撇弃得下。至于你……"接着她讲些鼓舞我上进的话,等我谢过了,她继续道:"现在我也不悲观了:人活着,反正是要活着,有同情也好,没有同情也好,反正还要活着。所以如今当我到难受极了的时候,眼泪固然要流,然而我一看见我这许多的学生欢欢喜喜地唱着,跳着,我便安慰许多了。她们是我惟一的安慰。可是慢慢她们也要离开我走的……"

其后在城里一个茶会上,她指着她的学生向我们在座者道:"我从前常常是不快活的,后来我发现了她们,我这些亲爱的小妹妹,我才晓得我太自私了。我最近读着一本小说,叫做《爱的教育》,读完之后我哭了。我立誓一生要从事于教育;我爱她们。我明白了我从前的错误。"

她的人生观的渐渐改进,对于她,是一件重大而且必须的关节。但是这来得过于迟缓了,已经救不了她的已濒尽头的命运。

最令我感到一种显然的差别的,是看见她立在繁华而喧嚣的人海里;她漫立在一群幸福的妇女中间,面色微白,黯然伤神,孤零零的,仿佛一个失了魂的美丽的空囊壳;有时甚至于表示一种畏涩的神情,仿佛自惭形陋的念头在激动她的整个的内心灵魂。那过去的悲哀浸遍了她的无所施用的热心，想把它骗入一时的欢乐，只是自欺欺人。她生活在她的已逝的梦境；她忏悔她昔日对于那惟一爱她的男子所犯的罪过；她跳到社会里面，努力要消耗一切于刹那的遗忘；然而她的思想仍是她的，她的情感仍旧潜在着，她终于不能毁灭她已往的评梅。她只得向上天狂呼道："天啊！让我隐没于山林吧！让我独居于海滨吧！我不能再游于这扰攘的人寰了。"（《偶然草》）那么一句表示出她的极端的绝望。所有她的诗文几乎多半是她奋斗以后失了望的哀词，在那里她的始元的精神超过了我们今日所谓的颓废文学，无病而吟的作家与前代消极的愁吟的女子。她的情感几乎高尚到神圣的程度，即使她自己不吟不写，以她一生的无名的不幸而论，已终够我们的诗人兴感讽咏的了。

作品赏析

李健吾最能为人称道的是他的文学评论，其次才是他的翻译和文学。有评论家称他还是一位具备现代意识的以喜剧风格见长的戏剧作家，而更为擅长的是寓悲于喜，启人深思的手法，而这一点就在《悼评梅先生》中得到了体现。

《悼评梅先生》并不像一般的悼文那样直切入题，而是迂回着以一个相类的故事，引申出对评梅先生的生与死的追忆，这就是我们所称道的戏剧化的结构。石评梅和她的恋人有一个共同的执着的爱情，可以为它守候一辈子，也可以为它憔悴生不如死。从英国到中国共同的情感特征并不为地域所阻隔，这也是作者为什么会迂回着来写这篇悼文的理由了，因为他不是孤独的，这样的悲伤在这个世界上也可以有共鸣。都同样是伟大的令人慨叹的相爱。

文章的意义也在于评梅女士的形象刻画，不管是浪漫严肃的痴情描摹，还是轻松散淡的日常琐事的记述，都让我们见识了这个拥有美妙情操的女性，就像文章中所说的，她也不曾甘于寂寞，她曾从《爱的教育》中领受了她自以为的人一生的价值，可以把一生奉献给伟大的教育。

这是一个卓尔不群充满思想的女人，她不像别的人那样平平淡淡一辈子相夫教子无所成就。作者称她是喧嚣人海中残存的有美丽心灵的女子。而这样的人的确是值得怀念的。

传授给儿子 /傅雷

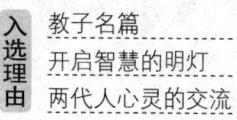

入选理由
教子名篇
开启智慧的明灯
两代人心灵的交流

亲爱的孩子：

……对恋爱的经验和文学艺术的研究，朋友中数十年悲欢离合的事迹和平时的观察思考，使我们在儿女的终身大事上能比别的父母更有参加意见的条件。……

首先态度和心情都要尽可能的冷静。否则观察不会准确。初期交往容易感情冲动，单凭印象，只看见对方的优点，看不出缺点，甚至夸大优点，美化缺点。便是与同性朋友相交也不免如此，对异性更是常有的事。许多青年男女婚前极好，而婚后逐渐相左，甚至反目，往往是这个原因。感情激动时期不仅会耳不聪，目不明，看不清对方；自己也会无意识的只表现好的方面，把缺点隐藏起来。保持冷静还有一个好处，就是不至于为了谈恋爱而荒废正业，或是影响功课或是浪费时间或是损害健康，或是遇到或大或小的波折时扰乱心情。

所谓冷静，不但是表面的行动，尤其内心和思想都要做到。当然这一点是很难。人总是人，感情上来，不容易控制，年轻人没有恋爱经验更难维持身心的平衡，同时与各人的气质有关。我生平总不能临事沉着，极容易激动，这是我的大缺点。幸而事后还能客观分析，周密思考，才不致于使当场的意气继续发展，闹得不可收拾。我告诉你这一点，让你知道如临时不能克制，过后必须由理智来控制大局：该纠正的就纠正，该向人道歉的就道歉，该收篷时就收篷。总而言之，以上二点归纳起来只是：感情必须由理智控制。要做到，必须下一番苦功在实际生活中长期锻炼。

我一生从来不曾有过"恋爱至上"的看法。"真理至上""道德至上""正义至上"这种种都应当作为立身的原则。恋爱不论在如何狂热的高潮阶段也不能侵犯这些原则。朋友也好，妻子也好，爱人也好，一遇到重大关头，与真理、道德、正义……等等有关的问题，决不让步。

其次，人是最复杂的动物，观察决不可简单化，而要耐心、细致、深入，经过相当的时间，各种不同的事故和场合。处处要把科学的客观精神和大慈大悲的同情心结合起来。对方的优点，要认清是不是真实可靠的，是不是你自己想象出来的，或者是夸大的。对方的缺点，要分出是否与本质有关。与本质有关的缺点，不能因为其他次要的优点而加以忽视。次要的缺点也得辨别是否能改，是否发展下去会影响品性或日常生活。人人都有缺点，谈恋爱的男女双方都是如此。问题不在于找一个全无缺点的对象，而是要找一个双方缺点都能各自认识，各自承认，愿意逐渐改，同时能彼此容忍的伴侣。（此点很重要。有些缺点双方都能容忍；有些则不能容忍，日子一久即造成裂痕。）最好双方尽量自然，不要做作，各人都拿出真面目来，优缺点一齐让对方看到。必须彼此看到了优点，也看到了缺点，觉得都可以相忍相让，不会影响大局的时候，才谈得上进一步的了解；否则只能做一个普通的朋友。可是要完全看出彼此的优缺点，需要相

作者简介

傅雷（1908—1966），我国著名文学翻译家、文艺评论家。早年留学法国，回国后曾任教于上海美专，因不愿流俗而闭门译书。数百万言的译作成了中国译界备受推崇的范文，形成了"傅雷体华文语言"。傅雷为人坦荡，禀性刚毅，"文革"之初即受迫害。

当时间，也需要各种大大小小的事故来考验；绝对急不来！更不能轻易下结论！（不论是好的结论或坏的结论）唯有极坦白，才能暴露自己；而暴露自己的缺点总是越早越好，越晚越糟！为了求恋爱成功而尽量隐藏自己的缺点的人其实是愚蠢的。当然，在恋爱中不知不觉表现出自己的光明面，不知不觉隐藏自己的缺点，不在此例。因为这是人的本能，而且也证明爱情能促使我们进步，往善与美的方向发展，正是爱情的伟大之处，也是古往今来的诗人歌颂爱情的主要原因。小说家常常提到，我们在生活中也一再经历：恋爱中的男女往往比平时聪明；读起书来也理解得快；心地也往往格外善良，为了自己幸福而也想使别人幸福，或者减少别人的苦难；同情心扩大就是爱情可贵的具体表现。刚柔、软硬、缓急的差别要能相互适应调剂。还有许多表现在举动、态度、言笑、声音……之间说不出也数不清的小习惯，在男女之间也有很大作用，要弄清这些就得冷眼旁观慢慢咂摸。所谓经得起考验乃是指有形无形的许许多多批评与自我批评（对人家一举一动所引起的反应即是无形的批评）。诗人常说爱情是盲目的，但不盲目的爱毕竟更健全更可靠。

　　人生观世界观问题你都知道，不用我谈了。人的雅俗和胸襟气量倒是要非常注意的。据我的经验：雅俗与胸襟往往带先天性的，后天改造很少能把低的往高的水平上提；故交往期间应该注意对方是否有胜于自己的地方，将来可帮助我进步，而不至于反过来使我往后退。你自幼看惯家里的作风，想必不会忍受量窄心浅的性格。

　　以上谈的全是笼笼统统的原则问题。

　　……

　　长相身材虽不是主要考虑点，但在一个爱美的人也不能过于忽视。

　　交友期间，尽量少送礼物，少花钱：一方面表明你的恋爱观念与物质关系极少牵连；另一方面也是考验对方。事情主观上固盼望必成，客观方面仍须有万一不成的思想准备。为了避免失恋等等的痛苦，这一点"明智"我觉得一开头就应当充分掌握。最好勿把对方作过于肯定的想法，一切听凭自然演变。

总之，一切不能急，越是事关重要，越要心平气和，态度安详，从长考虑，细细观察，力求客观！感情冲上高峰很容易，无奈任何事物的高峰（或高潮）都只能维持一个短时间，要久而弥笃的维持长久的友谊可很难了。

……

除了优缺点，俩人性格脾气是否相投也是重要因素。

作品赏析

《传授给儿子》是傅雷对于子女婚姻恋爱的一些观点。读此篇文字似面对一位长者，谆谆话语中，闪烁着智慧的光芒，使烦恼在其循循善诱的话语下不禁释怀。对于恋爱的态度也更多代表了个人的人生态度。《传授给儿子》从更广阔的意义上讲是傅雷人生态度的一种传达。走进《传授给儿子》，可以让我们更多地领受人生哲理，使人在恋爱中更好地生活。这是傅雷给其子女的教诲，也是给每一个读者留下的最真诚的人生启迪。

我的吊唁和回忆 /廖承志

> **入选理由**
> 作家廖承志的人生散文
> 一个革命者对宋庆龄的深情感念
> 再现了一个伟大女性的光辉形象

（一）

一九八一年五月二十九日星稀月黑之夜，二十时十八分，一位伟大女性的心脏停止了跳动。半个多月来，我不断地守侍在她的病榻旁边，或徘徊在楼下的走廊里，心中默祷着使人心灵窒息的噩耗不要闯来。但是人的生命毕竟是有止境的。大限终于来了。我没有话可说。我咽下了凝聚在眼眶的泪水。六十五年来我所认识的宋庆龄同志的战斗的生涯，像长篇的连环图画，一幅一幅浮现在我的眼前。

从最近的谈起。邓颖超同志亲自向宋庆龄同志报告中国共产党中央政治局接受她入党的经过，宋任穷同志同我向她报告人大常委会一致通过她担任中华人民共和国名誉主席，她喜悦地点了点头，说："谢谢同志们。"这之后，五月二十日，晨九时，叔婆——我通常这样称呼宋主席——曾和我作了相当长的谈话。那已经是她病情非常危急的时候了。她坚强地战胜病魔的冲击，一句话带两声喘地谈，谈，谈了足足二十分钟。我的广东腔北京话，她常常听不清楚。她的上海腔北京话，讲起来也非常费力。于是我们只好用英文交谈了，这是长期以来，她同我谈话时使用的语言。

"叔婆，"我叫她。这是在上海进行地下工作，在香港组织保卫中国大同盟以来，我姐姐和我尊称她的专用语。

她睁开眼睛，一直不停瞬地望着我。

"您觉得怎样？"我说。

她开口讲话了，虽然舌头已有些僵硬，但是还可以听得很清楚。叔婆说："你们为我所做的一切，我很感谢。"

跟着，她喘了几口气。又说了："如果我有什么问题的话……"我很紧张地俯下耳朵去听。可是她喘了一阵之后，又重复说了两遍："如果我发生问题……"我再听。她在急喘中，挣扎着想再说下去。

作者简介

廖承志（1908—1983），广东惠阳人，生于日本东京，国民党左派领袖廖仲恺与何香凝之子。1928年加入中国共产党，在反日大同盟上海分会工作，后被派遣到欧洲组织海员运动。1932年回国，先后任中华全国总工会宣传部长、川陕苏区省委常委、红四方面军总政治部秘书长、广东省委委员、中宣部副部长、新华社社长等职。中华人民共和国成立后，历任中共中央统战部副部长、中日友好协会会长、团中央书记处书记、政务院华侨事务委员会主任、中共中央政治局委员等职。1983年因病在北京逝世。

我那时认为，不能让她苦痛地勉强讲话了。我忍耐心情的激荡，向她说："叔婆请放心。我们将依照您的盼咐去做的。一切照您的意思去做。"

宋庆龄主席点头了。因高度体温烧得通红的面颊浮上了一丝满意的笑影，并且还一再点了头。

我觉得不能再缠扰她了，我握了她的手，她的手也有力地回握了我的手。我向她说：

"叔婆，请您不要再讲话了。请您好好休养。我明天再来看您。"

叔婆又微笑了。她说："明天，……明天……"然后又点了头。

五月二十日宋庆龄同志同我的谈话，那是她最后一次所作的时间最长的谈话。"明天！"啊，"明天！"

明天自然我又去了，那以后，她已在半昏睡状态中，再也没有能力开口说话了。

那一次宋主席谈的"你们为我所做的一切"，自然是包括她成为正式党员，和国家名誉主席的称号，这是十分明白的了。那么，我说明："我们将依照您的盼咐去做"，自然是回答了她"如果我有什么问题的话"的话中之语。她心中想的，我明白。我所说的，她十分清楚。可惜，"明天"的话设有了……

我应该说明这谈话里面的意思是什么。原来，她病重之前，就向侍候在旁的邹韬奋夫人沈大姐再三说过，并且把同样的内容也向她的小保姆说过，如果她有"什么问题"，要送到上海，埋在她父亲、母亲，和已经逝世的同宋主席同艰苦五十多年的李妈的墓旁。并且还向沈大姐说了墓地应如何安置，还笔画了简单图样。

"依照盼咐"的内容，就是这样。

这显示了共产党员宋庆龄同志毕生愿同劳动人民同甘苦共命运的高尚品德。

共产党员宋庆龄同志的脑中，永远不曾有过"特殊"两个字。她一生地位崇高。但她从未想过身后作什么特殊安排。台湾有些人说，她可能埋葬在南京紫金山中山陵，她想也不曾想过这些。中山陵的建造构思，她不曾参与过半句，也不愿中山陵因为她而稍作增添，更不想现在为此而花费国家、人民的钱财。

　　宋庆龄的一生谦虚谨慎。邓颖超同志称呼她为"副委员长"时，她明确阻止，称"庆龄同志"时，她含笑点头同意。她是世界上最伟大的女性之一，她却不愿挤进中山陵分享中山先生的光辉。她真正心甘情愿地和她的"李妈"同葬在一起。这是何等的气魄！何等伟大的共产党人的气魄！

　　我在六十年代初期到过伦敦。我同其他同志们立刻到马克思的墓地瞻仰。卡尔·马克思，杰出的人杰。马克思的墓地，墓碑不及两米，他的夫人燕妮，还有他们夫妇忠实的保姆海伦，墓碑一模一样大小。在马克思墓地周围，还有千千万万个墓碑，有些已是衰草丛生，有些已被风雨洒蚀得不像样，但只有马克思墓，年年，月月，日日，不断有来自世界各地的鲜花，始终不曾有半朵凋残的花朵，凋零的马上换上新的……

　　我想上海万国公墓的宋庆龄同志墓，也一定会是这样。

（二）

　　纪念宋庆龄同志的画册的前言，已把宋庆龄同志的光辉形象刻画得光彩夺目。她的革命的一生，尤其是风雨飘摇的三十年代，她艰苦奋战，如千丈巨岩，顶住一浪高似一浪的冲击，在狂风暴雨中巍然屹立，是她一生中最突出的一段。

　　一九三三年春，我由宋庆龄同志、柳亚子先生和我母亲营救，从上海工部局英租界拘留所回到了家。记得是五月时分，宋庆龄同志突然出现在母亲的客厅中。那时候，她通常是不轻易出门的，而且我姐姐还在香港从事地下工作未回上海，因而不但没有事前通知，连间接的招呼都没有。可是她来了，只一个人，这是从来少有的事。

　　我母亲慌了，赶快自己沏茶。她却平静无事地同我母亲寒暄，一面向我眨了眨眼。我母亲明白了,她托词去拿糖果,回到了寝室。当时只剩下宋庆龄同志和我两个人了。

"夫人……"我不知从何开口,只好这样叫着。

"不。叫我叔婆。"她微笑着说。

"是,叔婆。"

她面色凝重了,说话放慢了,但明晰,简捷,每句话像一块铁一样。

"我今天不能待久。"

"嗯。"我回答。

"我今天是代表最高方面来的。"她说。

"最高方面?……"我想知道。

"国际!"她只说两个字,随后又补充说:"共产国际。"

"啊!"我几乎叫出来。

"冷静点。"她说,"只问你两个问题。第一,上海的秘密工作还能否坚持下去?第二,你所知道的叛徒的名单。"

我回答了:"第一,恐怕困难。我自己打算进苏区。第二,这容易,我马上写给你。"

"好。只有十分钟。"她微笑着,打开小皮包,摸出一根香烟,自己点了火,然后站起身子,往我母亲客厅中去。我听见她和母亲低着声说了些什么,然后两人高声笑起来。

我飞快地写好了,在一条狭长的纸上。十分钟,她出来了,我母亲还躺着,她看见我已写好,便打开皮包,取出一根纸烟,把上半截烟丝挑出来,把我那一张纸卷塞进去,然后放进皮包里。

我不用问。还有什么好问的?我只怔怔地望着她。她从容地站起来了。

"走了?"我问。

她没说话,指指客厅。我明白她和母亲要告别。我轻声叫:"妈妈!"

"知道了。"妈妈出来,她们手挽手到楼梯口。原来我母亲住的房子,是同经亨颐先生合租的,二楼成了她的居所,楼下是著名的"寒友之社"，那楼下的客厅便是经先生以及一大群画家常来挥毫之所。

"我自己下去。不要送了。"宋庆龄同志说。

"？"我妈妈眼睛瞪得很大。

"不要紧。安全的。"她有把握地说。然后慢步下了楼梯，走过厨房，也就出了何香凝公馆的大门。她一笑，出去了，真利落。

我有点紧张，问妈妈："要不要等会儿打电话？"很明显，如果她回了家，接通电话，就表示真的安全了。

"你这傻孩子！"我母亲笑了。"你搞了这些那些，连这都不明白？我从来不打电话给她，她也从不打电话给我，放心。"

我真的放心了，她也真的没有来电话……

这一段回忆，埋在我心里将近五十年，从不敢同别人讲过。

回想起来，回忆真有一大堆。儿童时代的，欧洲时代的，香港时代的，解放以后的……从她一生革命的长河中每个阶段都可以看到，她一生是革命家，是斗士，以共产党员自许，而最后获得党证，是我们伟大的中华人民共和国的名誉主席。

无论如何，上面的那一段，我认为有责任把它写出来，尽管过了将近五十年，但那短暂的不及半小时的每一分钟我都记得清清楚楚……

作品赏析

廖承志给人的感觉是学识广博多才多艺，不仅仅在文学上也在画作上展露才艺。评论家分析作者为人坦荡，古道热肠，豪爽乐天，而这也是我们解读此文一个极好的外在切入点。

《我的吊唁和回忆》最为可贵的是为我们保留了宋庆龄女士人生际遇和临终前那段不可多得的鲜为人知的故事，既包括了作者私底下称呼宋庆龄为叔婆的隐秘，也包括了宋庆龄和中国共产党的一些微妙的情结，甚者还涉及到了她死后归葬的问题。这都在历史上颇具史料价值的。

文章的最成功处还在以相关的事实勾勒了宋庆龄的完美形象，在作者看来,她是随和的,为人极好相处,又是谦虚不慕虚荣的。这从她力倡死后不葬南京中山陵而魂归于上海和自己的父母、佣人李妈身边即可得到确证。这就是一个革命者的高风亮节,即使是在日常的生活中也不例外。

《我的吊唁和回忆》虽然在文章结构上闲散无架,只是沿着作者的思绪,捕捉作者认为值得追忆的日常生活细节,如细水流淌,缓缓不绝。而在语言的运用上,更是拙朴真切,没有丝毫的做作,这和文章形象的塑造,如出一辙,步调极其一致。此文向我们展现了一般在其他的地方很难再见到的伟大女性宋庆龄的形象的一些零星点滴。

赋得永久的悔 /季羡林

情至深处无言辞,落于笔端即华章
娓娓道来中的人间至情
绚烂至极归于平淡的艺术风格

题目是韩小蕙小姐出的,所以名之曰"赋得"。但文章是我心甘情愿作的,所以不是八股。我为什么心甘情愿作这样一篇文章呢?一言以蔽之,题目出得好,不但实获我心,而且先获我心:我早就想写这样一篇东西了。

我已经到了望九之年。在过去的七八十年中,从乡下到城里;从国内到国外;从小学、中学、大学到洋研究院;从"志于学"到超过"从心所欲不逾矩",曲曲折折,坎坎坷坷,既走过阳关大道,也走过独木小桥;既经过"山重水复疑无路",又看到"柳暗花明又一村",喜悦与忧伤并驾,失望与希望齐飞,我的经历可谓多矣。要讲后悔之事,那是俯拾皆是。要选其中最深切、最真实、最难忘的悔,也就是永久的悔,那也是唾手可得,因为它片刻也没有离开过我的心。

我这永久的悔就是:不该离开故乡,离开母亲。

我出生在鲁西北一个极端贫困的村庄里。我祖父母早亡,留下了我父亲等三个兄弟,孤苦伶仃,无依无靠。最小的一叔送了人。我父亲和九叔饿得没有办法,只好到别人家的枣林里去捡落在地上的干枣充饥。这当然不是长久之计。最后兄弟俩被逼背乡离井,盲流到济南去谋生。此时他俩也不过十几二十岁。在举目无亲的大城市里,必然是经过千辛万苦,九叔在济南落住了脚。于是我父亲就回到了故乡,说是农民,但又无田可耕。又必然是经过千辛万苦。九叔从济南有时寄点钱回家,父亲赖以生活。不知怎么一来,竟然寻上了媳妇,她就是我的母亲。

后来我听说,我们家确实也"阔"过一阵。大概在清末民初,九叔在东三省用口袋里剩下的最后五角钱,买了十分之一的湖北水灾奖券,中了奖。兄弟俩商量,要"富贵而归故乡",回家扬一下眉,吐一下气。于是把钱运回家,九叔仍然留在城里,乡里的事由父亲一手张罗。他用荒唐离奇的价钱,买了砖瓦,盖了房子。又用荒唐离奇的价钱,置了一块带一口水井的田地。一时兴会淋漓,真正扬眉吐气了。可惜好景不长,我父亲又用荒唐离奇的方式,仿佛宋江一样,豁达大度,招待四方朋友——转瞬间,盖成的瓦房又拆了卖砖、卖瓦。有水井的田地也改变了主人。全家又回归到原来的情况。我就是在这个时候,在这样的情况下降生到人间来的。

母亲当然亲身经历了这个巨大的变化。可惜,当我同母亲住在一起的时候,我只有几岁,告诉我,我也不懂。所以,我们家这一次陡然上升,又

作者简介

季羡林(1911—2009),山东临清人,中国当代语言学家、文学翻译家,梵文和巴利文专家。1934年毕业于清华大学外语系。次年赴德国哥廷根大学学习,获哲学博士学位。1946年回国后任教于北京大学,曾任北大副校长、南亚研究所所长、中国史学会常务理事等职。在印度和中亚语言、历史和文化研究方面取得成就。主要著作有评论集《中印文化关系史论丛》,译著《五卷书》《罗摩衍那》等。

陡然下降，只像是昙花一现，我到现在也不完全明白。这个谜恐怕要成为永远的谜了。

不管怎样，我们家又恢复到从前那种穷困的情况。后来听人说，我们家那时只有半亩多地。这半亩多地是怎么来的，我也不清楚。一家三口人就靠这半亩多地生活。城里的九叔当然还会给点接济，然而像中湖北水灾奖那样的事儿，一辈子有一次也不算少了，九叔没有多少钱接济他的哥哥了。

家里日子是怎样过的，我年龄太小，说不清楚。反正吃得极坏，这个我是懂得的。按照当时的标准，吃"白的"（指麦子面）最高，其次是吃小米面或棒子面饼子（黄的），最次是吃红高粱饼子，颜色是红的，像猪肝一样。"白的"与我们家无缘。"黄的"与我们缘分也不大。终日为伍者只有"红的"。这"红的"又苦又涩，真是难以下咽。但不吃又害饿，我真有点谈"红"色变了。

但是，小孩子也有小孩子的办法。我祖父的堂兄是一个举人，他的夫人我喊她奶奶。他们这一支是有钱有地的。虽然举人死了，但家境依然很好。我这一位大奶奶仍然健在。她的亲孙子早亡，所以把全部的钟爱都倾注到我身上来。她是整个官庄能够吃"白的"的仅有的几个人之一。她不但自己吃，而且每天都给我留出半个或者四分之一个白面馍馍来。我每天早晨一睁眼，立即跳下炕来向村里跑，我们家住在村外。我跑到大奶奶跟前，清脆甜美地喊上一声："奶奶！"她立即笑得合不上嘴，把手缩回到肥大的袖子，从口袋里掏出一小块馍馍，递给我，这是我一天中最幸福的时刻。

此外，我也偶尔能够吃一点"白的"，这是我自己用劳动换来的。一到夏天麦收季节，我们家根本没有什么麦子可收。对门住的宁家大婶子和大姑——她们家也穷得够呛——就带我到本村或外村富人的地里去"拾麦子"。所谓"拾麦子"就是别家的长工割过麦子，总还会剩下那么一点点麦穗，这些都是不值得一捡的，我们这些穷人就来"拾"。因为剩下的决不会多，我们拾上半天，也不过拾半篮子；然而对我们来说，这已经是如获至宝了。一定是大婶和大姑对我特别照顾，一个四五岁、五六岁的孩子，拾上一个夏天，也能拾上十斤八斤麦粒。这些都是母亲亲手搓出来的。为了对我加以奖励，麦季过后，母亲便把麦子磨成面，蒸成馍馍，或贴成白面饼子，让我解馋。我于是就大快朵颐了。

记得有一年，我拾麦子的成绩也许是有点"超常"。到了中秋节——农民嘴里叫"八月十五"——母亲不知从哪里弄了点月饼，给我掰了一块，我就蹲在一块石头旁边，大吃起来。在当时，对我来说，月饼可真是神奇的好东西，龙肝凤髓也难以比得上的，我难得吃上一次。我当时并没有注意，母亲是否也在吃。现在回想起来，她根本一口也没有吃。不但是月饼，连其他"白的"，母亲从来都没有尝过，都留给我吃了。她大概是毕生就与红色的高粱饼子为伍。到了灾年，连这个也吃不上，那就只有吃野菜了。

至于肉类，吃的回忆似乎是一片空白。我老娘家隔壁是一家卖煮牛肉的作坊。给农民劳苦耕耘了一辈子的老黄牛，到了老年，耕不动了，几个农民便以极其低的价钱买来，用极其野蛮的办法杀死，把肉煮烂，然后卖掉。老牛肉难煮，实在没有办法，农民就在肉锅内小便一通，这样肉就好烂了。农民心肠好，有了这种情况，就昭告四邻："今天的肉你们别买！"老娘家穷，虽然极其疼爱我这个外孙，也只能用土罐子，花几个制钱，装一罐子牛肉汤，聊胜于无。记得有一次，罐子里多了一块牛肚子。这就成了我的专利。我舍不得一口气吃掉，就用生了锈的小铁刀，一块一块地割着吃，慢慢地吃，这一块牛肚真可以同月饼媲美了。

"白的"、月饼和牛肚难得，"黄的"怎样呢？"黄的"也同样难得。但是，尽管我只有几岁，我却也想出了办法。到了春、夏、秋三个季节，庄外的草和庄稼都长起来了。我就到庄外去割草，或者到人家高粱地里去劈高粱叶。劈高粱叶，田主不但不禁止，而且还欢迎；因为叶子一劈，通风情况就能改进，高粱长得就能更好，粮食打得就能更多。草和高粱叶都是喂牛用的。我们家穷,从来没有养过牛。我二大爷家是有地的,经常养着两头大牛。我这草和高粱叶就是给它们准备的。每当我这个不到三块豆腐干高的孩子背着一大捆草或高粱叶走进二大爷的大门,我心里有恃而不恐,把草放在牛圈里,赖着不走,总能蹭上一顿"黄的"吃,不会被二大娘"卷"(我们那里的土话,意思是"骂")出来。到了过年的时候,自己心里觉得,在过去的一年里,自己喂牛立了功,又有勇气到二大爷家里赖着吃黄面糕。黄面糕是用黄米面加上枣蒸成的。颜色虽黄,却位列"白的"之上,因为一年只在过年时吃一次,物以稀为贵,于是黄面糕就贵了起来。

我上面讲的全是吃的东西。为什么一讲到母亲就讲起吃的东西来了呢?原因并不复杂。第一,我作为一个孩子容易关心吃的东西。第二,所有我在上面提到的好吃的东西,几乎都与母亲无缘。除了"红的"以外,其余她都不沾边儿。我在她身边只待到六岁,以后两次奔丧回家,待的时间也很短。现在我回忆起来,连母亲的面影都是迷离模糊的,没有一个清晰的轮廓。特别有一点,让我难解而又易解:我无论如何也回忆不起母亲的笑容来,她好像是一辈子都没有笑过。家境贫困,儿子远离,她受尽了苦难,笑容从何而来呢?有一次我回家听对面的宁大婶子告诉我说:"你娘经常说:'早知道送出去回不来,我无论如何也不会放他走的!'"简短的一句话里面含着多少辛酸、多少悲伤啊!母亲不知有多少日日夜夜,眼望远方,盼望自己的儿子回来啊!然而这个儿子却始终没有归去,一直到母亲离开这个世界。

对于这个情况,我最初懵懵懂懂,理解得并不深刻。到了上高中的时候,自己大了几岁,逐渐理解了。但是自己寄人篱下,经济不能独立,空有雄心壮志,怎奈无法实现,我暗暗地下定了决心,立下了誓愿:一旦大学毕业,自己找到工作,立即迎养母亲。然而没有等到我大学毕业,母亲就离开我走了,永远永远地走了。古人说:"树欲静而风不止,子欲养而亲不待",这话正应到我身上。我不忍想象母亲临终时思念爱子的情况,一想到，我就会心肝俱裂，眼泪盈眶。当我从北平赶回济南，又从济南赶回清平奔丧的时候，看到了母亲的棺材，看到那简陋的屋子，我真想一头撞死在棺材上，随母亲于地下。我后悔，我真后悔，我千不该万不该离开了母亲。世界上无论什么名誉，什么地位，什么幸福，什么尊荣，都比不上待在母亲身边，即使她一字也不识，即使整天吃"红的"。

这就是我的"永久的悔"。

作品赏析

《赋得永久的悔》是季羡林应别人之约写的一篇文章，其中作者回忆了童年与母亲在一起的经历，描写了于家乡于母亲一生难解的情怀。慈母仙逝，亲朋凋零，是一般人都可能遭遇的自然变迁，但事隔多年季羡林先生依然会夜半惊梦、老泪纵横，穿透思念的月色，情至深处无言辞，落于笔端即华章。文章对母亲几乎没有正面描叙，作者对母亲的思念只贯穿于"白的""红的""黄的"三种食物的讲叙中，烘托于一个朴实、温暖的乡里亲情下。于是母亲便成了一种落叶归根的乡里情怀；便成了永恒的乡愁；便成了人类心中永远难以割舍的寻根情结。正是有了这样的心结，作者在独自面对心灵时总会生出痛彻心扉的"永久的悔"："不该离开故乡，离开母亲"。《赋得永久的悔》语言平实质朴，如朗月星空，看似稀松平常，细品却有博大的人间真气象。

鲁迅先生记 /萧红

入选理由
著名作家萧红的散文佳作
文字亲切自然，思念之情充溢字里行间
笔法凝练，笔调更是感人

鲁迅先生家里的花瓶，好像画上所见的西洋女子用以取水的瓶子，灰蓝色，有点从瓷釉而自然堆起的纹痕，瓶口的两边，还有两个瓶耳，瓶里种的是几棵万年青。

我第一次看到这花的时候，我就问过：

"这叫什么名字？屋里不生火炉，也不冻死？"

第一次，走进鲁迅家里去，那是近黄昏的时节，而且是个冬天，所以那楼下室稍微有一点暗，同时鲁迅先生的纸烟，当它离开嘴边而停在桌角的地方，那烟纹的卷痕一直升腾到他有一些白丝的发梢那么高。而且再升腾就看不见了。

"这花，叫'万年青'，永久这样！"他在花瓶旁边的烟灰盒中，抖掉了纸烟上的灰烬，那红的烟火，就越红了，好像一朵小红花似的和他的袖口相距离着。

"这花不怕冻？"以后，我又问过，记不得是在什么时候了。

许先生说："不怕的，最耐久！"而且她还拿着瓶口给我摇着。

作者简介

萧红（1911—1942），原名张乃莹，黑龙江呼兰人，中国现代女作家。幼年丧母。1929年入哈尔滨第一女子中学学习，接触"五四"新文学。1930年反对家庭包办婚姻，离家出走，几经颠沛。1932年与萧军同居。1936年赴日本。1940年与端木蕻良同抵香港。1942年在香港病逝。主要作品有小说《生死场》《呼兰河传》，散文集《鲁迅先生记》《回忆鲁迅先生》等。

我还看到了那花瓶的底边是一些圆石子，以后，因为熟识了的缘故，我就自己动手看过一两次，又加上这花瓶是常常摆在客厅的黑色长桌上；又加上自己是来自寒带的北方，对于这在四季里都不凋零的植物，总带着一点惊奇。

而现在这"万年青"依旧活着，每次到许先生家去，看到那花，有时仍站在那黑色的长桌子上，有时站在鲁迅先生照像的前面。

花瓶是换了，用一个玻璃瓶装着，看得到淡黄色的须根，站在瓶底。

有时候许先生一面和我们谈论着，一面检查着房中所有的花草。看一看叶子是不是黄了？该剪掉的剪掉；该洒水的洒水，因为不停地动作是她的习惯。有时候就检查着这"万年青"，有时候就谈鲁迅先生，就在他的照像前面谈着，但那感觉，却像谈着古人那么悠远了。

至于那花瓶呢？站在墓地的青草上面去了，而且瓶底已经丢失，虽然丢失了也就让它空空地站在墓边。我所看到的是从春天一直站到秋天；它一直站到邻旁墓头的石榴树开了花而后结成了石榴。

从开炮以后，只有许先生绕道去过一次，别人就没有去过。当然那墓草是长得很高了，而且荒了，还说什么花瓶，恐怕鲁迅先生的瓷半身像也要被荒了的草埋没到他的胸口。

我们在这边，只能写纪念鲁迅先生的文章，而谁去努力剪齐墓上的荒草？我们是越去越远了，但无论多少远，那荒草是总要记在心上的。

作品赏析

萧红曾与鲁迅有过一段难忘的交往经历。鲁迅对萧红的生活、创作都给予了慈父、师长般的关怀，曾为萧红的小说《生死场》作了序言，因此萧红对鲁迅的尊敬、景仰之情是不言而喻的。1938年，即鲁迅逝世后两年，萧红写了两篇怀念鲁迅的文章《鲁迅先生记》（一）、（二）。本文选的是《鲁迅先生记》（一）。文章通过忆写鲁迅生活的零星片断，展示了鲁迅的言谈笑貌、品性气质和人格精神，寄托了作者对鲁迅的浓浓思念之情。

作者以小显大，紧扣常人不注意的"花瓶"和"万年青"展开内容，通过自己与鲁迅、许广平的简单对话，寥寥数语便使鲁迅的形象跃然纸上。文章巧用象征、拟人手法，以"万年青"象征鲁迅的精神，生动而形象。文章虽然篇幅短小，却蕴含有很重的思想、感情分量。文章着笔随意，娓娓叙来，亲切自然，悠悠思念之情充溢字里行间，具有很强的感染力。

茶花赋/杨朔

入选理由
杨朔的散文代表作品
初学散文者的学习范本
收入中学课本的散文名篇

久在异国他乡，有时难免要怀念祖国的。怀念极了，我也曾想：要能画一幅画儿，画出祖国的面貌特色，时刻挂在眼前，有多好。我把这心思去跟一位擅长丹青的同志商量，求她画，她说："这可是个难题，画什么呢？画点零山碎水，一人一物，都不行。再说，颜色也难调，你就是调尽五颜六色，又怎么画得出祖国的面貌？"我想了想，也是，就搁下这桩心思。

今年二月，我从海外回来，一脚踏进昆明，心都醉了。我是北方人，论

作者简介

杨朔（1913—1968），中国当代小说家和散文家。原名杨毓瑨，字莹叔。山东蓬莱人。青少年时代受到良好的文化教育。1929年随舅父到哈尔滨谋生。抗战爆发后，两度去延安，后转战西北、广东、华北各地，从事文学创作。1939年到太行山八路军总部从事文化宣传工作。解放战争期间，当过随军记者，转战晋察冀地区。中华人民共和国成立后在中华全国铁路总工会工作。抗美援朝战争期间，赴朝参战。1955年后，主要从事对外文化交流工作。1968年不幸逝世。

季节，北方也许正是搅天风雪，水瘦山寒，云南的春天却脚步儿勤，来得快，到处早像催生婆似的正在催动花事。

花事最盛的去处数着西山华庭寺。不到寺门，远远就闻见一股细细的清香，直渗进人的心肺。这是梅花，有红梅、白梅、绿梅，还有朱砂梅，一树一树的，每一树梅花都是一首诗。白玉兰花略微有点儿残，娇黄的迎春却正当时，那一片春色啊，比起滇池的水来不知还要深多少倍。

究其实这还不是最深的春色。且请看那一树，齐着华庭寺的廊檐一般高，油光碧绿的树叶中间托出千百朵重瓣的大花，那样红艳，每朵花都像一团烧得正旺的火焰。这就是有名的茶花。不见茶花，你是不容易懂得"春深似海"这句诗的妙处的。

想看茶花，正是好时候。我游过华庭寺，又冒着星星点点细雨游了一次黑龙潭，这都是看茶花的名胜地方。原以为茶花一定很少见，不想在游历当中，时时望见竹篱茅屋旁边会闪出一枝猩红的花来。听朋友说："这不算稀奇。要是在大理，差不多家家户户都养茶花。花期一到，各样品种的花儿争奇斗艳，那才美呢。"

我不觉对着茶花沉吟起来。茶花是美啊。凡是生活中美的事物都是劳动创造的。是谁白天黑夜，积年累月，拿自己的汗水浇着花，像抚育自己儿女一样抚育着花秧，终于培养出这样绝色的好花？应该感谢那为我们美化生活的人。

普之仁就是这样一位能工巧匠，我在翠湖边上会到他。翠湖的茶花多，开得也好，红通通的一大片，简直就是那一段彩云落到湖岸上。普之仁领我穿着茶花走，指点着告诉我这叫大玛瑙，那叫雪狮子；这是蝶翅，那是大紫袍……名目花名多得很。后来他攀着一棵茶树的小干枝说："这叫童子面，花期迟，刚打骨朵，开起来颜色深红，倒是最好看的。"

我就问："古语说：看花容易栽花难——栽培茶花一定也很难吧？"

普之仁答道："不很难，也不容易。茶花这东西有点特性，水壤气候，事事都得细心。又怕风，又怕晒，最喜欢半阴半阳。顶讨厌的是虫子。有一种钻心虫，钻进一条去，花就死了。一年四季，不知得操多少心呢。"

我又问道："一棵茶花活不长吧？"

普之仁说："活的可长啦。华庭寺有棵松子鳞，是明朝的，五百多年了，一开花，能开一千多朵。"

我不觉噢了一声：想不到华庭寺见的那棵茶花来历这样大。

普之仁误会我的意思，赶紧说："你不信么？大理地面还有一棵更老的呢，听老人讲，上千年了，开起花来，满树数不清数，都叫万朵茶。树干子那样粗，几个人都搂不过来。"说着他伸出两臂，做个搂抱的姿势。

我热切地望着他的手，那双手满是茧子，沾着新鲜的泥土。我又望着他的脸，他的眼角刻着很深的皱纹，不必多问他的身世，猜得出他是个曾经忧患的中年人。如果他离开你，走进人丛里去，立刻便消逝了，再也不容易寻到他——他就是这样一个极其普通的劳动者。然而正是这样的人，整月整年，劳心劳力，拿出全部精力培植着花木，美化我们的生活。美就是这样创造出来的。

正在这时，恰巧有一群小孩也来看茶花，一个个仰着鲜红的小脸，甜蜜蜜地笑着，唧唧喳喳叫个不休。

我说："童子面茶花开了。"

普之仁愣了愣，立时省悟过来，笑着说："真的呢，再没有比这种童子面更好看的茶花了。"

一个念头忽然跳进我的脑子，我得到一幅画的构思。如果用最浓最艳的朱红，画一大朵含露乍开的童子面茶花，岂不正可以象征着祖国的面貌？我把这个简单的构思记下来，寄给远在国外的那位丹青能手，也许她肯再斟酌一番，为我画一幅画儿吧。

一九六一年

作品赏析

杨朔坚持认为："好的散文就是一首诗。"并在其创作中深入实践着这一艺术见解。散文的诗境，就是圆美的境界。他的散文开阖自如，善于运用古典诗词中托物言志、借景抒情的手法，曲尽其妙，且语言凝练、蕴藉深远。《茶花赋》是他的散文名篇，集中体现了这一特色。

全文起承转合，布局精妙，层层铺垫，丝丝入扣。开篇就奠定了全文的抒情基调，作者步步深入，笔笔记胜，直至结尾水到渠成，点明托物言志的题旨。文章在抒情中叙事，在叙述中抒情，两者密切融合，浑然一体，叙述语言也总是焕发着浓烈的诗意。随着人、事、景、物的叙写，讴歌祖国和人民的哲理诗情，得到了浑然圆成、曲致含蓄的表现。

这篇文章的特色还在于，作者善于在看来极其平凡的事物中提炼出动人的诗意，在一片奇景中寄寓深邃情思，通过诗的意境，展现出时代的侧影。杨朔十分注意语言的锤炼，他那玲珑的风格，隽永的诗意，离不开艺术语言的创造，同时他的文笔十分谐调。本文的语言洗练、清新，在自然、质朴的遣词中淋漓着浓浓的诗意，归根结底得益于作者叙事状物的精确与清晰。

葡萄月令 / 汪曾祺

> **入选理由**
> 汪曾祺的散文代表作
> 冲淡中洋溢着真诚
> 劳作中的文人雅趣

一月，下大雪。

雪静静地下着。果园一片白。听不到一点声音。

葡萄睡在铺着白雪的窖里。

二月里刮春风。

立春后,要刮四十八天"摆条风"。风摆动树的枝条,树醒了,忙忙地把汁液送到全身。树枝软了。树绿了。

雪化了,土地是黑的。

黑色的土地里,长出了茵陈蒿。碧绿。

葡萄出窖。

把葡萄窖一锹一锹挖开。挖下的土,堆在四面。葡萄藤露出来了,乌黑的。有的梢头已经绽开了芽苞,吐出指甲大的苍白的小叶。它已经等不及了。

把葡萄藤拉出来,放在松松的湿土上。

不大一会,小叶就变了颜色,叶边发红——又不大一会,绿了。

三月,葡萄上架。

先得备料。把立柱、横梁、小棍,槐木的、柳木的、杨木的、桦木的,按照树棵大小,分别堆放在旁边。立柱有汤碗口粗的、饭碗口粗的、茶杯口粗的。一棵大葡萄得用八根、十根,乃至十二根立柱。中等的,六根、四根。

先刨坑,竖柱。然后搭横梁,用粗铁丝紧。然后搭小棍,用细铁丝缚住。

然后,请葡萄上架。把在土里趴了一冬的老藤扛起来,得费一点劲。大的,得四五个人一起来。"起!——起!"哎,它起来了。把它放在葡

作者简介

汪曾祺(1920—1997),江苏高邮人,中国当代作家。1943年从昆明西南联合大学中文系毕业后,在昆明、上海任中学国文教员和历史博物馆职员。中华人民共和国成立后,先后在北京文联、中国民间文学研究会、北京京剧院工作,并执编《北京文艺》《民间文学》等刊物。主要作品有小说集《邂逅集》《汪曾祺短篇小说选》,散文集《蒲桥集》《汪曾祺自选集》及一些京剧剧本。

萄架上，把枝条向三面伸开，像五个指头一样的伸开，扇面似的伸开。然后，用麻筋在小棍上固定住。葡萄藤舒舒展展，凉凉快快地在上面呆着。

上了架，就施肥。在葡萄根的后面，距主干一尺，挖一道半月形的沟，把大粪倒在里面。葡萄上大粪，不用稀释，就这样把原汁大粪倒下去。大棵的，得三四桶。小葡萄，一桶也就够了。

四月，浇水。

挖窖挖出的土，堆在四面，筑成垄，就成一个池子。池里放满了水。葡萄园里水气泱泱，沁人心肺。

葡萄喝起水来是惊人的。它真是在喝！葡萄藤的组织跟别的果树不一样，它里面是一根一根细小的导管。这一点，中国的古人早就发现了。《图经》云："根苗中空相通。圃人将货之，欲得厚利，暮溉其根，而晨朝水浸子中矣，故俗呼其苗为木通。""暮溉其根，而晨朝水浸子中矣"，是不对的。葡萄成熟了，就不能再浇水了。再浇，果粒就会涨破。"中空相通"却是很准确的。浇了水，不大一会，它就从根直吸到梢，简直是小孩嘬奶似的拼命往上嘬。浇过了水，你再回来看看吧：梢头切断过的破口，就嗒嗒地往下滴水了。

是一种什么力量使葡萄拼命地往上吸水呢？

施了肥，浇了水，葡萄就使劲抽条、长叶子。真快！原来是几根根枯藤，几天功夫，就变成青枝绿叶的一大片。

五月，浇水、喷药、打梢、掐须。

葡萄一年不知道要喝多少水，别的果树都不这样。别的果树都是刨一个"树碗"，往里浇几担水就得了，没有像它这样的："漫灌"，整池子的喝。

喷波尔多液。从抽条长叶，一直到坐果成熟，不知道要喷多少次。喷了波尔多液，太阳一晒，葡萄叶子就都变成蓝的了。

葡萄抽条，丝毫不知节制，它简直是瞎长！几天功夫，就抽出好长的一节的新条。这样长法还行呀，还结不结果呀？因此，过几天就得给它打一次条。葡萄打条，也用不着什么技巧，一个人就能干，拿起树剪，劈劈啪啪，把新抽出来的一截都给它铰了就得了。一铰，一地的长着新叶的条。

葡萄的卷须，在它还是野生的时候是有用的，好攀附在别的什么树木上。现在，已经有人给它好好地固定在架上了，就一点用也没有了。卷须这东西最耗养分——凡是作物，都是优先把养分输送到顶端，因此，长出来就给它掐了，长出来就给它掐了。

葡萄的卷须有一点淡淡的甜味。这东西如果腌成咸菜，大概不难吃。

五月中下旬，果树开花了。果园，美极了。梨树开花了，苹果树开花了，葡萄也开花了。

都说梨花像雪，其实苹果花才像雪。雪是厚重的，不是透明的。梨花像什么呢？——梨花的瓣子是月亮做的。

有人说葡萄不开花，哪能呢！只是葡萄花很小，颜色淡黄微绿，不钻进葡萄架是看不出的。而且它开花期很短。很快，就结出了绿豆大的葡萄粒。

六月，浇水、喷药、打条、掐须。

葡萄粒长了一点了，一颗一颗，像绿玻璃料做的纽子。硬的。

葡萄不招虫。葡萄会生病，所以要经常喷波尔多液。但是它不像桃，桃有桃食心虫；梨，梨有梨食心虫。葡萄不用疏虫果——果园每年疏虫果是要费很多工的。虫果没有用，黑黑的一个半干的球，可是它耗养分呀！所以，要把它"疏"掉。

七月，葡萄"膨大"了。

掐须、打条、喷药，大大地浇一次水。

追一次肥。追硫铵。在原来施粪肥的沟里撒上硫铵。然后，就把沟填平了,把硫铵封在里面。

汉朝是不会追这次肥的,汉朝没有硫铵。

八月,葡萄"着色"。

你别以为我这里是把画家的术语借用来了。不是的。这是果农的语言,他们就叫"着色"。

下过大雨,你来看看葡萄园吧,那叫好看!白的像白玛瑙,红的像红宝石,紫的像紫水晶,黑的像黑玉。一串一串,饱满、磁棒、挺括,璀璨琳琅。你就把《说文解字》里的玉字偏旁的字都搬了来吧,那也不够用呀!

可是你得快来!明天,对不起,你全看不到了。我们要喷波尔多液了——喷波尔多液,它们的晶莹鲜艳全都没有了,它们蒙上一层蓝兮兮、白糊糊的东西,成了磨砂玻璃。我们不得不这样干。葡萄是吃的,不是看的。我们得保护它。

过不两天,就下葡萄了。

一串一串剪下来,把病果、瘪果去掉,妥妥地放在果筐里。果筐满了,盖上盖,要一个棒小伙子跳上去蹦两下,用麻筋缝的筐盖——新下的果子,不怕压,它很结实,压不坏。倒怕是装不紧,逛里逛当的。那,来回一晃悠,全得烂!

葡萄装上车,走了。

去吧,葡萄,让人们吃去吧!

九月的果园像一个生过孩子的少妇,宁静、幸福,而慵懒。我们还给葡萄喷一次波尔多液。哦,下了果子,就不管了?人,总不能这样无情无义吧。

十月,我们有别的农活。我们要去割稻子。葡萄,你愿意怎么长,就怎么长着吧。

十一月，葡萄下架。

把葡萄架拆下来。检查一下，还能再用的，搁在一边。糟朽了的，只好烧火。立柱、横梁、小棍，分别堆垛起来。

剪葡萄条。干脆得很，除了老条，一概剪光。葡萄又成了一个大秃子。

剪下的葡萄条，挑有三个芽眼的，剪成二尺多长的一截，捆起来，放在屋里，准备明春插条。

其余的，连枝带叶，都用竹笤帚扫成一堆，装走了。

葡萄园光秃秃。

十一月下旬，十二月上旬，葡萄入窖。

这是个重活。把老本放倒，挖土把它埋起来。要埋得很厚实。外面要用铁锹拍平。这个活不能马虎。都要经过验收，才给记工。

葡萄窖，一个一个长方形的土墩墩。一行一行，整整齐齐地排列着。风一吹，土色发了白。

这真是一年的冬景了。热热闹闹的果园，现在什么颜色都没有了。眼界空阔，一览无余，只剩下发白的黄土。

下雪了。我们踏着碎玻璃碴似的雪，检查葡萄窖，扛着铁锹。

一到冬天，要检查几次。不是怕别的，怕老鼠打了洞。葡萄窖里很暖和，老鼠爱往这里面钻。它倒是暖和了，咱们的葡萄可就受了冷啦！

作品赏析

在现当代文坛上，小说和散文双管齐下，且都能自成一家的不多，汪曾祺算是其中一个。他的散文少有宏大的题材，字里行间弥漫的都是文人的雅趣和爱好，称得上是真正的文人散文，读来别有一番闲情逸致。这篇《葡萄月令》是他这种风格的代表作。

文章结构布局颇具特色，乍看如同记了一本流水账，仔细品味，方知作者匠心独具，剪辑精心且有章法。这样的结构，既清楚明了地表达了繁复琐碎的内容,又不显凌乱,随意而潇洒。作者是典型的文人,但是行文中,上架掐须、浇水施肥,有条有理,有板有眼,俨然是一位经验丰富的老农。在兴致勃勃而又趣味盎然的唠叨中,不经意地又提及了《图经》《说文解字》,充盈着文人雅趣,这两种情调融于一炉,风味别具。

作者观察很细致,葡萄叶的些微变化,不仅小而且颜色淡、花期短的葡萄花都在他的关照之内,体现了作者之用心。作者写"树醒了,忙忙地把汁液送到全身""葡萄喝起水来是惊人的",这活泼的拟人,既清新,又生动,从中不难感受到作者寓于葡萄的感情,"一草一木总关情",真是实至名归。这样灵活运用修辞的例子在文中随手可以拈来大堆。极大地丰富了文章的艺术表现力。文章在语言上还有另一个特色,多用口语。既显得亲切随和,又风趣活泼,作者真诚而淡泊的胸怀也可见一斑。

思台北,念台北/余光中

入选理由
著名诗人余光中的人生散文
通篇洋溢着浓浓的故园情思
横跨两岸的乡愁诗人的一颗纯粹的心

隐地从台北寄来他的新书《欧游随笔》,并在扉页上写道:"尔雅也在厦门街一一三巷,每天,我走您走过的脚步。"一句话,撩起我多少乡愁。龙尾蛇头,接到多少张圣诞卡贺年片,没有一句话更撼动我的心弦。

如果脚步是秋天的落叶,年复一年,季复一季,则最下面的一层该都是我的履印与足音,然后一层层,重重叠叠,旧印之上覆盖着新印,千层下,少年的屐迹车辙,只能在仿佛之间去翻寻。每次回到台北,重踏那条深长的巷子,隐隐,总踏起满巷的回音,那是旧足音醒来,在响应新的足音?厦门街,水源路那一带的弯街斜巷,拭也拭不尽的,是我的脚印和指纹。每一条窄弄都通向记忆,深深的厦门街,是我的回声谷。也无怪隐地走过,难逃我的联想。

那一带的市井街坊,已成为我的"背景"甚至"腹地"。去年夏天在西雅图,和叶珊谈起台湾诗选之滥,令人穷于应付,成了"选灾"。叶珊笑说,这么发展下去,总有一天我该编一本《古亭诗选》,他呢,则要编一本《大安诗选》。其实叶珊在大安区的脚印,寥落可数,他的乡井当然在水之湄,在花莲。他只能算是"半山"的乡下诗人,我,才是城里的诗人。十年一觉扬州梦,醒来时,我已是一位台北人。

当然不止十年了。清明尾,端午头,中秋月后又重九,春去秋来,远方盆地里那一座岛城,算起来,竟已住了二十六年了。这期间,就算减去旅美的五年,来港的两年,也有十九年之久。北起淡水,南迄乌来,半辈子的岁月便在那里边攘攘度过,一任红尘困我,车声震我,限时信,电话和门铃催我促我,一任杜鹃媚我于暮春,莲塘迷我于仲夏,雨季霉我,溽暑蒸我,地震和台风撼我摇我。四分之一的世纪,我眼见台北长高又长大,脚踏车三轮车把大街小巷让给了电单车计程车,半田园风的小省城变成了国际化的现代立体大城市。镜头一转,前文提要一样跳速,台北也惊见

作者简介

余光中(1928—2017),当代作家、批评家、翻译家。出生于南京。祖籍福建永春。母亲原籍江苏武进,故也自称"江南人"。1952年,余光中毕业于台湾大学外文系。1959年获美国爱荷华大学艺术硕士。先后任教台湾东吴大学、师范大学、台湾大学、政治大学。其间两度应美国国务院邀请,赴美国多家大学任客座教授。1972年任政治大学西语系教授兼主任。1974年至1985年任香港中文大学中文系主任。1985年起,任高雄市"国立中山大学"教授及讲座教授。其中有6年时间兼任文学院院长及外文研究所所长。

余光中一生从事诗歌、散文、评论、翻译的创作,自称为写作的"四度空间",被誉为"艺术上的多妻主义者",现已出版诗集21种,散文集11种,评论集5种,翻译集13种,共40余种。他的《乡愁》一诗传遍华人世界,其他如《乡愁四韵》与《民歌》等,也很流行。2004年出版9卷本《余光中文集》,并获华语文学传媒大奖。

我，如何从一个寂寞而迷惘的流亡少年变成大四的学生，少尉编译官，新郎，父亲，然后是留学生，新来的讲师，老去的教授，毁誉交加的诗人，左颊掌声右颊是嘘声。二十六年后，台北恐已不识我，霜发的中年人，正如我也有点近乡情怯，机翼斜斜，海关扰扰，出得松山，迎面那一丛丛陌生的楼影。

曾在那岛上，浅浅的淡水河边，遥听嘉陵江滔滔的水声，曾在芝加哥的楼影下，没遮没拦的密西根湖岸，念江南的草长莺飞，花发蝶忙。乡愁一缕，恒与扬子江东流水竞长。前半生，早如断了的风筝落在海峡的里面，手里兀自牵一缕旧线。每次填表，"永久地址"那一栏总教人临表踟蹰，好生为难，一若四海之大，天地之宽，竟有一处是稳如磐石，固如根柢，世世代代归于自己，生命深深植于其中，海啸山崩都休想将它拔走似的。面对着天灾人祸，世局无常，竟要填表人肯定说自己的"永久地址"，真是一大幽默，带一点智力测验的意味。尽管如此，表却不能不填。二十世纪原是填表的时代，从出生纸到死亡证书，一个人一辈子要填的表，叠起来不会薄于一部大字典。除非你住在乌托邦，表是非填不可的。于是"永久地址"栏下，我暂且填上"台北市厦门街一一三巷八号"。这一暂且就暂且了二十多年，比起许多永久来，还永久得多。

正如路是人走出来的，地址，也是人住出来的。生而为闽南人，南京人，也曾经自命为半个江南人，四川人，现在，有谁称我为台北人，我一定欣然接受，引以为荣。有那么一座城，多少熟悉的面孔，由你的朋友，你的同学，同事，学生所组成，你的粉笔灰成雨，落湿了多少讲台，你的蓝墨水成渠，灌溉了多少亩报刊杂志。四个女孩都生在那城里，母亲的慈骨埋在近郊，父亲的岳母皆成了常青的乔木，植物一般植根在那条巷里。有那么一座城，锦盒一般珍藏着你半生的脚印和指纹，光荣和愤怒，温柔和伤心，珍藏着你一颗颗一粒粒不朽的记忆。家，便是那么一座城。

把一座陌生的城住成了家，把一个临时地址拥抱成永久地址，我成了想家的台北人，在和中国母体土接壤连的一角小半岛上，隔着南海的青烟蓝水，竟然转头东望，思念的，是20多年来餐我以蓬莱的蓬莱岛城。我的阳台向北，当然，也尽多北望的黄昏。奈何公无渡河，从对河来客的口中，听到的种种切切，陌生的，严厉的，迷惑的，伤感的，几已难认后土的慈颜，哎，久已难认，正如贾岛的七绝所言：

客舍并州已十霜，归心日夜忆咸阳。

无端更渡桑乾水，却望并州是故乡。

如果十霜已足成故乡，则我的二十霜啊多情又何逊唐朝一孤僧？

未回台北，忽焉又一年有半了。一小时的飞程，隔水原同比邻，但一道海关多重表格横在中间，便感烟波之阔了。愿台北长大长壮但不要长得太快，愿我记忆中的岛城在开路机铲土机的挺进下保留一角半隅的旧区让我循那些曲折而玄秘的窄弄幽巷步入六十年代五十年代。下次见面时，愿相看妩媚如昔，城如此，哎，人亦如此。

祖籍闽南，说来也巧，偌大一座台北城，二十多年来只住过两条闽南风味的小街：同安街和厦门街。同安街只住了两年半，后来的二十四年就一直在厦门街。如果台北是我的"家城"（英文有这种说法），厦门街就是我的"家街"了。这家，是住出来的，也是写出来的。八千多个日子，二十几番夏至和秋分，即便是一片沙漠，也早已住成家了。多少篇诗和散文，多少部书，都是在临巷的那个窗口，披一身重重叠叠深深浅浅的绿荫，吟哦而成。我的作品既在那一带的巷间孕化而成，那条小街，那些曲巷也不时浮现在我的字里行间，成为现代文学的一个地理名词。萤塘里、网溪里，久已育我以灵感，希望掌管那一带的地灵土仙能知晓，我的灵感也荣耀过他们。厦门街的名字，在我的香港读者之间，也不算陌生。

有意无意之间，在台北，总觉得自己是"城南人"，不但住在城南，工作也在城南。台湾最具规模的三座学府全在城南，甚至南郊；北起丽水街，南迄指南山麓，我的金黄岁月都挥霍在其中。思潮文风，在杜鹃花簇的迷锦炫绣间起伏回荡。当时年少，曾餍过多少稚美的青睐青眼，西去取经，分不清，身是唐吉诃德或唐僧。对我而言，古亭区该是中国文化最高的地区，记忆也最密。即连那"家巷"的左邻右舍，前翁后媪，也在植物一般悠久而迟缓的默契里，相习而相忘，相近相亲。出得巷里，左手是裁缝铺子、理发店、照相馆……闭着眼睛，我可以一家家数过去，梦游一般直数到汀州街口。前年夏天从香港回台北，一天晚上，去巷口那家药行买药。胖胖的老板娘在柜台后面招呼我，还是二十年来那一口潮州国语。不见老板，我问她老板可好。"过身了——今年春天。"说着她眼睛一阵湿，便流下了泪来。我也为之黯然神伤，一时之间，不知怎么安慰才好，默默相对了片刻，也就走开了。回家的路上，我很是感动，心里满溢着温暖的乡情。一问一答之间，那妇人激动的表情，显示她已经把我当成了亲人。二十年来，我是她店里的常客，和她丈夫当然也是稔熟的。我更想起十八年前母亲去世，那时是她问我答，流泪的是我，嗫嚅相慰的是她。久邻为亲，那一切一切，城南人怎会忘记？

对我而言，城北是商业区，新社区，无论它有多繁华，我的台北仍旧在城南。台北是愈长愈高了，长得好快，七十年代八十年代在城的东北，在松山机场那一带喊他。未来的召唤，好多城南人经不起那诱惑，像何凡、林海音那一家，便迁去了城北，一窝蜂一窝鸟似的，住在高高的大公寓里，和下面的世界来往，完全靠按纽。等到高速公路打通，桃园的国际机场建好，大台北无阻的步伐，该又向西方迈进了。

该来的，什么也挡不住。已去的，也无处可招魂。当最后一位按摩女的笛声隐隐，那一夜在巷底消逝，有一个时代便随她去了。留下的是古色的月光，情人，诗人的月光，仍祟着城南那一带的灰瓦屋，矮围墙，弯弯绕绕的斜街窄巷。以南方为名的那些街道——晋江街、韶安街、金华街、云和街、泉州街、潮州街、温州街、青田街，当然，还有厦门街——全都有小巷纵横，奇径暗通，而门牌之纷乱，编号排次之无轨可顾，使人逡巡其间，迷路时惶惑如智穷的白鼠，豁然时又自得如天才的侦探。几乎家家都有围墙，很少巷子能一目了然，巷头固然望不见巷腰，到了巷腰，也往往看不出巷底要通往何处。那一盘盘交缠错综的羊肠迷宫，当时陷身其中，固曾苦于寻寻觅觅，但风晨雨夜，或是奇幻的月光婆婆的树影下走过，也赋给了我多少灵感。于今隔海想来，那些巷子在奥秘中寓有亲切，原是最耐人咀嚼的。黄昏的长巷里，家家围墙飘出的饭香，吟一首民谣在召归途的行人：有什么，比这更令人低回的呢？

最耐人寻味的小巷，是同安街东北行，穿过南昌街后，通向罗斯福路的那一条。长只五六十码，狭处只容两辆脚踏车蠕行相交。上面晾着未干的衣裳，两旁总排着一些脚踏车手推车，晒些家常腌味，最挤处还有些小孩子在嬉游。砖墙石壁半已剥蚀，颓败的纹理伸手可触。近罗斯福路出口处还有个小小的土地祠，简陋可笑的装饰也无损其香火不绝，供果长青。那恐怕是世界上最短最窄的一条陋巷了。从师大回家的途中，不记得已蜿穿过几千次了，对于我，那是世界上最滑稽最迷人最市井风的一段街景。电视天线接管了日窄的天空，古台北正在退缩。撼地压来的开路机啊，能绕道而行放过这几座历史的残堡吗？

在《蒲公英的岁月》里，曾说过喜欢的是那岛不是那城。台北啊我怎能那样说，对你那样不公平？隔着南中国海的烟波，向香港的电视幕上，收看邻区都市的气象，汉城和东京之后总是台北，是阴是晴是变冷是转热是风前或雨后，都令我特别关心。台风自海上来，将掠台湾而西，扑向厦门和汕头，那气象报告员说，不然便是寒流凛凛自华中南下，气温要普遍下降，明天莫忘多加衣。只有在那一刹那，才幻觉这一切风云雨雾原本是一体，拆也拆不开的。

香港有一种常绿的树，黄花长叶，属刺槐科，据说是移植自台湾，叫"台湾相思"。那样美的名字，似乎是为我而取。

作品赏析

诗人曾经流寓世界各地，但在心中却珍藏着一片心灵的家园。这是一颗诗人的心，纯粹感性细腻，在《思台北，念台北》中作者以独到的笔触来追溯台北的从前现在，和作者不断的故园情。而这其中让作者的心不曾游离的就是发自内心的浓郁的乡愁，就像作者自己所说的：有时候流浪的心疲倦了，他就会像候鸟一样从遥远的异乡带着无限的期待，万里迢迢不顾旅途劳顿地赶回，为的是重温一下故乡的情怀，让自己骚动的心得到滋润。

文章笔势雄健，行文看似随意，却蕴含了相当大的弹性，让人在看完文章后仍然余下久久不去的思考，再加上他对语言追求诗一般的完美精致，突出了文章的神韵所在。

乡愁，这是评论界对诗人一贯的界定，我们在他的文章里就这样看见了一个文化大家的风范。

珍珠鸟/冯骥才

入选理由
文字简洁，隽永耐读
使读者在随意的阅读中，品味出生活的真谛
书写人与自然的和谐境界

真好！朋友送我一对珍珠鸟。放在一个简易的竹条编成的笼子里，笼内还有一卷干草，那是小鸟舒适又温暖的巢。

有人说，这是一种怕人的鸟。

我把它挂在窗前。那儿还有一盆异常茂盛的法国吊兰。我便用吊兰长长的、串生着小绿叶的垂蔓蒙盖在鸟笼上，它们就像躲进深幽的丛林一样安全；从中传出的像笛儿般又细又亮的叫声，也就格外轻松自在了。

阳光从窗外射入，透过这里，吊兰那些无数指甲状的小叶，一半成了黑影，一半被照透，如同碧玉；斑斑驳驳，生意葱茏。小鸟的影子就在这中间隐约闪动，看不完整，有时连笼子也看不出，却见它们可爱的鲜红小嘴儿从绿叶中伸出来。

我很少扒开叶蔓瞧它们，它们便渐渐敢伸出小脑袋瞅瞅我。我们就这样一点点熟悉了。

三个月后，那一团愈发繁茂的绿蔓里边，发出一种尖细又娇嫩的鸣叫。我猜到，是它们，有了雏儿。我呢？决不掀开叶片往里看，连添食加水也不睁大好奇的眼去惊动它们。过不多久，忽然有一个小脑袋从中间探出来。更小哟，雏儿！正是这个小家伙！

它小，就能轻易地由疏格的笼子钻出身。瞧，多么像它的母亲：红嘴红脚，灰蓝色的毛，只是后背还没有生出珍珠似的圆圆的白点；它好肥，整个身子好像一个蓬松的球儿。

起先，这小家伙只在笼子四周活动，随后就在屋里飞来飞去，一会儿落在柜顶上，一会儿神气十足地站在书架上，啄着书背上那些大文豪的名字；一会儿把灯绳撞得来回摇动，跟着跳到画框上去了。只要大鸟在笼里生气地叫一声，它立即飞回笼里去。

我不管它。这样久了，打开窗子，它最多只在窗框上站一会儿，决不飞出去。

渐渐它胆子大了，就落在我书桌上。

它先是离我较远，见我不去伤害它，便一点点挨近，然后蹦到我的杯子上，俯下头来喝茶，再偏过脸瞧瞧我的反应。我只是微微一笑，依旧写东西，它就放开胆子跑到稿纸上，绕着我的笔尖蹦来蹦去；跳动的小红爪子在纸上发出嚓嚓响。

作者简介

冯骥才（1942—），中国当代作家和画家，浙江宁波人，原籍浙江慈溪，生于天津。现任中国文学艺术界联合会执行副主席，中国文联副主席，中国小说学会会长，中国民间文艺家协会主席，天津大学文学艺术研究院院长，《文学自由谈》杂志和《艺术家》杂志主编。已出版中外各种版本著作百余部，画集多部。主要作品有《珍珠岛》《高女人和他的矮丈夫》《神鞭》《三寸金莲》《俗世奇人》《炮打双灯》《一百个人的十年》等。

我不动声色地写，默默享受着这小家伙亲近的情意。这样，它完全放心了。索性用那涂了蜡似的、角质的小红嘴，"嗒嗒"啄着我颤动的笔尖。我用手抚一抚它细腻的绒毛，它也不怕，反而友好地啄两下我的手指。

有一次，它居然跳进我的空茶杯里，隔着透明的玻璃瞅我。它不怕我突然把杯口捂住。是的，我不会。

白天，它这样淘气地陪伴我；天色入暮，它就在父母的再三呼唤声中，飞向笼子，扭动滚圆的身子，挤开那些绿叶钻进去。

有一天，我伏案写作时，它居然落到我的肩上。我手中的笔不觉停了，生怕惊跑它。只一会儿，扭头看，这小家伙竟趴在我的肩头睡着了，银灰色的眼睑盖住眸子，小红脚刚好给胸脯上长长的绒毛盖住。我轻轻抬一抬肩，它没醒，睡得好熟！还咂咂嘴，难道在做梦？

我笔尖一动，流泻下一时的感受：

信赖，往往创造出美好的境界。

作品赏析

冯骥才的散文总给人一种清新的感觉，在健康开朗的格调中，给读者制造一个舒畅的阅读氛围，于显浅明了中见思想的精深。《珍珠鸟》就是体现作者这种风格的典范之作，短小的篇幅，精微的思想，使读者在随意的阅读中，品味出生活的真谛。

下篇

世界最美的散文

亚里士多德论同情 /（古希腊）亚里士多德

入选理由
逍遥派哲学家亚里士多德的哲学篇章
一个智者对同情的界定
和《诗学》比肩的净化心灵的情绪

可以把同情定义为一种由于落到不应当遭此不测的人身上的毁灭性的、令人痛苦的显著灾祸而引起的痛苦情感，同情者会想象这种灾祸有可能也落到自己或自己某位亲朋好友的头上，而且似乎近在眼前。非常清楚，一位将会产生同情的人必定是这样一种人，他们觉得自己或自己的某位亲朋好友有可能遭受某种灾祸，这种灾祸就如上述定义中所提及的，或者与之类同或近似。因此，那些彻底绝望之人不会有同情心，因为他们认为自己已经承受了天下的一切灾难，再也没有什么灾祸可以承受的了；那些自认为极度幸福的人也不会有同情心，他们有的只是傲慢心，因为他们既然自认为已经获得了世间的一切善事，当然会认为不可能遭受任何灾祸了。那些自认为有可能遭遇不测的人是那些已经遭遇过灾祸而又幸免于难的人，那些年老德高之人因为他们具有见识和经验；那些孱弱之人，特别是较为懦弱之人，或者是那些受过教育的人，因为他们具有理智；也是那些有父母双亲、子女及妻室的人因为这些人与他们息息相关，而且有可能遭受上述灾祸。或者，他们也是那些没有体验过阳刚之激情的人，如没有体验过愤怒和失控的人——那些人是不管将来怎样的，以及那些没有体验过暴虐的人——这些人同样不会去想将来会遭受什么灾祸，只有介于两者之间的人才会有同情之心。那些处于极度恐惧中的人也不会有同情心，因为他们的心已经被恐惧之情牢牢控制住了，便不再有怜悯之情。那些认为世界上还有贤明之人的人也会怀有同情之心，因为若是认为这世上已全无好人，那么就会认为所有人受苦受难都在情理之中。总之，仅当人们忆及这样的祸事曾经在自己或自己的亲友身上发生过，或者预期在将来祸事还会重演时，他们才会产生同情之心。

作品赏析

《亚里士多德论同情》是一个后加的题目，文章本身出自《修辞学》，表达的是作者对同情这一种情绪的独到见解。在他看来，同情心的产生需要一定的心态背景，诸如要能相当灵敏地感受到痛苦和伤害的存在，而像安逸、绝望之类的极端心态是不可能产生同情的，所以文章中才说：同情是一种由于落到不应当遭此不测的人身上的毁灭性的、令人痛苦的显著灾祸而引起的痛苦情感。就像他在另一篇文章《诗学》上所表达的悲剧因素一样，在莎士比亚看来是高尚的陨落，而在鲁迅看来是对美好的东西的毁灭，这就是所谓的痛苦，狄德罗将它称为剧院中的慌乱。文中所说，当人们忆及这样的祸事曾经在自己或自己的亲友身上发生过，或者预期在将来祸事还会重演时，他们才会产生同情之心。而这就是亚里士多德所论证的同情产生的缘由。

文章纯粹是论证式的，带有哲学家的思辨意向，即就一个问题作反复的正确的阐述，言语具备相当的逻辑性，非常严密。也正因为他的论证和他的驳杂，《亚里士多德全集》被誉为希腊和人类思想的百科全书。

作者简介

亚里士多德（前384—前322），古希腊哲学家、自然科学家、文艺理论家。生于卡尔基狄克半岛，曾师从柏拉图学习哲学。在奴隶主民主派和贵族派的斗争中，采取折中调和的立场。他的文艺理论著作传世的有《诗学》和《修辞学》。《诗学》对希腊文学作了理论总结，主要围绕悲剧和史诗，深刻探讨了两个根本问题：一是文艺与现实的问题，亚里士多德认为艺术的本质是对自然的摹仿，而且要描写现实中那些带有普遍性的东西，也应该高于现实；一是文艺的社会功用问题，他提出悲剧可以通过引起悲悯与恐惧的感情，并使之得到净化（或宣泄），使人的心理恢复健康。另外，他还强调情节的完整和统一。亚里士多德为西方现实主义文艺理论的发展奠定了基础。《修辞学》论述了古代散文的写作方法。

◇最美的散文

飨宴 /（意大利）但丁

入选理由
诗人但丁的散文佳作
被誉为"百科全书式"的学术经典
带着神学色彩的经院式理性专著

正像哪里有天空，哪里就有星星一样，哪里有高贵，哪里就有美德，而不是哪里有美德，哪里就有高贵。

举一个非常恰当、完美的例子来说吧：正是在天空，难以数计的星星才闪耀着光辉。同样，理智的和精神的美德闪射出光辉，因为它们寄托于高贵之中；天性的各种良好倾向，如怜悯、信仰，令人赞赏的情感，如羞愧、仁慈等等，因高贵而熠熠闪烁；人的形体的优点，如美、力量和健康，也因高贵而光彩夺目。

天空中闪耀的星星难以数计，所以毫不奇怪，人的高贵能产生各式各样的果实；高贵的性质和力量体现于如此众多的形态，所以它们分别聚集和包含在不同的实体里，就像不同的果实结在不同的树枝上一样。

我敢大胆地说，人类的高贵，就它的许多成果来看，胜过天使的高贵，诚然天使的高贵因它的纯一而更加神圣。

《诗篇》作者指出了人类的高贵带来的无数果实，在一篇诗的开头写道：

我们的主啊，你的名字在普世何其美妙！

当《诗篇》的作者评论人的时候，他对于上帝倾注于人类造物的爱几乎表示出惊奇：

"世人算什么，上帝，你竟对他眷顾周详？竟使他稍逊于天神，以尊贵光荣作他冠冕，令他统治你手下的造化。"

人们都在寻求高贵，可那么多人对它的议论却充斥谬误。不妨举色彩为例加以说明：正像暗红色是由黑色派生而来一样，美德是由高贵所派生的。暗红色是由紫红色和黑色混合的颜色，但黑色占了上风，所以叫作暗红色；同样，美德是由高贵和情感混合的一种东西，但高贵占着主导地位，所以美德的称谓才有着善行的意思。

从前面的叙述可以推论道：任何一个人，如果他身上不具备那些果实，他就不可这样声称："我出身于某个家族"，也不应当认定自己就是高贵的。

由此可以进一步论断，所有受到这种"恩典"的人，即所有具备这种神圣的东西的人，就几乎同神一般，不受恶的污染。唯独上帝才能赐予这种恩典，上帝对人是一视同仁的，《圣经》对此已作了很明白的阐发。

奉劝佛罗伦萨的乌尔贝蒂家族和米兰的维斯孔蒂家族的人别说出这样的话语："因为我是这个家族的人，我就是高贵的。"须知神圣的种子并不撒在家族中，并不溶入血统中，而是播种在个人身上，就如下文将要证明的，家族并不使个人高贵，而是个人使家族高贵。

作者简介

但丁（1265—1321），意大利诗人。1265年5月出生在佛罗伦萨的一个小贵族家庭，少年时代就师从著名学者布鲁内托·拉蒂尼学习修辞学、文法和拉丁文等，并掌握了丰富的古典文化知识。当时佛罗伦萨城内有贵尔夫党和吉伯林党两个对立派别，但丁青年时代就加入了贵尔夫党，并一度当选执政官。后来因政治失意而被流放。他提倡用意大利语进行文学创作，并写有《论俗语》一书，对意大利民族语言的形成有重要影响。《新生》（1292—1293）是他第一部作品，这部作品把31首献给贝阿特丽采的情诗用散文连缀起来，歌颂了纯洁的爱情，风格清新自然，并带有中世纪文学的神秘色彩，是"温柔的新体诗"的最高成就，也是西欧文学史上第一部向读者剖析作者最隐秘的思想感情的自传性作品。放逐期间写的《神曲》是但丁最著名的作品，此外还有《飨宴》《帝制论》等著作。由于但丁的作品有从中世纪向资本主义时代过渡的特点，所以他被恩格斯称为"中世纪的最后一位诗人，同时又是新时代的最初一位诗人"。

不妨说，为了理解一部作品，并进而对它进行阐述，需要掌握它的四种意义。

第一种意义叫做字面的意义，它不超越词语的字面上的意思，例如诗人写的寓言。

第二种意义叫做譬喻的意义，这种意义在诗人写的寓言的掩盖下隐藏着，是美妙的虚构里隐蔽着的真实。例如，奥维德描写，当奥菲士拨动金琴的时候，能使猛兽俯首，树木和顽石随之起舞；这意味着，富有智慧的人能够借助声音的力量使残酷的心变得温顺善良，使跟科学和艺术无缘的生灵服从他的意愿，而失去任何理性生活的人，则跟顽石相差无几。至于为什么诗人要采用这种隐蔽的方式来表达自己的思想，这将在末尾第二篇论文里加以论述。事实上，对于作品的譬喻的意义，神学家们的理解跟诗人们的理解就截然不同；不过，我在这里打算遵循诗人们的理解方式，按照诗人们的习惯来理解譬喻的意义。

第三种意义不妨叫做道德的意义，它是读者应该在作品里细心探求的意义，以使自己和自己的学生获得教益。福音书里也可以遇见这样的例子，例如描写耶稣登上高山，改变自己的形象的时候，他在十二使徒中只挑选了三名跟随。这从道德意义上来看，可以理解为在做极端秘密的事情的时候，我们只应该有很少的同伴。

第四种意义叫做奥妙的意义，也就是超意义，或者说从精神上加以阐明的意义。一部作品不只在字面上具有真实的意义，而且可以通过作品描写的事物，来表示崇高的、永恒光荣的事物。这可以在《诗篇》里看得很清楚。《诗篇》说，以色列人民逃出埃及，犹太成为神圣的、自由的地域。从字面的意义看，这显然是真实的，可是从精神的意义着眼，也同样是真实的，就是说灵魂一旦脱离罪孽，它就获得自由的意志，进入神圣的境地。

在阐明作品的意义的时候，首先需要说明字面的意义，因为其他的各种意义都蕴含在它里面，离开了它，其他的意义，特别是譬喻的意义，便不可能理解，显得荒唐无稽。其次，因为每一种事物都具备表面和内核，假如不能首先清楚地理解表面，便无法进而洞察内核；同样地，一部作品的字面的意义始终是表面的意义，不首先理解字面的意义，便无法掌握其他的意义，特别是譬喻的意义。再说，每一种事物，无论是自然的创造物或是人工的作品，假如不首先研究事物的形式赖以存在的物体，便无法确定事物的形式；这好比在确定金子的形式以前，首先需要使物体即金子得到开采和加工，在确定匣子的形式以前，首先需要使物体即树木得到采伐和加工。就作品的字面意义来说，它始终是作为其他意义特别是譬喻的意义的物体而存在，不首先弄清字面的意义，便不能明白其他的意义。

任何一部作品的善与美，是互相区分，迥然不同的。善在于作品的思想，美在于作品的文词修饰。善与美都是令人欣悦的，但应该使善特别令人欣悦。这首诗的善很难被许多谈论它的人所懂得，因为它需要非常精细的理解力，而美则是显而易见的；因此，依我看，人们常常更多地关注诗的美，较少关注它的善。

[吕同六 译]

作品赏析

人们对但丁的认识一般只局限在对《神曲》的观摩上，虽然将但丁推上世界文学大师之位的也是《神曲》，但其实但丁身上潜藏着无尽的才华，恩格斯曾将其称为"中世纪的最后一位诗人，同时又是新时代的最初一位诗人"。而在西方关于诗学的界定中，"诗"是不纯粹的，而是一个相关的模糊的多指的概念，所以我们才称他可以媲美于卢克莱修的哲学思辨，可以相似于歌德的多才多艺。

在《飨宴》中，同样融杂了诗人人文主义的萌芽，以及中世纪的宗教色彩。在经院式的神学与理性的辨析中，带着百科全书性质的通俗解释，为读者铺陈了无尽的精神食粮，并且希望用此温厚的道德情操和兼容的知识储备，消融城邦与城邦之间的仇恨与干戈。这点在作者所引用的《圣经》

中得到了体现:"我们的主啊,你的名字在普世何其美妙!"

为此,文章特意列举了理解作品含义的四层界面:字面的意义;譬喻的意义;道德的意义;奥妙的意义。并希望阅读者能够从中获取到真正的善与美的启迪,按照作者所指示的四个阅读层次,依次挖掘文章的所谓的真正内涵。

文章的整体氛围显得相当融洽,笔意真纯,再加上对经典的旁征博引,不仅具备了坚定难撼的说服力,并且在一定意义上使文章文采斐然。

绘画论 /(意大利)达·芬奇

> **入选理由**
> 画家达·芬奇的散文精粹
> 以艺术家精深思索引导世人去理解绘画
> 科学知识与艺术想象的完美结合

绘画是自然的一切肉眼可见的创造物的唯一摹仿者,如果你蔑视绘画,那么,你必然将蔑视微妙的虚构,这种虚构借助哲理的、敏锐的思辨来探讨各种形态的特征:大海、陆地、树林、动物、草木、花卉以及被光和影环绕的一切。事实上,绘画就是自然的科学,是自然的合法女儿,因为绘画是由自然所诞生。但是,为了把意思表达得更精确一些,我们说,绘画是自然的孙女,因为一切肉眼可见的事物都是由自然所诞生,而绘画则是由这些事物所诞生。因此,我们可以公正地把绘画称作自然的孙女和上帝的亲属。

想象和现实之间的关系,好比影子和投下这阴影的物体之间的关系。同样的关系存在于诗歌与绘画之间。要知道,诗歌借助读者的想象来表现自己的对象,而绘画则把物体这样真实地展示在眼前,使眼睛所看到的这些物体的形象,仿佛就是真正的物体。诗歌反映各种事物的时候就缺少这样逼真的形象，它不能像绘画那样借助视力把物体摄入印象。

绘画以更真实、更可靠的方式，把自然的创造物展示给人的感官，语言或文字是无法做到这一点的；但是文字能够更真实地表达语言，而这是绘画无能为力的。不过，我们可以说，绘画作为描绘自然的创造物的艺术，诗歌作为表现人的创造物即语言的艺术，还有其他借助人的语言的艺术，比较起来，前者是更为奇妙的艺术。

……

如果你，诗人，描叙一场血肉横飞的战斗：战场上天色昏暗，浑浊的飞尘笼罩大地，令人恐怖的战车在燃烧，可怜的人们在死亡的威胁下惊恐地四处逃窜；那么，画家在这方面将超过你，因为当你还没有来得及完全叙述出画家以他的艺术描叙出来的全部图景的时候，你的笔墨已经消耗殆尽，在你用语言描绘出画家顷刻之间表现出的题材以前，你已经疲劳不堪，口干舌燥，饥肠辘辘。……绘画异常概括、真实地描绘出战士的各种动作、身体各部分的姿势和他们的服饰，而对于诗歌来说，要再现这一切，那将是一件多么缓慢而讨厌的事情啊。诚然，绘画表达不出战车的轰鸣，骄横的胜利者的欢呼，战败者的哀叫和哭泣，但这些也同样是诗人无法提供给读者的听觉的。因此，我们可以说，诗歌是为盲人创作的艺术，

作者简介

达·芬奇（1452—1519），生于佛罗伦萨芬奇镇附近的安基亚诺村，逝世于法国安波斯城克鲁堡，是15世纪至16世纪意大利文艺复兴时期天才的艺术大师和科学巨匠。他把科学知识和艺术想象有机地结合起来，使当时绘画的表现水平发展到一个新的阶段。他把解剖、透视、明暗和构图等零碎的知识整理成为系统的理论，对后来欧洲绘画的发展影响很大。

达·芬奇的父亲赛尔·比埃罗·达·芬奇是佛罗伦萨的公证人。达·芬奇是私生子，5岁时，生母被其父遗弃，他从小就跟祖父在乡下生活。由于他天资过人，14岁时拜艺术家委罗基奥为师，到画室学画。由于反对美第奇家族的专制统治，30岁的达·芬奇被迫离开佛罗伦萨投奔米兰大公洛多维柯·斯福尔查，一直为这位大公工作了17年。

绘画则是为聋子创作的艺术。但绘画仍然是更高贵的艺术，因为它是为高贵的感官服务的。

……

绘画是不说话的诗歌，诗歌是看不见的绘画。绘画与诗歌都力求竭尽自己的可能来摹仿自然，无论是前者，或是后者，都能够提供许多富于教益的东西，例如阿珀勒斯的《诬告》。

绘画既然服务于最高贵的感官——眼睛，因而能够产生匀称的和谐感，就像许多不同的声部在同一时间里交融为一体，组成一种协调、和谐的音乐，使听觉欣悦，听众为之倾倒。少女的天使般美丽、匀称的脸容，一旦在画家笔下描绘出来，就能够产生极为强烈的效果，导致一种和谐的意境，在映入眼帘的时候，就像音乐作用于听觉一样。如果把这种和谐的美展示给少女的恋人，他毫无疑问地会惊奇、赞叹，体验到一种任何情感无法比拟的欣喜。

至于说诗歌，它总是力求通过表现各个局部来反映完善的美。这些局部在绘画中能够构成上述的和谐，而在诗歌中产生的美，仅仅像音乐中许多不同的声部在不同的时间里各自独立发出的声音，不能导致任何和谐的意境，就仿佛我们展示一个人的脸孔的时候，并不一下子展示它的全貌，而只是分别地显露它的各个局部，这种印象的不连贯性阻碍了任何和谐的美的形成，因为眼睛无法同时摄取这些局部。诗人在描述某个事物的美的时候，也正是这种情形，他只能在不同的时间里分别地描述各个局部，记忆力阻碍了和谐的美的形成。

让劳作超越自己的思考，这是微不足道的画家；让思考超越自己的劳作，是走向艺术完美境地的画家。

……

不用说，画家在创作的过程中不应该拒绝任何一个人的意见，因为我们清楚地知道，即使一个不会作画的人，他对别人的形状也还是晓得的，他能够很好地判断，那个人是否驼背，或者是否一个肩膀偏高或偏低，他的嘴巴或者鼻子是否偏大，或者是否还有别的缺陷。人既然能够正确地判断自然的创造物，那么我们就更应该承认，他们能够判断我们的错误；要知道，人在创作时往往会犯错误，如果你不能在自己身上发现这些缺点，那就注意别人，从别人的错误中汲取益处。因此，你要耐心地听取别人的意见，很好地研究，很好地考虑，非难者对你的指摘是否有道理，如果你认为他是正确的，那就接受，修改自己的作品，如果你认为他是错误的，那就装出没有听懂他的话的样子，或者，如果你尊重这个人，那就举出恰当的理由，证明他是错误的。

……

我告诉画家们，任何时候任何人都不应该摹仿别人的风格，因为，如果那样，他在艺术上将只能称作自然的孙子，而不是自然的儿子。须知，自然界的事物是那么丰富多姿，所以最好还是诉诸自然，而不是求助于那些拜自然为师的画家。我这番话，不是讲给那些把艺术当作猎取财富的手段的人听的，而是对希求借助艺术获得荣誉和尊敬的人的忠告。

……

优秀的画家应该描写两件主要的东西：人和他的心灵。描写人，是容易的；描写人的心灵，则是艰难的，因为心灵应该通过人的肢体的姿态和动作去表现。在这方面需要向哑人学习，因为他们比其他人做得更好。

[吕同六 译]

作品赏析

在历史的相关记载中，达·芬奇被誉为在当时各个领域都能造诣斐然的全能者。而在绘画领域更是享有盛誉，不管是《蒙娜丽莎》《施洗约翰》，还是《最后的晚餐》都在昭示着作者为千载难逢的旷世奇才，同时这些作品也是意大利文艺复兴时期绘画领域的巅峰之作。

《绘画论》据说是由意大利乌尔宾诺图书馆发现，并经由达·芬奇的弟子梅尔兹的整理而留存下来的。全文将绘画和诗歌创作相提并论，认为绘画是不说话的诗歌，诗歌是看不见的绘画，这和中国宋代诗人苏轼评论唐代诗人王维的"诗中有画，画中有诗"是相类似的，无不在找寻着神与形的最为完美的接洽点。达·芬奇认为画家之作不在模仿，而在描绘人和人的心灵，最为典型的应该是《蒙娜丽莎》这幅绝唱，有优雅的坐姿，梦幻迷茫的人物背景，千古奇韵的神秘一笑；或者是《最后的晚餐》，耶稣的平静，其余人的愤怒、激动甚至不安交相辉映，将作者的创作理念表达得淋漓尽致。

文章展现的是科学知识和艺术想象的完美结合，将构图、色彩配置、明暗理论分析、透视解剖等绘画理念组构成相对系统的理论，对整个文艺复兴，甚至整个欧洲绘画理论和绘画实践的发展都起到了不可低估的引导作用。

人生可笑又滑稽 / （法国）蒙田

入选理由

法国作家蒙田的散文代表作
一个饱学诗书又悲悯不已的学者的人生解读
文章旁征博引，极富人文气息

判断是应付一切问题的工具，而且无处不在使用。正因为如此，在我所写的随笔中，一有机会我就用上它。即使是我不熟悉的问题，我也要拿它来试试，像蹚水过河似的远远地蹚出去。然后，如果这个地方太深了，以我的个头蹚不成，那我就到岸上去呆着。承认过不去，这是判断的一大成功，甚至是它最为得意的成功。有时候，对于一个无关紧要的问题，我要试试，看看它能不能使问题具体化，使之充实有据。有时候，我用它来探讨重大的、有争议的问题；在这样的问题上，它发现不了任何属于它自己的东西，因为路子是现成的，它只能踏着别人的足迹走。这时，它所做的就是选择它所认为的最好的路；在千百条路中，说出这条或那条路选得最合适。我是遇到什么命题就抓什么，对我来说都是不错的。不过，我从来不打算将它们完整地写出来，因为根本见不到全貌。有人答应我们让我们见到全貌，可他们并不兑现。每件事情都有方方面面，有时我只是抓住一面舔一舔，有时只是找出一面摸一摸，有时则要一直夹到骨头上。我往里扎一扎，不是尽量扎得宽，而是尽量扎得深。我常常喜欢抓住命题的某个未曾探讨的方面。如果某个方面我还不熟悉，我就斗胆地深入探讨下去。我在这儿写上一句话，又在那儿涂上另一句，算是从各个部分上零零散散地采取的样品，并不打算作什么，也不许诺作什么。我不一定要对这些写上的东西负责，也不会因为觉得不错就始终如一地坚持这些东西。我还会觉得有疑问，没把握，仍然觉得自己还是老样子———一无所知。

人一活动就会暴露自己。凯撒的内心，不但在组织指挥法萨罗战役时看得出来，而且在安排休闲和艳情时也看得出来，看一匹马不仅要看它在驯马场上的操练，还要看它慢慢行走，甚至要看它在厩内的休息。

人的心灵活动，有的是不太高尚的。看不到这个方面，就不算对人心有彻底的认识。在它平平静静的时候，也许看得清楚得多。感情冲动的时候，它往往显得很高尚。另外，每遇一件事，它就会整个儿扑上去，全力以赴，决不会同时处理两件事。而且，不是根据事情本身，而是按照自己的意愿去处理。如果就事论事，世间事情也许都有各自的标准和特点；但在我们的心里，人心就会按自己的意愿将这些标准、特点任意修凿。死亡

作者简介

蒙田（1533—1592），法国作家。生于多尔多涅的蒙泰涅堡，卒于波尔多市。自幼入教会学校学习，熟练掌握拉丁语和希腊语，后专修法律。1554年起任法院顾问等职达15年之久。辞官还乡后，潜心研读并常常出外旅行，随手撰写读书心得及旅游见闻，1580年出版《随笔集》的第一、第二卷。1588年第三卷问世。1595年《随笔集》增订本出版。《随笔集》内容丰富广博，包罗万象，读来让人感到亲切、生动有趣。死后200年，他游历意大利期间的日记手稿被发现，以《旅行日记》为名出版。

对西塞罗来说是可怕的，对加图来说是自己希望的，对苏格拉底来说是无所谓的。健康、良心、威望、知识、财富、美丽等等以及与之相反的东西，在进入心灵的时候要剥去衣服，换上心灵给予的新衣，染上心灵喜欢的色彩：褐的、绿的、淡的、暗的、刺眼的、顺眼的、深的、浅的，以及它们各自喜欢的；它们没有一起共同对照它们的风格、标准和形态：每一种单列出来都是最好的。所以，我们不要再找事物的外部品质作借口了：我们要在自己身上找原因。我们的好与坏取决于我们自己。要烧香许愿就许给自己，而不要祈求命运：命运对我们的品行无能为力。恰恰相反，我们的品行会影响命运，给它打上自己的印记。我干吗不能评评那个在吃饭时聊着天，胡喝海喝的亚历山大呢？干吗不看看在他下棋时这愚蠢幼稚的娱乐触动和拨弄的是他脑子里的哪根弦呢（我讨厌下棋，因为它算不上娱乐，玩起来过分严肃，把可以用来干正事的精力用到这上面不好意思）？他在组织他那光荣的印度远征时也没有这么忙过；另一位亚历山大在解析一段与人类永福有关的圣经时，也没有这么忙过。你们看，人的心里把这种可笑的娱乐看得多么重；不是全力以赴了吗？在这件事上它多么慷慨地给每人以直接认识和评价自己的可能！在任何别的情况下，我都不可能更加全面地看待和审视我自己。在这件事上，什么样的感情不在折磨人呢？愤怒、怨气、仇恨、急躁以及（在最有理由接受失败的事情上的）强烈的求胜心。看重荣誉的人不应在区区小事上展现自己的旷世奇才。在这个例子上我所说的话，对别的事情同样适用：人的一言一行、一举一动都在展示人，表现人。

德摩克利特和赫拉克利特是两哲学家。第一位觉得人生无聊又可爱，所以公开露面时脸上总是挂着讥讽和笑容；赫拉克利特觉得人生可悲又可怜，所以总是愁眉不展，两眼充满泪水。

抬脚出门一位笑盈盈，
另外一位则哭兮兮。

——尤维纳利斯

我更喜欢第一种情绪，倒不是因为笑比哭招人喜欢，而是因为它更加愤世嫉俗，对人的申讨更厉害。我看，按照我们的功罪，我们受到的蔑视还远远不够。我们对一件事情表示遗憾，在遗憾和惋惜中却夹杂几分欣赏；我们不屑一顾的东西，却又觉得无限珍贵。我认为，与其说我们不走运不如说我们很虚荣；与其说我们狡猾，不如说我们愚蠢；与其说我们非常辛苦，不如说我们非常无用；与其说我们可怜，不如说我们可耻。因此，滚着他的木桶独自闲逛，对亚历山大大帝嗤之以鼻，将我们视为苍蝇或充气的尿泡的那个第欧根尼，依我看要比那位号称世人的仇敌的蒂蒙的看法更加尖酸、刻薄，因而也更正确。因为，人之所恨会常挂心头。后一位盼我们倒霉，一心希望我们完蛋，避免同我们交往，认为那是与恶人为伍，是危险的，是堕落。另一位对我们不屑一顾，所以同我们接触既扰乱不了他，也带不坏他。他丢下我们不是因为害怕，而是不屑同我们交往；他认为我们既干不了好事，也干不出坏事来。

布鲁图与斯塔蒂里谈话，让他参与反对凯撒的阴谋，他的回答如出一辙。他觉得事情是正确的，但干事的人不行，根本不值得为之出力；根据埃吉齐亚的学说，哲人干一切事情都是只为自己；因为只有他才有资格让别人替他做事；而根据泰奥多尔的学说，让哲人为了国家利益去冒险毫无道理，为了几个狂人这样做很不明智。

我们自己的人生既可笑又滑稽。

[丁步洲 译]

作品赏析

阅读蒙田并不是一件纯粹简单的事，在他的《随笔集》中到处挥洒着作者自己独特的人生思考，从前期的死亡追寻到后期人性美学的构造，都无一例外呈现出了他的悲悯式的关怀。再加上他的饱学诗书，对西塞罗、普鲁塔柯、塞内卡之类的政治哲学家的庞杂引用，更是将我们带向了一个知识的绝美境地。

《人生可笑又滑稽》是一次蒙田思想的展露，提供给我们的是他对人生之路迷茫的找寻，虽然一切现成的道路千千万万，但适合自己的也只有唯一的用自己的努力开拓出的一条。紧接着他又告诫我们行动必须谨慎，我们的行动很容易暴露我们自身的丑恶与美好，要把守好自己的品行，才能在命运的演示中更好地展示自己。他曾在另一篇相关的文章中这样说：灵魂如果没有确定的目标，它就会丧失自己，因为无所不在等于无所在。

在和诸如逍遥派、伊壁鸠鲁派、斯多葛派，甚至是皮浪的怀疑派的辩驳中，蒙田逐渐展现了自己的行文风格。它代表的是一种论证的犀利之美，在饱含着理想的泪花的挣扎下追寻生命中最能契合自己的存在方式，虽然在他看来一般的民众所表现的就是所谓的滑稽和可笑。这也是学者散文的一贯表达，在中国最为常见的则是周国平的散文，他们共同的语体特征是在庞杂的知识背景下，积淀出自己的不朽见解，就像牛顿当年的自谦一样：站在巨人的肩膀上，所以有机会看得更远。

论高位 /（英国）培根

入选理由
英国哲学家培根的散文典范
一位智者对身处高位的独到思考
英国语言大师和中国翻译名家的共同创造

居高位者乃三重之仆役：帝王或国家之臣，荣名之奴，事业之婢也。因此不论其人身、行动、时间，皆无自由可言。追逐权力，而失自由，有治人之权，而无律己之力，此种欲望诚可怪也。历尽艰难始登高位，含辛茹苦，惟得更大辛苦，有时事且卑劣，因此须做尽不光荣之事，方能达光荣之位。既登高位，立足难稳，稍一倾侧，即有倒地之虞，至少亦晦暗无光，言之可悲。古人云："既已非当年之盛，又何必贪生？"殊不知人居高位，欲退不能，能退之际亦不愿退，甚至年老多病，理应隐居，亦不甘寂寞，犹如老迈商人仍长倚店门独坐，徒令人笑其老不死而已。显达之士率需借助他人观感，方信自己幸福，而无切身之感，从人之所见，世之所羡，乃人云亦云，认为幸福，其实心中往往不以为然；盖权贵虽最不勇于认过，却最多愁善感也。凡人一经显贵，待己亦成陌路，因事务纠缠，对本人身心健康，亦无暇顾及矣，诚如古人所言："悲哉斯人之死也，举世皆知其为人，而独无自知之明！"

居高位，可以行善，亦便于作恶。作恶可咒，救之之道首在去作恶之心，次在除作恶之力；而行善之权，则为求高位者所应得，盖仅有善心，虽为上帝嘉许，而凡人视之，不过一场好梦耳，惟见之于行始有助于世，而行则非有权力高位不可，犹如作战必据险要也。

行动之目的在建功立业；休息之慰藉在自知功业有成。盖人既分享上帝所造之胜景，自亦应分享上帝所订之休息。《圣经》不云乎："上帝回顾其手创万物，无不美好。"于是而有安息日。

执行职权之初，宜将最好先例置诸座右，有无数箴言，可资借镜。稍后应以己为例，严加审查，是否已不如初。前任失败之例，亦不可忽，非为揭人之短，显己之能，以其可作前车之鉴也。因此凡有兴革，不宜大事夸

作者简介

培根（1561—1626），英国17世纪杰出的唯物主义哲学家，是哲学史和科学史上划时代的人物。他12岁入剑桥大学，大学毕业以后，当过律师，出任过国会议员，后被聘为女王的特别法律顾问以及朝廷的首席检察官、掌玺大臣等。晚年，受宫廷阴谋的牵累，被逐出宫廷，脱离政治生涯，专心从事学术研究和著述活动，写成了一批在近代文学思想史上具有重大影响的著作，其中最重要的一部是《伟大的复兴新工具论》。另外，他以哲学家的眼光，思考了广泛的人生问题，写出了许多形式短小、风格活泼的随笔小品，集成《论说随笔文集》，最初10篇短文，书出后风靡一时，后增加为58篇文章。

1626年3月底，培根由于身体孱弱，在实验中遭受风寒，支气管炎复发，病情恶化。1626年4月9日清晨病逝。

耀，亦不可耻笑古人，但须反求诸己，不独循陈规，而且创先例也。凡事须追本溯源，以及由盛及衰之道。然施政定策，则古今皆须征询：古者何事最好，今者何事最宜。

施政须力求正规，俾众知所遵循，然不可过严过死；本人如有越轨，必须善为解释。本位之职权不可让，管辖之界限则不必问，应不动声色中操实权，忌在大庭广众间争名分。下级之权，亦应维护，与其事事干预，不如遥控总领，更见尊荣。凡有就分内之事进言献策者，应予欢迎，并加鼓励；报告实况之人，不得视为好事，加以驱逐，而应善为接待。

掌权之弊有四，曰：拖，贪，暴，圆。

拖者拖延也，为免此弊，应开门纳客，接见及时，办案快速，非不得已不可数事混杂。

贪者贪污也，为除此弊，既要束住本人及仆从之手不接，亦须束住来客之手不送，为此不仅应廉洁自持，且须以廉洁示人，尤须明白弃绝贿行。罪行固须免，嫌疑更应防。性情不定之人有明显之改变，而无明显之原因，最易涉贪污之嫌。因此，意见与行动苟有更改，必须清楚说明，当众宣告，同时解释所以变化之理由，决不可暗中为之。如有仆从稔友为主人亲信，其受器重也别无正当理由，则世人往往疑为秘密贪污之捷径。

粗暴引起不满，其实完全可免。严厉仅产生畏惧，粗暴则造成仇恨。即使上官申斥，亦宜出之以严肃，而不应恶语伤人。

至于圆通，其害过于贿行，因贿行仅偶尔发生，如有求必应，看人行事，则积习难返矣。所罗门曾云："对权贵另眼看待实非善事，盖此等人能为一两米而作恶也。"

旨哉古人之言："一登高位，面目毕露。"或更见有德，或更显无行。罗马史家戴西特斯论罗马大帝盖曰："如未登基，则人皆以为明主也；"其论维斯帕西安则曰："成王霸之业而更有德，皇帝中无第二人矣。"以上一则指治国之才，一则指道德情操。尊荣而不易其操，反增其德，斯为忠诚仁厚之确征。夫尊荣者，道德之高位也；自然界中，万物不得其所，皆狂奔突撞，既达其位，则沉静自安；道德亦然，有志未酬则狂，当权问政则静。一切腾达，无不须循小梯盘旋而上。如朝有朋党，则在上升之际，不妨与一派结交；既登之后，则须稳立其中，不偏不倚。对于前任政绩，宜持论平允，多加体谅，否则，本人卸职后亦须清还欠债，无所逃也。如有同僚，应恭敬相处，宁可移樽就教，出人意外，不可人有所待，反而拒之。与之闲谈，或有客私访，不可过于矜持，或时刻不忘尊贵，宁可听人如是说："当其坐堂议政时，判若两人矣。"

[王佐良 译]

作品赏析

  培根最初是以哲学诸如《伟大的复兴新工具论》立名的，但使他在世界文坛上传扬不朽的则是他的随笔，虽然只有简短的58篇，却讲述了几乎我们能见到的关于人生的各个角度的思考。让我们在他的启迪下，学习作文也学习做人。

  《论高位》因为王佐良先生的文白相间的译法，相对显得生涩些，但并不影响我们对文章精髓的领悟，大体上讲述的是居高位者行为界定和心态拘束：居高位的宁愿以自由换取不甘寂寞的浮名；再说居官的两种选择——作恶与行善；然后论说掌权的四种弊端：拖，贪，暴，圆。也就是作者所谓的：一登高位，面目毕露。并以坚实的证据对此做出论证，包括所引用到的《圣经》，罗马史家戴希特斯等。文章以切身的感受和睿智的思考，为身居高位者提出警示，也指明了出路，影响深远。

  作为一个哲学家的相关论述，一般是以文章的思想内涵作为关注焦点的，但不可否认的是文章的文采也同样可圈可点，它简约，干净，蕴含智慧。其文文笔优美，语言凝练，寓意深刻，从各个不同的角度对社会人生作独到而精辟的论述，警世醒人。

论求知 /（英国）培根

> **入选理由**
> 培根的散文代表作之一。
> 文字洗练，层次分明，不事铺张，说理透彻。
> 文章充满名言警句，给人启迪，催人奋进。

求知可以作为消遣，可以作为装饰，也可以增长才干。

当你孤独寂寞时，阅读可以消遣。当你高谈阔论时，知识可供装饰。当你处世行事时，正确运用知识意味着力量。懂得事物因果的人是幸福的。有实际经验的人虽能够办理个别性的事务，但若要综观整体，运筹全局，却惟有掌握知识方能办到。

求知太慢会弛惰，为装潢而求知是自欺欺人，完全照书本条条办事会变成偏执的书呆子。

求知可以改进人的天性，而实验又可以改进知识本身。人的天性犹如野生的花草，求知学习好比修剪移栽。实习尝试则可检验修正知识本身的真伪。

狡诈者轻鄙学问，愚鲁者羡慕学问，唯聪明者善于运用学问。知识本身并没有告诉人怎样运用它，运用的方法乃在书本之外。这是一门技艺，不经实验就不能学到。不可专为挑剔辩驳去读书，但也不可轻易相信书本。求知的目的不是为了吹嘘炫耀，而应该是为了寻找真理，启迪智慧。

有的知识只须浅尝，有的知识只要粗知。只有少数专门知识需要深入钻研，仔细揣摩。所以，有的书只要读其中一部分，有的书只须知其中梗概即可，而对于少数好书，则要精读，细读，反复地读。有的书可以请人代读，然后看他的笔记摘要就行了。但这只限于质量粗劣的书。否则一本好书将像已被蒸馏过的水，变得淡而无味了！

读书使人的头脑充实，讨论使人明辨是非，做笔记则能使知识精确。

因此，如果一个人不愿做笔记，他的记忆力就必须强而可靠。如果一个人只愿孤独探索，他的头脑就必须格外锐利。如果有人不读书又想冒充博学多知，他就必定很狡黠，才能掩饰他的无知。

读史使人明智，读诗使人聪慧，演算使人精密，哲理使人深刻，伦理学使人有修养，逻辑修辞使人善辩。总之，"知识能塑造人的性格"。

不仅如此，精神上的各种缺陷，都可以通过求知来改善——正如身体上的缺陷，可以通过运动来改善一样。例如打球有利于腰肾，射箭可扩胸利肺，散步则有助于消化，骑术使人反应敏捷，等等。同样，一个思维不集中的人，他可以研习数学，因为数学稍不仔细就会出错。缺乏分析判断力的人，他可以研习经院哲学，因为这门学问最讲究繁琐辩证。不善于推理的人，可以研习法律学，如此等等。这种种头脑上的缺陷，可都以通过求知来疗治。

作品赏析

《论求知》是培根散文集《论人生》中众多脍炙人口的篇章之一。本文集中论述了科学的求知方法。全文分三大部分。第一部分论述求知的正确目的。作者开首连用三个排比句，提出了三种不同类型的求知目的，接着对其展开具体论述，提出求知的目的"不是为了吹嘘炫耀，而应该是为了寻找真理，启迪智慧"。第二部分论述了求知的正确方法，指出对好书、一般的书、粗糙的书应采取不同的读法，提倡多读、讨论、做笔记。第三部分论述知识的作用，认为知识能塑造人的性格和弥补人精神上的各种缺陷，鼓励人们去求知。文章文字洗练，层次分明，不事铺张，说理透彻，排比、比喻修辞手法的运用，使文章语气贯通，生动晓畅，节奏和谐。文章充满名言警句，给人启迪，催人奋进。

◇最美的散文

昂贵的哨子 /（美国）富兰克林

入选理由
富兰克林的人生散文
关于人与外在物态辩述的精辟篇章
言语恳切，娓娓诉说，发人深思

有一次度假，朋友们在我的口袋里塞满了铜板。那时，我还是一个七岁的小孩，拿着钱就朝一家专售儿童玩具的商店跑去。突然，一阵哨音把我给迷住了——一个男孩手里拿着只哨子正在吹呢。于是，我掏出身上所有的钱也买了一只。回到家里，我扬扬得意地吹着哨子满屋乱串，一家人给我吵得鸡犬不宁！但我一说出哨价时，哥哥姐姐，还有堂兄堂姐们全都嘲笑我是个十足的傻瓜，糊里糊涂被骗了四倍的价钱，多付的钱，可以买许

作者简介

富兰克林（1706—1790），美国政治家、思想家和科学家。他当了近10年的印刷工人。1730年，他创办以艺术和科学为主要内容的《宾夕法尼亚报》，并出版了《可怜的李查历书》。他还与别人共同创办了"共读社"，这个会社就是宾夕法尼亚大学的前身。

1746年，富兰克林在参观一位英国学者表演的电学实验时，对电学产生了浓厚的兴趣，开始研究电学，并取得了很大成就。英国皇家学会为了表彰他的功绩，特意聘请他为会员。除了电学外，他还在数学、光学、热学、声学、海洋学、植物学等方面取得了不少成就，并有大量发明。

北美独立战争爆发后，富兰克林毅然放下手中的实验仪器，积极投入到这场伟大的斗争中。他作为北美殖民地的代表与英国政府进行谈判；代表宾西法尼亚州参加了第二届大陆会议；并参与《独立宣言》的起草工作。

1787年，富兰克林被任命为宪法起草委员会的成员，参与制定美国宪法。1788年，他辞去所有公职，安度晚年。两年后，他在费城与世长辞，享年84岁。

富兰克林的作品有《论自由》《论纸币》《论人口》《自传》和《格言历书》等。

多好东西！我感到十分委屈，伤心地哭了。羞耻，甚至超过了哨子带给我的乐趣！

这件事，深深地印在了我的心里，对我后来的人生起了不小的作用。常常，当有人怂恿我去买那些我根本不需要的东西时，我便提醒自己："可不要为一个'哨子'就出大价钱呀！"因为我已懂得了节省开支。在我成年进入社会后，通过人们的言行，我看见了形形色色为了他们的"哨子"而付出惨重代价的人！那些趋炎附势的小人，为了求得王室垂青，百般钻营，甚至丢掉了贞操美德，弄得众叛亲离！那些沽名钓誉的政客，不惜一切代价卷入政治风云，却贻误正事而败落破产！那些悭吝的守财奴，为了发家致富，一毛不拔，放弃了同胞的尊重，朋友的友谊，以及人类行善的德行！那些贪图享乐的庸人，碌碌无为，只顾寻欢作乐，却把自己搞成了弱不禁风的病夫！那些华而不实的花花公子，整天沉溺在精美的服饰、堂皇的住宅、华贵的车马中，不顾财力不济，以致债台高筑！"可怜！"我不由得叹息道，"为了只'哨子'，你们付出的代价实在太大了！得不偿失，真是愚不可及啊！"由此，我悟出了一个道理：大凡人世间的苦楚是由于没有对事物作出正确的估计，盲目行事，而付出过高代价造成的！

〔肖毅　摘译〕

作品赏析

富兰克林对美国而言是个值得感念的人物，不管在科学、政治或社会活动上都造诣匪浅。他曾是美国的创建者，《独立宣言》的起草者，更是美国宪法的构想者，让我们见识了一代伟人多才多艺的一面。而在这篇文章中我们见到的则是他所表达的对人生的理解和对生命的关怀。

《昂贵的哨子》是富兰克林的一篇从自己的切身经历中衍生而出的对世界存在和生命理念的感触。在他看来，自己买过的哨子在一定意义上拯救了自己一生的对外在物态的见解，就像作者在文章所说的。在此作者为我们分别列举4个相反的例证：趋炎附势的小人，沽名钓誉的政客，悭吝贪图享乐的庸人，华而不实的花花公子。在这里作者的态度只有叹息：为了只哨子，他们付出了高昂的代价，即"通过人们的言行，我看见了形形色色为了他们的'哨子'而付出惨重代价的人"。

文章的最大优点在作者为我们留下了将警醒我们终身的人生格言，比如"大凡人世间的苦楚是由于没有对事物作出正确的估计，盲目行事，而付出过高代价造成的"。语言自然拙朴，却在无形中为我们展示了理解人生的大道理，可谓简洁凝练。

生活在大自然的怀抱里 /（法国）卢梭

> **入选理由**
> 卢梭的散文代表作之一，
> 体现了人类心灵深处摆脱尘世干扰、
> 追求自然纯净境界的永恒意念

为了到花园里看日出，我比太阳起得更早；如果这是一个晴天，我最殷切的期望是不要有信件或来访扰乱这一天的清宁。我用上午的时间做各种杂事。每件事都是我乐意完成的，因为这都不是非立即处理不可的急事，然后我匆忙用膳，为的是躲避那些不受欢迎的来访者，并且使自己有一个充裕的下午。即使最炎热的日子，在中午一时前我就顶着烈日带着芳夏特出发了。由于担心不速之客会使我不能脱身，我加紧了步伐。可是，一旦绕过一个拐角，我觉得自己得救了，就激动而愉快地松了口气，自言自语说："今天下午我是自己的主宰了！"从此，我迈着平静的步伐，到树林中去寻觅一个荒野的角落，一个人迹不至因而没有任何奴役和统治印记的荒野的角落，一个我相信在我之前从未有人到过的幽静的角落，那儿不会有令人厌恶的第三者跑来横隔在大自然和我之间。那儿，大自然在我眼前展开一幅永远清新的华丽的图景。金色的燃料木、紫红的欧石南非常繁茂，给我深刻的印象，使我欣悦；我头上树木的宏伟、我四周灌木的纤丽、我脚下花草的惊人的纷繁使我目不暇给，不知道应该观赏还是赞叹；这么多美好的东西争相吸引我的注意力，使我眼花缭乱，使我在每件东西面前留连，从而助长我懒惰和爱空想的习气，使我常常想："不，全身辉煌的所罗门也无法同它们当中任何一个相比。"

　　我的想象不会让如此美好的土地长久渺无人烟。我按自己的意愿在那儿立即安排了居民，我把舆论、偏见和所有虚假的感情远远驱走，使那些配享受如此佳境的人迁进这大自然的乐园。我将把他们组成一个亲切的社会，而我相信自己并非其中不相称的成员。我按照自己的喜好建造一个黄金的世纪，并用那些我经历过的给我留下甜美记忆的情景和我的心灵还在憧憬的情境充实这美好的生活，我多么神往人类真正的快乐，如此甜美、如此纯洁、但如今已经远离人类的快乐。甚至每当念及此，我的眼泪就夺眶而出！啊！这个时刻，如果有关巴黎、我的世纪、我这个作家的卑微的虚荣心的念头来扰乱我的遐想，我就怀着无比的轻蔑立即将它们赶走，使我能够专心陶醉于这些充溢我心灵的美妙的感情！然而，在遐想中，我承认，我幻想的虚无有时会突然使我的心灵感到痛苦。甚至即使我所有的梦想变成现实，我也不会感到满足：我还会有新的梦想、新的期望、新的憧憬。我觉得我身上有一种没有什么东西能够填满的无法解释的空虚，有一种虽然我无法阐明、但我感到需要的对某种其他快乐的向往。然而，先生，甚至这种向往也是一种快乐，因为我从而充满一种强烈的感情和一种

作者简介

　　卢梭（1712—1778），18世纪法国著名的启蒙思想家、文学家。早年丧母，未受过正规教育。14岁时外出谋生，当过学徒、仆人、家庭教师、乐谱抄写员等。30岁时到巴黎，为《百科全书》撰稿。后受法国当局通缉，流亡瑞士等地。晚年独居巴黎。主要著作有《社会契约论》《爱弥儿》《忏悔录》等。在这些著作中他提出了天赋人权、自由平等、主权在民等思想，对法国大革命产生了深远的影响。

迷人的感伤——而这都是我不愿意舍弃的东西。

　　我立即将我的思想从低处升高，转向自然界所有的生命，转向事物普遍的体系，转向主宰一切的不可思议的上帝。此刻我的心灵迷失在大千世界里，我停止思维，我停止冥想，我停止哲学的推理；我怀着快感，感到肩负着宇宙的重压，我陶醉于这些伟大观念的混杂，我喜欢任由我的想像在空间驰骋；我禁锢在生命的疆界内的心灵感到这儿过分狭窄，我在天地间感到窒息，我希望投身到一个无限的世界中去。我相信，如果我能够洞悉大自然所有的奥秘，我也许不会体会这种令人惊异的心醉神迷，而处在一种没有那么甜美的状态里；我的心灵所沉湎的这种出神入化的佳境使我在亢奋激动中有时高声呼唤："啊，伟大的上帝呀！啊，伟大的上帝呀！"但除此之外，我不能讲出也不能思考任何别的东西。遗忘，但他们肯定不会把我忘却；不过，这又有什么关系？反正他们没有任何办法来搅乱我的安宁。摆脱了纷繁的社会生活所形成的种种尘世的情欲，我的灵魂就经常神游于这一氛围之上，提前跟天使们亲切交谈，并希望不久就将进入这一行列。我知道，人们将竭力避免把这样一处甘美的退隐之所交还给我，他们早就不愿让我呆在那里。但是他们却阻止不了我每天振想象之翼飞到那里，一连几个小时重尝我住在那里时的喜悦。我还可以做一件更美妙的事，那就是我可以尽情想象。假如我设想我现在就在岛上，我不是同样可以遐想吗？我甚至还可以更进一步，在抽象的、单调的遐想的魅力之外，再添上一些可爱的形象，使得这一遐想更为生动活泼。在我心醉神迷时这些形象所代表的究竟是什么，连我的感官也时常是不甚清楚的；现在遐想越来越深入，它们也就被勾画得越来越清晰了。跟我当年真在那里时相比，我现在时常是更融洽地生活在这些形象之中，心情也更加舒畅。不幸的是，随着想像力的衰退，这些形象也就越来越难以映上脑际，而且也不能长时间地停留。唉！正在一个人开始摆脱他的躯壳时，他的视线却被他的躯壳阻挡得最厉害！

作品赏析

《生活在大自然的怀抱里》是一篇意境优美的散文。文章表达了作者热爱自然、崇尚个性、蔑视世俗观念的思想。文章一开始用简洁的笔调表述了自己在一天里如何摆脱来访者,接着又饱含激情地描述了他所看到的自然极其清新华丽、生机无限。置身于自然这个甜美、纯洁的世外桃源,卢梭陶醉了,忘却了尘世的纷繁、虚荣、伪善、偏见,充满了梦想、憧憬。

文章采用内心独白式的表述方式,亲切自然,感情真挚,全文流畅隽永,情景交融,充满诗情画意,熔人文精神与理性精神于一炉,给读者以深刻的艺术享受。

独立宣言 /(美国)杰斐逊

入选理由

美国前总统杰斐逊的演讲散文精华
对压迫的反抗和对自由独立的呼唤
伟大思想家的精彩的人权启蒙文章

在人类历史事件的进程中,当一个民族必须解除其与另一个民族之间迄今所存在着的政治联系,而在世界列国之中取得那"自然法则"和"自然神明"所规定给他们的独立与平等的地位时,就有一种真诚的新生人类公意的心理,要求他们一定要把那些迫使他们不得已而独立的原因宣布出来。

我们认为这些真理是不言而喻的:人人生而平等,他们都从他们的"造物主"那边被赋予了某些不可转让的权利,其中包括生命权、自由权和追求幸福的权利。为了保障这些权利,所以才在人民中间成立政府。而政府的正当权利,则得自统治者的同意。如果遇有任何一种形式的政府变成是损害这些目的的,那么,人民就有权利来改变它或废除它,以建立新的政府。这新的政府，必须是建立在这样的原则的基础上，并且是按照这样的方式来组织它的权利机关，庶几就人民看来那是最能够促进他们的安全和幸福的。诚然，谨慎心理会主宰着人们的意识，认为不应该为了轻微的、暂时的原因而把设立已久的政府予以变更；而过去一切的经验也正是表明，只要当那些罪恶尚可容忍时，人类总是宁愿默默忍受，而不愿意废除他们所习惯了的那种政治形式以恢复他们自己的权利。然而，当一个政府恶贯满盈、倒行逆施、一贯地奉行着那一个目标，显然是企图把人民抑压在绝对专制主义的淫威之下时，人民就有这种权利，人民就有这种义务，来推翻那样的政府，而为他们未来的安全设立新的保障。——我们这些殖民地的人民过去一向是默然忍辱吞声，而现在却被迫地必须起来改变原先的政治体制，其原因即在于此。现今大不列颠国王的历史，就是一部怙恶不悛、倒行逆施的历史，他那一切的措施都只有一个直接的目的，即在我们各州建立一种绝对专制的统治。为了证明这一点，让我们把具体的事实

作者简介

杰斐逊（1743—1826），出生于美国弗吉尼亚州的一个贵族家庭，受过良好的教育。1760—1765年的5年间，他专门学了法律，并于1767年取得律师执照。此后，他当了7年的律师，为以后从政打下良好基础。1769年，他成功竞选为弗吉尼亚议会议员，开始走上政坛。1774年，杰斐逊撰写《英属美洲权利综论》，宣传北美人民民族自决的思想，鼓吹殖民地独立。1775年5月，北美殖民地第二届大陆会议在费城召开，杰斐逊作为弗吉尼亚代表参加了这次具有重大历史意义的会议。在会上，杰斐逊当选为"独立宣言起草委员会"的首席委员，执笔起草《独立宣言》。《独立宣言》被马克思称为"第一个人权宣言"，成为北美人民争取独立的旗帜。

1776年10月，杰斐逊返回弗吉尼亚，再次当选议员。期间他提出一生中引以为荣的《弗吉尼亚宗教自由法案》，并主张废除奴隶制度。1800年，杰斐逊当选为美国第三任总统，4年后连任，被誉为美国的"民主之父"。1809年，杰斐逊离任后，退居蒙蒂塞洛私邸。他晚年致力于科学研究和发展教育事业。1812—1825年，他筹建了著名的弗吉尼亚大学。1826年7月4日，杰斐逊在美国的国庆日与世长辞，享年83岁。

胪陈于公正的世界人士之前：

他一向拒绝批准那些对于公共福利最有用和最必要的法律。

他一向禁止他的总督们批准那些紧急而迫切需要的法令，除非是那些法令在未得其本人的同意以前，暂缓发生效力；而在这样暂缓生效的期间，他又完全把那些法令置之不理。

他一向拒绝批准其他的把广大地区供人民移居垦殖的法令，除非那些人民愿意放弃其在立法机关中的代表权。此项代表权对人民说来实具有无可估量的意义，而只有对暴君说来才是可怕的。

他一向是把各州的立法团体召集到那些特别的、不方便的、远离其公文档案库的地方去开会。其唯一的目的就在使那些立法团体疲于奔命，以服从他的指使。

他屡次解散各州的议会，因为这些议会曾以刚强不屈的坚毅的精神，反抗他那对于人民权利的侵犯。

他在解散各州的议会以后，又长期地不让人民另行选举；这样，那不可抹杀的"立法权"便又重新回到广大人民的手中，归人民自己来施行了；而这时各州仍然险象环生，外有侵略的威胁，内有动乱的危机。

他一向抑制各州人口的增加；为此目的，他阻止批准"外籍人归化法案"；他又拒绝批准其他的鼓励人民移殖的法令，并且更提高了新的"土地分配法令"中的限制条例。

他拒绝批准那些设置司法权力机关的法案，借此来阻止司法工作的执行。

他一向要使法官的任期年限及其薪金的数额，完全由他个人的意志来决定。

他滥设了许多新的官职，派了大批的官吏到这边来钳制我们人民，并且盘食我们的民脂民膏。

在和平的时期，他不得到我们立法机关的同意，就把常备军驻屯在我们各州。

他一向是使军队不受民政机关的节制，而且凌驾于民政机关之上。

他一向与其他的人狼狈为奸，要我们屈服在那种与我们的宪法格格不入，并且没有被我们的法律所承认的管辖权之下；他批准他们那些假冒的法案：

他把大批的武装部队驻扎在我们各州。

他是用一种欺骗性的审判来包庇那些武装部队，使那些对各州居民犯了任何谋杀罪的人得以逍遥法外；他割断我们与世界各地的贸易。

他不得到我们的允许就向我们强迫征税。

他在许多案件中剥夺了我们在司法上享有"陪审权"的利益。

他是以"莫须有"的罪名，把我们逮解到海外的地方去受审。

他在邻近的地区废除了那保障自由的英吉利法律体系，在那边建立了一个横暴的政府，并且扩大它的疆界，要使它迅即成为一个范例和适当的工具，以便把那同样的专制的统治引用到这些殖民地来。

他剥夺了我们的"宪章"，废弃了我们那些最宝贵的法令，并且从根本上改变了我们政府的形式。

他停闭我们自己的立法机关，反而说他们自己有权得在任何一切场合之下为我们制定法律。

他宣布我们不在其保护范围之内并且对我们作战，这样，他就已经放弃了在这里的政权了。

他一向掠夺我们的海上船舶，骚扰我们的沿海地区，焚毁我们的市镇，并且残害我们人民的生命。

他此刻正在调遣着大量的外籍雇佣军，要求把我们斩尽杀绝，使我们庐舍为墟，并肆行专制的荼毒。他已经造成了残民以逞的和蔑信弃义的气氛，那在人类历史上最野蛮的时期都是罕有其匹的。他完全不配做一个文明国家的元首。

他一向强迫我们那些在海上被俘虏的同胞公民们从军以反抗其本国，充当屠杀其兄弟朋友的刽子手，或者他们自己被其兄弟朋友亲手所杀死。

他一向煽动我们内部的叛乱，并且一向意图勾结我们边疆上的居民、那些残忍的印第安蛮族来侵犯。印第安人所著称的作战方式，就是不论男女、老幼和情况，一概毁灭无遗。

在他施行这些高压政策的一个阶段，我们都曾经用最谦卑的词句吁请改革，然而，我们屡次的吁请，结果所得到的答复却只是屡次的侮辱。一个如此罪恶昭彰的君主，其一切的行为都可以确认为暴君，实不堪做一个自由民族的统治者。

我们对于我们的那些英国兄弟们也不是没有注意的。我们曾经时时警告他们不要企图用他们的立法程序，把一种不合法的管辖权横加到我们身上来。我们曾经提醒他们注意到我们在此地移殖和居住的实际情况。我们曾经向他们天生的正义感和侠义精神呼吁，而且我们也曾经用我们那同文同种的情谊向他们恳切陈词，要求取消那些倒行逆施的暴政，认为那些暴政势必将使我们之间的联系和友谊归于破裂。然而，他们也同样地把这正义的、血肉之亲的呼吁置若罔闻。因此，我们不得不承认与他们有分离的必要，而我们对待他们也就如同对待其他的人类一样，在战时是仇敌，在平时则为朋友。

因此，我们这些集合在大会中的美利坚合众国的代表们，吁请世界人士的最高裁判，来判断我们这些意图的正义性。我们以这些殖民地的善良人民的名义的权利，谨庄严地宣布并昭告：这些联合殖民地从此成为、而且名正言顺地应当成为自由独立的合众国；它们解除对于英王的一切隶属关系，而它们与大不列颠王国之间的一切政治联系亦应从此完全废止。作为自由独立的合众国，它们享有全权去宣战、媾和、缔结同盟、建立商务关系，或采取一切其他凡为独立国家所理应采取的行动和事宜。为了拥护此项"宣言"，怀着深信神明福佑的信心，我们谨以我们的生命、财产和神圣的荣誉互相共同保证，永誓无贰。

1776年7月4日

作品赏析

  《独立宣言》的存在对美国而言具备了空前的意义，马克思曾就此做过论述，认为它是"第一个人权宣言"。文章的内容主要包括对自由平等人权等人类公意的呼唤，以及在此过程中所遭受的来自英国的殖民压制，文章将英国在美洲的赤裸行径展露无遗，这里面流淌的是美洲大陆人民的鲜血，飘荡的却是英国殖民者的丑陋笑声。为此作者发出了最后的吁请："因此，我们这些集合在大会中的美利坚合众国的代表们，吁请世界人士的最高裁判，来判断我们这些意图的正义性。"

  文章的最大特点在于开宗明义地阐明了作者的观点，并紧接着做出严谨的逻辑论证，既展望了未来人权的美好，又毫不留情地解析了英国殖民者的历历罪行。从而缔造了美国走向独立步伐的第一个理论动力。在语言的表达上，则显得相当精练，在罗列英国殖民者的所有不人道行为时表现得特别明显，简明扼要，既能说明问题，又不显得拖沓冗长。

名誉 /（德国）叔本华

入选理由
对人类生存状态的终极关怀
一位哲学大师的散文名篇
解读叔本华的通幽之径

  由于人性奇特的弱点，我们经常过分重视他人对自己的看法；其实，只要稍加反省就可知道别人的看法并不能影响我们可以获得的幸福。所以我很难了解为什么人人都对别人的赞美夸奖感到十分快乐。如果你打一只猫，它会竖毛发；要是你赞美一个人，他的脸上便浮起一线愉快甜蜜的表情，而且只要你所赞美的正是他引以自傲的，即使这种赞美是明显的谎言，他仍会欢迎之至。

只要有别人赞赏他，即使厄运当头，幸福的希望渺茫，他仍可以安之若素；反过来，当一个人的感情和自尊心受到自然、地位或是环境的伤害，当他被冷淡、轻视和忽略时，每个人都难免要感觉苦恼甚至极为痛苦。

假使荣誉感便是基于此种"喜褒恶贬"的本性而产生的话，那么荣誉感就可以取代道德律，而有益于大众福利了；可惜荣誉感在心灵安宁和独立等幸福要素上所生的影响非但没有益处反而有害。所以就幸福的观点着眼，我们应该制止这种弱点的蔓延，自己恰当而正确地考虑及衡量某些利益的相对价值，从而减轻对他人意见的高度感受性；不管这种意见是谄媚与否，还是会导致痛苦，因它们都是诉诸情绪的。如果不照以上的做法，人便会成为别人高兴怎么想就怎么想的奴才——对一个贪于赞美的人来说，伤害他和安抚他都是很容易的。

因此将人在自己心目中的价值和在他人的眼里的价值加以适当的比较，是有助于我们的幸福的。人在自己心目中的价值是集合了造成我们存在和存在领域内一切事物而形成的。简言之，就是集合了性格、财产中的各种优点在自我意识中形成的概念。另一方面，造成他人眼中的价值的是他人意识；是我们在他人眼中的形象和连带对此形象的看法。这种价值对我们存在的本身没有直接的影响；可是由于他人对我们的行为是依赖这种价值的，所以它对我们的存在会有间接而和缓的影响；然而当这种他人眼中的价值促使我们起而修改"自己心目中的自我"时，它的影响便直接化了。除此而外，他人

作者简介

叔本华（1788—1860），19世纪德国哲学家，唯意志论的创始人。祖籍荷兰，生于但泽（今波兰的革但斯克）一个银行家家庭。早年在法国接受教育，后随父母游历英国、瑞士和澳大利亚，1809年进入哥廷根大学学医后改学哲学。1811年转柏林大学，1814年获耶拿大学博士学位。1822年被聘为柏林大学讲师，后因与黑格尔竞争惨败而离开讲坛，靠父亲遗产过离群索居的生活，死于法兰克福。叔本华的代表作有《作为意志和表象的世界》《论自然的意志》《道德的基础》《小札与补遗》等。

的意识是与我们漠不相关的；尤其当我们认清了大众的思想是何等无知浅薄，他们的观念是多么狭隘，情操如何低贱，意见是怎样偏颇，错误是何其多时，别人对我们的看法就更不相干了。当我们由经验中知道人在背后是如何地诋毁他的同伴，只要他无须怕对方，也相信对方不会听到诋毁的话，他就会尽量诋毁。这样我们便会真正不在乎他人的意见了。只要我们有机会认清古来多少的伟人曾受过蠢虫的蔑视，也就晓得在乎别人怎么说便是太尊敬别人了。

如果人不能在前述的性格与财产中找到幸福的源头，而需要在第三种，也就是名誉里寻找安慰，换句话说，他不能在他自身所具备的事物里发现快乐的源泉，却寄望他人的赞美，这便陷于危险之境了。因为究实说来我们的幸福应该建筑在全体的本质上，所以身体的健康是幸福的要素，其次重要的是一种独立生活和免于忧虑的能力。这两种幸福因素的重要，不是任何荣誉、奢华、地位和名声所能匹敌和取代的，如果必要我们是会牺牲了后者来成就前者的。要知道任何人的首要存在和真实存在的条件都是藏在他自身的发肤中，不是在别人对他的看法里；而且个人生活的现实情况，例如健康状态、气质、能力、收入、妻子、儿女、朋友、家庭等，对幸福的影响将大于别人高兴怎么对我们的看法千百倍；如果不能及早认清这一点，我们的生活就晦暗了。假使人们还要坚持荣誉重于生命，他真正的意思该是坚持生存和圆满都比不上别人的意见来得重要。当然这种说法可都只是强调如果要在社会上飞黄腾达，他人对自己的看法，即名誉的好坏是非常重要的，关于此点，容后详谈。只是当我们见到几乎每一件人们冒险犯难，刻苦努力，奉献生命而获得的成就，其最终的目的不外乎抬高他人对自己的评价，当我们见到不仅职务、官衔、修饰，就连知识、艺术及一切努力都是为了求取同僚更大的尊敬而发时，我们能不为人类愚昧的极度扩张而悲哀吗？过分重视他人的意见是人人都会犯的错误，这个错误根源于人性深处，也是文明于社会环境的结果，但是不管它的来源到底是什么，这种错误在我们所有行径上所产生的巨大影响以及它有害于真正幸福的事实则是不容否认的。这种错误小则使人们胆怯和卑屈在他人的言语之前，大则可以造成像维吉士将匕首插入女儿胸膛的悲剧，也可以使许多人为了争取身后的荣耀而牺牲了宁静与平和、财富、健康，甚至于生命。

由于荣誉感（使一个人容易接受他人的控制）可以成为控制同伴的工具，所以在训练人格的正当过程中，荣誉感的培养占了一席要地。人们非常计较别人的想法而不太注意自己的感觉，虽然后者较前者更为直接。他们颠倒了自然的次序，把别人的意见当做真实的存在，而把自己的感觉弄得含混不明。他们把二等的出品当做首要的主体，以为它们呈现在他人前的影响比自身的实体更为重要。他们希望自间接的存在里得到真实而直接的结果，把自己陷进愚昧的"虚荣"中，而虚荣原指没有坚实的内在价值的东西。这种虚荣心重的人就像吝啬鬼，热切追求手段而忘了原来的目的。

事实上，我们置于他人意见上的价值以及我们经常为博取他人欢心而作的努力与我们可以合理地希望获得的成果是不能平衡的，也就是说前者是我们能力以外的东西，然而人又不能抑制这种虚荣心，这可以说是人与生俱来的一种疯癫症。我们每做一件事，首先便会想到："别人该会怎么讲？"人生中几乎有一半的麻烦与困扰就是来自我们对此项结果的焦虑上；这种焦虑存在于自尊心中，人们对它也因日久麻痹而没有感觉了。我们的虚荣弄假以及装模作样都是源于担心别人会怎么说的焦虑上。如果没有了这种焦虑，也就不会有这么多的奢求了。各种形式的骄傲，不论表面上多么不同，骨子里都有这种担心别人会怎么说的焦虑，然而这种忧虑所费的代价又是多么大啊！人在生命的每个阶段里都有这种焦虑，我们在小孩身上已可见到，而它在老年人身上所产生的作用就更强烈，因为当年华老去没有能力来享受各种感官之乐时，除了贪婪剩下的就只有虚荣和骄傲了。法国人可能是这种感觉的最好例证，自古至今，这种虚荣心像一个定期的流行病时常在法国历史上出现，它或者表现在法国人疯狂的野心上，或者在他们可笑的民族自负上，或者在他们不知羞耻的吹牛上。可是他们不但未达目的，其他的民族不但不赞美却反而讥笑他们，称呼他们说：法国是最会"盖"的民族。

在1846年3月31日的《时代》杂志有一段记载，足以说明这种极端顽固的重视别人的意见的情形。有一个名叫汤默士·魏克士的学徒，基于报复的心理谋杀了他的师傅。虽然这个例子的情况和人物都比较特殊一点，可是却恰好说明了根植在人性深处的这种愚昧是多么根深蒂固，即使在特异的环境中依旧存在。《时代》杂志报道说在行刑的那天清晨，牧师像往常一样很早就来为他祝福，魏克士沉默着表示他对牧师的布道并不感兴趣，他似乎急于在前来观望他不光荣之死的众人面前使自己摆出一副"勇敢"的样子……在队伍开始走时，他高兴地走入他的位置，当他进入刑场时他以足够让身边人听到的声音说道："现在，就如杜德博士所说，我即将明白那伟大的秘密了。"

接近绞刑台时，这个可怜人没有任何协助，独自走上了台子，走到中央时他转身向观众连连鞠躬，这种举动引起台下看热闹的观众们一阵热烈的欢呼声。

这是一个很好的例子，说明一个人当死的阴影就在眼前时，还在担心他留给一群旁观者的印象，以及他们会怎么想他。另外在雷孔特身上也发生了相似的事情，时间也是公元1846年，雷孔特在为企图谋刺国王而被判死刑，在法兰克福被处决。审判的过程中，雷孔特一直为他不能在上院穿着整齐而烦恼。他处决的那天，更因为不许他修面而为之伤心。其实这类事情也不是近代才有的。马提奥·阿尔曼在他著名的传奇小说《Guzmrn be alfarache》的序文中告诉我们，许多中了邪的罪犯，在他们死前的数小时中，忽略了为他们的灵魂祝福和做最后忏悔，却忙着准备和背诵他们预备在死刑台上做的演讲词。

我拿这些极端的例子来说明我的意思，因为从这两个例子中我们可以看到他自己本身放大后的样子。我们所有的焦虑、困扰、苦恼、麻烦、奋发努力几乎大部分都起因于担心别人会怎么说：在这方面我们的愚蠢与那些可怜的犯人并没有两样。羡慕和仇恨经常也源于相似的原因。

要知道幸福是存在于心灵的平和及满足中的。所以要得到幸福就必须合理地限制这种担心别人会怎么说的本能冲动，我们要切除现有分量的五分之四，这样我们才能拔去身体上一根常令我们痛苦的刺。当然要做到这一点是很困难的，因为此类冲动原是人性内自然的执拗。泰西特斯说："一个聪明人最难摆脱的便是名利欲。"制止这种普遍愚昧的唯一方法就是认清这是一种愚昧，一个人如果完全知道了人家在背后怎么说他，他会烦死的。最后，我们也清楚地晓得，与其他许多事情比较，荣誉并没有直接的价值，它只有间接价值。如果人们果能从这个愚昧的想法中挣脱出来，他就可以获得现在所不能想象的平和与快乐：他可以更坚定和自信地面对着世界，不必再拘谨不安了。退休的生活有助于心灵的平和，就是由于我们离开了长久受人注视下的生活，不需再时时刻刻顾忌到他们的评语：换句话说，我们能够"归返到本性"上生活了。同时我们也可以避免许多厄运，这些厄运是由于我们现在只追寻别人的意见而造成的，由于我们的愚昧造成的厄运只有当我们不再在意这些不可捉摸的阴影，并注意坚实的真实时才能避免，这样我们方能没有阻碍地享受美好的真实。但是，别忘了：值得做的事都是难做的事。

〔张尚德 译〕

作品赏析

叔本华是西方的一个传奇人物。他与黑格尔长达数年的哲学辩论，以及他后来离群索居的生活，都让这个影响世界两百余年的西方哲学大师显得高深莫测。然而正是这种神秘性，引导后人对其哲学思想不断地进行探索。《名誉》让我们更好地解读叔本华。

研究过印度哲学的叔本华，充分汲取了佛学思想，认为科学和哲学在意志领域已达到了极限，只有依靠神秘的洞察，才能领悟意志的本性；只有以禁欲为起点，而后忘我，最后忘掉一切，进入空幻境界，才能超脱生存意志及其一切烦恼。而"荣誉"就是在欲望和功利心的基础上产生的。所以叔本华认为"荣誉感在心灵安宁和独立等幸福要素上所生的影响非但没有益处反而有害",而且随着年龄的增长,注重荣誉的人们"除了贪婪剩下的就只有虚荣和骄傲了"。

在伦理道德方面,叔本华认为人的欲海难填,欲望不能满足,就会产生痛苦,所以欲望愈大痛苦愈烈;所以与欲望有着直接联系的"荣誉"感并不能给人们带来持久的幸福感。而相反,人们的痛苦很多时候来自于对"名誉"的注重。因此,叔本华认为"幸福是存在于心灵的平和及满足中的。所以要得到幸福就必须合理地限制这种担心别人会怎么说的本能冲动"。也就是说不要太盲目追求所谓的"名誉",而要时时警惕"虚荣心"的滋生。

由此看来,叔本华的哲学思想不论多么深奥,最终的落脚点仍是人类的最普遍的情感和生活,反映的仍是对于人类生存状态的终极关怀。

论爱 /(英国)雪莱

入选理由
人类爱的伟大宣言
一篇有着诗意美的散文
堪称作者诗作的总序言

什么是爱?要回答这个问题,让我们先问那些活着的人,什么是生活?问那些虔诚的教徒,什么是上帝?

我不知其他人的内心结构,也不知你们——我正与之讲话的你们的内心;我看到在有些外在属性上,别人同我相像,惑于这种形似,当我诉诸某些应当共通的情感并向他们吐露灵魂深处的心声时,我发现我的话语遭到了误解,仿佛它是一个遥远而野蛮的国度的语言。人们给我体验的机会越多,我们之间的距离越远,理解与同情也就愈离我而去。带着无法承受这种现实的情绪，在温柔的颤栗和虚弱中，我在海角天涯寻觅知音，而得到的却只是憎恨与失望。

你垂询什么是爱吗？当我们在自身思想的幽谷中发现一片虚空，从而在天地万物中呼唤、寻求与身内之物的通感对应之时，受到我们所感、所惧、所企望的事物的那种情不自禁的、强有力的吸引，就是爱。倘使我们推理，我们总希望能够被人理解；倘若我们遐想，我们总希望自己头脑中逍遥自在的孩童会在别人的头脑里获得新生；倘若我们感受，那么，我们祈求他人的神经能和着我们的一起共振，他人的目光和我们的交融，他人的眼睛和我们的一样炯炯有神；我们祈愿漠然麻木的冰唇不要对另一颗火热的心、颤抖的唇讥诮嘲讽。这就是爱，这就是那不仅联结了人与人而且联结了人与万物的神圣的契约和债券。我们降临世间，我们的内心深处存在着某种东西，自我们存在那一刻起，就渴求着它相似的东西。也许这与婴儿吮吸母亲乳房的奶汁这一规律相一致。这种与生俱来的倾向随着天性的发展而发展。在思维能力的本性中，我们影影绰绰地看到的仿佛是完整自我的一个缩影，它丧失了我们所蔑视、嫌厌的成分，而成为尽善尽美的人性的理想典范。它不仅是一帧外在肖像，更是构成我们天性的最精细微小的粒子组合。它是一面只映射出纯洁和明亮的形态的镜子；它是在其灵魂固有的乐园外勾画出一个为痛苦、悲哀和邪恶所无法逾越的圆圈的灵魂。这一精魂同渴求与之相像或对应的知觉相关联。当我们在大千世界中寻觅到了灵魂的对应物，在天地万物中发现了可以无误地评估我们自身的知音（它能准确地、敏感地捕捉我们所珍惜、并怀着喜悦悄悄展露的一

作者简介

雪莱（1792—1822），英国浪漫主义诗人。出身乡村地主家庭，20岁入牛津大学，因写反宗教的哲学论文被学校开除。投身社会后，又因写诗歌鼓动英国人民革命及支持爱尔兰民族民主运动，而被迫于1818年迁居意大利。在意大利，他仍积极支持意大利人民的民族解放斗争。1822年渡海遇风暴不幸船沉溺死。

切），那么，我们与对应物就好比两架精美的竖琴上的琴弦，在一个快乐的声音伴奏下发出音响，这音响与我们自身神经组织的震颤相共振。这——就是爱所要达到的无形的、不可企及的目标。正是它，驱使人的力量去捕捉其淡淡的影子；没有它，为爱所驾驭的心灵就永远不会安宁，永远不会歇息。因此，在孤独中，或处在一群毫不理解我们的人群中（这时，我们仿佛遭到遗弃），我们会热爱花朵、小草、河流以及天空。就在蓝天下，在春天的树叶的颤动中，我们找到了秘密的心灵的回应：无语的风中有一种雄辩；流淌的溪水和河边瑟瑟的苇叶声中，有一首歌谣。它们与我们灵魂之间神秘的感应，唤醒了我们心中的精灵去跳一场酣畅淋漓的狂喜之舞，并使神秘的、温柔的泪盈满我们的眼睛，如爱国志士胜利的热情，又如心爱的人为你独自歌唱之音。因此，斯泰恩说，假如他身在沙漠，他会爱上柏树枝的。爱的需求或力量一旦死去，人就成为一个活着的墓穴，苟延残喘的只是一副躯壳。

〔徐文惠　译〕

作品赏析

　　雪莱浪漫主义理想的终极目标就是创造一个人人享有自由、幸福的新世界。他以美丽的语言、丰富的想象描绘了这个新世界的绚丽画面，而且豪迈地预言："如果冬天已经来临，春天还会远吗？"恩格斯赞美雪莱是"天才的预言家"。他将自己全部的生命诉诸于爱的表达，奉献于人类终极的博爱，无论作诗还是为文都牵系于这根永恒的主线，《论爱》可以说是雪莱创作的总的纲领，总的宣言。

　　《论爱》中说："当我们在大千世界中寻觅到了灵魂的对应物，在天地万物中发现了可以无误地评估我们自身的知音，那么，我们与对应物就好比两架精美的竖琴上的琴弦，在一个快乐的声音伴奏下发出音响，这音响与我们自身神经组织的震颤相共振。"这就是雪莱所理解的爱。他用形象的语言告诉人们，爱应该是人类心灵的相通，是"相看两不厌"的相知相识的和谐境界。作者把抽象的思想具体化，让读者在形象的感知中接受自己的观点。关于爱的伟大意义，雪莱说："爱的需求或力量一旦死去，人就成为一个活着的墓穴，苟延残喘的只是一副躯壳。"正是这个爱的主旋律，使雪莱的作品无论是诗作还是散文，都充满着人性的光辉。

笔友/（法国）巴尔扎克

法国著名小说家巴尔扎克的散文精粹
以小说的笔法写下的散文具有别样的格调
文章短小精悍，凝练有力却含意深刻

　　微不足道的小事往往会演变成人生的重大经历！我从历时二十年方告结束的一段生活经验中认识了这条真理。

　　这生活是我在二十一岁读大学时开始的。有一天上午，我在一本销行很广的孟买杂志某页上看到世界各地征求印度笔友的年轻人的姓名和通信地址。我见过班上男女同学收到未曾晤面的人寄来厚厚的航空信。当时很流行与笔友通信，我何不也试一试？

　　我挑出一位住在洛杉矶的艾丽斯作为我写信的对象，还买了一本很贵的信纸簿。我班上一个女同学曾告诉我打动女人芳心的秘诀。她说她喜欢看写在粉红色信纸上的信。所以我想应该用粉红色信纸写信给艾丽斯。"亲爱的笔友，"我写道，心情紧张得像第一次考试的小学生。我没有什么话可说，下笔非常缓慢，写完把信投入信箱时，觉得像是面对敌人射来的子弹。不料回信很快就从遥远的加里福尼亚州寄来了。艾丽斯的信上说："我不知道我的通信地址怎会列入贵国杂志的笔友栏，何况我并没有征求笔友。不过收到从未见过和听过的人的信实属幸事。反正你要以我为笔友，好，我就是了。"

　　我不知道我把那封短信看了多少次。它充满了生命的美妙音乐，我觉得飘飘欲仙!

我写给她的信极为谨慎,决不写那位不相识的美国少女觉得唐突的话。英文是艾丽斯的母语,写来非常自然,对我来说却是外语,写来颇为费力。我在遣词用字方面颇具感情,并带羞怯,但在我心深处藏有我不敢流露的情意。艾丽斯用端正的笔法写长篇大论的信给我,却很少显露她自己。

从万余公里外寄来的,有大信封装着的书籍和杂志,也有一些小礼物。我相信艾丽斯是个富裕的美国人,也和她寄来的礼品同样美丽。我们的文字友谊颇为成功。

不过我脑中总有个疑团。问少女的年岁是不礼貌的,但如果我问她要张相片,该不会碰钉子吧。所以我提出了这个要求,也终于得到她的答复。艾丽斯只是说她当时没有相片,将来可能寄一张给我。她又说,普通的美国女人都比她漂亮得多。

这是玩躲避的把戏吗?唉,这些女人的花样!

岁月消逝。我和艾丽斯的通信不像当初那样令人兴奋。时断时续,却并未停止。我仍在她生病时寄信去祝她康复,寄圣诞片,也偶尔寄一点小礼物给她。同时我也渐渐老成,年事较长,有了职业,结了婚,有了子女。我把艾丽斯的信给我妻看。我和家人都一直希望能够见到她。

作者简介

巴尔扎克(1799—1850),法国批判现实主义作家,欧洲批判现实主义文学的奠基人和代表。1799年生于一个富有家庭。17岁时入大学读法律。毕业后,拒绝律师职业,立志当文学家。他曾从事出版印刷业,但最终使他负债累累,这使他重新回到创作上来,并以惊人的毅力和速度从事创作。长期的辛劳严重损害了他的身体,50岁时他重病缠身,不久就在劳作中逝世。他一生创作96部长、中、短篇小说和随笔,总名为《人间喜剧》。其中代表作为《欧也妮·葛朗台》《高老头》。他的作品传遍了全世界,产生了巨大的影响。他被称为"超群的小说家""现实主义大师"。他以自己的创作在世界文学史上树立起不朽的丰碑。

然而有一天，我收到一个包裹，上面的字是陌生的女人的笔迹。它是从美国艾丽斯的家乡用空邮寄来的。我打开包裹时心中在想，这个新笔友是谁？

　　包裹中有几本杂志，还有一封短信。"我是你所熟知的艾丽斯的好友。我很难过地告诉你，她在上星期日从教堂出来，买了一些东西后回家时因车祸而身亡。她的年纪大了——七十八岁——没有看见疾驶而来的汽车。艾丽斯时常告诉我她很高兴收到你的信。她是个孤独的人，对人极热心，见过面和没见过面的，在远处和近处的人，她都乐于相助。"

　　写信的人最后请我接受包裹中所附的艾丽斯的相片。艾丽斯说过要在她死后才能寄给我。

　　相片中是一张美丽而慈祥的脸，是一张纵使我是一个羞怯的大学生，而她已入老境时我也会珍爱的脸。

作品赏析

　　阅读巴尔扎克的小说，我们很容易沉迷在他对社会和人心灵状态的剖析中，以及他在不同篇章中采用的人物再现法所构成的人物独特的成长历程。虽然《笔友》仅是作为散文出现，略显短小，但却着实浓缩了巴尔扎克的一贯笔法。

　　在小说中，常有一种立足现在回忆过去，将大段的历史背景影缩在限定时间内的写法，《笔友》将20年的人生阅历以同样的形式在不长的篇幅中完全展现出来。所以我们很清楚地看见了小说家的思绪：在结构上采取了承接与转折的落差形式，将作者的心态变化展露无遗——由带着对笔友"不敢流露的情意"，在字里行间的非分妄想，到为年届80的艾丽斯虽然年迈孤独却仍然热心助人的心态深深震撼。这是一个相当曲折的过程，虽然作者并没有详细地表明这一心态变化的细节，但却以小说家的对文脉的高度把握为读者留下了无限的想象空间。

　　从《笔友》中我们还可以见证作者的拙朴文风，虽然不见得用语花哨，但却凝练简洁有力，将整篇文章从容道来。不仅如此，它还蕴藉了相当深刻的人生哲理，作者说"微不足道的小事往往会演变成人生的重大经历"。这是20年的情感积淀，但同时更是作者人生情操的升华，因为我们看到作者已经从不阅世事追逐浮华的青年转变为沉着稳重、懂得感恩的中年。

悼念乔治·桑 /（法国）雨果

入选理由
法国大文豪雨果的散文经典之一
悼念乔治·桑文章中的优秀作品
语言凄婉优美，情感动人

我哀悼一位逝去的女性，向一位不朽的女子致敬。

我以往热爱她，赞赏她，尊敬她；今天，在死亡的宁静肃穆中，我瞻仰她。

我称赞她，因为她的创造是伟大的，而且我感谢她，因为她的创造是美好的。我记忆犹新，有一天，我曾经给她写信说："我感谢您心灵如此伟大。"

难道我们失去她了吗？

没有。

高大的形象不见了，但是并没有销声匿迹。远非如此；几乎可以说，这些形象发展了。它们变成了无形，却在另一种形式下变得清晰可见。这是崇高的变形。

人形有隐蔽作用，它遮住了真正神圣的面孔，这面孔就是思想。乔治·桑是一种思想；这思想如今离开了肉体，获得了自由；她辞世了，而思想却活着。

乔治·桑在我们的时代享有独一无二的位置。其他伟人都是男人，她却是伟大的女性。

本世纪以完成法国革命和开始人类革命为其法则；在这个世纪里，由于性别的平等属于人类平等的范围内，因此一个伟大的女性是必不可少的。妇女必须证明，她可以拥有我们男性的所有禀赋，而又不失去女性天使般的品质：强大有力而又始终温柔可爱。

乔治·桑就是这种证明。

既然有那么多的人给法国蒙上耻辱，就必须有人给它带来荣耀。乔治·桑将是我们的世纪和法国值得骄傲的人物之一。这个誉满全球的女性完美无缺。她像巴尔贝斯一样有一颗伟大的心灵，像巴尔扎克一样有伟大的头脑，像拉马丁一样有崇高的心胸。她身上有诗才。在加里波第创造了奇迹的时代，她写出了杰作。

用不着一一列举这些杰作。何必把大家记得的事再鹦鹉学舌一遍呢？标志这些杰作力量所在之特点的，是善良。乔治·桑是善良的。因此，她受到憎恨。受人赞美有个替身，就是遭人嫉恨，热情有一个反面，就是侮辱。嫉恨和侮辱既是表明赞成，又想表明反对。后人会将嘲骂看作得到荣耀的喧闹声。凡是戴上桂冠的人都要受到抨击。这是一个规律，侮辱的卑劣要以欢呼的大小作为测度。

像乔治·桑那样的人都是为公众谋福利的。他们进去了，他们一旦逝去，在他们本来那个显得空荡荡的位置上，便可以看到实现了新的进步。

作者简介

雨果（1802—1885），诗人、小说家、政治活动家，19世纪前期积极浪漫主义文学运动的领袖，法国文学史上卓越的资产阶级民主作家。贯穿他一生活动和创作的主导思想是人道主义、反对暴力、以爱治"恶"，他的创作期长达60年以上，作品包括26卷诗歌、20卷小说、12卷剧本、21卷哲理论著，合计79卷之多，给法国文学和人类文化宝库增添了一份十分辉煌的文化遗产。1885年5月22日，雨果在巴黎与世长辞。

每当这样一个杰出人物去世，我们便仿佛听到翅膀拍击的巨大响声；既有东西逝去，就有别的东西继续存在。

大地像天空一样，也有隐没的时候；但是，人间像上天一样，重新显现，跟随在消失之后：一个男人或者一个女人，就像火炬一样以这种形式熄灭了，却以思想的形式重新放光。于是人们看到，原来以为熄灭的东西是无法熄灭的。这支火炬越发光芒四射；从此以后，它属于文明的一部分；它进入了人类广大的光明之中；它增加了光明；因为把假光熄灭了的神秘的气息，给真正的光提供了燃料。

劳动者离开了，可是他的劳动成果留了下来。

埃德加·基内去世了，但是从他的坟墓里冒出了至高无上的哲学，而他又从坟墓的上方给人们提出劝告。米什莱谢世了，但是在他身后耸立着一部历史，勾画出未来的历程。乔治·桑长辞了，但是她给我们留下妇女展露女性天才的权利。变化就是这样完成的。让我们哭悼死者吧，但是要看到接踵而至的现象：留存下来的是确定无疑的事实；由于有了这些令人自豪的思想先驱，一切真理和一切正义都迎我们而来，而这正是我们所听到的翅膀拍击的声音。

请接受我们逝去的名人在离开我们的时候，给予我们的东西吧。让我们面向未来，平静而充满沉思，向伟人的离去给我们预示的光辉前景的到来致敬吧。

[张秋江 译]

作品赏析

乔治·桑的影响并不只在于她的文学还在于她的为人，甚至还有人认为是那被人们在茶余饭后津津乐道的私生活。但《悼念乔治·桑》的作者雨果却坚持认为，乔治·桑的成功只在于她高尚的人格魅力。

乔治·桑作为女作家的成功一直为人所钦佩，同样也博取了包括同行在内的世界各国读者的喜爱。当然她的情感生活也为人所津津乐道，但在本文中更让作者不能忘怀的是乔治·桑的人格魅力。刚开始作者即将她称为不朽的女性，能得到大文豪雨果这样称誉的人其实并不多见。这个一生引得福楼拜和她争辩不已，肖邦为他痴情发狂的女作家，以心灵的伟大、思想的深刻自由征服了这个世界，在作者看来她用女人的心来思考本只属于男人的精神领域，并用女性的细腻心思完成一半男性粗心忽略的细节。她是坚强而温柔、爱憎分明的完美伟人。为了不至于太抽象，作者将这一切融归为一个无瑕的比喻："她像巴尔贝斯一样有一颗伟大的心灵，像巴尔扎克一样有伟大的头脑，像拉马丁一样有崇高的心胸。"

这个曾经在肖邦的《夜曲》中跌宕不已的影像，在作者的眼中已经完全幻化为精神的印记，在用她独特的光芒照耀诗人黯淡的心。文章整体上充满了雨果式的激情，文风浪漫哀婉，是一篇悼文同时也是一篇不可多得的美文。

光荣的荆棘路 /（丹麦）安徒生

> **入选理由**
> 古老的氛围中蕴含沉重
> 疏散的结构，统一的主题
> 历史光辉人物的画廊

从前有个古老的故事："光荣的荆棘路：一个叫做布鲁德的猎人得到了无上的光荣和尊严，但是他却长时期遇到极大的困难和冒着生命的危险。"我们大多数的人在小时已经听到过这个故事，可能后来还谈到过它，并且也想起自己没有被人歌颂过的"荆棘路"和"极大的困难"。故事和真实没有什么很大的分界线。不过故事在我们这个世界里经常有一个愉快的结尾，而真实常常在今生没有结果，只好等到永恒的未来。

世界的历史像一个幻灯。它在现代的黑暗背景上，放映出明朗的片子，说明那些造福人类的善人和天才的殉道者在怎样走着荆棘路。

这些光耀的图片把各个时代，各个国家都反映给我们看。每张片子只映几秒钟，但是它却代表整个的一生——充满了斗争和胜利的一生。我们现在来看看这些殉道者行列的人吧——除非这个世界本身遭到灭亡，这个行列是永远没有穷尽的。

我们现在来看看一个挤满观众的圆形剧场吧。讽刺和幽默的语言像潮水一般地从阿里斯托芬的"云"喷射出来。雅典最了不起的一个人物，在人身和精神方面，都受到了舞台上的嘲笑。他是保护人民反抗三十个暴君的战士。他名叫苏格拉底，他在混战中救援了阿尔西比亚得和生诺风，他的天才超过了古代的神仙。他本人就在场。他从观众的凳子上站起来，走到前面去，让那些正在哄堂大笑的人可以看看，他本人和戏台上嘲笑的那个对象究竟有什么相同之点。他站在他们面前。高高地站在他们面前。

你，多汁的、绿色的毒胡萝卜，雅典的阴影不是橄榄树而是你！

七个城市国家在彼此争辩，都说荷马是在自己城里出生的——这也就是说，在荷马死了以后！请看看他活着的时候吧！他在这些城市流浪，靠朗诵自己的诗篇过日子。他一想起明天的生活，他的头发就变得灰白起来。他，这个伟大的先知者，是一个孤独的瞎子。锐利的荆棘把这位诗中圣哲

作者简介

安徒生（1805—1875），丹麦童话作家。他于1805年出生在丹麦中部的小城奥登塞。他的父亲是一个穷苦鞋匠。因家境贫寒，安徒生幼年未进过正规学校。14岁时告别家乡到哥本哈根，下定决心要当一个艺术家。但到哥本哈根后，他举目无亲，只好在剧院里打杂。后来有些艺术家同情他的遭遇，给他提供助学金，他才开始正式上学。安徒生酷爱文学，他阅读了大量文学名著，并学着创作诗篇与剧本。1827年，他创作的诗剧《阿尔芙索尔》在皇家艺术剧院演出时引起轰动。第二年，他被哥本哈根大学免试录取。1838年，他获得国家作家奖金。1867年，安徒生被故乡奥登塞选为荣誉市民。德国、法国、瑞士等国的君王也纷纷召见他，并给他授予最光荣的勋章。1875年8月4日，安徒生因肝癌逝世于朋友的乡间别墅。丧礼备极哀荣，享年70岁。

的衣服撕得稀烂。

但是他的歌仍然是活着的；通过这些歌，古代的英雄和神仙也获得了生命。

图画一幅接着一幅地从日出之国，从日落之国现出来。这些国家在空间和时间方面彼此的距离很远，然后它们却有着同样的光荣的荆棘路。生满了刺的蓟只有在它装饰着坟墓的时候，才开出第一朵花。

骆驼在棕榈树下面走过。它们满载着靛青和贵重的财宝。这些东西是这国家的君主送给一个人的礼物——这个人是人民的欢乐，是国家的光荣。嫉妒和毁谤逼得他不得不从这国家逃走，只有现在人们才发现他。这个骆驼队现在快要走到他避乱的那个小镇。人们抬出一具可怜的尸体走出城门，骆驼队停下来了。这个死人就正是他们所要寻找的那个人：费尔杜西——光荣的荆棘路在这儿告一结束！

在葡萄牙的京城里，在王宫的大理石台阶上，坐着一个圆面孔、厚嘴唇、黑头发的非洲黑人，他在向人求乞。他是加莫恩的忠实的奴隶。如果没有他和他求乞得到的许多铜板，他的主人——叙事诗《路西亚达》的作者——恐怕早就饿死了。

现在加莫恩的墓上立着一座贵重的纪念碑。

这是一幅图画！

铁栏杆后面站着一个人。他像死一样的惨白，长着一脸又长又乱的胡子。

"我发明了一件东西——一件许多世纪以来最伟大的发明，"他说，"但是人们却把我放在这里关了二十多年！"

"他是谁呢？"

"一个疯子！"疯人院的看守说，"这些疯子的怪想头才多呢！他相信人们可以用蒸汽推动东西！"

这人名字叫萨洛蒙·得·高斯，黎显留读不懂他的预言性的著作，因此他死在疯人院里。

现在哥伦布出现了。街上的野孩子常常跟在他后面讥笑他，因为他想发现一个新世界——而且他也就居然发现了。欢乐的钟声迎接着他的胜利的归来，但嫉妒的钟声敲得比这还要响亮。他，这个发现新大陆的人，这个把美洲黄金的土地从海里捞起来的人，这个一切贡献给他的国王的人，所得到的报酬是一条铁链。他希望把这条链子放在他的棺材上，让世人可以看到他的时代所给予他的评价。

图画一幅接着一幅的出现，光荣的荆棘路真是没有尽头。

在黑暗中坐着一个人，他要量出月亮里山岳的高度。他探索星球与行星之间的太空。他这个巨人懂得大自然的规律。他能感觉到地球在他的脚下转动。这人就是伽利略。老迈的他，又聋又瞎，坐在那儿，在尖锐的苦痛中和人间的轻视中挣扎。他几乎没有气力提起他的一双脚：当人们不相信真理的时候，他在灵魂的极度痛苦中曾经在地上跺着这双脚，高呼道："但是地在转动呀！"

这儿有一个女子，她有一颗孩子的心，但是这颗心充满热情和信念。她在一个战斗的部队前面高举着旗帜；她为她的祖国带来胜利和解放。空中响起了一片狂乐的声音，于是柴堆烧起来了：大家在烧死一个巫婆——冉·达克。是的，在接着的一个世纪中人们唾弃这朵纯洁的百合花，但智慧的鬼才伏尔泰却歌颂"拉·比赛尔"。

在魏堡的宫殿里，丹麦的贵族烧毁了国王的法律。火焰升起来，把这个立法者和他的时代都照亮了，同时也向那个黑暗的囚楼送进一点彩霞。他的头发斑白，腰也弯了；他坐在那儿，用手指在石桌上刻出许多线条。他曾经统治过三个王国。他是一个民众爱戴的国王；他是市民和农民的朋友：克利斯仙二世。他是一个莽撞时代的一个有性格的莽撞人。敌人写下他的历史。我们一方面不忘记他的血腥的罪过，一方面也要记住：他被囚禁了二十七年。

一艘船从丹麦开出去了。船上有一个人倚着桅杆站着，向汶岛作最后的一瞥。他是杜却·布拉赫。他把丹麦的名字提升到星球上去，但他所得到的报酬是讥笑和伤害。他跑到国外去。他说："处处都有天，我还要求什么别的东西呢？"他走了；我们这位最有声望的人在国外得到了尊荣和自由。

"啊，解脱！只愿我身体中不可忍受的痛苦能够得到解脱！"好几世纪以来我们就听到这个声音。这是一张什么画片呢？这是格里芬菲尔德——丹麦的普洛米修斯——被铁链锁在木克荷尔姆石岛上的一幅图画。

我们现在来到美洲，来到一条大河的旁边。有一大群人集拢来，据说有一艘船可以在坏天气中逆风行驶，因为它本身具有抗拒风雨的力量。那个相信能够做到这件事的人名叫罗伯特·富尔登。他的船开始航行，但是它忽然停下来了。观众大笑起来，并且还"嘘"起来——连他自己的父亲也跟大家一起"嘘"起来：

"自高自大！糊涂透顶！他现在得到了报应！应该把这个疯子关起来才对！"

一根小钉子摇断了——刚才机器不能动就是因为它的缘故。轮子转动起来了，轮翼在水中向前推进，船在开行。蒸气机的杠杆把世界各国间的距离从钟头缩短成为分秒。

人类啊，当灵魂懂得了它的使命以后，你能体会到在这清醒的片刻中所感到的幸福吗？在这片刻中，你在光荣的荆棘路上所得的一切创伤——即使是你自己所造成的——也会痊愈，恢复健康、力量和愉快；噪音变成谐声；人们可以在一个人身上看到上帝的仁慈，而这仁慈通过一个人普及到大众。

光荣的荆棘路看起来像环绕着地球的一条灿烂的光带。只有幸运的人才被送到这条带上行走，才被指定为建筑那座联接上帝与人间的桥梁的、没有薪水的总工程师。

历史拍着它强大的翅膀，飞过许多世纪，同时光荣的荆棘路的这个黑暗背景上，映出许多明朗的图画，来鼓起我们的勇气，给予我们安慰，促进我们内心的平安。这条光荣的荆棘路，跟童话不同，并不在这个人世间走到一个辉煌和快乐的终点，但是它却超越时代，走向永恒。

[叶君健 译]

作品赏析

《光荣的荆棘路》以叙述故事的语言方式,为我们展现了伟大的先驱们为真理而披荆斩棘,顽强不屈,至死不渝的壮阔场面。安徒生在文中列举了12个历史人物,用宏观叙事的手法将他们生前身后的遭遇饱含深情地讲述给读者。苏格拉底、荷马、费尔杜西、加莫恩、萨洛蒙·得·高斯、哥伦布、伽利略、冉·达克、克利斯仙二世、杜却·布拉赫、格里芬菲尔德、罗伯特·富尔登,这些曾经或将会影响人类历史的人,安徒生称他们为"天才的殉道者"。这些人在现行社会中被认为是伟大的人物或"造福人类的善人",而他们生前却往往被看成是另类的、不合时宜的。他们为了探求真理或人类的幸福之路与时代所进行的抗争,在后人看来是"光荣"的壮举,但对于其个人却是一条充满血泪的荆棘路。科学的进步和历史的前行永远是艰难的,在通向真理的道路上,总会有惨重的代价和牺牲。这条路,安徒生称之为"光荣的荆棘路",他说"这条光荣的荆棘路,跟童话不同,并不在这个人世间走到一个辉煌和快乐的终点,但是它却超越时代,走向永恒"。这是安徒生对于逝去者的告慰。

遗嘱 / (俄国)果戈理

俄国现实主义文学大家果戈理的散文精粹
一封不为人关注却意义非凡的作家告白信
一段真实哀婉的人生哲学

乘头脑还清醒,我把自己最后的意愿陈述如下:

Ⅰ 我遗嘱在我的身体没有出现明显腐烂迹象之前,别忙着将我埋葬。所以要指出这一点,是因为在我患病期间,在我身上已经有过假死现象,心脏和脉搏停止了跳动……鉴于在生活中我已多次目睹由于我们愚蠢的操之过急而酿成的悲剧（这类悲剧发生在一切方面，甚至发生在殓葬过程中），因此我将此项要求列入遗嘱的头条，但愿我的人之将死的声音能提醒大家行动切切谨慎。把我的遗体随便埋葬在一个什么地方好了，谁要是过多地关注已经不属于我的腐烂的肉体，谁就傻得等于是在向吞食烂肉的蛆虫顶礼；我希望更多地为我的灵魂祈祷，与其张罗各种葬仪，倒不如代我向穷人们施舍一些惠而不费的午餐。

Ⅱ 我遗嘱不要为我建造任何纪念碑，连想也不要想这类与基督教徒身份不合的俗事。要是在我的亲朋好友之中真有爱我者，那么他也应用另一种方式为我立碑：他将以锲而不舍的生活毅力，激励众生的德行把碑石树立在自己的心田，谁于我死后在精神上较之于我生前提高了一截，谁就是真正爱我的人，是我的朋友，也只有这样才能为我建立起一块丰碑。因为我本人——不管我本人有多么渺小，始终在激励我的朋友们。在最近一个时期与常相过从的朋友中，没有一个人会在黯然伤神的时刻，看到我有什么沮丧的神情，尽管我本人也有悲伤的时刻，我的苦痛也并不比别人少——但愿他们中的每个人都能在我死后记住这一点，并重新思索所有我对他说过的话，重读在这一年前我写给他的所有信札。

Ⅲ 我遗嘱谁也不要为我哭泣，谁要是把我的死视为一大损失，谁便要

作者简介

果戈理（1809—1852），19世纪俄国批判现实主义文学的代表和奠基人。他出生在大地主家庭，从小受到艺术熏陶，尤其喜爱乌克兰的民谣、传说和民间戏剧。父亲早逝后，到彼得堡谋生，做过小公务员，并结识了普希金等人。果戈理的一生创作甚丰：小说集《狄康卡近乡夜话》、长篇小说《死魂灵》、短篇小说集《彼得堡故事集》等，讽刺了贵族地主阶级，表达了对小人物悲惨生活的人道主义同情，形成了"含泪的微笑"这种独特的艺术风格。他的讽刺喜剧也有很高成就，著名的《钦差大臣》尖锐讽刺了俄国官僚社会的丑恶本质，对俄国戏剧的发展产生了重要影响。果戈理是俄国"自然派"文学的创始者，他的创作和普希金的创作相配合，共同奠定了俄国批判现实主义文学的基础，被誉为俄国文学史上的"双璧"。

负起道德的罪责。甚至即便我当真做过什么好事，当真已经开始履行我应当履行的职责，而死亡使我中断了一件不是为少数人而是为多数人服务的事业，那么也无需陷入无谓的悲痛之中。甚至如果死的不是我，而是一位的确于现今的俄国大有用处的俄国人，那么任何一个活着的人也无需垂头丧气；尽管有用之才的过早夭折，可以认为是天庭震怒的表现，上苍有意以此耗蚀一批有助于接近我们向往之目标的武器与工具。我们不应该遇到一切突如其来的损失之时陷入哀伤之中，而是应该严格地审视自己，需要思索的不是别人的黑暗，不是天下的黑暗，而是自己心中的黑暗。灵魂的黑暗可怕至极，为什么需要等到冷酷的死神已经站到你面前时才发现这灵魂的黑暗！

Ⅳ 我遗嘱我的所有同胞（作此遗嘱的唯一理由是，任何一个作家在他身后都应该把某种良善的思想作为财富留给读者），我留给他们一部我写得最好的作品，这部作品名叫《告别的书》。他们会看到，这部书是面向他们的。作为最好的宝藏，作为上帝对我的恩慈的见证，我已经长久地把它珍藏于我心中。它是谁也看不到的我从小就流淌的眼泪的源泉。我把它作为遗产留给大家。但我恳求我的任何一位同胞都不要感到委屈，如果他们在书中听到有什么类似教诲的声音。我是个作家，而作家的职责不仅仅给读者的心智提供闲情惬意的愉悦，如果他的作品不能陶冶心灵，不能对人有所教益，那么这位作家就要被严厉地追究责任。但愿我的同胞同样能够想到，即便不是作家，每个要告别这个世界的兄弟也有权利给我们留几句兄弟般的临别赠言，而在这种场合人们不会在乎他的地位低微、无权无势和学识不够。需要记住的是，将死之人能比在世上打转转的大活人对某些事物看得更真切。然而，尽管我拥有足够的权利，但我仍然不敢在此讲述你们能在《告别的书》中听到的话，因为灵魂不洁、沉疴在身、心力交瘁的我现在不配说出那些话。然而，另外一种更为重要的理由在推动着我：同胞们！可怕呀！……灵魂因为震栗而归于寂静，这只是因为感应到了死后的恢宏和上帝的灵魂的崇高创造，与这崇高创造相比，一切我们可以目及的、曾使我们惊讶过的上帝伟业,不过是沧海一粟。整个的垂死的我在呻吟,因为我感觉到我们在生活中播下的种子在惊人地大大膨胀,而在播种之初完全没有想到从中会生长出什么样的骇人的怪物……也许,我的《告别的书》能对那些迄今还把生活视为游戏的人多少有所助益,他们的心灵哪怕能多少听到它的庄严的神秘以及这神秘中的珍贵至极的天堂之声。同胞们!……我不知该如何称呼你们。就把虚礼抛到一边吧!同胞们,我爱你们,这爱是无法言喻的,这爱是上帝赐予我的,为此我要感谢他,就像感谢他给予我的最好施舍,因为我在极其痛苦的时刻正是这爱给了我欢乐与慰藉——以这个爱的名义我恳求你们用心来接受我的《告别的书》。我起誓:这本书不是我的杜撰,它是我心灵的自然流露,是上帝历尽苦难的教育之果,而它的声音来自我们共同的俄罗斯种族的隐秘的伟力,按此种族的血缘,我是你们共同的近亲。

　　Ⅴ 我遗嘱在我死后别匆忙地在报刊上赞扬或贬抑我的作品:这样的急于褒贬的做法会像在我生前一样的有失公允。我的作品中值得批评的地方远比值得赞美的地方多。对于我的作品的任何攻击都有不同程度的根据。在我面前谁也没有过错,谁要是以我的名义对什么人在什么方面进行责难,谁便是不诚实和不公正的。我还要大声宣布,除了已经出版的,都不是属于我的作品,所有被我付之一炬的手稿,都是在不自主的病态状态下写成的苍白无力之作。因此,日后如有人假借我的名义发表什么作品,请把这视为卑劣的伪造。然而,我愿拜托我的朋友们日后把我自1844年底写给他们的书信搜集一起,严加筛选,择其有益于人心者,弃其无谓的游戏文字,编成单册出版。这些书信曾使收信人多少获益,上帝是仁慈的,或许,它们还将有益于其他人,这样我就能从我心中多少消释一些因为我过去创作中的碌碌无功而承担的沉重责任。

　　Ⅵ 我遗嘱我死后的版税收入归我母亲和我姐妹所有,但这要在与穷人分享的前提下。不管我的亲人们如何贫寒,他们永远会记住,在世上还有比他们更贫寒的人。他们只能接济那些真正想改变生活、努力上进的穷人。为此，他们应深入了解每个穷人的情况，只有在情况完全了解之后才能提供经济支持。这些钱来之不易，不能随便把它们扔到天空中。我的全部不动产，早就奉送给了我母亲，如果15年前作出的确认这所别墅归属的文件还显得不够明确，那么我在此重申一次，以便今后无人敢与我母亲争夺其所有权。请母亲和姐妹在我死后重读我近三年来给他们写的信，特别不要遗漏那些看来仅仅涉及家业的信件：信中很多内容在我死后能理解得更清楚。在我死后，他们中的任何人已经无权仅仅属于自己，而是属于所有受苦受难的人们。他们的房屋和庄园与其说是像地主的家宅，毋宁说是像旅客之家和朝圣香客之家，每个过路来客在此都将得到如亲人一样的接待，都将亲切地向他们问寒问暖，问他们有何需求，至少要对他们讲点宽心的话，使得所有人在离开村子时都能得到心灵的慰藉。要是有习惯于贫寒生活的过客不便在地主家宅过夜，那么可以把他领到村中一个心地善良的殷实农民的家里，以便他也能用聪明的开导帮助来客，对他问寒问暖，用理智的祝愿振奋来客的精神，然后将情况呈报主人，以便他们再加进自己的建议，使得每个人离开村子时多少能得到心灵的慰藉。

Ⅶ 我遗嘱……但我意识到我已经无从遗嘱。我的一项所有权已经横遭剥夺：未经本人许可，我的一张肖像画刊印了。由于诸多无需解释的原因，我不想这样做，我没有给任何人公布我肖像的权利，在这之前所有为此目的登门请求的书商都遭我严拒；只有在一种情况下我才认为可行——如果上帝帮助我完成了我毕生追求的事业，而且完成得如此出色，以至于全体同胞异口同声说，我已经忠诚地完成了自己的事业，他们甚至渴望一睹这位一直在默默耕耘、不图浮名的人的面容。与此相关联的还有另外一个情况：我的画像碰上这种机遇定会销路大畅，从而也使雕刻它的画家得到一笔可观的收入。这位画家多年在罗马雕刻拉斐尔的不朽的《基督变容图》。

他把一切都奉献给了耗蚀了他青春岁月与健康生命的创作，并且把现已接近尾声的工作完成得如此完美，任何一个雕刻家都会自叹弗如。但由于定价偏高、知音太少的缘故，他的铜版画不可能畅销到足以酬谢他为此所花去的心血；我的肖像画或许能对他有所帮助。现在我的计划落空了：任何人的肖像一经刊印，便成了刊印铜版画或石版画的印刷业主的私有物。可是如果情况会是这样：在我死后出版的我的书信集竟能获得某种社会效益（哪怕仅仅是获得这种社会效益的真诚愿望），同胞们也许会想看一看我的画像，那么我恳请那些印刷业主们慷慨地放弃自己的权利；而那些对一切名人怀有过分的热情，保存着一张本人画像的读者们，我请求他们在读到这段文字后就立即将它毁掉，尤其是如果那画像画得很拙劣、与本人不相像的话。他们只能购买注明"约尔达诺夫所刻"字样的画像。这样就至少做了一件公正的事。而如果谁手头宽裕，能以购买《基督变容图》来取代我的肖像画，那就更加公正了。即便是外国人，也把那幅铜版画视为雕刻艺术的王冠和俄国的光荣。

我的这份遗嘱务必在我死后立即刊登在所有报刊上，为的是不会有人因为没有读到它而成为我的无辜的罪人，并忍受内疚于心的痛苦。

[童道明 译]

作品赏析

果戈理的精彩在于他的托尔斯泰、陀思妥耶夫斯基式的宗教心态，以及对世态炎凉的深刻感受，所以在他的笔下，我们才能见证他的痴情、迷茫与愤世嫉俗。这位才华横溢的现实主义大作家，在其短暂的一生中为俄罗斯的广阔土地指明了人生拯救的方向，为后来者诸如赫尔岑、屠格涅夫、涅克拉索夫的成长奠定了坚实的基础。

《遗嘱》写尽了果戈理人生的最好哲学思考，虽然在他人生的最后，因为对东正教的回归导致了不计其数的骂名和朋友的交恶，但我们仍能从遗嘱中看出他的理念的坚贞和一贯的坚持。在《遗嘱》中他否定了一切好大喜功的所谓纪念流名，只想为自己的同胞留下最后的思想感念《告别的书》，并且一再肯定了自己的身份。这是无可置疑的基督徒，他只想在精神的最后眷念中安慰一群还在苦难中迷茫的兄弟姐妹,就像文章中所说的"不管我本人有多么渺小,始终在激励我的朋友们"。

有学者认为,果戈理才是实际上的俄罗斯散文之父,他的散文平静深沉,蕴含着无限的宗教情怀,影响了后来的陀思妥耶夫斯基、赫尔岑,像《作家日记》《人生自传》即是如此,因此有人说,我们所有的人都是从果戈理的外套中孕育出来的。本文在结构上分层论述,条理清晰,让人一目了然。

在葛底斯堡的演说 /(美国)林肯

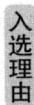
入选理由

世界演讲史上公认的经典之作
最简短的语言中融入了最真挚的情感
高明的演讲技巧和手段

87年前,我们的先辈们在这个大陆上创立了一个新国家,它孕育于自由之中,奉行一切人生来平等的原则。

现在我们正从事一场伟大的内战,以考验这个国家,或者任何一个孕育于自由和奉行上述原则的国家是否能够长久存在下去。我们在这场战争中的一个伟大战场上集会,烈士们为使这个国家能够生存下去而献出了自己的生命,我们来到这里,是要把这个战场的一部分奉献给他们作为最后安息之所。我们这样做是完全应该而且非常恰当的。

但是,从更广泛的意义上来说,这块土地我们不能够奉献,不能够圣化,不能够神化。那些曾在这里战斗过的勇士们,活着的和去世的,已经把这块土地圣化了,这远不是我们微薄的力量所能增减的。我们今天在这里所说的话,全世界不大会注意,也不会长久地记住,但勇士们在这里所做过的事,全世界却永远不会忘记。毋宁说,倒是我们这些还活着的人,应该在这里把自己奉献于勇士们已经如此崇高地向前推进但尚未完成的事业。倒是我们应该在这里把自己奉献于仍然留在我们面前的伟大任务——我们要从这些光荣的死者身上汲取更多的献身精神,来完成他们已经完全彻底为之献身的事业;我们要使国家在上帝福佑下得到自由的新生,要使这个民有、民治、民享的政府永世长存。

1863年11月19日

作品赏析

  1862年7月,南北战争正在进行,北军统帅米德率军和南方军队在葛底斯堡展开了会战,经过三天三夜的激战,政府军终于取得胜利。为了纪念在这次战斗中牺牲的战士,在葛底斯堡建立了一座烈士公墓。在公墓落成典礼上,林肯作了本篇演讲。

  伟大的演讲必须诞生于伟大的智慧和伟大的人格。林肯演讲的成功正好包含这两方面的因素。作为一个正直的人,他恳切的言辞能够被民众信任,他智慧的表达能够被民众接受,并且被进一步感动。在这次演讲中,林肯热情地讴歌了勇士们为自由民主而献身的精神,鼓舞活着的人完成他们未完的事业,为民有、民治、民享的政治理想而奋斗。这篇演讲的词语运用非常简洁凝练,但是充满了强烈的感情色彩,非常真切深沉,包含着对于烈士的崇敬和缅怀之情,因此深深地打动了在场的所有听众。从演讲者本身来讲,我们可以想象,按照林肯的一贯作风,深入人心的优秀品质也是他打动听众的一个重要因素。

  本文短小精悍、催人奋进,是公认的演讲史上的典范之作。

◇最美的散文

到尼亚加拉大瀑布 /（英国）狄更斯

入选理由 从不同角度描摹了尼亚加拉大瀑布
一首有声有色的心灵交响曲

那一天的天气寒冷潮湿，着实苦人；凄雾浓重，几欲成滴，树木在这个北国里还都枝柯赤裸，完全冬意。不论多会儿，只要车一停下来，我就侧耳静听，看是否能听到瀑布的吼声，同时还不断地往我认为一定是瀑布所在那方面死乞白赖地看；我所以知道瀑布就在那一方面，因为我看见河水滚滚朝着那儿流去；每一分钟都盼望会有飞溅的浪花出现。恰恰在我们停车以前几分钟内，我看见了两片嵯峨的白云，从地心深处巍巍而出，冉冉而上。当时所见，仅止于此。后来我们到底下了车了，于是我才头一回听到洪流的砰訇，同时觉得大地都在我脚下颤动。

崖岸陡峭，又因为有刚刚下过的雨和化了一半的冰，地上滑溜溜的，所以我自己也不知道我是怎么下去的，不过我却一会儿就站在山根那儿，同两个英国军官（他们也正走过那儿，现在和我到了一块）攀登到一片嶙峋的乱石上了。那时澎渤大作，震耳欲聋，玉花飞溅，蒙目如眯，我全身濡湿，衣履俱透。原来我们正站在美国瀑布的下面。我只能看见巨浸滔天，劈空而下，但是对于这片巨浸的形状和地位，却毫无概念，只渺渺茫茫，感到泉飞水立，浩瀚汪洋而已。

我们坐在小渡船上，从紧在这两个大瀑布前面那条汹涌奔腾的河里过的时候，我才开始感到是怎么回事，不过我却有些目眩心摇，因而领会不到这副光景到底有多博大。一直到我来到平顶岩上看去的时候——哎呀天哪，那样一片飞立倒悬的晶莹碧波！——它的巍巍凛凛，浩瀚峻伟，才在我眼前整个呈现。

于是我感到，我站的地方和造物者多么近了，那时候，那副宏伟的景象，一时之间所给我的印象，同时也就是永久无尽所给我的印象——一瞬的感觉，而又是永久的感觉——是一片和平之感：是心的宁静，是灵的恬适，是对于死者淡泊安详的回忆，是对于永久的安息和永久的幸福恢廓的展望，不搀杂一丁点暗淡之情，不搀杂一丁点恐怖之心。尼亚加拉一下就在我心里留下深刻的印象——留下了一副美丽的形象，这副形象一直永世不尽留在我的心头，永远不改变，永远不磨灭，一直到我的心房停止了搏动的时候。

我们在那个神工鬼斧、天魔帝力所创造出来的地方上待了十天，在那永久令人不忘的十天里，日常生活中的龃龉和烦恼，如何离我而去，越去越远啊！巨浸的砰訇对于我如何振聋发聩啊！绝迹于尘世之上而却出现于晶莹垂波之中的，是何等的面目啊！在变幻无常、横亘半空的灿烂虹霓四围上下，天使的泪如何玉圆珠明，异彩缤纷，纷飞乱洒，纵翻横出啊！在这种眼泪里，天心帝意，又如何透露而出啊！

我一起始，就跑到了加拿大那一边儿，在那十天里就一直在那儿没动。我从来没再过过河，因为我知道，河那边也有人，而在这种地方，当然不能和不相干的闲杂人搀和。整天往来徘徊，从一切角度，来看这个垂瀑；站在马蹄铁大瀑布的边缘上，看着奔腾的水，在快到崖头的时候，力充劲足，然而却又好像在驰下崖头、投入深渊之前，先停顿一下似的；从河面上往上看巨涛下涌；攀上邻岭，从树梢间瞭望，看激湍盘旋而前，翻下万丈悬崖；站在下游三英里的巨石森岩下面，看着河水，波涌涡漩，砰訇应答，表面上看

作者简介

狄更斯（1812—1870），英国著名散文家、小说家。早年以"B02"的笔名在报章杂志上发表作品，文章深刻探讨社会病态、道德沦落等现象。狄更斯一生创作了大量的作品，除了小说以外，他在散文、游记、诗歌等各种体裁上均有涉猎。但成就最高的还是长篇小说。其代表作有《双城记》《匹克威克外传》《大卫·科波菲尔》《荒凉山庄》《艰难时世》。

不出来它所以这样的原因，实在在河水深处，却受到巨瀑奔腾的骚扰；永远有尼亚加拉当前，看它受日光的蒸腾，受月华的逦逗，夕阳西下中一片红，暮色苍茫中一片灰；白天整天眼里看它，夜里枕上醒来耳里听它；这样的福就够我享的了。

我现在每天平静之时都要想：那片浩瀚汹涌的水，仍旧竟日横冲直滚，飞悬倒洒，砰訇澎渤，雷鸣山崩；那些虹霓仍旧在它下面一百英尺的空中弯亘横跨。太阳照在它上面的时候，它仍旧像玉液金波，晶莹明澈。天色暗淡的时候，它仍旧像玉霰琼雪，纷纷飞洒；像轻屑细末，从白垩质的悬崖峭壁上阵阵剥落；像如絮如绵的浓烟，从山腹幽岫里蒸腾喷涌。但是这个滔天的巨浸，在它要往下流去的时候，永远老像要先死去一番似的，从它那深不可测、以水为国的坟里，永远有浪花和迷雾的鬼魂，其大无物可与伦比，其强永远不受降伏，在宇宙还是一片混沌。黑暗还复掩渊面的时候，在匝地的巨浸——水——以前，另一个漫天的巨浸——光——还没经上帝吩咐而一下弥漫宇宙的时候，就在这儿森然庄严地呈异显灵。

[张谷若 译]

作品赏析

《到尼亚加拉大瀑布》是英国作家狄更斯的散文，作者将其小说中常有的百转千回的震撼力，融于景物描写中，为我们描摹了一幅壮丽的风景画。

作者从不同角度来描写尼亚加拉大瀑布。先是听觉上的渲染："洪流的砰訇""澎渤大作，震耳欲聋"，这样先声夺人的效果，为视觉上的表现作了一个很好的铺垫。接下来是尼亚加拉大瀑布的闪亮登场，作者首先从整体上作了一个描绘，那是"一片飞立倒悬的晶莹碧波"，给人以视觉上的震撼力。而作者高明之处在于他用小说家的敏锐眼光，为我们描绘了一个多角度、多层面的艺术效果图。从"边缘""河面""邻岭""下游"不同方位来观察，收到"横看成岭侧成峰，远近高低各不同"的审美效果。随后,他把眼中美景,加以点化,变成了一部有声有色的心灵交响曲。置身于"震耳欲聋,玉花飞溅"的"浩瀚峻伟"中,作者感受到的却是"心的宁静""灵的恬适"。

秋天的日落 /(美国)梭罗

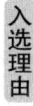 歌颂大自然和谐美妙的诗篇
文采和思想性并重

最近,十一月的一天,我们目睹了一个极其美丽的日落。当我像平时一样漫步于一条小溪发源处的草地之上,那高空的太阳,终于在一个凄苦的寒天之后、暮夕之前,突于天际骤放澄明。这时但见远方天幕下的衰草残茎,山边的树叶橡丛,顿时浸在一片柔美而耀眼的绮照之中,而我们自己的身影也长长地伸向草地的东方,仿佛是那缕斜辉中仅有的点点微尘。周围的风物是那么妍美,一晌之前还是难以想象,空气也是那么和暖纯净,一时这普通

作者简介

梭罗(1817—1862),美国著名作家,出生于马萨诸塞州康科德镇。梭罗一生共创作了20多部一流的散文集,被称为自然随笔的创始者,在美国19世纪散文中独树一帜。1837年,哈佛大学毕业后他回到家乡以教书为业。1841年起转为写作。在著名作家爱默生的支持下,梭罗开始了超验主义实践,撰写了大量随笔。1845年7月4日,梭罗在瓦尔登湖畔,建造了一个小木屋住了下来。此后他根据自己对生活的观察与思考,整理并发表了两本著作《康科德和梅里马克河上的一周》和《瓦尔登湖》。1847年,梭罗结束了离群索居的生活,回到原来的村落,仍然保持着自己简朴的生活风格,并将主要精力投入写作、讲课和观察当地的植物、动物。1862年5月6日,梭罗因病去世,年仅45岁。

草原实在无异于天上景象。但是这眼前之景难道一定是亘古以来不曾有过的特殊奇观？说不定自有天日以来，每个暮夕便都是如此，因而连跑动在这里的幼小孩童也会觉得自在欣悦。想到这些，这幅景象也就益发显得壮丽起来。

　　此刻那落日的余晕正以它全部的灿烂与辉煌，也不分城市还是乡村，甚至以往日少见的艳丽，尽情斜映在这一带境远地僻的草地之上；这里没有一间房舍——茫茫之中只瞥见一头孤零零的沼鹰，背羽上染尽了金黄，一只麝香鼠正在洞穴口探头，另外在沼泽之间望见了一股水色黝黑的小溪，蜿蜒曲折，绕行于一堆残株败根之旁。我们漫步于其中的光照，是这样的纯美与熠耀，满目衰草树叶，一片金黄，晃晃之中又是这般柔和恬静，没有一丝涟漪，一息呜咽。我想我从来不曾沐浴过这么优美的金色光波。西望林薮丘岗之际，彩焕烂然，恍若仙境边陲一般，而我们背后的秋阳，仿佛一个慈祥的牧人，正趁薄暮时分，赶送我们归去。

　　我们在踯躅于圣地的历程当中也是这样。总有一天，太阳的光辉会照耀得更加妍丽，会照射进我们的心扉灵府之中，会使我们的生涯洒满了更大彻悟的奇妙光照，其温煦、恬淡与金光熠耀，恰似一个秋日的岸边那样。

作品赏析

　　《秋天的日落》是梭罗的一篇写景散文，他为我们描绘了一个美丽和谐的秋日黄昏。在梭罗的笔下，"衰草残茎"的秋日黄昏在日落的点化下没有了颓衰之气。风物是"妍美"的，空气是"和暖纯净"的，这种美是"也不分城市还是乡村"的。作者以博大的胸怀来看待世间的万物，认为自然界是人类共有的财富，只有在大自然面前人类才是公平的，只有在大自然面前人们才可以享受超越世俗的公正。于是，在作者的眼中"秋阳"成了一个"慈祥的牧人"，他充满慈爱的普照可以"照射进我们的心扉灵府之中"，"会使我们的生涯洒满了更大彻悟的奇妙光照"，作者这种独特的世界观反映了他追求人与自然的和谐统一的思想。

小鹌鹑 /（俄国）屠格涅夫

入选理由
屠格涅夫的散文名作
人道主义情怀的精彩展示
以小小说的结构，提升了散文的表达力

有一回，正好是彼得节前夕，我跟父亲去打猎。那时沙鸡还小，父亲不想打它们，就到黑麦地旁边的橡树丛里，这种地方常常有鹌鹑。那里草不好割，因此草好久没动过了。花很多，有箭箬、豌豆、三叶草、挂钟草、毋忘我花、石竹。我同妹妹或者女仆到那里去的时候，总是采上一大把。可是我跟父亲去就不采花，因为我觉得这样做有失猎人的身份。

忽然之间，宝贝儿踞地作势。我父亲叫了一声："抓住它！"就在宝贝儿的鼻子下面，一只鹌鹑跳起来飞走了。可是它飞得很奇怪：翻着跟头，转来转去，又落到地上，好像是受了伤，或者翅膀坏了。宝贝儿拼命地去追它……如果小鸟好好地飞，它是不会这样去追的。父亲甚至没法开枪，他怕散弹会把狗打伤。我猛一看：宝贝儿加紧扑上去——一口咬住了！它抓住了鹌鹑，叼回来给父亲。父亲接过鹌鹑，把它肚子朝天放在掌心上。

作者简介

屠格涅夫（1818—1883），俄国作家。出生在一个贵族家庭，先后在莫斯科大学、彼得堡大学就读，毕业后到柏林进修。他在大学时代就开始创作，1847—1852年陆续写成的特写集《猎人笔记》是其成名作，主要表现农奴制下农民和地主的关系，在日常的平淡生活中表现出浓郁的诗意。他的主要作品有戏剧《贵族长的早餐》《村居一月》，长篇小说《罗亭》《贵族之家》《前夜》《父与子》《阿霞》《初恋》《处女地》等。屠格涅夫善于敏锐地把握时代特点，迅速反映俄国现实，对俄国现实主义文学的发展有重大影响。

我跳了起来。

"怎么了？"我说，"它本来受伤了吗？"

"没有，"父亲回答我说，"它本来没受伤。准是这儿附近有它一巢小鹌鹑，它有意装着受了伤，让狗以为捉它很容易。"

"它为什么要这样做呢？"我问。

"为了引狗离开那些小鹌鹑。引走以后它就会飞走了。可这一回它没有考虑到，装得过了头，于是给宝贝儿逮住了。"

"那它原来不是受了伤的？"我再问一次。

"不是……可这回它活不了啦……宝贝儿准是用牙咬了它。"

我靠近鹌鹑。它在父亲掌心上一动不动，耷拉着小脑袋，用一只褐色小眼睛从旁边看着我。我忽然极其可怜它！我觉得它在看着我并且想："为什么我应该死呢？为什么？我是尽我的责任，我尽力使我那些孩子得救，把狗引开，结果我完了！我真可怜啊！真可怜！这是不公平的！不公平！"

"爸爸，"我说，"也许它不会死……"

我想摸摸鹌鹑的小脑袋。可是父亲对我说：

"不行了！你瞧，它这就把腿伸直，全身哆嗦，闭上眼睛了。"

果然如此，它眼睛一闭，我就大哭起来。

作品赏析

《小鹌鹑》是屠格涅夫狩猎题材散文中很典型的范式文章之一，它的结构逼近于小小说的格式，即在简洁的情节中展现一个相对完整并具有独立意义的故事片断。它没有纷繁复杂的框架感，而是很凝练地表达出作者的想法；再加上作者赋予鹌鹑的灵性，就像幻境似的将我们带进童话与寓言的层次中，让我们直接去面对故事中的生灵，和它所表现出来的生命的战栗以及为了生存的顽强挣扎。

文章的语言是站在一个儿童的角度上使用的，刚开始语调充满童趣和好奇，是一种不懂世事的天真；后来小鹌鹑的挣扎让他感受到了生命的恐惧不安，以及从中表现出来的爱的伟大，此时作者的语言已不再幼稚了，而是显得严肃起来，把作者所感触到的人生意义完全地展露出来。

作者所有形式的运用在最后只为表达他的一次偶然的人生感悟，即孩子的心是怜悯善良的，它需要一路呵护着成长，才能在长大以后把心向着那些"承受痛苦与不幸的人温柔地敞开"。

贝多芬百年祭/（英国）萧伯纳

入选理由
萧伯纳的散文代表作之一
既是一篇纪念性散文，也是一篇音乐评论
语言精练，行文自如，论述精辟，富于感染力

一百年前，一位虽还听得见雷声但已聋得听不见大型交响乐队演奏自己的乐曲的五十七岁的倔强的单身老人，最后一次举拳向着咆哮的天空，然后逝去了，还是和他生前一直那样地唐突神灵，蔑视天地。他是反抗性的化身；他甚至在街上遇上一位大公和他的随从时也总不免把帽子向下按得紧紧地，然后从他们正中间大踏步地直穿而过。他有一架不听话的蒸汽轧路机的风度（大多数轧路机还恭顺地听使唤和不那么调皮呢）；他穿衣服之不讲究尤甚于田间的稻草人：事实上有一次他竟被当作流浪汉给抓了起来，因为警察不肯相信穿得这样破破烂烂的人竟会是一位大作曲家，更不能相信这副躯体竟能容得下纯音响世界最奔腾澎湃的灵魂。他的灵魂是伟大的；但是如果我使用了最伟大的这种字眼，那就是说比汉德尔的灵魂还要伟大，贝多芬自己就会责怪我；而且谁又能自负为灵魂比巴哈的还伟大呢？但是说贝多芬的灵魂是最奔腾澎湃的那可没有一点问题。他的狂风怒涛一般的力量他自己能很容易控制住，可是常常并不愿去控制，这个和他狂呼大笑的滑稽诙谐之处是在别的作曲家作品里都找不到的。毛头小伙子

们现在一提起切分音就好像是一种使音乐节奏成为最强而有力的新方法；但是在听过贝多芬的第三里昂诺拉前奏曲之后，最狂热的爵士乐听起来也像"少女的祈祷"那样温和了，可以肯定地说我听的任何黑人的集体狂欢都不会像贝多芬的第七交响乐最后的乐章那样可以引起最黑最黑的舞蹈家拼了命地跳下去，而也没有另外哪一个作曲家可以先以他的乐曲的阴柔之美使得听众完全溶化在缠绵悱恻的境界里，而后突然以铜号的猛烈声音吹向他们，带着嘲讽似地使他们觉得自己是真傻。除了贝多芬之外谁也管不住贝多芬；而疯劲上来之后，他总有意不去管住自己，于是也就成为管不住的了。

这样奔腾澎湃，这种有意的散乱无章，这种嘲讽，这样无顾忌的骄纵的不理睬传统的风尚——这些就是使得贝多芬不同于十七和十八世纪谨守法度的其他音乐天才的地方。他是造成法国革命的精神风暴中的一个巨浪。他不认任何人为师，他同行里的先辈莫扎特从小起就是梳洗干净，穿着华丽，在王公贵族面前举止大方的。莫扎特小时候曾为了彭巴杜夫人发脾气说："这个女人是谁，也不来亲亲我，连皇后都亲亲我呢。"这种事在贝多芬是不可想像的，因为甚至在他已老到像一头苍熊时，他仍然是一只未经驯服的熊崽子。莫扎特天性文雅，与当时的传统和社会很合拍，但也有灵魂的孤独。莫扎特和格鲁克之文雅就犹如路易十四宫廷之文雅。海顿之文雅就犹如他同时的最有教养的乡绅之文雅。和他们比起来，从社会地位上说贝多芬就是个不羁的艺术家，一个不穿紧腿裤的激进共和主义者。海

作者简介

萧伯纳（1856—1950），19世纪末20世纪上半叶英国著名剧作家、散文家、社会活动家。生于都柏林。14岁中学毕业后因家境贫困辍学。1876年移居伦敦。1879年开始文学创作。1884年加入费边社，为该社的重要成员。1925年获诺贝尔文学奖。一生著作甚丰，代表作有《鳏夫的房产》《华伦夫人的职业》《巴巴拉少校》，此外还有音乐、美术评论，文学和社会、政治论著多种。

顿从不知道什么是嫉妒,曾称赞比他年青的莫扎特是有史以来最伟大的作曲家,可他就是吃不消贝多芬。莫扎特是更有远见的,他听了贝多芬的演奏后说:"有一天他是要出名的。"但是即使莫扎特活得长些,这两个人恐也难以相处下去。贝多芬对莫扎特有一种出于道德原因的恐怖。莫扎特在他的音乐中给贵族中的浪子唐璜加上了一圈迷人的圣光,然后像一个天生的戏剧家那样运用道德的灵活性又回过来给莎拉斯特罗加上了神人的光辉,给他口中的歌词谱上了前所未有的就是出自上帝口中都不会显得不相称的乐调。

贝多芬不是戏剧家;赋予道德以灵活性对他来说就是一种可厌恶的玩世不恭。他仍然认为莫扎特是大师中的大师(这不是一顶空洞的高帽子,它的的确确就是说莫扎特是个为作曲家们欣赏的作曲家,而远远不是流行作曲家);可是他是穿紧腿裤的宫廷侍从,而贝多芬却是个穿散腿裤的激进共和主义者;同样地,海顿也是穿传统制服的侍从。

在贝多芬和他们之间隔着一场法国大革命,划分开了十八世纪和十九世纪。但对贝多芬来说莫扎特可不如海顿,因为他把道德当儿戏,用迷人的音乐把罪恶谱成了像德行那样奇妙。如同每一个真正激进共和主义者都具有的,贝多芬身上的清教徒性格使他反对莫扎特,固然莫扎特曾向他启示了十九世纪音乐的各种创新的可能。因此贝多芬上溯到汉德尔,一位和贝多芬同样倔强的老单身汉,把他做为英雄。汉德尔瞧不上莫扎特崇拜的英雄格鲁克,虽然在汉德尔的《弥赛亚》里的田园乐是极为接近格鲁克在他的歌剧《奥菲阿》里那些向我们展示出天堂的原野的各个场面的。

因为有了无线电广播,成百万对音乐还接触不多的人在他百年祭的今年将第一次听到贝多芬的音乐。充满着照例不加选择地加在大音乐家身上的颂扬话的成百篇的纪念文章将使人们抱有通常少有的期望。像贝多芬同时的人一样,虽然他们可以懂得格鲁克和海顿和莫扎特,但从贝多芬那里得到的不但是一种使他们困惑不解的意想不到的音乐,而且有时候简直是听不出是音乐的由管弦乐器发出来的杂乱音响。要解释这也不难。十八世纪的音乐都是舞蹈音乐。舞蹈是由动作起来令人愉快的步子组成的对称样式：舞蹈音乐是不跳舞也听起来令人愉快的由声音组成的对称的样式。因此这些乐式虽然起初不过是像棋盘那样简单，但被展开了，复杂化了，用和声丰富起来了，最后变得类似波斯地毯；而设计像波斯地毯那种乐式的作曲家也就不再期望人们跟着这种音乐跳舞了。要有神巫打旋子的本领才能跟着莫扎特的交响乐跳舞。有一回我还真请了两位训练有素的青年舞蹈家跟着莫扎特的一阕前奏曲跳了一次，结果差点没把他们累垮。就是音乐上原来使用的有关舞蹈的名词也慢慢地不用了，人们不再使用包括萨拉班德舞、巴万宫廷舞、加伏特舞和快步舞等等在内的组曲形式，而把自己的音乐创作表现为奏鸣曲和交响乐，里面所包含的各部分也干脆叫做乐章，每一章都用意大利文记上速度，如快板、柔板、谐谑曲板、急板等等。但在任何时候，从巴哈的序曲到莫扎特的《天神交响乐》，音乐总呈现出一种对称的音响样式给我们以一种舞蹈的乐趣来作为乐曲的形式和基础。

可是音乐的作用并不止于创造悦耳的乐式。它还能表达感情。你能去津津有味地欣赏一张波斯地毯或者听一曲巴哈的序曲，但乐趣只止于此；可是你听了《唐璜》前奏曲之后却不可能不发生一种复杂的心情，它使你心理有准备去面对将淹没那种精致但又是魔鬼式的欢乐的一场可怖的末日悲剧。听莫扎特的《天神交响乐》最后一章时你会觉得那和贝多芬的第七交响乐的最后乐章一样，都是狂欢的音乐；它用响亮的鼓声奏出如醉如狂的旋律，而从头到尾又交织着一开始就有的具有一种不寻常的悲伤之美的乐调，因之更加沁人心脾。莫扎特的这一乐章又自始至终是乐式设计的杰作。

但是贝多芬所做到了的一点，也是使得某些与他同时代的伟人不得不把他当作一个疯人，有时清醒就出些洋相或者显示出格调不高的一点，在于他把音乐完全用作了表现心情的手段，并且完全不把设计乐式本身作为目的。不错，他一生非常保守地（顺便说一句，这也是激进共和主义者的特点）使用着旧的乐式；但是他加给它们以惊人的活力和激情，包括产生于思想高度的那种最高的激情，使得产生于感觉的激情显得仅仅是感官上的享受，于是他不仅打乱了旧乐式的对称，而且常常使人听不出在感情的风暴之下竟还有什么样式存在着了。他的《英雄交响乐》一开始使用了一个乐式（这是从莫扎特幼年时一个前奏曲里借来的），跟着又用了另外几个很漂亮的乐式；这些乐式被赋予了巨大的内在力量，所以到了乐章的中段，这些乐式就全被不客气地打散了；于是，从只追求乐式的音乐家看来，贝多芬是发了疯了，他抛出了同时使用音阶上所有单音的可怖的和弦。他这么做只是因为他觉得非如此不可，而且还要求你也觉得非如此不可呢。

  以上就是贝多芬之谜的全部。他有能力设计最好的乐式；他能写出使你终身享受不尽的美丽的乐曲；他能挑出那些最干燥无味的旋律，把他们展开得那样引人，使你听上一百次也每回都能发现新东西：一句话，你可以拿所有用来形容以乐式见长的作曲家的话来形容他；但是他的病征，也就是不同于别人之处在于他那激动人的品质，他能使我们激动，并把他那奔放的感情笼罩着我们。当贝里奥滋听到一位法国作曲家因为贝多芬的音乐使他听了很不舒服而说"我爱听能使我入睡的音乐"时，他非常生气。贝多芬的音乐是使你清醒的音乐；而当你想独自一个静一会儿的时候，你就怕听他的音乐。

  懂了这个，你就从十八世纪前进了一步，也从旧式的跳舞乐队前进了一步（爵士乐，附带说一句，就是贝多芬化了的老式跳舞乐队），不但能懂得贝多芬的音乐而且也能懂得贝多芬以后的最有深度的音乐了。

作品赏析

  《贝多芬百年祭》是英国大文豪萧伯纳为纪念德国古典音乐大师贝多芬而写的一篇纪念性散文，也是一篇音乐评论。在文中，萧伯纳凭借自己细腻入微的洞察力和深湛的艺术修养，对贝多芬的个性、音乐创作进行了入木三分的分析和切实中肯的评价。文章没有对贝多芬坎坷的一生作全面铺陈,只是从贝多芬的临终时刻和一件最足表现其性格的逸事写起,简练而含蓄地刻画出贝多芬蔑视权贵、睥睨世俗、桀骜不驯的离经叛道的张扬个性。接着作者将贝多芬与莫扎特、海顿放在一起比较,从多方面展示了贝多芬音乐创作思想和音乐作品的风格。文章语言精练,行文自如,纵捭横阖,左右逢源,论述精辟,读后给人以一气呵成、畅酣淋漓之感,富于感染力,充分显示了萧伯纳精湛的语言驾驭功力。

生活是美好的
——对企图自杀者进一言 /（俄国）契诃夫

> **入选理由**
> 风格质朴、清丽
> 语言幽默诙谐
> 蕴含了丰富的哲理

生活是极不愉快的玩笑,不过要使它美好却也不很难。为了做到这点,光是中头彩赢了20万卢布、得了"白鹰"勋章、娶个漂亮女人、以好人出名,还是不够的——这些福分都是无常的,而且也很容易习惯。为了不断地感到幸福,甚至在苦恼和愁闷的时候也感到幸福,那就需要：(一)善于满足现状,(二)很高兴地感到："事情原来可能更糟呢。"这是不难的：

要是火柴在你的衣袋里燃起来了,那你应当高兴,而且感谢上苍：多亏你的衣袋不是火药库。

要是有穷亲戚上别墅来找你,那你不要脸色发白,而要喜气洋洋地叫道："挺好,幸亏来的不是警察！"

要是你的手指头扎了一根刺,那你应当高兴："挺好,多亏这根刺不是

> **作者简介**
>
> 契诃夫（1860—1904），俄国小说家、戏剧家。生于小商人家庭。主要作品有《变色龙》《套中人》《万卡》《第六病室》，剧本《万尼亚舅舅》《樱桃园》《海鸥》等。
>
> 契诃夫的作品风格质朴、清丽，在写实和抒情中寄寓对真诚生活的向往，创造出许多极富象征意韵的艺术形象。

扎在眼睛里！"

如果你的妻子或者小姨练钢琴，那你不要发脾气，而要感谢这份福气：你是在听音乐，而不是听狼嗥或者猫的音乐会。

你该高兴，因为你不是拉长途马车的马，不是寇克的"小点"，不是旋毛虫，不是猪，不是驴，不是茨冈人牵的熊，不是臭虫。……你要高兴，因为眼下你没有坐在被告席上，也没有看见债主在你面前，更没有主笔土尔巴谈稿费问题。

如果你不是住在边远的地方，那你一想到命运总算没有把你送到边远的地方去，你岂不觉着幸福？

要是你有一颗牙痛起来，那你就该高兴：幸亏不是满口的牙痛起来。

你该高兴，因为你居然可以不必读《公民报》，不必坐在垃圾车上，不必一下子跟三个人结婚。……

要是你给送到警察局去了，那就该乐得跳起来，因为多亏没有把你送到地狱的大火里去。

要是你挨了一顿桦木棍子的打，那就该蹦蹦跳跳，叫道："我多么运气，人家总算没有拿带刺的棒子打我！"

要是你的妻子对你变了心，那就该高兴，多亏她背叛的是你，不是国家。

依此类推。……朋友，照着我的劝告去做吧，你的生活就会欢乐无穷了。

［汝龙 译］

作品赏析

　　这是篇幽默诙谐而又富含生活哲理的散文。从中我们既感受到了作者微笑面对苦难的胸怀，也相应地获得了深刻的感悟。任何时候都要心存美好期待、笑对生活，这是一种态度，更是一种人生境界。面对突降的灾难，笑脸相迎，不代表麻木，恰恰是最明智的选择。倘若你因为灾难而一蹶不振，那就中了它的诡计了，只有笑着，才是对它最好的抗争；面对纷纷攘攘的干扰，笑脸相迎，不代表软弱，恰恰是宽容的体现。因为愤怒只会让你自己伤神，进而引发更大的不快，而宽容，是一笔宝贵的财富。

　　在这篇文章中，作者不是一味枯燥地说教，而是列举了很多生活中的例子，用轻松诙谐的语言表达出来，既有情趣，又有理趣，使我们在笑声中领悟到了生活的真谛。

美 /（印度）泰戈尔

入选理由
对一种理想生存环境的追求
一幅古朴美丽的图画
蕴含着人类最高的期盼

　　夕阳坠入地平线，西天燃烧着鲜红的霞光，一片宁静轻轻落在梵学书院娑罗树的枝梢上，晚风的吹拂也便弛缓起来。一种博大的美悄然充溢我的心头。对我来说，此时此刻，已失落其界限。今日的黄昏延伸着，延伸着，融入无数时代前的邈远的一个黄昏。在印度的历史上，那时确实存在隐士的修道院，每日喷薄而出的旭日，唤醒一座座净修林中的鸟啼和《娑摩吠陀》的颂歌。白日流逝，晚霞鲜艳的恬静的黄昏，召唤终年为祭火提供酥油的牛群，从芳草萋萋的河滨和山麓归返牛棚。在印度那纯朴的生活，肃穆修行的时光，在今日静谧的暮天清晰地映现。

我忽然想起，我们的雅利安祖先，一天也不曾忽视一望无际的恒河平原上日出和日落的壮丽景象。他们从未冷漠地送别晨夕和晚祷。每位瑜珈行者和每家的主人，都在心中热烈欢迎迷人的景色。他们把自然之美迎进了祭神的庙宇，以虔诚的目光注望美中涌溢的欢乐。他们抑制着激动，稳定着心绪，将朝霞和暮色溶入他们无限的遐想。我认为，他们在河流的交汇处，在海滩，在山峰上欣赏自然美景的地方，不曾营造自己享受的乐园；在他们开辟的圣地和留下的名胜古迹中，人与神浑然一体。

暮空中萦绕着我内心的祈祷：愿我以纯洁的目光瞻仰这美的伟大形象，不以享乐思想去黯淡和去贬低世界的美，要学会以虔诚使之愈加真切和神圣。换句话说，要弃绝占有它的妄想，心中油然萌发为它献身的决心。

我又觉得，认识到真实是美，美是崇伟，不是件容易的事。我们摈弃许多东西，把厌烦的许多东西推得远远的，对许多矛盾视而不见，在合乎心意的狭小范围内，把美当作时髦的奢侈品。我们妄图让世界艺术女神沦为女婢，羞辱她，失去了她，同时也丧失了我们的福祉。

撇开人的好恶去观察，世界本性并不复杂，很容易窥见其中的美和神灵。将察看局部发现的矛盾和形变，掺入整体之中，就不难看到一种恢宏的和谐。

然而，我们不能像对待自然那样对人。周围的每个人离我们太近，我们以特别挑剔的目光夸大地看待他的小疵。他短时的微不足道的缺点，在我们的感情中往往变成非常严重的过错。贪欲、愤怒、恐惧妨碍我们全面地看人，而让我们在他人的小毛病中摇摆不定。所以我们很容易在寥廓的暮空发现美，而在俗人的世界却不容易发现。

作者简介

泰戈尔（1861—1941），印度伟大诗人、作家。他于1913年以抒情诗集《吉檀迦利》而获诺贝尔文学奖，他在小说、戏剧、诗歌、散文、文学批评诸方面都取得了很大的成就，对印度现当代文学产生了很大影响。

今日黄昏，不费一点力气，我们见到了宇宙的美妙形象。宇宙的拥有者亲手把完整的美捧到我们的眼前。如果我们仔细剖析，进入它的内部，扑面而来的是数不清的奇迹。此刻，无垠的暮空的繁星间飞驰着火焰的风暴，若容我们目睹其一部分，必定目瞪口呆。用显微镜观察我们前面那株姿态优美的斜倚星空的大树，我们能看清许多脉络，许多虬须，树皮的层层褶皱，枝桠的某些部位干枯，腐烂，成了虫豸的巢穴。站在暮空俯瞰人世，映入眼帘的一切，都有不完美和不正常之处。然而，不扬弃一切，广收博纳，卑微的，受挫的，变态的，全部拥抱着，世界坦荡地展示自己的美。整体即美，美不是荆棘包围的窄圈里的东西，造物主能在静寂的夜空毫不费力地向世人昭示。

强大的自然力的游戏惊心动魄，可我们在暮空却看到它是那样宁静，那样绚丽。同样，伟人一生经受的巨大痛苦，在我们眼里也是美好的，高尚的，我们在完满的真实中看到的痛苦，其实不是痛苦，而是欢乐。

我曾说过，认识美需要克制和艰苦的探索，空虚的欲望宣扬的美，是海市蜃楼。

当我们完美地认识真理时，我们才真正地懂得美。完美地认识了真理，人的目光才纯净，心灵才圣洁，才能不受阻挠地看见世界各地蕴藏的欢乐。

作品赏析

《美》一文通过对黄昏美景的描绘，表达了作者对美的犀利而辩证的看法。作者运用类似中国古文中"兴"的写作手法，开篇为人们描绘了一幅壮观静谧的黄昏美景图，然而作者的本意不在赞扬黄昏日落之美，而是借此表达自己对美的真正内涵的看法。作者指出，美即真实、崇伟、整体，但认识美又不是件容易的事，现实生活中许多人只凭自己的好恶、感情，片面挑剔地看待世界和人，因而难以窥见世界和人身上的"美和神灵"。作者由此进一步指出，世间的人和事都有不完美和不正常之处，应"扬弃一切，广收博纳"，才能形成真正的"整体"美。文章风格质朴，清新自然，节奏和谐，深蕴哲理，读后给人以莫大的精神享受和思想启示。

海燕 /（苏联）高尔基

> **入选理由**
> 高尔基的散文代表作
> 塑造了一个搏击风雨雷电的勇敢无畏的革命者"海燕"的形象

在苍茫的大海上，狂风卷集着乌云。在乌云和大海之间，海燕像黑色的闪电，在高傲地飞翔。

一会儿翅膀碰着波浪，一会儿箭一般地直冲向乌云，它叫喊着——就在这鸟儿勇敢的叫喊声里，乌云听出了欢乐。

在这叫喊声里——充满着对暴风雨的渴望！在这叫喊声里，乌云感到了

作者简介

高尔基（1868—1936），苏联无产阶级作家，社会主义现实主义文学的奠基人。1892年发表处女作《马卡尔·楚德拉》，进入文坛，他的早期作品，杂存着现实主义与浪漫主义两种风格，浪漫主义作品如《马卡尔·楚德拉》《伊则吉尔老婆子》《鹰之歌》等，赞美了热爱自由、向往光明与英雄业绩的坚强个性，表现了渴望战斗的激情；现实主义作品如《契尔卡什》《沦落的人们》《柯诺瓦洛夫》等，描写了人民的苦难生活及他们的崇高品德，表达了他们的激愤与抗争。1901年他创作了著名的散文诗《海燕之歌》，塑造了象征大智大勇革命者搏风击浪的勇敢的海燕形象，预告革命风暴即将到来。1905年革命前夕，高尔基的创作转向了戏剧，1901—1905年，他先后写出了《小市民》《底层》《避暑客》《太阳的孩子们》和《野蛮人》等剧本。1906年高尔基写成长篇小说《母亲》和剧本《敌人》两部最重要的作品——标志着其创作达到了新的高峰。

愤怒的力量、热情的火焰和胜利的信心。

海鸥在暴风雨来临之前呻吟着——呻吟着，在大海上面飞窜，想把自己对暴风雨的恐惧，掩藏到大海深处。

海鸭也呻吟着——这些海鸭呀，享受不了生活的战斗的欢乐：轰隆隆的雷声就把它们吓坏了。

蠢笨的企鹅，胆怯地把肥胖的身体躲藏在悬崖底下……只有那高傲的海燕，勇敢地，自由自在地，在泛起白沫的大海上面飞翔！

乌云越来越暗，越来越低，向海面压下来，而波浪一边歌唱，一边冲向高空，去迎接那雷声。

雷声轰隆，波浪在愤怒的飞沫中呼叫着，跟狂风争吼。看吧，狂风紧紧抱起一层层巨浪，恶狠狠地将它们甩到悬崖上，把这些大块的翡翠摔成尘雾和碎沫。

海燕在叫喊着，飞翔着，像黑色的闪电，箭一般地穿过乌云，翅膀掠起波浪的飞沫。

看吧，它飞舞着，像个精灵——高傲的、黑色的暴风雨的精灵——它一边大笑，它一边号叫……它笑那些乌云，它为欢乐而号叫！

从雷声的震怒里——这个敏感的精灵——它早就听出了困乏，它深信，乌云遮不住太阳——是的，遮不住的！

狂风吼叫……雷声轰轰……

一堆堆乌云，像青色的火焰，在无底的大海上燃烧。大海抓住闪电的箭光，把它们熄灭在自己的深渊里。闪电的影子，这些像一条条火蛇，在大海里蜿蜒游动，一晃就消失了。

"暴风雨！暴风雨就要来啦！"

这是勇敢的海燕在怒吼的大海上，在闪电中间，高傲地飞翔；这是胜利的预言家在叫喊：

"让暴风雨来得更猛烈些吧！"

作品赏析

《海燕》写于1901年，为高尔基的短篇小说《春天的旋律》的末尾一章。这是一篇饱含激情、短小精悍、脍炙人口的散文诗。作者运用象征手法，赋予海燕（象征无产阶级革命者）、大海（象征俄国广大革命群众）、暴风雨（象征俄国人民的革命斗争）、风云雷电（象征沙皇统治势力）、海鸥、海鸭、企鹅（象征俄国资产阶级政客）等特定的象征意义，并综合运用比喻、拟人、排比、对比、烘托、反复等手法，生动刻画出了海燕在暴风雨来临前矫健、迅疾、勇敢无畏地飞行于云里浪尖的英姿，塑造了一个大智大勇的革命者形象，抒发了自己对于革命的强烈期盼及乐观浪漫的政治热情。《海燕》发表后，在当时的俄国产生了巨大的社会影响，文章曾受到列宁的热情称赞。

在八月 /（苏联）蒲宁

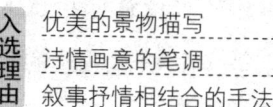

入选理由
优美的景物描写
诗情画意的笔调
叙事抒情相结合的手法

　　我爱的那个姑娘走了，可我还未曾向她倾吐过一句我的爱情，那年我仅二十二岁，因此她的离去使我觉得在茫茫人间就只剩下我孑然一身。那时正好是八月底，在我所客居的那个小俄罗斯城市里溽暑蒸人，终日一丝风也没有。有一回礼拜六，我在箍桶匠那儿下工后出来，街上空荡荡的，几无一人，我不想就回家，便信步往市郊走去。我在人行道上走着，街旁犹太人开的商店和一排排老式的货摊都已上好门板，不做买卖了，教堂在叩钟召唤人们做晚祷，一幢幢房屋把长长的阴影投到地上，可是炽热的暑气并未消退。在八月底的南方城市里经常会出现这种热浪滚滚的天气，那时连被太阳烤灼了整整一夏的果园里也无处不蒙着尘土。我感到忧伤，难以言说的忧伤，可是周遭的一切，不论是果园、草原、瓜地，甚至空气和强烈的阳光，却无不充满了幸福。

在满是尘埃的广场上，有个美丽、高大的霍霍尔女郎站在自来水笼头旁。她穿着一件雪白的绣花衬衫和一条紧紧箍住胯部的墨黑的直统裙，赤脚穿一双打有铁钉的皮鞋。她可真像梅洛斯的维纳斯，如果可以作这样的设想的话：维纳斯的脸被太阳晒黑了，双眸呈深褐色，露出一副愉悦的神情，前额开朗饱满，像这样的前额大概只有霍霍尔女人和波兰女人才会有。木桶灌满水后，她用扁担挑到肩上，径直朝我走来——她的身姿健美匀称，尽管这担晃动着的水很沉，可她却微微摆动身子，轻松自如地挑着，皮鞋橐橐有声地踏在木头的人行道上……我至今还记得我怎样彬彬有礼地站到一旁，给她让路，怎样久久地目送着她的背影！而在那条由广场经过山脚通往波多尔低地去的街上，可以望到嫩绿色的大河谷、牧场、树林和在它们后面的金黄色沙滩，还可以望到远方，那温柔的南国的远方……

看来，我还从未像在那一瞬间那样喜爱小俄罗斯，从未像在那年秋天那样向往终生这么生活下去，天天议论议论谋生的斗争，学学箍桶匠的手艺。后来，我站在广场上思忖了片刻，决定到市郊那两位托尔斯泰主义的信徒家里去串门。我下山向波多尔低地走去时，一路上碰到许多的出租双套马车疾驰而过，上边高坐着刚刚乘五点钟那班由克里米亚开来的火车到

作者简介

蒲宁（1870—1953），苏联作家，出生于没落的贵族家庭，曾当过校对员、统计员、图书管理员、报社记者。1887年开始发表文学作品。1901年发表诗集《落叶》，获普希金奖。1899年，他与高尔基相识后，参与知识出版社的工作，这对他民主主义观点的形成起了促进作用。1909年当选为科学院名誉院士。1910年，蒲宁的创作开始转向广泛的社会题材。十月革命后流亡国外，侨居法国期间主要创作有关青年时代的抒情回忆录。1933年蒲宁因为"继承俄国散文文学古典的传统，表现出精巧的艺术方法"获诺贝尔文学奖。

达的旅客。一匹匹拉货的大马，拖着满载箱子和货包的嘎嘎发响的大车，慢吞吞地朝山上驶去。化学商品、香草醛、蒲席的气息以及双套马车、尘土和游客（他们不知从什么地方游罢归来，反正一定是从风景如画的地方），重又在我身上激起了某种锥心的忧伤和甜蜜的渴望，把我的心揪紧了。我拐进两旁都是果园的窄小的胡同，在城郊走了很久。住在这一带郊区的"爷们"，全是工匠和小市民，在夏日的夜晚，他们天天都聚集到河谷里去作粗犷而奇妙的"游乐"，并用赞美诗的曲调齐声高唱忧郁动听的哥萨克歌子。可此刻"爷们"都在忙着脱粒。我走到了淡蓝色和白色土坯房的尽头，这儿已经是春汛时的河水泛滥区，河谷就由这儿开始，只见此地各处的打麦场上都有连枷在挥动。河谷里边一丝风也没有，热得就跟城里一样，于是我赶紧返身上山，那儿倒有开阔的台地。

台地幽静、安宁、开阔。极目望去，到处都是密密麻麻的、高高戳起的金黄色麦茬；在没有尽头的宽阔的道路上铺满厚厚的浮尘，使你走在上面时，觉得脚上仿佛穿着一双轻柔的丝绒鞋。周遭的一切：麦茬、道路和空气，无不在西沉的夕阳下灿灿生光。有个晒得黑黑的霍霍尔老人，脚蹬笨重的靴子，头戴羊皮帽，身穿颜色像黑麦面包的厚长袍，拄着根拐杖走了过去，那根拐杖在阳光下亮得好似玻璃棒。在麦茬地上成群地回翔着的白嘴鸦的翅膀也发出炫目的亮光，我不得不拉下晒得发烫的帽沿，挡住这亮光和热浪。在很远很远的地方，几乎是在天边，隐约可以望到一辆大车和慢吞吞地拉着大车的两匹犍牛以及瓜田里看瓜人的窝棚……啊，置身在这片宁静辽阔的田野上是多么惬意呀！但我魂牵梦萦地思念着的却是河谷后面的南方，她离我而去的那个地方……

离大路半俄里开外，在俯临河谷的山岗上，有一幢红瓦房，那里是季姆钦克家两兄弟巴维尔和维克托尔的小小的田庄，兄弟俩都是托尔斯泰主义者。我踩着干燥的扎脚的麦茬，朝他们家走来。农舍附近连人影都没有。我走到小窗口向里张望，那里只有苍蝇，成群结队的苍蝇：无论是窗玻璃上，天花板下面，还是搁在木炕上边的瓦罐上都停满苍蝇。紧连农舍是一排牲口棚；那里也没有一个人。田庄的门大开着，满院子都是牲畜粪，太阳正在把粪便晒干……

"您上哪儿去？"突然有个女人的声音喊住了我。

我回过头去，只见在俯临河谷的陡壁附近，在瓜田的田埂上，坐着季姆钦克家的长媳奥尔加·谢苗诺芙娜。她伸出手同我握了握，没有站起身来，我在她身旁坐了下来。

"闷得犯愁了吧？"我问道，然后默不做声地直视她的脸。

她垂下眼睛望着自己的光脚。她长得小巧玲珑。肤色黝黑，身上的衬衫挺脏，直统裙也旧了。她的模样活像被大人派来看守瓜田的小姑娘，不得不在烈阳下闷闷地度过长长的白昼。尤其是她的脸蛋，更像俄罗斯乡村中豆蔻年华的少女。但是我怎么也看不惯她的衣着，看不惯她光着脚丫在牲畜粪和扎脚的麦茬地上走，我甚至都不好意思去看她那双脚，连她自己也常常把脚缩起来，不时斜睨着自己那些损坏了的趾甲。可她的脚却是纤小、漂亮的。

"我丈夫到河谷边上打麦去了，"她说，"维克多·尼古拉耶维奇上外地去了……巴弗洛夫斯基又叫官府抓了起来，为了他逃避当兵。您记得巴弗洛夫斯基吗？"

"记得。"我心不在焉地说。

我们两人都不做一声，久久地眺望着淡蓝色的河谷、树林、沙滩和发出忧郁的召唤的远方。残阳还在烤灼着我们俩，发黄了的长长的瓜藤像蛇一样纠结在一起，藤上结着圆圆的沉甸甸的西瓜。瓜也同样被太阳烤得发热了。

"您干吗不把心里话讲给我听？"我开口讲道，"您何必要这样苦自己呢？您是爱我的。"

她打了个寒噤，把脚缩了进去，闭上了眼睛；后来她把披到面颊上的头发吹开，露出一丝坚毅的微笑，说：

"给我支烟。"

我递给了她。她吸了两大口，呛得咳了起来，便把烟卷儿远远地掷掉，默默地沉思了一会儿。

"我打一大早起就坐在这儿了，"她说，"连河谷边上的鸡也赶来啄西瓜吃……我不懂，你凭什么以为这儿闷得叫人犯愁呢。我可挺喜欢这儿，非常喜欢……"

日落时，我走到了离这个田庄两俄里远的一处也是俯临河谷的地方，坐了下来，摘掉了帽子……透过泪水，我遥望着远方，恍恍惚惚看到在很远的地方有一座座南国燠热的城市，恍恍惚惚看到台地上的青色的黄昏和某个妇人的身姿；她和我所爱的那个姑娘已融合成为一个人，并且以她的神秘，以她那种少女般的忧郁充实了那个姑娘，而这种忧郁正是我在看瓜田的那个小巧的妇人的双眸中觉察到的……

［戴骢 译］

作品赏析

蒲宁擅长以充满诗意的笔调，描写俄罗斯迷人的田野景色：葱笼的树木，湿润的雾霭，芬芳的气息，仿佛总是轻轻飘浮着一种宁静，一种似有似无的哀愁。他把大自然的美描摹得淋漓尽致，更令人惊叹的是他那高超的叙事技巧。《在八月》是蒲宁的一篇散文，作者以叙事的方式来做抒情散文，文章把自己的情感牵系于三个女性，以此来表达自己飘忽不定的希望。这三个女子的描摹，作者采用了小说中塑造人物的方式，将人物的描写放在俄罗斯特有的八月风景中。他把自己心目中的三个女性写的美好、充满诱惑而又若即若离，这其实传达着作者对于未来的，一种迷茫而又带一丝甜蜜憧憬的复杂情感。而这种感情又有着一定的时代意义。在此基础上，再加以独特的俄罗斯风光的渲染，使散文在近似叙事的手法下充满了浓烈的抒情色彩。

论老之将至 / （英国）罗素

入选理由 罗素的散文代表作之一
一篇传达精神自由的快乐和使生活本身获得解放的勇气的哲理散文

    虽然有这样一个标题，这篇文章真正要谈的却是怎样才能不老。在我这个年纪，这实在是一个至关重要的问题。我的第一个忠告是，要仔细选择你的祖先。尽管我的双亲早逝，但是考虑到我的祖先，我的选择还是很不错的。是的，我的外祖父六十七岁时去世，正值盛年，可是另外三位祖父辈的亲人都活到八十岁以上，至于稍远些的亲戚，我只发现一位没能长寿的，他死于一种现已罕见的病症：被杀头。我的一位曾祖母是吉本的朋友，她活到九十二岁高龄，一直到死，她始终是让子孙们全都敬畏的人。我的外祖母，一辈子生了十九个孩子，活了九个，还有一个早早夭折，此外还有过多次流产。可是守寡之后，她马上就致力于妇女的高等教育事业。她是格顿学院的创办人之一，力图使妇女进入医疗行业。她好讲起她在意大利遇到过的一位面容悲哀的老年绅士，她询问他忧郁的缘故，他说他刚刚失去了两个孙子。"天哪！"她叫道，"我有七十二个孙儿孙女，

作者简介

    罗素（1872—1970），英国哲学家、数学家、散文家、社会活动家。生于贵族世家。1890年入剑桥大学学习。大学前三年专攻数学，第四年转攻哲学。1908年当选为英国皇家学会会员。1910年后任剑桥大学讲师、研究员。20世纪50年代后主要从事社会活动。1950年获诺贝尔文学奖。

    罗素一生著书甚丰，内容涉及哲学、数学、社会学、政治、历史、教育等诸多面。主要著作有《数学原理》《哲学问题》《婚姻与道德》《西方哲学史》《罗素自传》等，其散文创作亦有很高的成就。

如果我每失去一个就悲伤不止，那我就没法活了！""奇怪的母亲。"他回答说。但是，作为她七十二个孙儿孙女的一员，我却要说我更喜欢她的见地。上了八十岁，她开始感到有些难于入睡，她便经常在午夜时分至凌晨三时这段时间里阅读科普方面的书籍。我想她根本就没有工夫去留意她在衰老。我认为，这是保持年轻的最佳方法。如果你的兴趣和活动既广泛又浓烈，而且你又能从中感到自己仍然精力旺盛，那么你就不必去考虑你已经活了多少年这种纯粹的统计学情况，更不必去考虑你那也许不很长久的未来。

至于健康，由于我这一生几乎从未患过病，也就没有什么有益的忠告。我吃喝皆随心所欲，醒不了的时候就睡觉。我做事情从不以它是否有益健康为根据，尽管实际上我喜欢做的事情通常是有益健康的。

从心理角度讲，老年须防止两种危险。一是过分沉湎于往事。人不能生活在回忆当中，不能生活在对美好的往昔的怀念或对去世的友人的哀念之中。一个人应当把心思放在未来，放到需要自己去做点什么的事情上。要做到这一点并非轻而易举，往事的影响总是在不断地增加。人们总好认为自己过去的情感要比现在强烈得多，头脑也比现在敏锐。假如真的如此，就该忘掉它；而如果可以忘掉它，那你自以为是的情况就可能并不是真的。

另一件应当避免的事是依恋年轻人，期望从他们的勃勃生气中获取力量。子女们长大成人之后，都想按照自己的意愿生活。如果你还像他们年幼时那样关心他们，你就会成为他们的包袱，除非他们是异常迟钝的人。我不是说不应该关心子女，而是说这种关心应该是含蓄的，假如可能的话，还应是宽厚的，而不应该过分地感情用事。动物的幼子一旦自立，大动物就不再关心它们了。人类则因其幼年时期较长而难于做到这一点。

我认为，对于那些具有强烈的爱好、其活动又都恰当适宜、并且不受个人情感影响的人们，成功地度过老年绝非难事。只有在这个范围里，长寿才真正有益；只有在这个范围里，源于经验的智慧才能不受压制地得到运用。告诫已经成人的孩子别犯错误是没有用处的，因为一来他们不会相信你，二来错误原来就是教育所必不可少的要素之一。但是，如果你是那种受个人情感支配的人，你就会感到，不把心思都放在子女和孙儿女身上，你就会觉得生活很空虚。假如事实确是如此，那么当你还能为他们提供物质上的帮助，譬如支援他们一笔钱或者为他们编织毛线外套的时候，你就必须明白：绝不要期望他们会因为你的陪伴而感到快活。

有些老人因害怕死亡而苦恼。年轻人害怕死亡是可以理解的。有些年轻人担心他们会在战斗中丧生。一想到会失去生活能够给予他们的种种美好事物，他们就感到痛苦。这种担心并不是无缘无故的，也是情有可原的。但是，对于一位经历了人世的悲欢、履行了个人职责的老人，害怕死亡就有些可怜且可耻了。克服这种恐惧的最好办法是——至少我是这样看的——逐渐扩大你的兴趣范围并使其不受个人情感的影响，直至包围自我的围墙一点一点地离开你，而你的生活则越来越融合于大家的生活之中。每一个人的生活都应该像河水一样——开始是细小的，被限制在狭窄的两岸之间，然后热烈地冲过巨石、滑下瀑布。渐渐地，河道变宽了，河岸扩展了，河水流得更平稳了。最后，河水流入了海洋，不再有明显的间断和停顿，而后便毫无痛苦地摆脱了自身的存在。能够这样理解自己的一生的老人，将不会因害怕死亡而痛苦，因为他所珍爱的一切都将继续存在下去。而且，如果随着精力的衰退，疲倦之感日渐增加，长眠并非是不受欢迎的念头。我渴望死于尚能劳作之时，同时知道他人将继续我所未竟的事业，我大可因为已经尽了自己之所能而感到安慰。

作品赏析

这是一篇论述如何正确对待老年和死亡的散文。文章分三个部分。第一部分论述了"怎样才能不老"这一问题。作者以自己的外祖父、外祖母、祖父及曾祖父为例，提出"保持年轻的最佳方法"是自己要有广泛而浓烈的兴趣和活动，随心所欲地生活。第二部分论述了老年人需要避免的两种危险：过分沉湎于往事和依恋年轻人，告诫老年人应着眼于未来，做点有益的事，这样长寿才有价值。最后一部分以河水作比衬，规劝老年人抛开因"害怕死亡"而产生的"苦恼"，坦然面对死亡。文章行文灵活自如，语言清新素朴，境界崇高，向人们传达了精神自由的快乐和使生活本身获得解放的勇气的思想。文章在赋予死亡以从容优雅的诗意美的同时，给人以清爽的精神享受，读后令人深思。

信仰自白 / （德国）爱因斯坦

入选理由
选自《爱因斯坦文集》的散文代表作
一位崇尚客观的科学家眼中的人生行为
独特的科学论证式的行文风格

可以和能够把自己最好的观察和研究能力奉献给客观的、非时间性的现象，做一个这样的人，真是有特殊的福分。我有幸享有这种福分，它使我在很大程度上不依赖个人的命运和周围人的行为。对此，我是多么高兴和感激啊！但是，这种独立性并不允许我们漠视把我们与过去、现在和将来的人类联系在一起的义务。

我们这些生活在地球上的人的状况奇特得很。我们中的每个人，既非自愿也无人邀请，就在这世界上作一短暂的逗留，对于为了什么和目的何在却毫无所知。在日常生活中，我们只是感受到：人是为别人而生存的，即为我们所爱的以及许多与我们命运攸关的人而活着的。

我一直在想，我的生活在多大程度上依赖着其他人的劳动，我知道，我欠他们多少。

我不相信意志自由。叔本华说：人虽然能够做他想要做的，但不能要他所想要的。这句话在任何情况下都陪伴着我，并使我与人们的行为和解，即使这些行为确实伤害了我。这种对意志不自由的认识使我得以不过分严肃地对待作为行为和判断的个体的自己和他人，并使我保持有益的幽默。

我从不追求舒适和奢侈，毋宁说我甚至十分鄙视这一切。我的社会正义激情经常使我与人们发生冲突；同样，我对不是绝对必要的束缚和依赖的反感也使我与人们发生冲突。我始终尊重个人；我对暴力和社团狂热怀有不可克服的反感。出于这种动机，我是一个热情的和平主义者和反军国主义者，我拒绝任何形式的民族主义，即使它装出爱国主义的样子。

我认为，来自地位和财产的特权是不公正和腐败的，过分的个人崇拜也是如此。尽管我熟知民主国家形式的缺点，但我仍然拥护民主的理想。社会的平衡和个人的经济保障，我始终认为这是国家的重要目标。

虽然，我在日常生活中是一个典型的独往独来者；但是，归属于一个追求真理、美和正义的看不见的共同体的意识，阻止了孤独感的产生。

人所能体验的最美和最深刻的东西是充满神秘的感情。这是宗教和艺

作者简介

爱因斯坦（1879—1955），出生在德国乌耳姆的一个商人家庭，1894年，因不满德国窒息自由思想的军国主义教育，爱因斯坦只身离开德国前往瑞士，两年后进入苏黎世联邦工业大学学习物理学。1900年，爱因斯坦以优异的成绩毕业，但由于他不羁的性格，一直没有找到工作。

1905年，他在《物理学记事》上连续发表3篇论文，分别在物理学的3个不同领域取得了重大突破。同年，他以论文《分子大小的新测定法》获得苏黎世大学的博士学位。1914年，应普朗克和能斯脱的邀请，他回到故乡德国，担任普鲁士科学院院长和凯撒·威廉物理研究所所长，并兼任柏林大学教授。

1915年，在"狭义相对论"发表10年后，他建立了"广义相对论"。1916年，他发表《广义相对论原理》。20世纪20年代后，爱因斯坦主要进行统一场理论的研究，他于1929年发表总结性论文《统一场论》。1939年，他获悉德国正在进行原子能实验后，给美国总统罗斯福写了封信，介绍了原子核裂变的巨大威力，建议美国政府研制原子弹，以防德国占先。1940年，爱因斯坦放弃德国国籍，加入美国籍。

定居美国后，爱因斯坦一直担任普林斯顿高级研究院的教授，直到1945年退休。1955年4月18日凌晨，爱因斯坦在普林斯顿与世长辞，享年76岁。

术、科学中所有深刻追求的基础。我认为，体验不到这一切的人，即使不像一个死人，那也像一个盲人。在我们经验之外，隐藏着为我们心灵所不可企及的东西，它的美和崇高只能间接地、通过微弱的反光抵达我们，感受到这些，就是宗教。只是在这意义上，我才是个有宗教感情的人。满怀惊异地预感和寻求这种神秘，谦恭地在心灵上把握存在的庄严结构的黯淡摹本，对我来说，已是足够的了。

[陈泽环 译]

作品赏析

　　追慕爱因斯坦的人，一般都局限在他的相对论或者他的光电理论，但其实从他的个人事迹、人生传记甚至是作品文集中，我们都能更加人性化地认识这个被千万光环掩盖住的伟大物理学家。

　　《爱因斯坦文集》给了我们一个从人文角度认识爱因斯坦的机会，在《信仰自白》中，我们即可见到他的人生和处世的态度：不对外在产生过分的依赖行为，不对外面的世界作过分苛刻的要求，一切独来独往，用自己的形式，特别是内在的宗教式的神秘情感满足自己的生存和发展的要求，做一个最为自由自在的无所牵绊的人，这样才能潜心做自己喜欢的，做自己能做好的事情。

　　文章表达方式是相当独特的，就像作者在《论动体的电动力学》中直白地说明自己发现了什么一样，在《信仰自白》中作者很袒露地就写下："我认为……"给人一种生硬霸道但却又不可否认的生命力量，就像文章中说的"来自地位和财产的特权是不公正和腐败的，过分的个人崇拜也是如此"。完全是概念式的，好像经历了层层推论这里已经不需要再复述了一般。而在语言的表达运用上，也是逻辑严密的，就像文章中说的"可以和能够把自己最好的观察和研究能力奉献给客观的、非时间性的现象，做一个这样的人，真是有特殊的福分"。

假如给我三天光明 /（美国）海伦·凯勒

入选理由
海伦·凯勒的感人至深的散文
一个未曾见识光明的作者对光明的美好畅想
一篇警醒世人的生命感悟篇章

我们都曾读到过这样激动人心的故事：故事的主角能活下去的时间已经很有限了，有的可以长到一年；有的却只有24小时。对于这位面临死亡的人打算怎样度过这最后的时日，我们总是感到很有兴趣——当然，我说的是可以有选择条件的自由人，而不是待处决的囚犯，那些人的活动范围是有限的。

这一类的故事使我们深思，我们会想到：如果我们自己也处于同样的地位，该怎么办？人都是要死的，在这最后的时辰，应当做一点什么？体验点什么？和什么人往来？在回首往事的时候，什么使我们感到快乐？什么使我们感到遗憾呢？

我常想，如果每一个人在刚成年时都能突然聋盲几天，那对他可能会是一种幸福。黑暗会使他更加懂得光明之可贵；寂静会教育他懂得声音的甜美。

我曾多次考察过我有眼睛的朋友，想让他们体会到他们能看到些什么。最近，我有一位很要好的朋友来看我，她刚从森林里散步回来。我问她发现了什么。"没有什么特别的。"她回答。好在我对这类的回答已经习惯了。因为很久以来，我就深信有眼睛的人所能看到的东西其实很少，否则，我是难以相信她的回答的。

我问我自己，在树林里走了一个小时，却没看到什么值得注意的东西，这难道可能么？我是个瞎子，但是我光凭触觉就能发现数以百计的有趣的东西。我能摸出树叶的精巧的对称图形，我的手带着深情抚摸银桦的光润的细皮，或者松树的粗糙的凸凹不平的硬皮。在春天，我怀着希望抚摸树木的枝条，想找到一个芽蕾，那是大自然在冬眠之后苏醒的第一个征兆。我感觉到花朵的美妙的丝绒般的质地，发现它惊人的螺旋形的排列——我又探索到大自然的一种奇妙之处。如果我幸运的话，在我把手轻轻地放在小树上时，还能偶然感到小鸟在枝头讴歌时所引起的欢乐的颤动。小溪的清凉的水从我撒开的指间流过，使我欣慰。松针或绵软的草叶铺成的葱茏的地毯比最豪华的波斯地毯还要可爱。春夏秋冬——在我身边展开，这对我是一出无穷无尽的惊人的戏剧。这戏的动作是在我的指头上流过的。

我的心有时大喊大叫，想看到这一切。既然我单凭触觉就能获得这么多的快乐，视觉所能展示于人的，又会有多少！但是很显然，有眼睛的人看见的东西却很少。他们对充满这大千世界的色彩、形象、动态所构成的广阔的画面习以为常。也许对到手的东西漠然置之，却在追求自己所没有的东西，是人之常情吧。但是，在有光明的世界里，视觉的天赋只是被当成一种方便，而不是当作让生命更加充实的手段，这毕竟是令人非常遗憾的事。

为了最好地说明问题，不妨让我设想一下，如果我能有，比如说，三天的光明，我最希望看到什么东西。在我设想的时候，你也不妨动动脑子，设想一下如果你也只能有三天光明，你打算看见些什么。如果你知道第三天的黄昏之后，太阳便再也不会为你升起的话，你将如何使用这宝贵的三天呢？你最渴望看见的东西是什么呢？

作者简介

海伦·凯勒（1880—1968），生于美国南部。她在19个月大时因为一次高烧而导致失明及失聪。8岁时，母亲为她找到了一位家庭教师——安妮·萨利文小姐，并进入帕金斯盲校学习。16岁时，海伦进入哈佛大学附属剑桥女子学院学习。4年后，她如愿进入哈佛大学，开始尝试写作。大学毕业后，她把心力集中在推行盲人关怀的社会运动上，到处演说为盲人、聋哑人筹集资金。1964年被授予美国公民最高荣誉——总统自由勋章，次年被推选为世界十大杰出妇女之一。

如果由于某种奇迹，我能获得三天光明，然后再回到黑暗中去的话，我将把这段时间分作三个部分。

在第一天，我将看看那些以他们的慈爱、温情和友谊使我的生命值得活下去的人。首先我一定要长久地打量我亲爱的老师安妮·萨利文·梅西太太。是她在我孩提时代来到我的身边，为我开启了外部世界的大门。我不但要细看她的面部的轮廓，让它存留在我的记忆里，而且要研究她那张面孔，找出生动的证据，说明她在完成对我的教育这项艰苦的任务时所表现出来的温和与耐性。我要从她的眼里看见她性格的力量。那力量使她坚强地面对困难。我还要看到她在我面前常常流露的对人类的同情。如何通过"灵魂的窗户"眼睛看到朋友的心灵深处，我是不懂得的。我只能通过指尖探索到人们面部的轮廓。我能感到欢笑、悲伤和许多明显的感情。我是通过触摸他们的面部认识我的朋友的……

我很熟悉在我身边的朋友，因为成年累月的交往让他们把自己的各个侧面都呈现在我的面前。然而对于偶然结识的朋友，我却只有通过握手，通过指尖触摸他唇上的话句，和他们在我的掌心里的点划，得到一点不完全的印象。

你们有眼睛的人只须通过观察细微的表情：肌肉的震颤、手的动作，便能迅速地把捉住另一个人的基本性格，那是多么轻松，多么方便啊！

但是，你曾想过用你的眼睛去深入观察朋友或熟人的内在性格没有呢？你们大部分有眼睛的人，对人家的面孔是不是经常只随意看到一点外部轮廓就放过去了呢？……

有眼睛的人对身边的日常事物很快就习以为常了。他们实际上只看到惊人的和特别触目的部分。而且就是在特别触目的景象面前，他们的眼睛也是懒惰的。每天的法庭记录都说明"证人"们的眼睛是多么地不准。同一个事件有多少个"证人"，就会有多少个不同的印象。有的人比别的人看到的多一些，然而能把他们视觉范围内的东西全部看到的人却寥寥无几。

啊！如果我有三天光明，我能看到多少东西啊！

第一天我一定很忙，我要把我所有的亲爱的朋友请来，久久地观看他们的面孔，把体现他们内心美的外部特征深深地印在我的心上。我还要细看婴儿的面庞。我要观察在个体认识到矛盾之前的强烈的天真的美——那矛盾是随着生命的发展而发展的。

我还想观察我那几条忠心耿耿的狗的眼睛——庄重、老练的小苏格兰、小黑，还有高大结实、善解人意的大丹麦狗赫耳加。它们曾以热烈、温柔和快活的友谊给了我极大的安慰。

在最忙的第一天，我也想去看一看家里的琐碎简单的事物。我想看看我脚下的地毯的温暖的色彩，看看墙上的画，看看那些我所熟悉的琐碎的东西。是它们把一所房屋变成了家的。我的眼睛会带着敬意停留在我所读过的凸文书籍上，但是我恐怕会对印刷出来给有眼睛的人读的书感到更加强烈的兴趣。因为在我的生命的漫长的黑夜之中，我所读过的书和别人为我"读"的书，已经构筑成了一座巨大的灿烂的灯塔，为我照亮了人的生命和精神的最深邃的航道。

在我有眼睛的第一天的下午，我要在树林里作一个漫长的散步，用大千世界的种种美景刺激我的眼帘。我要竭尽全力在几小时之内吸取那光辉广阔的场面——那对有眼睛的人永远展现的场面。在我从林间散步回来的路上，我走着的小径会从田野旁经过，我可以看到温驯的马翻耕着土地（说不定只看到一部拖拉机！），也可以看到那些紧靠泥土生活的人们怡然自得的神情。我还要祈祷让我看到一个绚丽多彩的落日。

黄昏降临之后，我还会体察到一种双重的欢乐：我能借助人造的光明来看到世界，在大自然命令出现黑暗的时候，人类却凭自己的聪明才智创造出了光明，延长了自己的视力。

在我有光明的第一个晚上，我大概会睡不着觉，我心里一定会充满了对白天的丰富的回忆。

第二天——我有光明的第二天，我将和黎明同时起身，去观看那把黑夜变成白昼的令人惊心动魄的奇景。我要怀着敬畏的心情观看那宏伟浩瀚的、光华灿烂的景色，太阳就是用它唤醒了沉睡的地球的。

我要拿这一天迅速地纵观世界，观察它的过去和现在，我要看到人类进步的奇迹，看到万花筒一般的各个历史时代。我怎么能在一天之内看到这样众多的事物呢？当然得靠博物馆。我曾多次参观过纽约的自然历史博物馆，我曾用手触摸过那儿的展品。但是，我也曾希望用我的眼睛看见在那儿展出的地球和它的居民的简要的历史；我要看到在自己的天然环境里生长的动物和不同人种的人；看到恐龙和乳齿象的庞大的骸骨，它们在个子矮小但脑力强大的人类征服动物界之前许久曾在大地上漫游。我还要看到有关动物、人类、人类的工具的生动实际的展览品。人类利用工具在地球上为自己开辟了安全的家园。我还要看到自然史上的1001个其他方面。

我不知道本文的读者中有多少人曾在那动人的博物馆里看到过各类生物的广阔画面。当然，有许多人没有这样的机会，但是我相信不少人虽有这样的机会却没有加以使用。博物馆的确是一个值得你使用眼睛的地方。你们可以在那儿多日流连，得到丰富的教益。但我却只有想象中的三天，因此只能匆匆地看过就离开。

下一站我要到都会美术博物馆去。自然历史博物馆揭示了世界的物质面，美术博物馆则反映出了人类精神的千姿百态。在整个人类历史中，对于艺术表现的要求和对于吃、住、繁衍的要求一样强烈。在这儿，美术博物馆的宽大的展览室将通过古埃及、古希腊和古罗马的艺术展示出这些民族的精神世界。古尼罗河土地上的男女神灵的雕像，我的手指对它们是很熟悉的。我也曾触摸过巴底农神庙的壁饰浮雕的复制品。我曾体会到冲锋陷阵的雅典勇士们有节奏的美。阿波罗、维纳斯和萨莫特雷斯的有翅膀的胜利女神雕像，都是我指头尖上的朋友。荷马那疙里疙瘩的有胡须的面庞使我感到分外亲切，因为他也懂得瞎了眼睛的痛苦。

我的指头曾在古罗马和后世的生动的大理石雕像上流连。我曾抚摸过米开朗基罗的动人的英雄摩西的石膏像。我曾触摸到罗丹作品的气魄；我曾对哥德人的木雕所表现的虔诚肃然起敬。我能懂得这些能摸触到的艺术品，但是，它们本是用来看，而不是用来摸的，它们的美至今对我隐蔽着，我只能猜想。我能赞叹希腊花瓶的单纯的线条，但是它的形象装饰我却无法感受。

因此，在我有眼睛的第二天，我将通过观看人类的艺术去探索人类的灵魂。过去我凭触觉感受到的东西，现在我要用眼睛去看到了。更为绝妙的是整个绚丽的绘画世界——从带着平静的宗教献身精神的意大利原始绘画到具有狂热的想象的当代绘画，都将在我面前呈现出夺目的光彩。我要深入地观看拉斐尔、达·芬奇、提香、伦勃朗的画。我要饱览维隆尼斯的温暖的色调，研究厄尔·格勒柯的神奇，把捉珂罗笔下的大自然的新颖形象。啊，有眼睛的人们，在历代的艺术作品中，你们可以看到多么丰富的意义和美啊！

我在艺术殿堂的短暂的巡礼中所能看到的不过是向你们开放的艺术世界的很小的一部分。我只能获得一个浮光掠影的印象。艺术家们告诉我，要想深入、真切地欣赏艺术，必须训练眼睛；要通过经验衡量线条、构图、形体和色彩的优劣。如果我有眼睛，我将多么乐于从事这种迷人的研究啊！然而，我却听说，在你们许多有眼睛的人眼中，艺术的世界却是一片没有被探索、照亮的混沌。

我离开都会美术博物馆时，一定十分留恋，那儿有通向美的钥匙——被那样地忽视了的美。不过，有眼睛的人们要寻求通向美的钥匙，并不一定要到都会美术博物馆去。同样的钥匙在小型博物馆甚至在小型图书馆架上的书中也等待着他们。然而，在我所幻想的有限的有眼睛的时间里，我必须选择可以在最短的时间内打开最巨大的宝藏的钥匙。

在我有眼睛的第二天晚上，我要用来看戏或看电影。就是目前我也经常"看"各种戏剧表演。只是演出的动作得靠一个同伴拼写到我的手心里。我多么想用自己的眼睛看到身穿伊丽莎白时代丰富多彩的服饰的迷人的哈姆雷特或易于冲动的福斯泰夫啊！我会多么密切地注视着漂亮的哈姆雷特的每一个动作和粗壮的福斯泰夫的每一个步伐！由于我只能看到一个剧，我难免会感到莫衷一是，因为我想看的剧有好几十个。你们有眼睛，愿看哪一个都可以，我不知道你们有多少人在看戏看电影或其他节目时曾经感觉到视力这个奇迹，对它表示感谢？让你欣赏到演出的色彩、动作和美的正是它呢！

我在用手触摸的范围之外，便无法欣赏有节奏的动作。对于巴芙洛娃的娴雅优美，我只能模糊地想象，虽然我也懂得一点节奏的快感，因为我常在音乐震动地板时感到它的节拍。我很能想象节奏鲜明的动作一定会形成世界上最美妙的形象。我常用手指抚摸大理石雕像，依稀懂得一点这种道理。既然这种静止的美都如此可爱，那么，如果能看到运动中的美又会是多么令人销魂陶醉！

我最甜蜜的记忆之一是约瑟夫·杰弗逊在表演他心爱的李卜·范·温克尔的某些动作和台词时让我触摸了他的面孔和双手。那使我对戏剧的世界有了个朦胧的印象。当时我的快乐我将永远难忘。有眼睛的人们随着戏剧的开展所能看见和听到的交替出现的行动和语言，能给他们多少乐趣呵！可是啊，这种乐趣我却无法体会！我只须看到一次演出，以后便可以在心里想象出一百个剧本的动作。这些剧本我曾读过或通过手语体会过。

因此，在我所想象的我有眼睛的第二天，戏剧文学的伟人形象将从我的眼里挤走全部的睡意。

第三天早上，我将再一次迎接黎明。我渴望获得新的美感，因为我深信，对于那些真正能看见的有眼睛的人来说，每一天的黎明都永远会显示出一种崭新的美。

这一天，按我所设想的奇迹的条件看来，已是我有眼睛的第三天，也就是最后一天了。要看的东西太多，我不会有时间感到遗憾或渴望的。第一天我用在有生命和无生命的朋友身上了；第二天向我展示了人类和自然的历史；今天，我要到忙于生活事务的人们的地方去看看当前的日常世界。还能有什么比纽约更纷纭繁复的地方？纽约就是我的目的地。

我的家在森林山，坐落在长岛一个小巧幽静的郊区，那儿在葱茏的草地、树木和花朵之中，有整洁玲珑的住宅，有妇女们和孩子们的活动和欢笑。这是个平静的安乐窝，男人们在城里工作一天之后，便回到这里来。我从这里驱车出发驶过横跨东河的花边一样的钢架桥梁，我会得到一个令我赞叹的新印象，它向我显示出人类心灵的力量和聪明。河里船舶往来如织，轧轧地响着，有飞速的快艇，也有喷着鼻息的没精打采的拖驳。如果我时间还很多的话，我要花许多时日来观察河上的有趣的活动。

我往前看，在我眼前升起的是纽约城千奇百怪的高楼大厦——好像是一座从童话中升起的城市。闪光的塔楼、巍然耸立的钢铁和石头的壁垒，多么叫人惊心动魄！——就是众神为自己修造的宫阙也不过如此！这一幅活跃的图画是数以百万计的人们日常生活的一部分。可是我不知道有多少人看过它第二眼？我估计人数很少。人们对这宏伟的景象是看不见的，因为对它太熟悉。

我匆匆忙忙地登上一座巍峨的高楼——帝国大厦，因为不久前我曾在那里通过我的秘书的眼睛"看"到了脚下的城市。我急于要把我那时的想象和现在的现实相印证。我深信我对即将展现在我眼前的宏伟图景不会失望，因为它对于我来说是另一个世界的幻象。

现在我开始周游这座城市了。首先，我要站在一个闹市的角落里，凝望着行人，不做别的事，我要从他们的眼神里看到他们生活的某些侧面。我看到微笑，便感到高兴；我看到坚强的决心，便感到骄傲！我看到痛苦，也不禁产生同情。

我沿着五号大街漫步，我要放眼纵观，不看个别的对象，只看那沸腾的、五彩缤纷的场面。我相信在人群中往来的妇女的服装，一定是万紫千红、色彩绚丽的，叫我永远也看不厌。但是如果我有眼睛的话，我也会像别的妇女一样，只对个别服装的式样和剪裁发生过多的兴趣，而忽略了人群中的色彩的美艳。我还深信，我会流连于橱窗之间，久久不肯离开，因为展出在那儿的货品一定是琳琅满目，美不胜收的。

我离开五号大街，又去观光全城。我到公园大街去，到贫民窟去，到工厂去，到孩子们游玩的公园去。我去参观外国人的居住区，这是身在国内却又出国旅行的办法。为了深入探索，加强我对人们的工作和生活的理解，我将永远对一切快乐和痛苦的形象睁大我的双眼。人和事的种种形象将充满我的心。我的眼睛决不会把任何东西视作无足轻重而轻易放过。我的目光所到之处，都要探索和紧紧地把捉。有些场面欢乐，它使我的心也充满快乐；但是也有痛苦的场面，痛苦得叫人伤感。对种种痛苦的场面，我绝不会闭上眼睛，因为那也是生活的一部分。对它闭上了眼睛，也就是闭上了心灵和思想。

我有眼睛的第三天快结束了。也许我还应当把剩下的几个小时作许多严肃的追求。但我担心在那最后的晚上，我又会跑到戏院去看一场欢笑谐谑的戏。这样，我便能欣赏到人类精神中喜剧的情趣。

我暂时获得的光明到半夜就要结束了，我又将陷入无尽的黑夜之中。在短短的三天内，我是不可能看到我想看到的一切的。只有当黑暗再度降临到我身上之后，我才会懂得我看掉了多少东西。不过，我的心里仍然充满光明的回忆，因此没有时间感到遗憾。此后我每摸触到一样东西，都会想起它的样子，从而唤起一段美妙的回忆。

我是个瞎子，我对有眼睛的人只有一个建议：我要劝告愿意充分使用视力这种天赋的人，要像明天你就会变成瞎子一样充分使用你的眼睛。同样的设想也可以用于其他的感官。要像明天你就会变成聋子一样，聆听话语中的音乐、鸟儿们的歌唱和交响乐队雄浑的乐章。要像明天你的触觉就会消失一样去抚摸你想抚摸的一切。要像你明天就会失去嗅觉和味觉一样去品味花朵的馨香和食物的美味。充分地使用你的感官吧！陶醉于大自然通过你天赋的不同知觉对你显示出的种种快感和美感中去吧，不过，在一切感官之中，我仍深信视觉是最令人快乐的。

［孙法理 译］

作品赏析

阅读海伦·凯勒的文字如《我的生活》等，我们都将被她在文章中所寓寄的生命感悟，高尚的情操，独特的坚强所深深震撼。这是一个聋盲女孩，却凭借着宗教信仰和对人生的深切依恋，让自己本身黯淡不已的生命焕发出不朽的光彩。

《假如给我三天光明》让每个阅读者心惊胆战，因为在它的面前，每个人似乎都是自己生命的虚耗者，只能在恐惧中虔诚拜读。文章的标题本身就足以引动读者的无限思考：三天我们将用来珍惜什么，几部电影，一段扣人心弦的连续剧？事实上，三天在作者的眼里已经是生命的美好，在这段时间里她将见识值得作者感念的人，世界上浩瀚光彩的场景，日常生活中一般的人忙忙碌碌的样子。作者将用她的双眼唤醒世界暂时的沉寂，就像文章中所说的去见证太阳的伟岸。

海伦·凯勒是个很虔诚的基督徒，从而我们在文章中读出的是她的感恩，她的对这个世界的眷念，对生活美好的祝愿，这一切都幻化为她的包含真挚情感的行文。每一个字都像是一曲教堂空旷的空间中来回激荡的赞美诗，让读者的心在她的文字前忏悔自己对身边美好的人的忽视，并在此以后学着尝试珍惜，就像文章中说的，黑暗会使人更加懂得视力的可贵，寂静会教育人懂得声音的甜美。

壳与核 / （黎巴嫩）纪伯伦

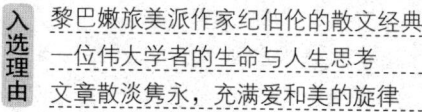

黎巴嫩旅美派作家纪伯伦的散文经典
一位伟大学者的生命与人生思考
文章散淡隽永，充满爱和美的旋律

我每饮一杯苦酒，杯底的残汁却总是蜜浆。

我每跨进一座森林，却总看到绿色的原野。

我在烟雾迷漫中丢失的朋友，却在晨曦中出现。

多少次，我曾用刻苦耐劳的外衣遮起我的痛苦和烦恼，幻想着这样做将会得到报偿。但是，当我脱去外衣时，发现痛苦已化为欢乐，烦恼已化为平静与安详。

多少次，我和我的同事在光天化日之下漫步，我暗自想，这人多么愚蠢，多么迟钝。但是，当我一走进那隐秘的世界的时候，我即刻发现原来自己专横暴虐，而他倒挺睿智、幽默。

多少次，我曾自我陶醉，认为我是一只无辜的羔羊，与我坐在一起的人则是一只凶恶的豺狼。但是，当我清醒过来，却发现我和他原来都是同样的人。

人们啊，我们都常常为表象所迷惑，因而忽略了自身的实质。假如有人被绊倒在地上，我们会说他摔了一跤；假如有人说不出话，我们会说他是哑巴；假如有人呻吟，我们会说这是他临终前发出的喘息，他就要寿终正寝了。

我和你们都热衷于"我"的外壳和"你们"的表皮，因而我们看不见"我"灵魂中的秘密和"你们"灵魂中的隐秘。

我们如此高傲，竟忽视我们的实质，我们能做些什么呢？

我告诉你并告诉我自己——可能我的话是掩饰我的真相的面具——我们用肉眼所看到的一切只不过是一片烟云，它遮住了我们只能用见识才能洞察的万物。我们用耳朵听到的只不过是混乱而嘈杂的声响，它扰乱了我

作者简介

纪伯伦（1883—1931），黎巴嫩旅美派作家、诗人和画家。1895年随亲人旅居美国，1908年去巴黎学美术，1912年定居纽约。1920年发起创建《笔会》，任会长，遂成为阿拉伯旅美派文学领袖。作品有浓郁的浪漫主义和象征主义色彩，常融诗情与哲理于一体，寓意深刻、隽永、别具一格。作品甚丰，有中篇小说《折断的翅膀》，散文诗集《泪与笑》《先知》等。

们只有用心灵才能听到的一切。假如我们看见一名警察把一个人押送监狱，我们且不要去断定哪一个是罪犯。如果我们看见一个人倒在血泊之中，而另一个人双手沾满了鲜血，也不要贸然判断谁是凶手。倘若我们听到一个人在唱歌而另一个人在哭泣，我们需要耐心等待，才能知道究竟谁真正愉快。

不，朋友，我们不能从一个人的外表来看他的本质，不能把他的一言一行作为衡量他心灵的标准。一个被你看不起的笨嘴拙舌的人可能是一个天资聪明、心地善良的人。一个面孔丑陋、生活贫困、为你所鄙视的人，倒可能是天之骄子，上帝的宠儿。

你可能在一天之内参观一座宫殿和一座茅舍。当你走出宫殿时你会肃然起敬，当你走出茅舍时你会产生怜悯之感。但是，假如撕破事物外表给你编织的假相，那么，肃然起敬可能下降为怜悯，怜悯又会上升为无限景仰。

你一早一晚可能遇到这么两个人，第一个人说话时粗声大嗓，行动如军人般威严。而第二个人和你说话时则战战兢兢，声音颤抖，语不成句。于是你便认定前者勇敢，后者懦弱。但是，如果你看到他俩在艰难困苦面前或为了原则需要作出牺牲时的表现，你就会懂得冠冕堂皇掩盖下的唐突行为绝非是勇敢，沉默不语和羞怯并非是软弱。

你在家中凭窗外望，看见街上的行人中，右边走着一位修女，左边走着一个妓女。你会立即说："一个是何等高尚，另一个是何等无耻！"但是，倘若你闭目静听，你就会听到宇宙中有一种声音轻轻地说："这修女通过祈祷向我提出要求，那妓女满怀悲痛向我苦苦哀告。但在她俩的灵魂中，各撑起一把我的精神的保护伞。"

你周游世界，寻找所谓的文明与先进。你走进一座城市，里边宫阙巍峨，街道宽阔，书院富丽堂皇，人们来去匆匆，一片繁忙景象。有人在穿越地球，有人在天空翱翔，有人在捕捉闪电，有人在呼唤暴风骤雨。他们全都穿着考究，款式新颖，好似在过盛大的节日或在狂欢。

几天之后，你来到另一座城市，那里房屋简陋，街道狭窄。晴天尘土飞扬，下雨满街泥泞。那里的居民仍处于原始状态，像松弛的弓弦。他们行动迟缓,工作漫不经心。当他们看你的时候,似乎在他们的眼睛后边还有一只眼睛在向远处眺望。你深感厌恶地离开那个地方,暗自说:"这两处真有天渊之别。那边朝气蓬勃,这里老气横秋。那边充满了春夏的活力,这边是秋冬的衰老。那边像青年们在花园里欢乐地跳舞,这边似衰弱的老人躺在沙滩上。"

如果你能借助上帝的光亮去看这两个城市,你会看到它们原是同一花园中两棵相仿的树。一旦你的目光看到它们的实质,你就会发现你所认为的先进,只不过是晶莹透亮、瞬息即逝的水泡,你所认为的松弛,倒是暗中隐藏的永恒的实质。

不,宗教不表现在寺院和仪式上,而表现在心诚志坚上。

不,生活不在其外表,而在其实质;事物不在其外壳,而在其精华;人们不在其貌,而在其心。

不,艺术不在于你耳朵听到的歌声的抑扬顿挫,不在于诗歌语言的铿锵,也不在于你肉眼所看到的绘画的线条和色彩;艺术在于歌曲抑扬顿挫之间的无声而颤抖的停顿,在于诗人通过他的诗传给你的他心灵中深沉、宁静而孤独的感情,在于一幅画对你的启示和使你对更加美好的事物的向往。

不,朋友,岁月不在于它的外表。我也是在岁月的行列中行进的人,我向你说的这些只是语言能够传给你的我无声的心愿。因此,在洞悉那隐藏着的自我之前,不要说我愚昧无知;在剥去我的外壳之前,不要以为我是天才。在没有看到我的内心之前,且莫说我吝啬;在了解我慷慨大方的动机之前,不要说我仗义疏财。不要认为我确实可爱,除非你充分了解我对爱情的忠诚和纯洁。不要说我无忧无虑,除非你触摸到我那淌血的伤口。

[李占经 译]

作品赏析

正如冰心所推崇的,纪伯伦的存在的确成为了我们精神的营养,诸如《先知》《沙与沫》《泪与笑》。在他的文学中,充满了基督式的生命之爱，被誉为先知，他以他的生命感悟指点读者被生活的忙乱所迷离的思想情操，在纯洁天真的给予中道破存在的玄机，为每一个陌生的生命旅客拉近彼此之间的关系。

《壳与核》是很典型的纪伯伦散文，在他的抒情中，从未忘记把守住爱和美的底线，让找寻者在孤寂迷茫中还能体验它的最后的温柔。文章中所描述的道理并非深奥，只是我们经常忽略了，而作者重新把它拾获在我们的眼前：不要为表象的虚幻所迷惑，不要忽视了事实的本真。他在文章中以修女和妓女为例，认为她们都在向上帝祷告，无非采取的是不同的方式，没有贵贱之别，在她们那里，都撑着上帝的精神的保护伞。

文章淡雅隽永，充满爱和美的主旋律，以《圣经》式的简约虔诚，表达了生命存在的彻悟，让读者在其语言风格的引领下见证和守候生命的意义。这种语言恍似天籁，独具风韵，被称为独特的纪伯伦风格——一种可以安慰疲惫心灵的最美的礼物，就像文章中所说的：我向你说的这些只是语言能够传给你的我的无声的心愿。而这种风格也被誉为是黎巴嫩式的，作者自己曾在其他地方说过："我是个有使命的人，是将自己的影响送到人的头脑中的人。"

鸟啼 /（英国）劳伦斯

> **入选理由**
> 劳伦斯的散文代表作之一
> 字里行间透露着哲学思辨和诗的意境
> 运用了多种艺术手法

严寒持续了好几个星期，鸟儿很快地死去了。田间灌木篱下每一个地方，横陈着田凫、椋鸟、画眉、鸫，和数不清的腐鸟的血衣，鸟儿的肉已被隐秘的老饕吃净了。

尔后，突然间，一个清晨，变化出现了。风刮到了南方，海上飘来了温暖和慰藉。午后，太阳露出了几星光亮，鸽子开始不间断地缓慢而笨拙地咕咕叫。鸽子叫着，尽管带着劳作的声息，却仍像在受着冬天的日浴。不仅如此，整个的下午，它们都继续着这种声音，在平和的天空下，在冰霜从路面上完全融化之前。晚上，风柔顺地吹着，但仍有零落的霜聚集在坚硬的土地上。之后是黄昏的日暮，从河床的蔷薇棘丛中，开始传出野鸟微弱的啼鸣。

这在严寒的静穆之后，令人惊慌，甚至使人骇异了。当大地还散布着厚厚的一层支离的鸟尸之时，它们怎么会突然歌唱起来？从夜色中浮起的隐约而清越的声音，使人的灵魂骤变，几乎充满了恐惧。当大地仍在束缚中时，那小小的清越之声怎么能在这样柔弱的空气中，这么流畅地呼吸复苏呢？但鸟儿却继续着它们的啼鸣，虽然含糊，若断若续，却把明快而萌发的声音之线抛入了苍空。

几乎是一种痛苦，这么快发现了新的世界。万物已死。让万物永生！但是鸟儿甚至略去了这宣言的第一句话，它们啼叫的只是微弱的、盲目的、丰美的生活！

那是另一个世界的。冬天离去了。一个新的春天的世界。田地间响起斑鸠的叫声。但它的肉体却在这突然的变幻中萎缩了。诚然，这叫声还显得匆促，泥土仍冻着，地上仍零散着鸟翼的残骸！但我们无可选择。在不能进入的荆棘丛底，每一个夜晚以及每一个清晨，都会闪动出一声鸟儿的啼鸣。

它从哪儿来呀，那歌声？在这么长的严酷之后，它们怎么会这么快复

作者简介

劳伦斯（1885—1930），英国诗人、小说家和文艺批评家。劳伦斯的小说运用弗洛伊德的心理分析学说，把性作为人的本能特征加以描写，在20世纪初期被认为有伤风化，其小说《查泰莱夫人的情人》直到20世纪60年代一直被列为禁书。

生？但它活泼，像井源、像泉源，从那里，春天慢慢滴落又喷涌而出。新生活在它们喉中凝练成悦耳的声音。它开辟了银色的通道，为着新鲜的夏日，一路潺潺而行。

所有的日子里，当大地受窒、受扼，冬天抑制一切时，深埋着的春天的微型机一片寂默。他们只等着旧秩序沉重的阻碍退去，在冰消雪化时降服，然后就是他们了，顷刻间现出银光闪烁的王国。在毁灭一切的冬天巨浪之下，伏着的是宝贵的百花吐艳的潜力。有一天，黑色的浪潮定会精力耗尽，缓缓后移。番红花就会突然间显现，在后方胜利地摇曳，于是我们知道，规律变了，这是一个新的朝代，喊出了一个崭新的生活！生活！

不必再注视那些暴露四野的破碎的鸟尸，也无需再回忆严寒中沉闷的响雷，以及重压在我们身上的酷冷。不管我们情愿与否，那一切是统统过去了，选择不由我们。如果情愿，寒冷和消极还要在心中再驻留一刻，但冬天走开了，不管怎样，日落时我们的心会放出歌声。

即使当我们凝注那些散落遍地、尸身不整的鸟儿腐烂而可怕的景象，屋外也会飘来一阵鸽子的咕咕声，灌木丛中出现了微弱的啼鸣，变幻成幽微的光。无论如何，我们站着、端详着那些破碎不堪的毁灭了的生命，我们是在注视着冬天疲倦而残缺不全的队伍从眼前撤退。我们耳中充塞的，是新生的造物清明而生动的号音，那造物从身后追赶上来，我们听到了鸽子发出的轻柔而欢快的隆隆鼓声。

或许我们不能选择世界。我们不能为自己作任何选择。我们用眼睛跟随极端的严冬那沾满血迹的骇人的行列，直到它走过去。我们不能抑制春天。我们不能使鸟儿悄然，不能阻止大野鸽的沸腾。我们不能滞留美好世界中丰饶的创造，不让它们聚集，不许它们取代我们自己。无论我们情愿与否，月桂树就要飘出花香，绵羊就要站立舞蹈，白屈菜就要遍地闪烁，那就是新的天堂和新的大地。

它就在我们中间，又不将我们包容。那些强者或许要跟随冬天的行列从大地上隐遁。但我们一些人，我们是毫无选择的，春天来到我们中间，银色的泉流在心底奔涌，那是喜悦，我们禁不住。在这一时刻，我们将这喜悦接受了！变化的初日，啼唱起一首不凡又暂短的颂歌，一个在不觉中与自己争论的片断。这是极度的苦难所禁不住的，是无数残损的死亡所禁不住的。

这样一个漫长、漫长的冬天，冰霜昨天才裂开。但看上去，我们已把它全然忘记了。它奇异地远离了，像远去的黑暗。不真实，像深夜的梦。新世界的光芒摇曳在心中，跃动在身边。我们知道过去的是冬天，漫长、可怖。我们知道大地被窒息、被残害，我们知道生命的肉体被撕裂，又零落遍地。但这些追忆来的知识是什么？那是不关我们的，那是不关我们现在如何的。我们是什么，什么看上去是我们时常的样子，正是这纯粹的造物胎动时美好而透明的原形。所有的毁害和撕裂，啊，是的，过去曾降在我们身上，曾团团围住我们。它像高空中的一阵风暴，一阵浓雾，或一阵倾盆大雨。它缠在我们周身，像蝙蝠绕进我们的头发，逼得我们发疯。但它永远不是我们最深处真正的自我。内心中，我们是分裂的；我们是这样，就是这样银色晶莹的泉流，先前是安静的，此时却跌宕而起，注入盛开的花朵。

生命和死亡全不相容，多奇怪。死时，生便不存在。皆是死亡，一场势不可挡的洪水。继而，一股新的浪头涌起，便全是生命，便是银色的极乐的源泉。非此即彼。我们是为着生的，或是为着死的，非此即彼。在本质上绝不可能兼得。

死亡攫住了我们，一切残断，转入黑暗。生命复生，我们便变成水溪下微弱但美丽的喷泉，朝向鲜花奔去，一切和一切均不能两立。这周身银色斑点、炽烈而可爱的画眉，在荆棘丛中平静地发出它第一声啼鸣。怎能把它和那些在树丛外血肉模糊、羽毛纷乱的画眉残骸联系在一起呢？没有联系的。说到此，便不能言及彼。当此是时，彼便不是。在死亡的王国里，不会有清越的歌声。但有生，便不会有死。除去银色的愉悦，没有任何死亡能美化另外的世界。

黑鸟不能停止它的歌唱，鸽子也一样。它全身心地投入了，尽管它的同类昨天才被全部毁灭。它不能哀伤，不能静默，不能追随死亡。死不是它的，因为生要它留住。死去的，应该埋葬了它们的死。生命现在占据了它，摇荡它到新的天堂，新的昊天，在那里，它要禁不住放声高唱，像是从来就这般炽烈。既然它此时是被完全抛入了新生活，那么那些没有越过生死界限的，它们的过去又有什么呢？

从它的歌声，听得见这场变迁的第一阵爆发和变化无常。从死亡的控制下向新生命迁移，按它奇异的轮回，仍是死亡向死亡的迁移，令人惶惑的抗争。但只需一秒钟，画这样的弧线，从一种状态进入另一种，从死亡的钳制到新生的解放。在这一瞬间，它是疑惑的王国，在新创造之中唱歌。

鸟儿没有退缩。它不沉湎于它的死，和已死的同类。没有死亡，已死的早已埋葬了他们的死。它被抛入两个世界的隙罅中，虽然惊恐，却还是高举起翅膀，发现自己充满了生命的欲望。

我们被举起，被丢入崭新的开始。在心底，泉源在涌动，激励着我们前行。谁能阻挠到来的生命冲动呢？它从陌生地来，降临在我们身上，我们应该小心越过那从天堂吹来的恍惚的、清新的风，巡视，就像做着从死到生无理性迁徙的鸟儿一样。

［于晓丹 译］

作品赏析

作者不惜笔墨形象而生动地描绘了冬春交替之际各种鸟的啼鸣，写鸽子，"缓慢而笨拙地咕咕叫""带着劳作的声息"，既写出了它们啼鸣的节奏，又写出了带给人的感觉，形象而生动。写斑鸠，说它的叫声"显得匆促"；写画眉，"平静地发出它第一声啼鸣"，这明显地寄寓了作者自己的情感，将鸟人格化了，也是将自然人格化了。作者在这一描写过程中，寄寓了对生与死的独特的思考和对神奇生命的真挚赞美。在艺术手法上，文中用到了拟人、象征、对比。如将鸟人格化，就有效地建立了人与自然对话的途径，用严冬的鸟尸与春天的鸟鸣对比，肯定了新生命不可阻挡的力量，带给人们无限的深思。

走自己的路 /（美国）卡耐基

<small>入选理由</small> 成人教育之父卡耐基的经典文论
一位人生导师给予我们的教诲
在迷茫的找寻中的思想华彩

　　著名的威廉·詹姆斯在谈到那些永远不能认识自己的人时说，一般人对自己的天赋只能发挥出10%。"与我们应该的那样相比，"他写道，"我们只是半觉醒的。我们只是在利用自己脑资源的一小部分。大胆一点儿说，每个人生活的范围都远远没有超出自己的限度。他具备各种力量，然而却习惯性地没有去加以运用。"

　　你与我都有这种能力，所以让我们都不要忧伤，因为我们与他人不同。过去就从没有任何一个完全像你的人，而且在将来的一切时代里也绝不会再有一个完全同你一样的人。遗传学这门新科学告诉我们，你之所以是你，主要是因为你的双亲各自提供了24个染色体，而这48个染色体就构成了决定你要继承什么的各种因素。阿姆拉姆·斯彻菲尔德说："在每个染色体内部的任何地方都可能会有20至上百个基因——有时仅仅一个基因就能改变一个人的整个生命。"千真万确，我们的构造是既"神"且"妙"。

　　你的双亲接触并结合之后，只有三千万亿分之一的机会产生你这个特殊的人！换言之，如果你有三千万亿个兄弟姐妹，他们也将与你截然不同。这全都是想象吗？不。这是科学事实。如果你想了解更多，那就到公共图书馆去借阅阿姆拉姆·斯彻菲尔德写的那本名为《你与遗传》的书吧。

对于走自己的路这一问题，我很有把握发表一些意见，因为我对此深有感触。我对自己讲什么已胸有成竹，我从痛苦而昂贵的经历中获得了认识。例如，当我从密苏里的玉米田来到纽约后，我考入了美国戏剧艺术学院，渴望当一名演员。当时，我自认为具备了一种绝妙的思想和一种成功的诀窍，这种思想是如此简单明了，以至我根本不明白为什么成千上万雄心勃勃的人竟然还没有发现它。我研究了当时的明星——约翰·德鲁、瓦尔特·汉普登以及奥蒂斯·斯金诺——是如何获得成功的，然后，我又模仿他们各自的长处，兼收并蓄，熔各家之长于一炉。多么愚蠢！多么荒唐！我拼命地去模仿他人，以便让模仿到的东西渗入我那厚厚的密苏里脑壳，而我必须让这只脑壳是我自己的——当然也根本不可能是他人的——就为了这个，我曾浪费了不少的青春。

作者简介

卡耐基（1888—1955），当代著名的心理学家和人际关系学家。他出生于美国密苏里州一个贫穷的农民家里。父亲是一个勤勉的农夫，母亲是一个虔诚的教徒。卡耐基的童年和其他美国中西部农家的男孩子一样，帮助家里做杂事、赶牛、挤牛奶；还一度为人拣草莓，割野草，一小时赚五分钱。全家人过着贫困的生活。家境的贫困，使年轻的卡耐基必须为受教育而努力奋斗。1904年，卡耐基高中毕业后就读于密苏里州华伦斯堡州立师范学院。

他在1908年毕业后，便赶到国际函授学校总部所在地的丹佛市，受雇做了一名推销员，后来他又到南奥马哈，为阿摩尔公司贩卖火腿、肥皂和猪油。他的这个推销工作虽然很成功，但在1911年，他却到纽约美国戏剧艺术学院学习演戏。一年以后，他感到自己并不具备演戏的天才，于是又回到推销的行业里，为一家汽车公司当推销员。他认为，大学时代他在公开演说方面受过训练，有所经验。这些训练和经验，扫除了他的怯懦和自卑，让他有勇气和信心跟人打交道，增长了做人处世的才能。于是他说服了纽约一个基督教青年会的会长，同意他晚间为商业界人士开设一个公开演讲班。从此，他开始了为之奋斗一生的成人教育事业。

他一生结过两次婚。他的第一任夫人是法国的一位女伯爵，1921年与他结婚，10年后离异。他的第二任夫人桃乐丝·卡耐基于1944年和他结婚，是他的门徒和事业的继承人，并给他生一女孩，取名丹娜。

那段痛苦的经历本该使我接受一次持久的教训，然而并非如此，接受教训的不是我。我太固执了，我必须重新学起。数年之后，我开始写一本公开为商人说话的书、而且我认为它将是人们所说的杰作。对于如何写这本书我又产生了同样愚蠢的想法：我打算从其他作家那里借思想，然后全部并入一本书中，使之成为一本包罗万象的书。于是我找来二十多本讨论公开讲演的书，并花了一年时间去将他们的思想编入我的手稿。可是最后我又一次恍然大悟到自己是在做蠢事。我拼凑的这种大杂烩是如此虚假，如此枯燥，没有任何人能硬着头皮将这味同嚼蜡的东西读完。我只好作罢，将一年的心血付之于废纸筐，然后从零做起。这次我对自己说："你必须做戴尔·卡耐基，当然避免不了他的缺陷，但你不可能是别人。"于是我不再设法去当一个别人的结合物，而是卷起衣袖，摩拳擦掌地去做我该做的那些最重要的事：我以一名演说家、一名教师的身份写了一本如何讲演的教科书。这是根据我自己的经历、观察，饱含自信写成的。我接受了——我希望永远接受了——沃尔特·雷利的教训（我不是在讲那个把自己的衣服扔在泥里让女王踩着走路的沃尔特先生）。"我写不出与莎士比亚相媲美的著作，"他说，"可是我能根据自己写出一本书。"

我学会走自己的路，按照欧文·伯林给已故的乔治·格什文的劝告那样办事。伯林和格什文初次会面时，伯林十分钦佩格什文的才能，本想请他担任自己的音乐秘书，那样格什文的薪水差不多相当于他原来的三倍。然而伯林最后还是劝告格什文说："可是你不要干了，不然你会发展成一个'二等伯林'。然而如果你能坚持走自己的路，有一天你会成为一名'一等格什文'。"

格什文牢记那个忠告，最终成为他那个时代美国杰出的作曲家。

查理·卓别林、威尔·罗杰斯、玛丽·玛格丽特·麦克布利蒂、吉纳·奥特利以及不计其数的其他名人都不得不接受我在这里极力阐述的教训。而且为此，他们不得不经历一个艰辛的历程——正如我一样。

查理·卓别林开始从事电影事业时，影片导演坚持让他去模仿当时一位著名的德国喜剧演员。查理·卓别林在表演自身之前可以说是一事无成。鲍伯·霍普也有类似的经历：在一个剧种里花费了数年之久，在开始表演说俏皮话和达到纯熟之前也是一事无成的。威尔·罗杰斯在歌舞杂耍剧目中担任扭绳角色就有好几年，而且是任劳任怨。在他发现自己在幽默方面的天才之前，在他能够一边扭绳一边讲话之前，他也是一事无成的。

玛丽·玛格丽特·麦克布利蒂在从事广播事业之前，极力要做一名爱尔兰喜剧演员，然而失败了。当她努力按照自己的本来面目表演时，这个来自密苏里的普通村姑成了纽约最富盛誉的广播演员之一。

吉纳·奥特利起初要极力改掉自己的得克萨斯腔调，想象一个城市青年那样讲话，而且自称是纽约人，然而人们都在背后嘲笑他。当他开始一边拨着班卓琴一边唱着牛仔民歌时，才为自己开创了一项事业，从而成为电影界和广播界里最著名的牛仔。

你是这个世界上的新人。应该为之高兴，要充分利用大自然赋予你的一切。归根结底，所有的艺术都是自传性质的，你只能根据自己的条件唱歌，你只能根据自己的条件绘画。你必须是你的经验，你的环境，以及你所继承的一切所造就的样子。无论如何，你必须细心管理你自己的小苗圃；无论如何，你必须运用生活交响乐中你自己的那件小乐器。

正如爱默生在他关于"依靠自己"的那篇文章中所说的："在每个人的教育中都有一个他能达到自信的时刻：他自信嫉妒是无知的表现；他自信模仿就是自杀；他自信无论如何必须把自己看成是一份遗产；他自信虽然大自然充满了食物，可是除了靠在大自然给予自己的田地上辛勤劳动，不能等天上掉馅饼。"

以上就是爱默生对这一点的表述，而一位诗人——已故的道格拉斯·马尔洛赫——是这样表述的：

如果你不能做一棵青松屹立山巅，
就去做峡谷中一丛灌木——

但要做最好的小丛摇曳在溪边；
如果你不能做参天大树，就做一棵矮树乐而无怨。

如果你不能做一棵矮树，就去做一株小草，
把大道装点得更加美丽；
如果你不能做一条大马斯吉鱼，那就做一尾小鲈鱼也好——
但要做最快活的小鲈鱼在湖中游戏！

如果我们不能做船长，那就做水手，
在这里我们都有广阔的天地。
要做的事巨细都有，
而我们必须急事优先。

如果你不能做大道，那就做小路，
如果你不能做太阳，那就做小星；
大小并非决定成败的关键——
不管做什么，
要做就要出类拔萃精益求精。

要培养一种使我们从忧虑中获得安宁与自由的观念，法则如下：
不要模仿他人。认识自己，走自己的路。

作品赏析

在现实世界正以不可阻挡的气势蚕食我们年轻的意志时，卡耐基以他的《人性的光辉》《美好的人生》《人性的优点》捍卫了我们对这个世界仅存的美好印象。他不仅是个出色的心理学家，还是个优秀的人生导师，他时刻呼唤着迷茫者的斗志。

《走自己的路》就是这样的一个篇章,正如他的所有文章一样,它也是以翔实的身边事例来论证自己观点的无懈可击,其中有自己在模仿中艰难成长却最终失败的惨痛教训,也有相关名人诸如查理·卓别林、威尔·罗杰斯、吉纳·奥特利等在模仿中默默无闻的经历。而在作者看来,当这些人寻找到自己,用自己的方式演绎存在时,他们无一例外地获取了巨大的成功,包括作者自己也成了名闻世界的心理学大家,就像作者在文章中所一再强调的"你必须做戴尔·卡耐基,当然避免不了他的缺陷,但你不可能是别人"。

卡耐基文论的最典型特征是文章中比比皆是的翔实生活例子,让人在阅读中免去了单调的枯燥说教,取而代之的是快乐的阅读,快乐的领悟,《走自己的路》也是如此。可以说,文章的所有观点是作者用事例堆积出来的。虽然文章的语言相当平实,却让人倍感亲切,同时我们也可看见作者在文章中所说的每一句话都只为验证一个观点:一个人只要有足够的信念,他就能创造奇迹,每个人都有足够的力量去实现自己的信念。

我的伊豆 / (日本) 川端康成

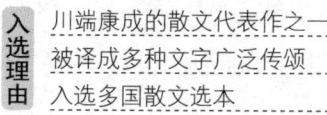

入选理由
川端康成的散文代表作之一
被译成多种文字广泛传颂
入选多国散文选本

伊豆是诗的故乡,世上的人这么说。

伊豆是日本历史的缩影,一个历史学家这么说。

伊豆是南国的楷模,我要再加上一句。

伊豆是所有的山色海景的画廊,还可以这么说。

整个伊豆半岛是一座大花园,一所大游乐场。就是说,伊豆半岛到处都具有大自然的惠赠，都富有美丽的变化。

如今，伊豆有三个入口：下田，三岛修善寺，热海。不管从哪里进去，首先迎迓你的，是堪称伊豆的乳汁和肌体的温泉。然而，由于选择的入口不同，你定会感到有三个各不相同的伊豆呢。

北面的修善寺和南面的下田这两条通道，在天城山口相会合。山北称外伊豆，属田方郡，山南称内伊豆，属贺茂郡。南北两面不仅植物种类和花期各异，而且山南的天空和海色，都洋溢着南国的气息。天城火山脉东西约四十四公里，南北约二十四公里，占据着半岛的三分之一。海面的黑潮从三面包围着半岛。这山，这海，便是给伊豆增添光彩的两大要素。倘若把茶花当作海岸边的花，那么，石棉花就是天城山上的花。山谷幽邃，原生林木森严茂密，使你很难想象这原是个小小的半岛。天城山是闻名的狩鹿的场所，只有翻过这座山峦，才能尝到伊豆旅情的滋味。

开往热海的火车时髦得很，称为"罗曼车"。情死是热海的名产。热海是伊豆的都会，它是在关东温泉之乡中富有现代特征的城市。倘若把修善寺称为历史上的温泉，那么，热海便是地理上的温泉。修善寺附近，清静，幽寂；热海附近，热烈，俏丽。伊豆到伊东一带的海岸线，令人想起南欧来，这里显示着伊豆明朗的容颜。同是南国风韵，伊豆的海岸线多像一曲素朴的牧歌啊。

伊豆有热海、伊东、修善寺和长冈四大温泉，共有二三十个喷口，仅伊东就有数百处泉流。这些都是玄岳火山、天城火山、猫越火山、达磨火山

作者简介

川端康成（1899—1972），日本现代派文学先驱、小说家。童年时父母、祖母、姐姐和祖父相继去世，26岁时未婚妻与他分手，这些苦难经历使他饱尝世态炎凉，对他的创作生涯产生了重大影响。1924年创办《文艺时代》杂志，成为日本"新感觉派"作家的代表。1968年获诺贝尔文学奖。1972年自杀。主要作品有小说《雪国》《古都》《千只鹤》，散文集《我在美丽的日本》等。

的遗迹。伊豆，是男性火山之国的代表。此外，热海的间歇泉，下加茂峰的吹上温泉，拍击着半岛南端的石廊崎的巨涛，狩野川的洪水，海岸线的岩壁，茂盛的植物……所有这些，都带着男性的威力。

然而，各处涌流的泉水，使人联想起女乳的温暖和丰足，这种女性般的温暖与丰足，正是伊豆的生命。尽管田地极少，但这里有合作村，有无税町，有山珍海味，有饱享黑潮和日光馈赠、呈现着麦青肤色的温淑的女子。

铁路只有热海线和修善寺线，而且只通到伊豆的入口，在丹那线和伊豆环行线建成之前，这里的交通很是不便。代之而起的是四通八达的公共汽车。走在伊豆的旅途上，随时可以听到马车的笛韵和江湖艺人的歌唱。

主干道随着海滨和河畔延伸。有的由热海通向伊东，有的由下田通向东海岸，有的沿西海岸绵延开去，有的顺着狩野川畔直上天城山，再沿着海津川和逆川南下……温泉就散缀在这些公路的两旁。此外，由箱根到热海的山道，猫越的松崎道，由修善寺通向伊东的山道，所有这些山道，也都把伊豆当成了旅途中的乐园和画廊。

伊豆半岛西起骏河湾，东至相模湾，南北约五十九公里，东西最宽处约三十六公里，面积约四百零六平方公里，占静冈县的五分之一。面积虽小，但海岸线比起骏河、远江两地的总和还长。火山重叠，地形复杂，致使伊豆的风物极富于变化。

现在，人们都那么说，伊豆的长津吕是全日本气候最宜人的地方，整个半岛就像一个大花园。然而在奈良时代，这里却是可怕的流放地。到源赖朝举兵时，才开始兴旺发达起来。幕府末期，曾一度有外国黑船侵入。这里的史迹不可胜数，其中有范赖、赖家遭受禁闭的修善寺，有掘越御所的遗址，有北条早云的韭山城等。

请不要忘记，自古以来，伊豆在日本造船史上，发挥着重大的作用，这正因为伊豆是大海和森林的故乡啊。

[陈德文 译]

◇最美的散文

作品赏析

情感真挚,清新婉约是川端散文的一贯风格,而在《我的伊豆》中,体现得尤为明显。这不仅仅是因为作者具有深厚的文学修养和高尚的审美情趣,更重要的是他对伊豆所寄寓的拳拳爱恋。情感融入笔墨之中,流出的文字自然会优美动人。

文章的开头,作者用了一组整齐而富有诗意的排比,层层推进,把伊豆不同凡响的魅力概括给读者。接下来,作者以轻盈飘逸的笔触,绘声绘色地描述着伊豆的质感与韵律。伊豆胜景颇多,但作者却不是毫无重点地泛泛而谈,他围绕着伊豆最负盛名的火山和温泉洒墨,笔力酣畅。用人们所熟知的男性美来比喻火山,用女性美来比喻温泉,一雄放一婉约,相映相衬,引人入胜,显示了作者的大手笔。山水本无灵性,但是经过艺术家的慧眼关照、心灵体察之后,就被赋予了生命力。伊豆正是这样一个幸运儿,在川端康成的笔下,伊豆是美丽、诗意的,更是灵动、鲜活的。

文章的结构严谨而清晰,结尾处两段与开头遥相呼应,既使文章紧凑浑然,又强化了主题。这篇文章的语言优美而传神,极具艺术表现力。"温泉就散缀在这些公路的两旁",一个"散缀",既表达出了状态,又富有动感。而描写火山与温泉的部分,更是处处有神来之笔。

母亲架设的桥 /（日本）水上勉

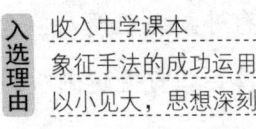

入选理由
收入中学课本
象征手法的成功运用
以小见大,思想深刻

孩提时,母亲常领我去峡谷深处,让我坐在一领蓑衣那么大的一块小小田塍上,自己浸没在齐膝的水田里插起秧来。这峡谷,背着阴,每天的日照不过三小时。这在村里,也是块十分贫瘠的谷地,我家就在这样的山谷口。谷里也有旱地。这儿,母亲种上甘薯、萝卜之类。上那儿去,中间有条很深的小溪。上面架着桥,可每当发起了大水,就常会被冲毁,母亲就常去修桥。因为这是母亲独自干活的峡谷,没法儿去托赖那众多邻居。到那天,擅长修建寺庙和神社的木匠大伯,就必定从那儿归来,从山里砍来两根圆木,横在狭窄的小溪上,上面排好栗木板,堆上土。之后,叫我们兄弟踩结实,就成了一座坚固的红木桥了。约莫过了一年,土桥旧了些,桥边杂草丛生,杂草下,露出一排排白色缺口。后来,桥再变旧,栗木会腐烂,一看,桥的背面,竟长满了蘑菇。母亲把这些采了来,给我们做饭盒里的菜肴吃。母亲在她的一生中,把这座通向有关自己一家生计的小桥,不知修过了多少回!峡谷是常有台风经过的地区,想来也修过了十回左右吧。不论哪天架的,这座桥总是在圆木上堆着土,长起蘑菇来。

我在九岁时与母亲离别。在京都的寺院当了个小沙弥,可一想起故乡,母亲架设的桥就会在心中浮现。那座桥,至今依然历历在目。在我外出的旅途中,每当火车通过这类山谷时,依然也会浮现。啊,在日本这样的国土上,独多这样一类的深谷和山冈。无论是在青森、四国或九州,都曾见到我故乡那样的峡谷。而在那些山谷间,朝着深处去,也必然有小桥架设着。

为了微薄的收成,母亲尽心尽力架起了这座桥。这是由此取得我们一家的口粮,可以说,是性命攸关的一座桥。因此,那桥,不论修得如何简陋,可仍是美好的啊!

作者简介

水上勉(1919—2004),日本作家。出生在福井县大阪郡,家境贫寒,少年时代曾到京都相国寺当和尚。后逃出寺院半工半读上完了中学。当过店员、推销员、校对等,熟悉日本下层社会的生活。1948年发表处女作《平底锅之歌》。他的代表作有长篇小说《雁寺》《饥饿海峡》《一个北国女人的故事》,短篇小说《西阵之蝶》等。

如今，并无须特意去鉴赏那村上华岳或富冈铁斋的名作，单看到乡村画师所绘的山水画，上面画了露出圆木缺口杂草丛生的桥，便不由得会潸然泪下。

热田的精进川上，架着一座名叫裁断桥的古桥，桥上镶着铭文的青铜葱花纹雕饰。其铭文如下：

天正十八年二月十八日，吾儿堀尾金助奉命出征小田原阵亡，年一十有八岁。相见无日，哀痛何似。今日当此桥落成，其母躬自涕泣，祈彼即身成佛。凡见此缘由人等，伏乞口诵逸岩世俊，祈求冥福，永世勿替。卅三年忌辰日敬立。

这是为随丰臣秀吉出征小田原死难的名叫堀尾金助的青年33周年忌辰时，其母为他施舍架成的一座桥。我为这桥落泪，是相隔很久以前的事，读者可能认为那时的我未免太多情了吧。

由虔诚的心架设的桥是美丽的。尤其是，此处裁断桥的铭文，若是日本人，我想读了是不会不为此含悲的吧。

作品赏析

文章篇幅短小，但却构思精巧，感情饱满。这得益于象征手法的成功运用。作者是要赞美母亲，却意在此而言在彼，着墨于母亲架设的红木桥。桥是文章的中心意象，作者抓住了桥的具体特征：这是一座生活之桥，帮助家人渡过艰难岁月。而在作者的心里，母亲更是架设了一座精神之桥，引导"我"去走自己的人生之路。桥的特征与作者心中的母亲形象契合，而作者内心的这种感情又是人皆有之的普遍情愫，所以容易引起读者的共鸣，感人至深。在文章的最后，写到一位母亲为阵亡的儿子架成的裁断桥，"祈彼即身成佛"，与其说是这座桥在引导他的灵魂，不如说是伟大的母亲在引导。母亲架设的桥，桥就是母亲的化身。桥与母亲融为一体，而"我"的母亲又和普天之下所有的母亲形象叠印在一起，文章的感情与主旨都升华到了另一个高度。

也许由于他的生活背景，这篇作品具有佛家的感悟，也有了对母亲的人生之于儿女价值的独特理解，因此获得了令人感动的普遍意义。

父亲的形象 / （日本）芥川比吕志

入选理由
怀念芥川龙之介的散文典范
在平铺直叙中蕴含着无限深情
从多个角度刻画了人物的形象

父亲去世时，我才八岁。在此之前不久，我刚能借助母亲或祖父的讲解，一知半解地读读父亲写的童话。不过，我并不是对故事本身有什么兴趣，而是出于孩子的好奇心理，想了解了解父亲在我颇陌生的范围里是什么形象。寄给父亲的《赤鸟》和《金星》等杂志，都用牛皮纸紧卷成筒状，撕去外面的牛皮纸时，总得留神别把其中的杂志一起撕破。杂志被卷后，纸张不能平舒，当我一页一页翻弄着这些不易翻过去的书页时，突然会现出"芥川龙之介作"的字样，这使我兴奋不已；而故事本身给我的感受，就相形见绌，像水一样淡而无味了。因为我当时还没有能力欣赏这些故事。

此外，在我溜进父亲的书房时，心里也会出现这类兴奋。父亲的书房在二楼，有八铺席大，我基本上是不去的。我从昏暗的楼梯口向上看，只能看到拉门上的半个圆窗。我感到可亲的，也就是这半个圆窗而已。有时

作者简介

芥川比吕志（1920—1981），日本现当代作家、著名演员，芥川龙之介之子。

候，我见父亲不在家，便不让任何人察觉，轻手轻脚地溜上楼去；悄悄潜入父亲的书房。这书房与家中的其他房间迥然不同。在这间书房内，有一种特别的秩序井然的感觉。一跨进书房，会感到自己也变得不同寻常了。书房的墙边虽然也放着柜子，但不像其他房间那样总是收拾得整整齐齐，而是堆着各种书籍，书籍成了房间的中心。书房中央的明亮地方铺着青色的地毯，互为直角地放着紫檀木做的小桌几和长火盆，背后的两侧堆着一些作废的草稿、炭笼、书堆、置放信件的木盒和藤的字纸篓。桌几对面放座垫的地方，很自然地形成低洼状，它给人留下了父亲已外出的气氛。墙壁处的书架上，排满了书籍，略高处的壁龛前，放着壶和盆。我记得自己总是不胜惊奇地望着这书房里丰富多彩的内容。我也总是感到这里有一种令人心旷神怡的香味，这是烟草香、书香以及另外什么香味的混合体。为了品尝一下阳光透过拉窗沐浴在地毯上的暖气，我有意把脚紧擦着地毯，拖行了一阵。

父亲去世后，我更加喜爱看书了。随着年龄的增长，我也渐渐能看懂父亲所写的作品了。比如那篇童话《白》，无非是一则奇妙的故事，说一只白狗变成黑狗，后来又变回白狗。但是不知不觉中，我发现这是一则悲壮的故事，它是写一只胆怯的狗不拯救朋友，后来遇到了一系列痛苦的事情（当然，我领会故事的真正涵义，是很久以后的事了）。除了童话之外，我也渐渐接触父亲的其他作品。我读《孩子的病》和《蜃气楼》之类的小说，为时相当早呢。这大概是因为这些小说中写到了我所熟悉的母亲、弟弟、祖母等人物的关系吧。同时也说明我依然是想听听父亲在我所熟悉的范围里讲了些什么吧。

我小时候在圣学院附属的幼儿园里待过。对一个孩子来说，幼儿园是相当远的，我总是由祖父或女仆接送。在孩子们的接送者中，有的是坐等孩子们唱歌、游戏等活动结束后一起回家的；有的是先回家、到时再来接的；而在等着接孩子的时候，人们往往待在院子里织毛线或看书，也有人爱走到教室外的走廊上，透过玻璃窗户观看孩子们上课的情形。每到将要放学的时候，走廊上的人会越聚越多。这时，孩子们总是忍不住要往窗户外瞅瞅，于是，时常遭到老师的训斥。

圣诞节那天，我们要演圣诞剧，我饰牧羊人。我的台词只有一段："啊，瞧那圣光，听那圣乐！大家跪下来听神的教导吧。"为了能大声地背诵出来，我努力地练习着。

一天，我们像平时一样排练着圣诞剧——五个牧羊人同羊群一起献丑、天使们翩翩起舞、三位博士登场、合唱团唱起赞美歌……排练顺次往下进行，最后，大家跟随着高声奏出的管风琴声，围成一个大圆圈，载歌载舞地前进。这时，司空见惯的教室也好像在以一定的程度旋转，总给人一种新鲜的感觉。

这天，我沉醉在这种像玩旋转木马似的兴奋中，眼前晃过弹管风琴的老师、选贴在墙上的图画、走廊上的人群、火炉、滑梯、枯了的藤蔓棚架、留声机、白色的窗帘、管风琴……这些景物随着歌声一一进入我的视线，继而一一逝去，然后再度出现。突然，父亲的面影出现在这些景物中，使我不胜吃惊。歌声仍在继续，我一面随着歌声前进一面努力回头朝窗户外的院子方向张望，但是光线不对头，玻璃窗外的景物一点看不清楚。不一会儿，我又转到了管风琴旁，能够瞧见玻璃窗外的情况了——果然是父亲！

父亲夹杂在三四个像是畏寒而挤成一排的接送者中，身子略向前倾，透过玻璃窗户望着我。在那些接送孩子的妇女中，父亲的高身材犹如鹤立鸡群，这使我感到纳闷：从前我怎么会没有发现这一点呢！父亲身穿黑色的和服外套，没有戴帽子。在我俩的目光碰到一起时，他轻轻地点点头，脸上露出了微笑。当我又转往远离院子的方向去时，我已没有什么不安，不但没有回头探望，反而有力地挥舞着手臂，大声地唱着赞美歌向前舞去。转到管风琴前，我见父亲仍在微笑，仍在向我轻轻地点头示意。

父亲的这一形象之所以会特别清晰地铭刻在我的脑际，看来是由于发生的地点和情况都很特殊的缘故吧。在平时见惯的多为妇女聚集的窗外走廊上，突然看到了父亲的身影，这是我做梦也没有想到过的事。在我的思想里，父亲到幼儿园来这件事本是属于不可能发生的。看来，父亲是把我在幼儿园里的形象视作他的未知世界里的儿子的形象，正如我把二楼书房里的父亲视作我的未知世界里的父亲一样。

不过仔细想想，在父亲去世后，我也屡屡经历过与此极相似的感受。我在中学求学时，从教科书上读到了父亲写的《戏作三昧》（当然，教科书上只是选录了一些章节），简直没有兴趣读第二遍。后来，我把这篇小说的全文读了，还是没有多大的感受。不料几年之后，当我第三次读它时，我总算、而且是突然在其中辨出了父亲的形象。这种情况并不限于《戏作三昧》，也并不限学生时代。时至如今，我也会在读父亲的作品中顿时领悟到那出乎我意料的心境。特别是读他的晚年作品，这种现象所在多有。

父亲的形象是客观存在的，问题是自己尚没有看到而已。

我曾同父亲一起上街散步。黄昏时的大街上，有不少衣着华丽的西洋人在漫步。父亲曾给我买过蓝色、黄色的洋蜡烛。

但是，我同父亲在轻井泽的那段没有任何家人在场的生活，父亲基本上把我丢在一旁了。而我也没有感到特别的不满，每天清晨望望笼罩着山麓并缓缓飘动的雾气，也是新鲜而有味的事。

有一天晚上，父亲对我说：

"爸爸今晚有点儿事，得出去一下。"

"到哪儿去呀？"

"同别人家的叔叔一起吃晚饭，你要听话，乖乖地待在屋里。"

我伫立在楼下房间里垂着厚质窗帘的地方。不远处有一只台球盘，三四个客人在打台球，不时传来台球撞击时发出的清脆响声。我不由得害怕起来，把已经旧了的大窗帘裹在身上，望着黑魆魆的窗外。窗外的常春藤在风中摇曳。这时，身后的台球盘那儿突然爆发出一阵笑声，使我联想起在别人家的屋子里听众多来客喧哗、大笑的情景，这同外国电影中的宴会场面十分相像。我觉得父亲也夹杂在其中大笑，不禁悲从中来，裹着窗帘，放声哭起来。因为我感到父亲离我是那样地远，我感到他同那些我根本不认识的人在一起。

当时，父亲的朋友堀辰雄闻声跑来，不放心地问我："怎么啦？你怎么啦？"

也不知过了多长时间，我看到父亲走进屋来。

父亲走近我身边，说道："是爸爸不好，是爸爸不好。喏，爸爸回来了，不要再哭啦。"

父亲轻轻地拍着我的脊背，反复地说着这些话。他的脸上露着微笑。

后门被猛力推开，住在附近的叔叔直奔中庭。踏脚石绊了他的脚，他踉跄着撞在松树上，水珠像雨点似的摇落下来。叔叔踢掉脚上的木屐，性急慌忙地奔进来，一眼看到祖父从吃饭间里出来，便抱着拉门，放声大哭了。这是父亲去世的那天早晨，我首先看到的情况。

当时，我还不清楚死究竟意味着什么，我没有怎么悲恸。

从鹄沼来的外祖母在走廊上看到我，把我紧紧搂在怀里，她的脸贴近我的肩膀，说着："小比吕，你爸爸……死了呀。"她忍泣吞声地哭了。我感到胸中像压着一块硬东西，也不明情由地泪水汪汪了。我真想说："我难受，我要走。"于是，我推开外祖母搭上来的手，独自藏到库房的阴暗处，不准自己流泪。说真的，我并没为父亲的死感到悲恸，而是长辈的悲恸感染和影响了我。当我听到有人对我说："你爸爸还在睡觉，你要听话呀。"我是完全信以为真的。接着，他又对别人说："过些日子，还是把孩子带到鹄沼去吧。"

父亲躺在我的眼前（不是躺在二楼的书房里，而是躺在楼下的也是八铺席大的书房里，这间书房是后来增设的，比二楼的书房暗得多）。他安静地闭着眼，挺直身子仰卧着，不过，嘴巴张得有点儿异常。我觉得父亲这样躺着，真像个孩子。

我觉得，自己从来没有这么近地看过父亲，简直是纤毫无遗。父亲呢，他也不会因为我的仔细观察而产生任何反应。当时，我见父亲胸部的衣服往上高高鼓起，心里不胜诧异。边上的人告诉我，这是因为父亲把手交叉着放在胸前的缘故。这时，我见一位身穿和服的长辈坐在父亲身边，俯首哭泣，还屡屡用手指擦拭泪水，加之父亲胸部高高鼓起的异常形态没有一丝改变，这不得不使我感到：父亲是有些不同寻常了，父亲身上是发生什么变故了。

时间过得真快，父亲去世已有19年了，7月24日又将来临。父亲要是活着的话，今年是55岁。但我无法描绘出55岁的父亲该是什么模样，再说，追求这种形象又有什么用呢？田端町的老家已经不复存在，位于鹄沼的旧居，从前是："院子角落的铁丝网里侧有好几只白色的莱克亨鸡在静静地散步""可以望见远处墙篱外的松树林"，现在呢，周围的房屋纷纷拔地而起，院子里种有各种蔬菜；屋内的桌几上放着父亲写下的那不会再改变的全集。

[吴树文 译]

作品赏析

《父亲的形象》是芥川比吕志对其父的怀念之作。他的父亲芥川龙之介，在日本文坛素有"鬼才"之称，在短短的一生中，创作丰盛，尤其是短篇小说，多被奉为经典，极大地丰富了日本现代文学。他自杀身亡时，芥川比吕志不过是个8岁的孩子，却能在19年后写下《父亲的形象》这样的精品，足见其深情，也足见其高超的艺术表现力。

文章的结构并不精巧，作者围绕对"父亲的形象"逐渐清晰的认识展开叙述，在平铺直叙中，把人物形象刻画得鲜活生动，关键在于作者从多个角度来丰富形象。首先，其父是名作家，对他的怀念自然是离不开对其作品的解读。最初他以一个孩子好奇的心态去了解"父亲在我颇陌生的范围里是什么形象"，直至多年以后，他突然从父亲的作品中"辨出了父亲的形象"。水波不惊的叙说中,深沉的感伤氤氲四周。其次,生活中的父亲形象,他描绘了三个场面。在写父亲到幼儿园接"我"、父亲安慰哭泣的"我"的时候,作者均写到了"父亲的微笑",这决不是漫不经心的随意落笔,与后面父亲去世后的情形形成鲜明的对照,那种落差所引起的情感起伏、作者心中的悲痛,溢于言表。结尾处再次运用对比手法,世事变幻的沧桑、物是人非的痛楚,传达着绵远而悠远的韵味。

奶奶 /(美国)布莱德伯里

> **入选理由**
> 美国科幻作家布莱德伯里的散文佳作
> 文章写得相当精致,行文唯美,情感真挚深厚
> 思虑纵横,读来颇让人心潮起伏

她是个女人,手里拿着扫帚、畚箕、抹布,或是汤匙。你看她早上哼着歌儿切馅饼皮,中午往餐桌上送新出炉的馅饼,黄昏收拾吃剩的冷馅饼。像个瑞士摇铃手叮叮当当地把瓷杯摆放整齐。又像个真空除尘器,一阵风走过每一间屋子,找出没弄好的地方,把它弄弄整齐。她只须手执小泥刀在花园里走上两趟,花儿就在她身后温暖的空气中燃起颤巍巍的红火。她睡得极安静,一夜翻身不到三次,舒坦得像一只白色的手套。但是天一亮,手套里插进了一只精力充沛的手。她醒着时总像扶正画框一样,把每个人都弄得端端正正。

可是,现在呢?

"奶奶。"大家都在喊,"祖奶奶。"

现在她仿佛是一个庞大的数学算式终于算到了底。她填满过火鸡、家鸡、鸽子的肚子,也填满过大人、孩子的肚子。她洗擦过天花板、墙壁、病人和孩子。她铺过油毡,修理过自行车,上过钟表发条,烧过炉子,在

一万个痛苦的伤口上涂过碘酒。她的两只手忙忙碌碌、做个不休,这里整一整,那里弄一弄。把垒球和鲜艳的捶球棍放回原位,给黑色的土地撒上种子,给馅饼包皮,给红烧肉浇汁,给酣睡的孩子盖被,无数次地拉下百叶窗、吹熄蜡烛、关上电灯——于是,她老了。回顾她所开始、进行、完成的30亿件大大小小的工作,归纳到一起,最后的一个小数加上去了,最后的一个零填进去了。现在她手拿粉笔,退开了生活,她要沉默一个小时,然后便要拿起刷子,把这个数字擦去。

"我来看看,"祖奶奶说,"我来看看……"

她不再忙碌了。她绕着屋子不断转来转去,观看每一样东西。最后,她到了楼梯口,谁也没有告诉一声便爬上了三道楼梯,到了她的屋子,拉直了身子躺下,准备死去。像一个化石的模印打在越来越冷的雪一样的被窝里。

"奶奶!祖奶奶!"又有声音在叫她。

她要死了。这消息从楼梯间直落下来,像层层涟漪,荡漾进每一间屋子。荡漾出每一道门,每一个窗户,荡漾进榆树掩映的街道,来到苍翠的峡谷口上。

"来呀!来呀!"

一家人围到她的床边。

"让我躺躺吧。"她轻声地说。

她的病痛任何显微镜也查不出来。那是一种轻微的然而不断加重的疲

作者简介

布莱德伯里,1920年出生于美国伊利诺伊州。他从小就爱读冒险故事和幻想小说,12岁开始练习写作。1943年起从事专业写作,3年后获得"最佳美国短篇小说奖"。迄今已出版短篇小说集近20部,其中较著名的有《火星纪事》《太阳的金苹果》《R代表火箭》《明天午夜》等。布莱德伯里除了写科学小说外,还写剧本和社会小说,他曾将美国古典文学名著麦尔维尔的《白鲸》改编成电影剧本。

倦，一种压在她那麻雀样身上的朦胧压力。困倦了，更困倦了，困倦极了。

她的孩子们和孩子们的孩子们仿佛觉得她如此简单的动作——世界上最轻微的动作，不可能引起这样严重的恐慌。

"祖奶奶，听我说，你现在不过是在闯过难关。这屋子没有你是会塌的呀！你至少得让我们有一年的准备时间。"

祖奶奶睁开了一只眼睛，90岁的岁月像是沙尘鬼从迅速撤空的屋顶上的窗口飘了出来，静静地望着她的医生。

"汤姆呢？"

汤姆被送到她那悄声低语的床边。

"汤姆，"她说，声音微弱而辽远。"在南海的岛屿上每个人都有这么一天。那天到了，他自己也明白，于是他和亲友们握手告别，坐上帆船离开了。他走了，那是很自然的——他的时候到了。今天也是这样。我有时非常像你，星期六要看日场演出，到晚上九点才回来，还得打发你爸爸去接你。汤姆，当你看到同样的西部英雄在同样的高山顶上跟同样的印第安人打仗的时候，那就是离开座位往剧院大门走的时候了，你必须毫不留恋，不要回头。因此，我也该在看得津津有味的时候离开剧院了。"

第二个被叫到身边来的是道格拉斯。

"奶奶，明年春天叫谁去给房顶换木瓦呢？"

从有日历以来每年四月你都以为听见啄木鸟在啄屋顶。不，那是奶奶心醉神迷地哼着小曲在钉钉子。是她在九霄云里给房顶换木瓦！

"道格拉斯，"她细声细气地说，"不觉得盖屋顶挺有趣的人就别让他去盖。"

"是，奶奶。"

"到了四月，你向四面看看再问：'谁愿意盖屋顶去？'谁脸上放出光彩你就叫谁去，道格拉斯。在房顶上你可以看到全城的人往乡下走，乡下的人往天边走，往波光粼粼的小河上走；还看得到清晨的湖泊，脚下树梢上的小鸟。最舒畅的风在你周围呼呼地吹。这些东西哪怕只是为了一样，也值得找一个春天的黎明往风信鸡那儿爬一趟。那是很动人的时刻，只要你有机会去试试……"

她的声音低弱了，像在轻轻地颤动。

道格拉斯哭了。

她鼓起劲来。"唉呀，你哭什么？"

"因为，"他说，"你明天就不在了。"

她把一面小镜子转向孩子。在镜子里他看了看她的脸，看了看自己的脸，又看了看她的脸。她说："我要在明天早上七点钟起床。我要把耳朵后面洗干净。我要跟查理·伍德曼一起跑到教堂去。我要到电气公园去野餐。我要去游泳。打着光脚板跑。从树上落下来。嚼薄荷口香糖……道格拉斯，道格拉斯，你真丢脸！你剪手指甲吧？"

"剪的，奶奶。"

"你的身子每七年左右就全体更新一次，指头上的老细胞，心上的老细胞都得死去，新的细胞长出来。你不会为这个哭吧？不会为这个难过吧？"

"不会的，奶奶。"

"那么，你想想看，孩子。那把剪下的手指甲收藏起来的人不是个傻瓜么？你见过把蜕去的蛇皮保存起来的蛇么？今天躺在这里的我也就跟手指甲和蛇皮差不多，一口气就能把我吹得片片飞落。重要的不是躺在这儿的我，而是那个坐在床前回头望我的我，在楼下做晚饭的我，躺在车房汽车底下的我，在藏书室里读书的我。起作用的是这许许多多的新我。我今天并不会真正死去。人只要有了家就不会死了，我还要活许久许久。1000年后会有多得像一座城市的子孙，坐在橡胶树阴里啃酸苹果。谁拿这种大问题来问我，我就这么回答他！好了，快把别的人也都叫进来吧！"

全家人来齐了，站在屋子里等着，像是在火车站给旅客送行。

"好了，"祖奶奶说。"我在这儿。很荣耀。看见你们围在我床边，满心欢喜。下一周该让孩子们给园子松土和打扫厕所，也该买衣服了。既然你们为了方便起见称之为祖奶奶的那一部分我不会在这儿督促你们了，我的另外的部分，你们称作贝特大伯、利奥、汤姆、道格拉斯等等的部分，就要接过我这项工作。每个人都会有自己的工作。"

"是的，奶奶。"

"明天不要举行什么告别仪式，也不要为我说些动听的话。这些话我在自己的日子里已经满怀骄傲地说过了。一切食物我都吃过了；一切舞我也跳过了。现在我要吃下最后一个我还没尝过的糕饼，用口哨吹出最后一曲我还没吹过的小调。但是我并不害怕。我还真感到好奇呢！我要把它吃得干干净净，不会在嘴边给死亡留下一点点碎屑。不要为我难过。现在，你们都走吧，我要去寻找我的梦了……"

门在某个地方静静地关上了。

"我好过一点了。"在温暖雪白的亚麻布和毛毯铺就的被窝里，她感到舒适宁贴。贴花被子的颜色和往日马戏班的旗帜一样斑驳陆离。她躺在那儿，感到自己还很小、很神秘，好像80多年前的某些早晨一样。那时她一觉醒来，在床上心满意足地伸伸她的嫩胳膊嫩腿。

很久很久以前，她想，我做了一个梦，做得正甜时却不知叫谁弄醒了——那就是我出生的日子。现在呢？我来想想看……她的心又问到过去。那时我在哪儿？她努力回忆。我到哪儿去寻找那失去的梦？它的线索在哪儿？它是什么模样？她伸出一只小手。在那儿！……是的，那就是它。她微笑了。她在枕头里转动转动脑袋，让它更深地埋进温暖的雪堆里。这样就好些了。现在，是的，她看见它在她心里静静地形成，平静得像沿着蜿蜒无尽的岸滩流淌的海洋。她让那久远的梦碰了碰她，把它从雪堆里举起，让她从那几乎被遗忘的床上飘了起来。

在楼下，她想到，他们在擦银器，在清理地窖，在打扫厅堂。她听得见他们在屋子的每一个角落生活。

"好的。"祖奶奶小声地说，梦把她飘了起来，"像生活中每一件事一样，这是恰当的。"

大海把她送回到岸滩边上。

[孙法理 译]

作品赏析

我们总会将布莱德伯里的《浓雾号角》与日本作家简井康隆的《邪恶的视线》相提并论，因为他们都能在文学中渗进思维的战栗，让我们在不知不觉中领受住生命的意义和关于存在的不懈思考。

在《奶奶》一文中也同样地展露了作者对生存在这个喧嚣世界的态度：做好该做的每一件事，让自己的心灵时刻安详，时刻无所畏惧，特别是在文章的最后一部分作者以相当的笔墨为我们渲染了奶奶去世的那一瞬间，她的叮嘱让她的生存感念在子孙后代的身上能够很是自然地延续下去。

文章的结构明显是做过小说化处理的，《奶奶》作为一篇散文显得相当奇怪，就像一篇小说，但它又明显是回忆，思绪缥缈无定，将奶奶的一生和临终前的点点滴滴尽数委婉地表达在我们的面前。这样做的好处在于不仅仅为我们展现了一个动人的人物形象，更是为我们点破了生存的处事意义：整个家庭井然有序，就像作者所说的数学算式一样，一点也不可马虎。而在语言的运用上，有回忆的甜蜜，也有回忆的哀愁，语到情至，使文章的情感格调顿然得到提升，就像文章中作者所说的：这是一个精神的象征，却在瞬间将化为灰烬，虽然可敬却也同样让人感伤。

奶奶的生活态度，让作者记忆犹新，他永远不能忘记是奶奶给了他生活的原型：做人要承担好自己的责任，从不马虎应对生活的每个细节哪怕它再细小，这样的话生活就可以坦然了，没有什么可以让自己害怕的，没有什么可以牵挂的。

白草 / （苏联）邦达列夫

> **入选理由**
> 邦达列夫的散文名篇
> 富有风情的景物描写
> 笔调舒缓而富有表现力

我们的河上有一些那样幽静偏僻的地方，如果穿过树木互相纠结、而且到处长满荨麻、简直无法通行的密林，坐到水边，那么你会觉得自己是处于一个孤独的、完全与世隔绝的世界。

以最草率的目光来看，现在世界仅仅是由两部分构成的：绿荫和水。然而就连水里，映照在它那整个镜面上的，也同样是一片绿荫。

现在让我们一点一点地扩大我们的注意力。于是几乎与看到水和绿荫的同时，我们看到，不管河道多么狭窄，也不管树枝怎样在河床上方纵横交错、密密地纠结在一起，但在创造我们这个小天地的过程中，天空仍然起了一定的作用，而且这作用并不是微不足道的。它时而是灰色的——这是在天刚蒙蒙亮的时候，时而在灰色中透露出一点儿玫瑰红，而在庄严的日出之前，它又变成了一片鲜红色，有时它又是金中透蓝，最后变成一片蔚蓝，在盛夏季节晴朗的日子里，它就应该是这个样子。

注意力再继续扩大一些，于是我们清清楚楚地分辨出：我们觉得似乎只不过是一片绿荫的一切，完全不只是单纯的绿色，而是一些可以细细区分的、十分复杂的东西。真的，如果在水边铺开一块平坦的绿色帆布——那才真叫美哩，那才真是妙不可言，望着这平坦的绿色帆布，我们真要情不

作者简介

邦达列夫，1924年3月15日生于奥尔斯克市，苏联作家。主要作品有长篇小说《寂静》《热的雪》和《岸》等。

自禁地赞叹说："这真是地上天堂啊。"

从树上伸出一根炭一般黑的弯弯曲曲的老树枝，悬挂在水面上。当初它也曾在风雨中喧哗，而现在却已默默无声。它那春天的嫩叶也曾被雨点打得簌簌颤抖，而现在它已不再颤栗，它已经把闪闪发光的鲜黄的叶子统统撒落到水里，把它们挥霍光了。炭一般的黑影倒映在水上，只是在遇到睡莲的圆叶的地方，才会被莲叶切断。

这些睡莲叶的绿色和四周映在水面上的树荫大不相同，也不可能和它们融成一片。

稠李的未来的浆果，个儿已经长足了。现在它们光滑而又坚硬，简直像是用绿色的骨头雕成，再磨光了似的。

爆竹柳的叶子，有时让人看到它翠绿的正面，有时却翻转来，露出无光泽的银白色的背面，因此整棵爆竹柳，它的整个树冠，可以说，在总画面上看上去好像一个明亮的斑点。

水边长着野草，它们都朝一边弯着腰。但后面的草却似乎踮起脚尖，竭力伸着脖子，哪怕是从同伴们的肩后探出头去，但一定要看到水。这里有荨麻，也有一些很高的伞形野花，我们这儿谁也不知道它们叫什么。

但为美化我们这个与世隔绝的小天地出力最大的，是一种高大的、开白花的草本植物，它的花华丽极了。也就是说，每一朵单独的小花都很小，简直不易察觉，但每一根草茎上，花都多得不计其数，形成一顶十分华丽、稍有点儿发黄的白色花冠。因为这种草从来都不是一棵一棵地单独生长，所以华丽的花冠汇合在一起，简直像一片白云凝聚在静止不动的林间草地上，睡意正浓，还有一个原因，使人不可能不注意它，不可能不欣赏它；只要太阳一把它晒暖，就有一团团看不见的轻烟，一阵阵浓郁的蜜香，像无形的花朵，从这白色的花之云上飘向四面八方。

看着大片大片华丽的白花，我常常想，这是一种多么荒谬的情况啊：我是在这条河上长大的，在学校里也教会了我一些东西；每次我都看到这些花，不仅是看到，而且能从其他花中认出它来；可是要是问我，它们叫什么，我却不知道。不知为什么，一次也没听到其他也是在此地长大的人提到过它叫什么。

蒲公英、母菊、矢车菊、车前草、风铃草、铃兰——对这些，我们的知识还够用。我们还能叫得出它们的名字。不过，为什么立刻就下结论呢，也许，只有我一个人不知道吧？不，不管我指着白花问村里的什么人，农民们都摊开双手说：

"谁知道呢。它们长在河边，树林中的谷地里，凡是比较潮湿的地方，都多得很。可是叫什么……你干吗要问它呢？花就是花，既用不着收割，也用不着脱粒，也用不着向国家交售，不是吗？就是没有名字，闻闻它还是可以的。"

我要说，一般来说，我们对于大地上周围的一切都有点儿漠不关心。不，不，当然啦，我们都喜欢说，我们爱大自然，无论是这些小树林，小丘，泉水，还是夏天半空中红艳艳的温暖的晚霞，我们都爱。啊，当然啦，还有采集一束鲜花。啊，当然啦，还有倾听鸟鸣，当森林里还是一片墨绿，黑得几乎让人感到凉意的时候，侧耳倾听在金色的林端卖弄歌喉的小鸟的啁啾声。还有去采蘑菇，钓鱼，还有：就这样躺在草地上，仰望空中飘浮的白云。

"喂，现在你这样无忧无虑，怡然自得地躺在草上，这种草叫什么啊？"

"什么叫什么？草。啊，那里……大概是什么冰草，要不就是蒲公英。"

"这儿哪有什么冰草啊？这儿根本没有任何冰草。你再仔细看看。就在你身子底下长着二十来种各式各样的草，它们每一种都有自己的名称，不是吗？咱就不说它们当中每一种都有什么让人感兴趣的地方了：要么是它的生活方式，要么是因为它能治病。不过这已经似乎是我们的智慧无法理解的奥秘了。这些就让专家去研究吧。可是不妨知道它们叫什么名称啊，仅仅是普通的名称。"

从四月起直到开始出现霜冻，在我们树林里到处都有的250种蘑菇（顺便说说除了很少几种以外，几乎都是可以吃的），我们认得出、叫得出名称来的，未必有四分之一。

关于鸟，我就不谈了。有谁能够肯定地告诉我，这三只鸟中哪一只是欧鸲——反舌鸟，哪一只是鸫鹟，哪一只是白腹鸫呢？当然啦，会有人能断定的，但是不是每一个人都能呢？是不是三个人里就有一个人，是不是15个人里就有一个人能够肯定呢——问题就在这里。

……在莫斯科遇到了我的朋友和同乡（邻村的人）沙夏·柯西岑，我们立刻回忆起我们的故乡来，我们回忆起叫作"母鹤"的森林，回忆起那条叫作沃尔夏的小河，还有消失在"母鹤"中的多尔吉深渊。

"人们最喜欢'母鹤'里面的芳香，"沙夏·柯西岑愉快地眯起眼来，回忆说，"随便哪里，随便在哪一条河上，随便在哪一座森林里，我都没闻到过这样的香味。不能单独地分别说，这是荨麻的香味，或者是薄荷的清香，要么是这个……它……嗯你知道的，那种白草……很华丽的，嗯，你知道我说的是什么……"

"我知道你说的是什么，不过我自己有100次打算问你，这种草叫什么。原来你把它的名字忘了。"

"不知道，而且也忘了，"沙夏笑着说。"总之，不妨打听一下。你该问问村里的当地人，会告诉你的。"

"难道我没问过吗？问过好多次了。"

"我想起来了，得去问我父亲。不是吗，他当过四年护林员，他什么都知道。规定要让他们，让护林员收集各种树籽和其他植物的种子。他在看这方面的书。对，对，你和我父亲可不能开玩笑。要知道，在这方面，他什么都知道得一清二楚。至于这种草——那还用说吗。我们住的那座看林人小屋周围，简直就是个植物园。"

有一年夏天我和沙夏在村里见了面，他那位无所不知、无所不晓的父亲就在附近，甚至经常和我们坐在一张桌子旁边，我们却把我们那种香草给忘了。冬天我们在莫斯科又想起了它。我们悔之莫及：瞧，有可能打听出来了，却忘了问。第二年一定要问问这位从前的护林员。我们急不可耐，甚至急到了这种程度,想要赶快写封信去,甚至想发一封电报。

但我们想起白草,通常都是在晚上很晚的时候,不是在家里,而是在作客,在吃晚饭的时候,要不然就是在饭馆里,当我们沉醉于特别富有诗意的那一瞬间,特别鲜明地回忆起"母鹤"和沃尔夏的时候。大概只有这一点,才可以解释,为什么我们在三年当中既没有写信,也没有拍过电报吧。

有一次,我们所盼望的一切条件都凑齐了:我和沙夏碰在一起,巴维尔·伊万诺维奇就在我们身边,我们也想起了我们那简直像谜一样神秘的白草。

"对,对,对,"巴维尔·伊万诺维奇精力充沛地连声说,"怎么!难道我会不知道这种草吗!?它的茎中间还是空的。有时候,口渴得很,想要喝水,可是泉水在很深的雨水沟里。你马上砍下一根一米长的草茎,用它来吸水喝。它的叶子有点儿像马林果的叶子。花是白的,而且十分华丽。香味那个浓啊!有时候,你坐在河边钓鱼,百步以外就能闻到香味。怎么,难道我不知道这种草吗?!你呀,沙夏,难道你不记得了吗,河对岸我们的护林人小屋周围长了多少啊?割都割不完。"

"那么别折磨人了,你说,它叫什么。"

"白草。"

"我们知道它是白的,可是它的名称叫什么呀。"

"你们还要什么名称呢?比方说吧,我就经常管它叫白草。而且我们这儿大家也都是这样叫法。"

我和沙夏笑了,虽然,我是这样想的,这位经验丰富的巴维尔·伊万诺维奇并不完全理解我们笑的原因。白草——突然觉得好笑。你试试看,猜一猜这时候他们在笑什么吧。

[夏仲翼 译]

作品赏析

邦达列夫的文学成就主要体现在小说创作上,但是他的散文写作,同样很见功力。这篇《白草》就是很好的例子。文中描写的都是平凡之景,却传达了无限况味，体现了作者炉火纯青的艺术功底。

　　这篇文章可以说通篇无可指摘，处处有神来之笔。作者的观察很细致，描述也很细腻。写天空，从灰色到玫瑰红、从鲜红到金中透蓝再到蔚蓝，把盛夏季节中不同时分的天空颜色敏锐而精确地捕捉到了。再如同画家一般把它描绘出来，鲜活逼真。描写老树枝、浆果、爆竹柳的叶子，无一不是活灵活现，如在目前。然而作者并不是要空泛而没有重点地到处洒墨，他把笔力集中在那种平凡的几乎没有人知道名字的白草上，把它的魅力与神韵纤毫不差地呈现出来，使得平常之景在作者的笔下具有了高贵的艺术气质。"单独的小花都很小，简直不易察觉"，却映入了作者的眼帘，同样体现了作者观察的细致。"简直像一片白云凝聚在静止不动的林间草地上"，既写活了花的形态，又与周围的景色相映相衬，极富表现力。写花香，更是非同寻常的笔触，"只要太阳一把它晒暖，就有一团团看不见的轻烟，一阵阵浓郁的蜜香，像无形的花朵，从这白色的花之云上飘向四面八方"，原本抽象的花香，似乎已经向我们姗姗走来，这样的手笔，绝妙一词远不足以形容。更可贵的是，文章这样的妙笔俯拾即是。使得这篇文章如同一座绚丽的花园，令读者流连忘返。

达摩克利斯剑的灾难 /（哥伦比亚）马尔克斯

入选理由
魔幻现实主义的悲悯之作
诺贝尔文学奖获得者马尔克斯的演讲散文精华
以事实论证真理，情切感人

　　在最后一次爆炸后的一分钟，人类的一半多将会死去。各大洲将被熊熊烈火所吞没，为烟尘所遮蔽，世界重新被笼罩在绝对的黑暗之中。下着橙色的雨，刮着冰冷的飓风的冬天将倒转各大洲的时代，使河流改道。大海江河里的鱼类都在滚烫的热水中死去，飞鸟将难觅飞翔的天空。永久的积雪将覆盖撒哈拉大沙漠，广阔的亚马逊河流域将在被冰雹破坏的地球上消失，而摇滚乐和心脏移植的时代将回到它严寒的开初阶段。受了第一阵惊吓之后活下来的为数不多的人，以及在那个不祥的星期一下午3点钟靠特权进入安全的防空洞的人，虽然暂时保住了生命，可随后便会在可怕的回忆中死去。天地万物都毁灭了，在潮湿的最后混乱和永久的茫茫黑夜中，唯一留下来的生命痕迹便是蟑螂。

总统先生们，总理先生们，男女朋友们：

我说的这些话并非是拙劣地抄袭耶稣的使徒圣胡安被放逐到希腊巴特摩斯岛时途中所说的胡话，而是对随时都可能发生的一场宇宙灾难场景的提前描述，即大国核武器库的极小一部分有指挥或意外的爆炸所造成的后果。这核武器库用一只眼睡觉，用另一只眼警惕着。

事情就是如此。今天，1986年8月6日，世界上部署着5万多枚核弹头。通俗一点说，就是世界上的每个人，包括儿童在内，都坐在一个大约4吨重的火药桶上，如果这些火药全部爆炸，可以把相当于目前地球上12倍的生命杀死。这一巨大威胁的破坏力，就像达摩克利斯剑的灾难一般悬在我们头上。从理论上讲，它不仅可以把围绕太阳转的全部行星毁掉，而且还可

作者简介

马尔克斯（1927—2014），哥伦比亚作家、记者和社会活动家，是拉丁美洲魔幻现实主义文学的代表人物。生于马格达莱纳省阿拉卡塔卡镇。父亲是个电报报务员兼顺势疗法医生。他自小在外祖父家中长大。13岁时，就读于教会学校。18岁进国立波哥大大学攻读法律，中途辍学。1948年他进入报界，长期从事文学、新闻和电影工作。1972年获拉美文学最高奖——委内瑞拉加列戈斯文学奖，1982年获诺贝尔文学奖。

他的重要作品有长篇小说《百年孤独》《家长的没落》《霍乱时期的爱情》，中篇小说《枯枝败叶》《恶时辰》《没有人给他写信的上校》《一件事先张扬的凶杀案》，短篇小说集《蓝宝石般的眼睛》《格兰德大妈的葬礼》，电影文学剧本《绑架》，文学谈话录《番石榴飘香》和报告文学集《一个海上遇难者的故事》《米格尔·利廷历险记》等。

以再毁掉4个，从而影响整个太阳系的平衡。没有任何一门科学，任何一门艺术，任何一门工业，像核工业那样，从41年前开始出现以来发展速度如此之快，如此成倍地增长。也没有任何另外一项人类智慧的创造对世界的命运有过如此巨大的决定意义。

面对这一恐怖的景象，我们唯一的安慰——如果这一安慰对我们有点用处的话——就是证实了保护地球上人类的生命仍旧比制造核灾难便宜得多。因为，单是核武器的存在这一事实，单是最富有的国家里制造死亡的庞大核武器库的恐怖景象，就足以使人类生活的改善成为不可能。

比如，在儿童救济问题上这件事就可以看得清清楚楚，仿佛是一道小学生做的初级算术题。联合国儿童基金会1981年计划编制预算解决世界上5亿最贫困儿童的最根本的问题，包括基本保健医疗，基础教育，改善卫生条件，改善淡水供应和食品供应。所有这一切都似乎是一种幻想，根本办不到，因为这需要1000亿美元。但是，这几乎还比不上制造100架B-1B战略轰炸机的费用，而低于制造7000枚巡航导弹的费用，美国政府在生产巡航导弹方面的投资高达212亿美元。

又比如在健康方面：美国在2000年以前将生产15艘"尼米兹"号核动力航空母舰，拿出10艘这类航空母舰的费用即可采取预防措施，在此后14年中保护10亿多人免患疟疾之苦，和仅在非洲就可以避免1400多万个孩子死亡。

又比如在粮食方面：据联合国粮食及农业组织估计，去年世界上差不多有5亿7千5百万人遭受饥饿。如果让这些人得到必不可少的平均热量，花的钱比生产149枚MX导弹还要少，可是在西欧却将要部署223枚这类导弹。用27枚这类导弹可以购买必要的农业设备让贫困国家在近4年中获得足够的粮食。此外，这笔经费尚不到1982年苏联军事预算的九分之一。

又比如在教育方面：目前的美国政府计划生产25艘"三叉戟"式核动力潜艇，可只需2艘这种潜艇或苏联正在建造的2艘"龙卷风"式核潜艇的费用就可以最终实现在世界上扫除文盲的幻想。此外，为建设第三世界今后10年教育方面所需要的学校和培养教师，只需拿出245枚三叉戟Ⅱ式导弹的经费就够了。那么多出的419枚导弹的经费可以用于发展今后15年的教育。

最后还可以说，还清整个第三世界的外债和在10年间使其经济得到恢复只需比同时期世界上军费开支的六分之一稍多一点的钱就行了。尽管如此，同这一巨大的经济浪费相比，人力资源的浪费更为令人不安和痛苦：军事工业禁锢着最大数量的学者，在人类历史上没有为任何事业积聚过如此众多的人才。这些人才的本来位置应该在这儿，在这张桌子上，而不是在那儿。他们必须得到解放，以在教育和正义方面帮助我们创造唯一能把我们从野蛮中解救出来的东西：一种和平的文化。

尽管这些惊人的事情都是千真万确的，可军备竞赛一刻也没有停止过。现在，就在我们用午餐的时刻，又生产了一枚新的核弹头。明天，当我们醒来的时候，在富豪们西半球死神的仓库里又多了9枚核弹头。只要拿出制造一个核弹头的经费，即使在秋日的一个星期天，也足以使整个北美洲尼亚加拉瀑布充满檀香的味道。

当代一位伟大的小说家有一次曾经这么自问：地球会不会是其他星球的地狱？也许还够不上是地狱，而是这些星球的神仙们不知何年何月丢在伟大的宇宙祖国最边缘郊区的一个村庄。但是，对地球是太阳系里唯一有奇妙的生命的地方的日益增长的怀疑把我们无情地拖向一个令人沮丧的结论：军备竞赛是同智慧背道而驰的。

军备竞赛不仅与人类的智慧背道而驰，而且与大自然本身的智慧相悖，大自然的目的甚至连诗人的洞察力都是难以捕捉的。自从地球上出现可以看到的生命以来，大概又过了3.8亿年蝴蝶才学会了飞舞，又过了1.8亿年一枝玫瑰才开出艳丽的花朵，又过了4个地质年代人们才区别于他们的猿人祖先，学会了唱得比鸟儿动听和为爱情而死。花费了那么多金钱、付出了那么多的心血、经过亿万年的时间创造的世界，只要按动一下电钮，瞬间便可一切化为乌有。在科学的黄金时代的今天，悟出这样的道理对人类的智慧来讲并没有什么值得引以为荣的。

正是为了避免这场灾难的发生我们才来到这里。无数的人在呼吁一个没有武器的世界和一种正义的和平,我们和他们站在一起。简而言之,即使发生这场灾难,我们在这儿聚会也并不是全然无用的。爆炸之后再过上亿万年,再次经历当今世界的全部演变过程之后,一只凯旋而归的蟑螂或许会被作为新世界的最美丽的女人戴上花冠。靠了我们这些人,即男女科学家们,男女文学艺术家们,富有智慧的、爱好和平的男人和女人们,总之,所有我们这些人,那些应邀去参加梦幻般的加冕礼的客人们再也无须心怀我们今天的这种恐惧去出席他们的节庆了。我以全部的谦恭,也以全部的勇气建议我们现在在这儿作出许诺,我们来设计和制造一个记忆的方舟,这个方舟可以战胜原子"洪水"的袭击。我们把传送星球遇难者信息的瓶子扔进时间的大洋里,以便使那时的新的人类从我们这儿而不是从蟑螂的讲述中了解下面的事情:这里曾经存在过生命,生命中曾遇到过灾难,发生过不公正的事,可我们也懂得爱情,甚至能够想象到幸福。还要让他们知道,并且请他们告诉世世代代的人谁是制造我们灾难的罪魁祸首,以及那些罪魁祸首对我们的和平呼吁是何等地充耳不闻。这种呼吁本来是可以为人类带来最美好的生活的,可他们用多么野蛮的发明和为了多么龌龊的利益把那美好的生活从宇宙中一扫而光。

[尹承东 译]

作品赏析

马尔克斯的笔锋一直就浸润在加勒比文明的传承中,不管是现实的追述还是魔幻的架构,都体现了这位悲悯者的人生忧虑;从对文化传统在外来喧嚣剥离下的残损的忧心到现实生活的凄惨,战争硝烟笼罩的忧虑,都寄寓了伟大作家的人文情怀。

《达摩克利斯剑的灾难》以希腊神话的典故,通过迪奥尼修斯的口径道出了战争的危机就像达摩克利斯的逸言在自己的头上,时刻威胁着生命的安全。整篇文章以此为譬喻,作为作者批驳的着落点,将战争的潜在威胁与生存的困境紧密相连,以悲天悯人的人道主义情怀,控诉了这个世界的不人道行为和灾难的根源。让我们在阅读中时刻警醒着，其实我们并非高枕无忧，因为我们的头上还悬着一把达摩克利斯之剑，随时等着结束我们无辜的生命。就像《时间简史》的作者霍金所说，也许再过1000年，我们所寓居的可爱的世界就将毁灭在自己的手里。

　　文章情感激昂，字字铿锵，以震耳欲聋之势呼唤世界和平，试图让我们在血腥的场景中怜悯自己的未来，它所取胜于我们的不是文字的华丽，不是结构的离奇，相反，是他真诚真挚的情感，和朴素无华的事实逻辑分析，让我们相信世界的未来绝不是无休止的战争和血腥暴力。

与海明威相见 /（哥伦比亚）马尔克斯

> **入选理由**
> 客观品评人物的态度
> 文笔流畅，感情真实
> 不失为大家之作

　　1957年春天一个阴雨连绵的日子，他偕同妻子玛丽·海尔希漫步走过巴黎圣米歇尔大街时，我一下子便认出了他。他在街对面，正朝着卢森堡公园那个方向走去。当时他虽然已经59岁，但当他出没于一个个旧书摊、隐没在巴黎大学青年学生的人流中时，竟显得那样生气勃勃，富有活力，人们哪里会想象到，他的一生只剩下最后四年时间了。

　　瞬间，我仿佛像以往那样，觉得自己被分割在自我的两个对立的角色之间。我不知道是否应该上前请求谒见，还是穿过林荫大道，向他表达我那谦卑的钦慕之心。但不管出于哪种原因，我都感到极为不便。我只是把两手握成杯形放在嘴边，如同丛林里的壮汉那样，站在人行道上，朝对面大声喊道："艺——术——大——师！"欧内斯特·海明威明白，在这一大群学生中不可能会有另一位大师的，于是他转过身来，举起手，亮着孩子般的噪音，用卡斯蒂利亚语对我高声叫道："再见了，朋友！"这就是我见到他的唯一时刻。

那时，我是个28岁的哥伦比亚记者，曾发表过一篇小说，并获过一次奖，但我当时却游荡在巴黎街头，毫无目的和方向。我的文学大师是两位各具特色的北美小说家。那时，读了他们发表的每一部作品，但我并没有将这些作品当作一般读物来读，而是作为文学想象中的两种迥然不同的，却又各自独树一帜的风格来仔细研读的。一位大师是威廉·福克纳。我从未有过眼福见到他，只能在梦里想象，他就是卡蒂埃·布莱森拍摄的著名相片上的那个衣着朴素的农夫，只见站在他身旁的是两条小狗，他那长长的衣袖连同手就搭在狗的身上。另一位大师就是从街对面向我道别的那个生命短暂的人，他留给我的深刻印象是：我生活中仿佛发生过某件事，而且这件事总是萦绕我的一生。

我不知道这话是谁说的：小说家读别人的小说只是想领会这些小说是怎样写出来的。我相信这话千真万确。我对浮现在纸页表面的那些秘诀并不满足：我们翻过书来就会发现隐于其间的缝口。我们以某种不可言喻的方法把书分解到它的实质部分，在弄清楚了作者的发条装置之奥秘后，我们再把它回复原样。但把气力花在分解福克纳的书上，则是令人沮丧的，因为他似乎没有一个写作的有机体，而是盲目穿过那圣经的宇宙，宛如一群放在满桌是水晶玻璃的店铺里的山羊。人们力图剥去他纸页表面的东西，但随即映入眼帘的便是弹簧和螺丝钉，不可能再回复原样了。相比之下，海明威的灵感要少些，激情和狂热也少些。他极其严肃，把那些螺丝钉完全暴露在外，就像装在货车上那样。也许鉴于那个原因，福克纳便成为一位与我的心灵有着许多共感的作家，而海明威则是一位与我的写作技巧最为密切相关的作家。这不仅仅是因为他的书本身，而且还有他在写作这门学问的技巧上的造诣确实令人惊叹折服。

他在巴黎与乔治·曾林曾顿的历史性会见中，始终阐明了这样一点——恰好与浪漫主义的创作观相反——言简意赅对写作是颇为有益的：

一个主要的困难就是如何把词句组织好：难以写下去时，重新读一读自己的作品还是颇为值得的。这样可以使自己时刻记住：写作始终是艰苦的劳动；一个人可以在任何地方写作，只要那里没有来客和电话就行了；正像人们常说的那样，新闻工作埋没作家的才华之说是不真实的，与其相反的是，只要他迅速摆脱这个职业就行了。"一旦写作变成你的主要癖好和极大的快乐"，他说，"那么只有死亡才能止住它"。最后，他对我们的教诲是，他发现，当一个人知道第二天该从什么地方接下去写时，那么他当天的工作就必须停下。我认为，我此外再没有得过任何写作方面的忠告了。这不多不少，正好是医治作家那最可怕的忧郁病的灵丹妙药：因为作家早晨起来常常面对着空空如也的一页稿纸而陷入极度的痛苦之中。

海明威的所有作品都洋溢着他那闪闪发光、但却瞬间即逝的精神。这是人们可以理解的。像他那样的内在紧张状态是严格掌握技巧而造成的，但技巧却不可能在一部长篇小说的宏大而又冒险的篇幅中经受这种紧张状态的折磨。这是他的性格特征，而他的错误则在于试图超越自己的极大限度。这就说明，为什么一切多余的东西在他身上比在别的作家身上更引人注目。如同那质量高低不一的短篇小说，他的长篇也包罗万象。与此相比，他的短篇小说的精华在于使人得出这样的印象，即作品中省去了一些东西。确切地说来，这正是使作品富于神秘优雅之感的东西。当代一位伟大作家豪尔赫·路易斯·博尔赫斯也有着与之相同的局限，不过他并不想超越这些限度。

弗朗西斯·麦康柏对狮子开的那一枪表明，作为打猎这门课也有不少学问，但这一枪也是作为对写作这门学问的一个积累总结。一篇短篇小说中，海明威描写一头利瑞尔公牛擦过斗牛士的胸部，犹如"猫转弯子"而返回头来。我十分谦恭地认为，那种观察在某种蠢举中是一个富有灵感的部分，而这种蠢举只有最庄重的作家才具备。在海明威的作品中，可以发现这种简单而又令人眼花缭乱的东西比比皆是，它揭示出这一观点：写作如同冰山，如果要想得到下面的八分之七部分的支撑，就必须打好坚实的基础。

注重技巧无疑是海明威始终未能在长篇小说领域里博得声望的原因所在，他往往以其训练有素、基础扎实的短篇小说来赢得声誉。他在谈到《丧钟为谁而鸣》时说，他对于这本书的构思没有一个预先想好的计划，而是在每天写作时都有所发明创造。他没有被迫承认：这是显而易见的。相比之下，他那瞬间即激起灵感的短篇小说则是无懈可击的。正如五月的一个下午，他在马德里一家膳宿公寓里写下的那三篇小说那样，当时一场暴风雪迫使圣伊希德罗城的节日斗牛赛取消了。正如他告诉普林普顿的那样，那三个短篇都得到权威人士的鉴定。根据我的鉴赏力，沿着这条线索看去，他的力量最为压抑的一篇就是其中最短的一篇：《雨中的猫》。

但是，即使《过河入林》看上去好像是在嘲弄自己的命运，在我看来，这部最不受青睐的小说却是最有魅力和最富于人性的。正如他自己披露的那样，这本书开始写时，是当作短篇来处理的，后来写偏了，误入了长篇小说的松树林中。要理解这样一位杰出的艺术大师这么多结构上的缝隙，确实是很难办到的。同样，看出这么多文学结构上的误差也并非轻而易举之事；而且对话又是那样矫揉造作，甚至是凭空杜撰出来的，然而这些却又出自文学史上一位杰出的巨匠的手笔。这本书1950年问世时，招来的批评是猛烈的，但也是不正确的。海明威感到自己受了巨大的伤害。他在哈瓦那为自己作了辩护，他拍了一份充满激情的电报，这对这样身份的作家来说，未免显得有失尊严了。这本书不仅是他的最佳之作，而且还是他最富于个人感情的作品，因为他是在一个动荡不定的秋季的早晨写完这本书的，当时他对已经逝去的那些不可弥补的岁月怀有思念之情，对生命之余的最后那几年有着令人心碎的预感。他从没有在任何一本书中把自己放在一种这样与世无争的地位。他怀有一种完美和温柔之感，并没有感觉到一种使他的作品与生活结为必不可少的感情的方式：胜利是徒劳无用的。他的主人公死得那么平静、那么自然，但却蕴育着他本人后来自杀的不祥之兆。

当一个从事创作的人活了这么长时间,一直怀有这样强烈的感情和慈爱之情他就不会采取任何方式使自己的作品脱离现实生活。在圣米歇尔广场的那家咖啡馆里,我花费了许许多多的时光来读书;因为在他看来,这家咖啡馆对于写作是颇为适宜的,那里似乎有一种欢乐、温暖、明净和友好的气氛。

　　意大利、西班牙、古巴——半个世界都留下了海明威的足迹,而这些地方他只是淡淡提及。在科希马尔这个哈瓦那附近的小村子里,在《老人与海》中孤独的渔夫居住的地方,安放着一个纪念他英雄业绩的匾,上面挂有镀了金的海明威半身像。在古巴一个庄园的住所里,他一直居住到逝世的前夕。那座房屋在树荫中仍保持着完整无缺,里面仍旧陈列着他的各类藏书,安放着他的猎物和写字台,放着故人的那双大鞋子,以及他生前从世界各地弄来的许许多多的生物小玩意,这些东西直到他逝世之前还属于他所有。现在他虽然离开了人间,但这些东西却仍然存在着,他曾经以占有它们的魔法赋予它们灵魂,而现在它们则同这颗灵魂共存。

〔王　宁　译〕

作品赏析

　　曾经当过新闻记者的加西亚·马尔克斯的散文以其丰富灵活的表现题材,随意洒脱的文笔备受读者关注。他对人生的深刻感悟,对人文精神的独特见地,对现代人生存境遇的思考,使其散文更具有可读的思想性。用朴实而又洒脱的语言,贴切地反映普通人的生活和感情,并让人在他所营造的那种亲切氛围中有所感悟。《与海明威相见》是他比较有名的一篇散文,我们可以通过阅读,来体味马尔克斯散文的这种艺术风格。

　　《与海明威相见》中写了多年前,自己还是一个年轻记者时与喜爱的作家海明威不期而遇的情形,虽然时隔多年,但给读者展现的画面依然清晰如昨日,加上其中字里行间流露的情感,更表现了作者对于这位作家的钦慕之情。但作者对于作家海明威的喜爱,并没有妨碍他比较客观地评价海明威的创作。接下来他对于海明威文学作品的看法,是在具体的研究和深入的理解了海明威作品之后，发表的比较中肯的见解。他认为海明威的短篇小说"技巧"娴熟，"富于神秘优雅之感"，但又恰恰是"注重技巧"使"海明威始终未能在长篇小说领域里博得声望"。作者从海明威的性格出发，表示了对于这种现象的理解，但却没有为1950年海明威为自己的作品《过河入林》作辩护隐讳，作者觉得这样做"未免显得有失尊严"。作者站在一定的历史高度，在客观的基础上，对于海明威的钦慕之情一直流露于字里行间。遵从自己真实的感受而又不违背客观，也许这正是有过新闻记者经历的马尔克斯的高明之处吧。

我有一个梦想 /（美国）马丁·路德·金

> **入选理由**
> 当代美国民权运动的重要文献
> 鼓励每一个人追求人人平等的理想
> 推动了美国民主和自由化的进程

今天，我高兴地同大家一起，参加这将成为我国历史上为了争取自由而举行的最伟大的示威集会。

100年前，一位伟大的美国人（即美国第16任总统亚伯拉罕·林肯）——今天我们就站在他象征性的身影下（示威集会在美国首都华盛顿林肯纪念堂举行，纪念堂前耸立着林肯雕像，故有此说。）——签署了《解放黑人奴隶宣言》。这项重要法令的颁布，对于千百万灼烤于非正义残焰中的黑奴，犹如带来希望之光的硕大灯塔，恰似结束漫漫长夜禁锢的欢畅黎明。

然而，100年后，黑人依然没有获得自由。100年后，黑人依然悲惨地蹒跚于种族隔离和种族歧视的枷锁之下。100年后，黑人依然生活在物质繁荣瀚海的贫困孤岛上。100年后，黑人依然在美国社会中向隅而泣，依然感到自己在国土家园中流离漂泊。所以，我们今天来到这里，要把这骇人听闻的情况公诸于众。

从某种意义上说，我们来到国家的首都是为了兑现一张支票，我们共和国的缔造者在拟写宪法和独立宣言的辉煌篇章时，就签定了一张每一个美国人都能继承的期票。这张期票向所有人承诺——不论白人还是黑人——都享有不可剥夺的生存权、自由权和追求幸福权。

然而，今天美国显然对他的有色公民拖欠着这张期票。美国没有承兑这笔神圣的债务，而是开给黑人一张空头支票——一张盖着"资金不足"的印戳被退回的支票。但是，我们决不相信正义的银行会破产，我们决不相信这个国家巨大的机会宝库会资金不足。

因此，我们来兑现这张支票。这张支票将给我们以宝贵的自由和正义的保障。

我们来到这块圣地还为了提醒美国：现在正是万分紧急的时刻。现在不

作者简介

马丁·路德·金(1929—1968)，出生于美国佐治亚州的亚特兰大，他的父亲是一个教会牧师。1948年马丁·路德·金获得莫尔豪斯大学学士学位，1951年他又获得柯罗泽神学院学士学位，1955年他从波士顿大学获得神学博士学位。

1954年马丁·路德·金成为亚拉巴马州蒙哥马利的德克斯特大街浸信会教堂的一位牧师。1955年12月1日，一位名叫做罗沙·帕克斯的黑人妇女在公共汽车上拒绝给白人让座位，因而被当地警察逮捕。马丁·路德·金立即组织了一场罢车运动（即蒙哥马利罢车运动），从此他成为民权运动的领袖人物。1964年马丁·路德·金被授予诺贝尔和平奖。

马丁·路德·金极具演说才能，著有《阔步走向自由》《我们为何不能再等待》等著作，其思想对20世纪60年代美国黑人民权运动产生了重大影响。马丁·路德·金一生曾3次被捕，3次被行刺。1968年4月4日，他在演讲时被一名刺客开枪打死。

1986年1月，里根总统签署法令，规定每年一月份的第三个星期一为马丁·路德·金纪念日，以纪念这位民权运动领袖。

是从容不迫悠然行事或服用渐进主义镇静剂的时候。现在是实现民主诺言的时候。现在是走出幽暗荒凉的种族隔离深谷，踏上种族平等的阳关大道的时候。现在是使我们国家走出种族不平等的流沙，踏上充满手足之情的磐石的时刻。现在是使上帝的所有孩子真正享有公正的时候。

忽视这一时刻的紧迫性，对于国家将会是致命的。自由平等的朗朗秋日不到来，黑人顺情合理哀怨的酷暑就不会过去。1963年不是一个结束，而是一个开端。

如果国家依然我行我素，那些希望黑人只需出出气就会心满意足的人将大失所望。在黑人得到公民权之前，美国既不会安宁，也不会平静。反抗的旋风将继续震撼我们国家的基石，直至光辉灿烂的正义之日来临。

但是，对于站在通向正义之宫艰险门槛上的人们，有一些话我必须要说。在我们争取合法地位的过程中，切不要错误行事导致犯罪。我们切不要吞饮仇恨辛酸的苦酒，来解除对于自由的饥渴。

我们应该永远得体地、纪律严明地进行斗争。我们不该容许我们富有创造性的抗议沦为暴力行动，我们应该不断升华到用灵魂力量对付肉体力量的崇高境界。

席卷黑人社会新的奇迹般的战斗精神，不应导致我们对所有白人的不信任——因为许多白人兄弟已经认识到：他们的命运同我们的命运紧密相连，他们的自由同我们的自由休戚相关。他们今天来到这里集会就是明证。

我们不能单独行动。当我们行动时，我们必须保证勇往直前。我们不能后退。有人问热心民权运动的人："你们什么时候会感到满意？"只要黑人依然是不堪形容的警察暴行恐怖的牺牲品，我们就决不会满意；只要我们在旅途劳顿之后，却被公路旁汽车游客旅社和城市旅馆拒之门外，我们就决不会满意；只要黑人的基本活动范围只限于从狭小的黑人居住区到较大的黑人居住区，我们就绝不会满意；只要我们的孩子被"仅供白人"的牌子剥夺个性，损毁尊严，我们就决不会满意。只要密西西比州的黑人不能参加选举，纽约州的黑人认为他们与选举毫不相干，我们就决不会满意。不，不，我们不会满意，直到公正似水奔流，正义如喷泉涌。

我并非没有注意到，你们有些人历尽艰难困苦来到这里。你们有些人刚刚走出狭小的牢房。有些人来自因追求自由而遭受迫害风暴袭击和警察暴虐狂飙摧残的地区。你们饱经风霜，历尽苦难。继续努力吧，要相信：无辜受苦终得拯救。

回到密西西比去吧，回到亚拉巴马去吧，回到南卡罗来纳去吧，回到佐治亚去吧，回到路易斯安那去吧（这是美国种族歧视最严重的5个州），回到我们北方城市中的贫民窟和黑人居住区去吧。要知道，这种情况能够而且将会改变。我们切不要在绝望的深渊里沉沦。

朋友们，今天我要对你们说，尽管眼下困难重重，但我依然怀有一个梦，这个梦深深植根于美国梦之中。

我梦想有一天，这个国家将会奋起，实现其立国信条的真谛："我们认为这些真理不言而喻：人人生而平等。"（引自美国《独立宣言》）

我梦想有一天，在佐治亚州的红色山岗上，昔日奴隶的儿子能够同昔日奴隶主的儿子同席而坐，亲如手足。

我梦想有一天，甚至连密西西比州——一个非正义和压迫的热浪逼人的荒漠之洲，也会改造成自由和公正的青青绿洲。

我梦想有一天，我的四个小儿女将生活在一个不是以皮肤的颜色，而是以品格的优劣作为评判标准的国家里。

我今天怀有一个梦想。

我梦想有一天，亚拉巴马州会有所改变——尽管该州州长现在仍滔滔不绝地说什么要对联邦法令提出异议和拒绝执行——在那里，黑人儿童能够与白人儿童兄弟姐妹般地携手并行。

我今天怀有一个梦想。

我梦想有一天，深谷弥合，高山夷平，崎路化坦途，曲径成通衢，上帝的光华再现，普天下生灵共谒。

这是我们的希望，这是我将带回南方去的信念。有了这个信念，我们就能从绝望之山开采希望之石。有了这个信念，我们就能把这个国家嘈杂刺耳的争吵声，变为充满手足之情的悦耳交响曲。有了这个信念，我们就能一同工作，一同祈祷，一同斗争，一同入狱，一同维护自由。因为我们知道，我们终有一天会获得自由。

到了这一天，上帝的所有孩子都能以新的含义高唱这首歌：

我的祖国，

可爱的自由之邦，

我为您歌唱。

这是我祖先终老的地方，

这是早期移民自豪的地方，

让自由之声，响彻每一座山岗。（这首为《亚美利加》的歌曲在南北战争时期广泛流行于美国北方，一度获得非正式国歌地位，直至1931年美国国会通过以《星条旗》作为正式国歌。）

如果美国要成为伟大的国家，这一点必须实现。因此，让自由之声响彻新罕布什尔州的巍峨高峰！

让自由之声响彻纽约州的崇山峻岭！

让自由之声响彻宾夕法尼亚州的阿勒格尼高峰！

让自由之声响彻科罗拉多州冰雪皑皑的落基山！

让自由之声响彻加利福尼亚州的婀娜群峰！

不，不仅如此；让自由之声响彻佐治亚州的石山！

让自由之声响彻田纳西州的了望山！

让自由之声响彻密西西比州的一座座山峰，一个个土丘！

让自由之声响彻每一个山岗！

当我们让自由之声轰响，当我们让自由之声响彻每一个大村小庄、每一个州府城镇，我们就能加速这一天的到来。那时，上帝的所有孩子，黑人和白人，犹太教徒和非犹太教徒，耶稣教徒和天主教徒，将能携手同唱那首古老的黑人灵歌:"终于自由了!终于自由了!感谢全能的上帝,我们终于自由了!"

1963年8月28日

作品赏析

  1963年,马丁·路德·金在林肯纪念堂前的声势浩大的示威集会上发表了这篇演讲。这是作者最广为人知的一篇演讲。它的魅力不仅在于所表达的内容,还在于它诗一般优美的语言和其中蕴含的真挚而深厚的情感以及坚定的信念。这篇演讲的成功首先在于它的语言魅力。文中言辞热烈激越、生动、极富生命力,能够直接植入听众的心灵深处,演讲者的才华在其中得到了淋漓尽致的发挥。演讲者的平民身份、平民情感是演讲成功的一个重要因素,演讲者将这些深沉的情感亲切而真诚地传达给听众,收到了极好的效果。在修辞上,他大量使用排比句式,增强了语言的气势,形成一层层推波助澜的壮观情景,其势如大河奔流,将作者的理想一步步深化,最后形成一股强大的情感洪流,冲击着每一个听众的灵魂。

  文中阐述的反对种族歧视,追求自由平等的思想打动了无数的听众,也打动了无数的读者,借助这颗火热的心,我们才理解了什么是平等,才理解了被压迫者那种热切的渴望。

  演讲结束后,美国的各大报刊纷纷转载、引用,人们公认它是经典之作,是演讲史上的辉煌篇章。

贝加尔湖啊，贝加尔湖 /（苏联）拉斯普京

入选理由
对雄奇山水真诚和挚爱的赞歌
变幻迷离的盛景令人叹为观止
笔触摇曳多姿，情景水乳交融

贝加尔湖啊，贝加尔湖……

大司祭阿瓦库姆留下了一篇俄罗斯人对贝加尔湖的最早赞誉。1662年夏，这位"狂人"大司祭从达斡尔流放地返回途中，他只得从东岸到西岸横渡这个海洋般的大湖，当时他对贝加尔有过这样的记述：

"……其周围，群山崔嵬，巉岩峭壁高耸入云——我跋涉迢迢万里，任何地方都不曾见到这样的崚嶒山景。山上，石房、木屋、大门、立柱、石砌的围墙和庭院——无不都是上帝的赐予。山上边长有葱蒜——不仅茎头之大为罗曼诺夫品种所不及，且十分鲜美。满山，天赐的大麻芊芊莽莽，庭院内则芳草葱茏——鲜花开处，更是幽香袭人。海湖上空，百鸟云集，家鹅和天鹅神游在浩渺的湖面上，宛如皑皑白雪。湖里，鳇鱼、折乐鱼、鲟鱼、凹目白鲑和鸦巴沙，种类之多，数不胜数。漫道这是淡水湖，却也生长有硕大的北欧环斑海豹和髭海豹：就是在我旅居美晋时，在大洋里也不曾见过偌大的海豹。湖中鱼群济济，鳇鱼和折乐鱼最是肥美无比——甚至无法用平锅煎食，一煎即会化为鱼油。彼世的基督为人们创造了可供享用的一切，让人们在心满意足之下，衷心赞美上帝的恩赐。"

自古以来，无论土著人，无论是17世纪来到这贝加尔湖畔的俄罗斯人，无论只是到此一游的外国人，面对它那雄伟的、超乎自然的神秘和壮丽，无不躬身赞叹，称之曰"圣海"，"圣湖"，"圣水"。不管是蒙昧人，也不管当时已是相当开化的人，尽管在一些人心里首先触发起的是一种神秘感，而在另一些人心灵中激起的则是美感和科学的情感，但他们对贝加

尔湖的膜拜赞叹却是同样的竭诚和感人。人们面对贝加尔湖浩瀚的景观，每每感到惶惶然不知所措，因为，无论是人的宗教观念或是唯物主义观念都无法包容下它：贝加尔湖，它不存在于任何某种同类的东西都可存在的地方，它本身也不是那种这里那里都可存在的东西，它对人的心灵所产生的影响也和"冷漠"的大自然通常产生的那种影响不同。这是一个特殊的、异乎寻常和"得天独厚"的所在。

随着时间的推移，人们对贝加尔湖进行测量和考察，近年来甚至还使用深水探测仪器对它进行测试。它具有了明确的体积概念，于是，人们便开始拿它进行比较：时而把它同里海相比，时而又把它同坦噶尼喀湖相比。人们计算出，它容纳着我们地球上淡水总量的1/5；解释了它的成因，推测出，在任何地方都早已绝迹的许多动物、鱼类和植物何以能在它这里繁衍生长，生存在数千里之外世界其他部分的各种生物又何以来到了它的水中。当然，并非所有这些解释、这些推测彼此都很一致，甚至很不一致。贝加尔湖岂有那么简单，可以轻易让它就此失去那神秘幽邃、莫测高深的特性？然而，这也理所当然，就其本身的物理条件，它被摆在人们所描绘和发现的大自然伟大奇迹之列是适得其所的。它就耸立在这奇迹之列……这仅仅是因为它本身是充满活力、气象雄伟、巧夺天工、无与伦比和任何地方都不复多见的，它知道自己应处的位置，知道自己的生命价值。

那么，到底怎么才可以比较它的美呢？又何与匹比呢？我们并不担保，世界上再没有比贝加尔湖更美好的东西了：我们每个人都觉得自己的家乡亲切、可爱，连爱斯基摩人或阿留申人，大家知道，对他们来说，冻土带和冰雪荒漠就是自然界完美的富庶的乐土。我们从出生那天起就呼吸着故乡的空气，吮吸着故土的精华，沐浴在它的景色之中，它们陶冶着我们的

作者简介

拉斯普京（1937—2015），苏联作家。主要作品有《活着，可要记住》《玛丽娅借钱》《告别马焦拉》《最后的期限》等。

性情，并在很大程度上融合成了我们生命的组成部分。这一切对于我们是宝贵的，我们是它们的一部分——纳入自然环境之中的一部分，正因为如此，只这样说是不够的；大自然那古老的、永恒的呼声在我们心中也应该，而且已经得到响应。把格陵兰积冰同撒哈拉沙漠相比，把西伯利亚原始森林同俄罗斯中部草原相比，甚至把里海同贝加尔湖相比，即使有所偏爱，也都毫无意义，充其量只能表达自己对它们的某种印象。所有这些都以其美而令人称绝，以其生命活力而令人惊异。在这种情况下试图作这种比较，多半都是出于我们不愿意抑或不善于发现和感受景致美的唯一性和非偶然性，及其令人担忧和惶恐的境遇。

　　大自然作为世间完整的、唯一的造物主，毕竟也有它自己的宠儿：大自然在创造它时特别倾心尽力，特别精益求精，从而赋予了它特别的权力。贝加尔湖，毫无疑问，正是这样的宠儿。人们称它为西伯利亚的明珠不是没有道理的。我们暂且不谈它的资源，这将是单独的话题。贝加尔湖之所以如此荣耀和神圣，另有别的原因——就在于它那神奇的勃勃生机，在于它那种精神——不是指从前的，已经过去的，就像眼下许多东西那样，而是指现在的，不受时间和改造所支配的，自古以来就如此雄伟、具有如此不可侵犯的强大实力的精神，那种具有以天然的意志和诱使人去经受考验的精神。

　　我想起了我和一位到我家作客的同志同游贝加尔湖的事，我们沿大贝加尔湖湖岸上古老的环湖路，步行良久，走出很远很远，来到了湖南岸一个最幽美、最明亮的去处。时值八月，正是贝加尔湖地区的黄金季节。这时节，湖水变暖，山花烂漫，甚至连石头在阳光下闪闪烁烁也像山花一般绚丽；这时节，太阳把萨彦岭重新落满白雪的远远的秃峰照得光彩夺目，放眼望去，仿佛比它的实际距离移近了数倍；这时节，贝加尔湖正储满了冰川的融水，像吃饱喝足的人通常那样，躺在那里，养精蓄锐，等候着秋季风暴的到来；这时节，鱼儿也常大大方方地麇集在岸边，伴着海鸥的啾啾啼鸣在水中嬉戏；路旁，各种各样的浆果，俯拾皆是——一会儿是齐墩果，一会儿是穗醋栗，有红的，有黑的，一会儿是忍冬果……加之又碰上了罕见的好天气：晴天，无风，气候温暖，空气清新；贝加尔湖湖水清澈，风平浪静，老远就可看到礁石在水下闪闪发光，晶莹斑斓；路上，忽而从山坡上飘来一阵晒热的、因快成熟而略带苦味的草香，忽而又从湖面上吹来一股凉爽沁人的水腥气息。

  两个来小时过后，我的这位同志就已经被扑面而来令他目不暇接的景致折服了：狂花繁草，野趣满眼，天造地设的一席夏日奢宴，他不仅前所未见，甚至连想都难以想象得出来。我再说一遍，当时正是百花盛开、草木争荣的鼎盛时节。还要请您在所描绘的这幅画面上再添上几条向贝加尔湖奔流而去的潺潺（我巴不得说：它是伴随着清脆、庄重的乐曲）山涧小溪，我们曾一次又一次地向这些小溪走下去，试试它的水温，看一看它们多么神秘、多么奋不顾身地像扑向母亲的怀抱般汇入共同的湖水中去，求得个永恒的安宁；请在这里再添上那些接连不断、整整齐齐的隧道，它们修筑得颇具匠心，一洞洞依山而就，浑然天成，其总长度竟与这段路程相差无几，每洞隧道上方的悬崖峭壁时而庄重险峻，时而突兀乖戾，就像刚刚结束一场游戏般一副无拘无束的神情。

  一切能使人产生观感的东西，很快就充满了我这位同志的心胸，他顾不上惊讶和赞叹，于是乎沉默起来。我继续说我的。我说，大学生时代，我初次来贝加尔湖时，它那清澈见底的湖水曾使我上过当，我曾想从船上伸手去捞一块石头，后经测量，原来那里的水深竟达四米以上。我这位同志听了不以为然。我感到有些不快，我说，在贝加尔湖水深40米也可一眼见底——好像我是多说了一点儿，即使如此，也没引起他的注意，就像他经常乘车经过莫斯科河可以不断看到它的河水一样不足为奇。只是这时，我才猜到他是怎么回事：我告诉他说，在贝加尔湖二三百米深处能从一枚两戈比硬币上念得出它的铸造年代，这下他才惊讶到了不可再惊讶的程度。原来，他脑子里都饱和了，常言道，懵了。

  记得，那一天一只环斑海豹几乎使他没命了。这种海豹一般很少游近湖岸，可这一次，就像约定好的一样，它来到很近的水面上嬉戏，当我一发现指给我那位同志看时，他不由得失声狂叫起来，接着又突然打起呼哨，像唤小狗那样招呼海豹过来。这只海豹当然顿时潜入了水底，而我这位同志在对这只海豹和自己的举动的极度惊异之中，又不讲话了，而这一沉默就是好长时间。

这段往事本身无关紧要，但我这位同志从贝加尔湖回到家不久，就给我来了一封热情洋溢的长信，我回忆此事，仅仅是为了便于从他这封信中引用几句话。"体力增加了——这就算了，过去也是常有的，"他写道，"然而，现在我精神振奋，这却是从贝加尔湖那里回来之后的事。我现在感到，我还能做许多事情，似乎对哪些事情该做，哪些事情不该做心里也有数了。我们有个贝加尔湖，这有多好啊！我早晨起来，面朝着圣贝加尔湖所在的你们那个方向躬身膜拜，我要去移山倒海……"

我理解他的心情……

其实，我的这位同志，他所看到的充其量只是贝加尔湖的区区一角，而且那是在一个万物都感恩安宁和阳光绝好的夏日。殊不知，恰恰就是在这样风和日丽、空气宁静的日子里，贝加尔湖也可能突然间汹涌澎湃起来，仿佛凭空一股无名的怒气在它深处膨胀起来。看到眼前的情景，你都不能相信自己的眼睛：风平浪静，湖水却隆隆作响——这是遥遥数公里之外的风暴区传来的信息。

我的这位同志，他既不曾遇到过萨尔马冷风，也不曾遇到过库尔图克海风，更不曾遇到过巴尔古津东北风。这些有着各种名目的大风，带着疯狂的力量顷刻间从各个河谷地带袭来，有时掀起高达五六米的巨浪，足以给贝加尔湖地区带来巨大灾难。而贝加尔湖的渔民不会去祈求它，就像一首歌中所唱的："喂，巴尔古津，你掀起巨浪吧……"

他不曾看到过北贝加尔湖那全部严峻而粗犷、原始而古朴的美姿，置身于那样的美境，你甚至会失去时代感和人类活动的限度感——这里只有一种闪耀着光辉的永恒，唯有它在如此慷慨而又如此严峻地管辖着这古湖的圣洁之水。不过，近年来，人也在忙着弥补自己，缩短着他所习惯的生活方式和大自然的神威、永恒、宁静和美之间的距离。

他也不曾到过佩先纳亚港湾，那里晴朗天气远远多于著名的南方疗养胜地；他不曾在奇维尔金海湾游过泳，那里夏季的水温一点儿也不比黑海的低。

他无从知道贝加尔湖冬天的景象，风把晶莹透明的冰面吹得干干净净，看上去显得那样薄，水在冰下，宛如从放大镜里看下去似的，微微颤动，你甚至会望而不敢投足，其实，你脚下的冰层可能有一米厚，兴许还不止；我的这位同志，他也不曾听到过贝加尔湖破冰时发出的那种轰鸣和爆裂声。春季临近之际，积冰开始活动，冰面上迸开一道道很宽的、深不可测的裂缝，无论你步行或是乘船，都无法逾越，随后它又重新冻合在一起，裂缝处蔚蓝色的巨大冰块叠积成一排排蔚为壮观的冰峰。

他也不曾涉足过那神奇的童话世界：忽而一条白帆满张的小船朝你迎面疾驶而来；忽而一座美丽的中世纪城堡高悬空中，它像是在寻找最好的降落地点，在平稳地向下徐徐降落；忽而一群天鹅排成又宽又长的队形，傲然地高高昂着头游来，眼看就要撞到你身上……这便是贝加尔湖的海市蜃楼，许多美丽动听的神话和迷信传说，都产生于此地司空见惯的寻常景观里。

我的这位同志，与其说他还有许多东西未曾见过，未曾听说过，也未曾亲身经历过，毋宁说他还一无所见，一无所闻，完全不曾亲身体验过。即使我们这些家住贝加尔湖滨的人，也不敢夸口说十分了解它，原因就在于对它的了解和理解是无止境的——惟其如此，它才是贝加尔湖。它经常是仪态万千，而且从不重复，它在色彩、色调、气候、运动和精神上都在瞬息万变。啊，贝加尔湖精神！——这是一个有特定含义的确实存在的概念，它足以使人相信那些古老的传说，诱使他怀着一种神秘的胆怯心理去思考，一个人要在别的地方，究竟在多大程度上有自认为该干什么就能干什么的自由。

我这位同志逗留的时间很短，看的东西少得可怜，但他毕竟还是有了一次感受一下贝加尔湖的机会，姑且不说是理解吧。有了这种机会，情感就取决于我们，取决于我们有没有摄取其精神实质的能力了。

贝加尔湖，它未尝不可凭其唯此为大的磅礴气势和宏伟的规模令人折服——它这里一切都是宏大的，一切都是辽阔的，一切都是自由自在、神秘莫测的——然而它不，相反，它只是升华人的灵魂。置身贝加尔湖上，你会体验到一种鲜见的昂扬、高尚的情怀，就好像看到了永恒的完美，于是你便受到这些不可思议的玄妙概念的触动。你突然感到这种强大存在的亲切气息，你心中也注入了一份万物皆有的神秘魔力。由于你站在湖岸上，呼吸着湖上的空气，饮用着湖里的水，你仿佛感到已经与众不同，有了某些特别的气质。在任何别的地方，你都不会有与大自然如此充分、如此神会地互相融合互相渗透的感觉：这里的空气将使你陶醉，令你晕头转向，不等你清醒过来，很快就把你从湖上带走；你将游历我们做梦都不曾想到过的自然保护区；你将怀着十倍的希望归来：在前方，将是天府之国的生活……

贝加尔湖，它足以能净化我们的灵魂，激励我们的精神，鼓舞我们的意志！……而这是只能凭内心去感受，而无法估量，也无法标志的，但对我们来说，只要它存在着也就够了。

有一次，列夫·托尔斯泰散步回来，曾记述道：

"置身于这令人神往的大自然之中，人心中难道还能留得住敌对感情、复仇心理或嗜杀同类的欲望吗？人心中的一切恶念似乎就该在与作为美与善的直接表现形式的大自然接触时消失。"

我们这种古老的、自古以来就与我们的居住的土地及其奉献的不相适应，是我们由来已久的不幸。

大自然本身是道德的，只有人才可能把它变得不道德。怎知不是它，大自然，在相当大的程度上仍使我们保持在我们自己的确定的、暂时或多或少还有些理性的道德规范之内的呢？不是靠它在巩固着我们的理智和善行的呢！？是大自然在哀求，在期望，在警告，在以已故的和尚未出生的、我们前世的和来世的人的灵魂日日夜夜盯着我们的眼睛。我们大家难道听不见这种呼唤吗？从前某个时候，贝加尔湖滨的埃文基人，他们要砍一棵小白桦树时还忏悔好久，祈求小白桦树宽恕，砍它是出于无奈。现在我们可不是这样了。到底是否正因为如此我们才需要而且有可能制止住那只冷漠无情的手呢，这只手已经不像二三百年以前那样只是加害于一棵小白桦树，而是加害贝加尔湖父亲本身；到底是否正因为如此我们才对包括贝加尔湖在内的大自然恩赐给我们的一切，而向包括贝加尔湖在内的大自然加倍地偿还呢！？善将善报，恩将恩报——按照自古以来的道德循环……

[程文 译]

作品赏析

  这篇文章是拉斯普京的散文代表作之一，也是一首洋溢着满怀真诚和挚爱的赞歌，作者酣畅淋漓地颂扬了贝加尔湖超乎寻常的美丽、不同凡响的雄伟、变幻迷离的神奇及超越时间与历史的勃勃生机。

  然而，与其说这是一首赞歌，不如说是作者对日渐弱化的环保意识的呼吁，更是对纯净圣洁灵魂的祈求和渴盼。贝加尔湖陶冶着人们的性情，更融进了人们的生命。它的美令人如痴如醉，它的盎然生机令人赞叹不已。自然之景本是客观的、无生命的存在，但是，拉斯普京用一腔赤诚关注着贝加尔湖，在他的眼里，贝加尔湖是"特殊的、异乎寻常和'得天独厚'的所在"，作者还运用鲜活的拟人手法，说湖自己不愿意轻易地失去"那神秘幽邃、莫测高深"的特性，既从科学角度揭示出了贝加尔湖的奥妙无穷，又增强了文章的艺术感染力，令人神思飞跃。但是，这样热烈的赞叹仅仅只为文章开了个头，绚丽夺目的盛景还在后头。作者借与友人一同游湖的经历，浓墨渲染他心目中神圣可敬的贝加尔湖。可赞可叹之处纷繁而杂乱，作者却以其高超的艺术表现力，抓住湖的时令特征，自如挥洒，从冰川到鱼儿到天气，纷繁的景象扑面而来，令人目不暇接。诸如"躺在那里养精蓄锐"之类的拟人，更是赋予了贝加尔湖以灵性、以生命。作者的赞美之情如滔滔大江不可遏止，他继续用洋洋洒洒而又整齐清晰的段落描景摹物抒情。从各种名目的风到湖的原始而古朴的美，从夏景到冬景，从冰面到海市蜃楼，美轮美奂，真叫人叹为观止。

　　而文中引用的托翁的话，更是契合文章的主题，升华了文章的思想境界。